INFINITE

마르시아에게

이 세상에서의 삶에만 집중하라

– 헨리 데이비드 소로, 임종을 앞두고

목차

1부

1장

"상심이 크시겠어요, 모런 씨." 경찰관이 하얀 스티로폼 컵에 든 커피를 건네며 내게 말했다. 그는 자신이 마실 커피를 손에든 채 도넛을 먹고 있었다. 그의 콧수염에는 잔디밭 위에 눈이 갓 내린 것처럼 설탕 파우더가 묻어있었다.

나는 아무 말도 할 수 없었다. 깨어날지 장담할 수 없는 혼수상태에 빠진 듯 멍하고 마비된 느낌이었다. 오한에 몸이 떨렸다. 경찰관이 물에 젖은 더러운 옷을 벗기고 맨몸에 양모 담요를 둘러줘도 소용이 없었다. 근처에 사는 한 경찰관이 내 옷을 세탁하고 말려서 아침 일찍 가져다주겠다고 했다. 팔과 다리에 난 깊은 상처는 소독하고 붕대를 감은 상태였으나 여전히 찌르는 듯한 통증이 느껴졌다. 기침이 그치지 않았다. 기침할 때마다 계속 강물 맛이 났다.

죽음의 맛이었다.

"극과 극이군요." 경찰관이 말했다.

그는 마흔 살쯤 돼 보였다. 둥근 얼굴형에 갈색 머리는 숱이 얼마 남지 않은 모습이었다. 한쪽 콧방울 근처에는 시선을 사로잡는 커다란 점이 하나 있었다. 다소 통통한 체격이지만 차림새가 단정하고 깔끔한 성미를 지닌, 주로 책상에 앉아 야간근무를 할법한 경찰 유형이었다. 젊고 건장한 다른 경찰관 두 명이 들판에서 얼굴 위로 쏟아지는 비를 맞으며 울고 있는 나를 발견했다고 했다.

여긴 어디지?

어느 동네인 거야?

전혀 감이 잡히지 않았다. 경찰이 나를 차에 태워 여기까지 데리고 왔겠지만 하나도 기억나지 않았다. 기억나는 거라고는 내가 경찰관에게 끌려가며 칼리의 이름을 목 놓아 불렀던 것뿐이다. 그녀가 아직 물속에 있었다.

"정말 어쩜 이렇게 다른지 모르겠어요." 경찰관이 재차 말했다. "이번 계절에 우리가 겪은 상황이 그거예요. 5월과 6월은 땅이 바싹 타들어 가서 농부들이 미칠 지경이었죠. 바닥이 돌덩이처럼 딱딱하게 굳었으니까요. 그러다 이런 폭풍우가 오면 물이 죄다 강 하구로 흘러가 버립니다. 이렇게 빠른 속도로 퍼붓는 비를 강둑이 버틸 수가 없거든요."

그의 말이 맞았다. 나의 할아버지는 어린 시절부터 노스다코타 평야 지대에서 살아오셨다. 그곳은 봄이면 눈이 녹으면서 물이 불어났고, 그때마다 할아버지는 강을 조심하라고 당부하셨다. '**딜런, 절대 강을 믿어선 안 된다. 조금이라도 틈을 보이면 강은 널 죽이려 들 거야.**'

그 말을 들었어야 했다.

"아직 많이 힘드실 텐데 서류 작업이 많아서 미안합니다." 경찰관이 말을 이어갔다. 그의 이름은 워런인 것 같았지만 고개를 들어 셔츠에 붙어 있는 명찰을 볼 힘조차 없었다. "정말 내키지 않으시겠지만 누군가가 죽으면 밟아야 할 절차가 많습니다. 그게 법이니까요. 다시 말씀드리지만 정말 유감입니다."

"고맙습니다." 나는 내 목소리를 못 알아들을 뻔했다. 전혀 내 목소리 같지 않았다.

"부인분의 이름을 다시 말씀해 주시겠습니까?"

"칼리 챈스입니다."

"두 분 성이 같지 않군요."

"네."

"부인분 나이는요?"

"스물아홉 살입니다."

"선생님은 어떻게 되시죠?"

"전 서른두 살이고요."

"두 분은 시카고에 살고 계시고요?"

"맞습니다."

"무슨 일로 이 지역에 오게 된 거죠?"

'딜런, 우리 며칠이라도 어디 다녀오자. 당신이 속상하고 화났다는 거 알아. 그럴 만도 하지. 그래도 우린 다시 시작해야 해.'

"미안합니다. 뭐라고 하셨죠?"

"이 동네에는 왜 오신 건지 여쭤봤습니다."

"도시를 떠나 일주일 동안 휴가를 보내려고요." 나는 대답했다. "칼리의 친구 한 명이 빅벡에 별장을 가지고 있거든요."

"모런 씨께선 시카고에서 무슨 일을 하시나요?"

"라살 플라자 호텔에서 이벤트 매니저로 일하고 있습니다."

"부인분은요?"

"장모님 회사에서 부동산 중개 일을 합니다." 잠시 후 나는 덧붙였다. "했었죠."

워런은 마지막 남은 도넛을 입에 넣고 냅킨으로 콧수염을 깨끗이 닦았다. 그는 앞에 놓인 노란 메모지에 계속 무언가를 끄적이면서 혼자 흥얼거렸다. 나는 경찰 조사실을 둘러봤다. 크림색 벽은 페인트칠이 들떠있었고 창문은 없었다. 워런은 담뱃불 자국이 남은 낡은 오크 탁자 한쪽에 앉아 있었다. 나는 갓난아기처럼 담요에 둘러싸인 채로 맞은편에 앉았다. 내 감각을 하나도 믿을 수 없었다. 숨을 쉬면 콧속에서 검은 물 냄새가 났다. 눈을 감으면 놀이기구를 탄 듯 물살에 뒤집히던 차 안으로 다시 돌아갔다.

"시카고 집으로 돌아갈 방법은 있으신가요?" 워런이 물었다. "가족이나 친구, 모런 씨를 태워다 줄 사람이요."

그에게 뭐라고 말해야 할지 몰랐다. 나는 가족이 없다. 정말이다. 부모님은 내가 열세 살 때 돌아가셨다. 사람들 앞에서는 그냥 이렇게 간단히 설명한다. 어머니는 아버지에게 살해당했고, 아버지는 내가 보는 앞에서 스스로 목숨을 끊었다고 말하는 것보다 쉽기 때문이다. 그 후 나는 할아버지와 함께 살았다. 에드거는 올해 나이가 아흔넷이라 운전을 하지 않는다. 이런 관계를 이해할지 모르겠지만 할아버지와 나는 잘 지내는 듯 잘 지내지 못한다. 우리는 항상 그런 식이었다.

친구 관계에 대해 말하자면, 상황이 안 좋을 때면 언제나 나를 곤경에서 구해준 어릴 적 친구 로스코 테이트가 있었다. 그 친구는 말 그대로 나를 구하고 4년 전 세상을 떠났다. 로스코가 죽은 그날 밤, 칼리를 처음 만났다. 나는 팔다리가 다 부러진 채 온몸이 피투성이였다. 운전석에 앉은 로스코는 목이 꺾인 채 죽어있었다. 나도 죽은 게 틀림없다고 생각했다. 순간, 산산이 부서진 창문 너머로 나풀거리는 원피스를 입고 나를 바라보는 한 천사와 눈이 마주쳤다. 그녀는 차 안으로 손을 뻗어 내 손을 잡았다. 도와줄 사람이 오고 있다고, 괜찮을 거라고, 곁에 있어 주겠다고 나지막이 속삭였다.

그 사람이 칼리였다.

하지만 이제 그녀는 이 세상에 없다. 또 한 번의 차 사고로.

"아무도 없어요." 나는 워런에게 말했다.

"아." 경찰관이 콧수염을 찌푸리며 탄식했다. "그렇다면 저희가 방법을 알아보죠. 걱정하지 마세요. 댁까지 모셔다드리겠습니다."

"고맙습니다."

조사실에 앉아 있는데 문이 열렸다. 워런이 깜짝 놀란 얼굴로 소매에 묻은 설탕을 털어내며 자리에서 벌떡 일어났다. 50대쯤으로 보이는, 키가 작고 말끔한 여자가 문 앞에 서 있었다. 자그마한 체구에서 뿜겨져 나오는 아우라가 만만치 않았다. 금발 머리는 번 스타일로 단단히 묶여 있고, 성긴 앞머리가 이마를 덮고 있었다. 고상해 보이는 갈색 눈망울과 별다른 표정이 읽히지 않는 차분한 입매의 소유자였다. 밖에 있다 들어온 것처럼 제복은 약간 축축했지만 빳빳한 옷 주름은 살아있었다.

"보안관님." 워런이 큰 소리로 말했다. "죄송합니다. 오시는 줄 몰랐습니다."

그녀는 부관에게 언짢다는 표정을 지어 보였다. 새벽 네 시에 자신이 출근한 게 전혀 놀랄 일은 아니지 않냐는 뜻이었다. 강이 범람했고, 자신이 담당하는 카운티에서 여자 한 명이 사망했다. 그 정도면 이곳에서는 심각한 사안이었다.

"워런, 내가 맡지."

"네, 알겠습니다."

워런은 공감한다는 듯 나를 향해 고개를 한 번 끄덕이더니 재빨리 조사실 밖으로 나갔다. 자리에 앉은 보안관은 종이가 몇 장 껴있는 파일 폴더를 열었다. 맨 위 페이지를 슬쩍 보니 시카고 경찰이 작성한 사건 보고서가 있었다. 그 서류에 내 이름이 적혀 있을 게 분명했다.

"안녕하세요, 모런 씨." 그녀가 말했다. "저는 싱클레어 보안관입니다. 우선 부인분의 죽음에 깊은 애도를 표합니다."

"감사합니다."

이런 상황에서 사람들이 달리 할 말이 없다는 것을 안다. '**상심이 크시겠어요.**'라고 말하면 본인들 기분이 좀 나아진다는 것도 안다. 하지만 방금 모든 것을 잃은 사람으로서 말하는데, 그런 말은 전혀 도움이 되지 않는다.

"사건을 좀 더 자세하게 말씀해 주시면 좋겠어요."

"이미 다 말씀드렸는데요, 보안관님."

"네, 제 부하들에게 말씀하셨다는 걸 압니다. 얼마나 힘든 일인지도 알고요. 그렇지만 제게 한 번 더 말씀해 주시면 큰 도움이 될 것 같습니다."

하는 수 없었다.

멈출 수 없는 공포 영화처럼 나는 모든 장면을 재생했다. 시커먼 강물이 강둑을 덮쳐서 2차선 도로를 삼켰던 장면, 우리가 탄 차가 바다 생물처럼 꿈틀거리며 솟구치는 진창 물살에 휩쓸려 빠졌던 장

13

면, 자동차가 물 위에서 불안정하게 회전하다가 앞부분이 아래로 곤두박질치며 흙탕물이 쏟아져 들어왔던 장면까지.

"참으로 끔찍한 일이군요." 말이 끝나자 싱클레어 보안관이 말했다. 내가 말하는 내내 그녀는 나에게서 눈을 떼지 않았다. 마치 그녀 마음속에 거짓말탐지기가 있어서 내가 숨 쉴 때마다 심장 박동을 센서로 탐지하는 것 같다는 생각을 했다. 그녀를 보고 있자니 어머니가 떠올랐다. 마찬가지로 경찰이셨던 어머니는 어릴적 내 얼굴만 보고도 거짓말을 하는지 알아차리고는 하셨다.

"물에 빠질 당시 자동차 속도가 어느 정도였는지 기억나십니까?" 보안관이 이어 물었다.

'**딜런, 속도 좀 낮춰.**'

"죄송합니다. 뭐라고 하셨죠?"

"물에 빠질 때 자동차 속도가 어느 정도였는지 기억나시는지요?"

'**딜런, 제발. 속도 낮추라니까.**'

"아뇨. 기억은 안 납니다. 분명 매우 빠른 속도였겠죠. 물살을 제때 보지 못해서 멈출 수가 없었어요."

"차는 그 즉시 가라앉았나요?"

"그렇습니다."

"두 분 다 물속에 갇히셨고요?"

"네."

"모런 씨는 차에서 빠져나왔는데, 어쩌다 부인분은 빠져나오지 못한 거죠?"

나는 움찔했다. 자동차가 공중제비를 그리다 물속에 처박히는 모습이 떠올랐다. 우리 입에서 나온 공기 방울들이 흩어졌다. 운전석 창문이 산산조각 나면서 깨진 유리 사이로 창처럼 생긴 것이 쑥 들어왔다.

"나무줄기가 차를 뚫고 들어왔습니다." 나는 설명했다. "저는 스스로 빠져나올 수 있었어요. 칼리도 끌어내리려고 했지만, 차가 움직이는 바람에 멀어졌죠."

"다시 잠수해 들어가 부인분을 찾으려 하셨습니까?"

"물론입니다."

"어느 시점에 포기하게 된 거죠?"

"포기한 적 없습니다, 보안관님." 나는 그녀에게 쏘아붙였다. "저는 의식을 잃었어요. 어느 순간 물살에 떠밀려 밖으로 나왔겠죠. 정신을 차려보니 강둑이었고 경찰들이 와 있었습니다."

"그렇군요." 보안관은 서류 폴더 안에서 손가락으로 종이 몇 장을 밀었다. 중립적인 말투였지만 목소리에서는 비난조가 느껴졌다. "몇 가지만 더 질문하죠, 모런 씨. 사고가 나기 전, 혹시 술을 마셨나요?"

"아뇨."

"전혀 안 했나요? 술 이외에 다른 약물도요?"

"다른 보안관님이 오셔서 검사했습니다. 결과는 음성이었고요."

"알고 있습니다. 다만, 검사를 하기까지 시간이 좀 걸렸기 때문에 결과가 반드시 믿을만한지는 알 수 없죠. 그래서 경찰 시스템에 모런 씨 신원을 조회해 봤습니다. 아, 이런 사건에서는 일반적으로 밟는 절차입니다. 술 문제로 처벌받은 이력이 있으시더군요? 음주 운전 기록이 두 건 보이네요."

"한참 전 일입니다. 맞아요. 가끔 과음할 때가 있지만, 오늘 밤은 술을 마시지 않았어요."

"알겠습니다."

싱클레어 보안관은 손가락으로 연필을 돌렸다. 여전히 나에게서 시선을 떼지 않았는데, 마치 자신 앞에 있는 나라는 남자를 판단하려는 것처럼 보였다. 나는 여자들이 어떤 남자를 만나면, 그게 좋든 나쁘든 순식간에 판단을 내린다고 늘 생각해 왔다. 그들은 단 몇 초 안에 믿을만한 남자인지 아닌지 결정한다.

"모런 씨께선 성격이 좀 거친 면도 있으시죠?"

"네?"

"음주운전과 더불어 과거 폭행으로 체포된 기록이 확인되네요. 술집 난투극 같은 것이었겠죠. 기록에 따르면 당신이 폭력적인 사람일 수도 있다는 겁니다."

"술에 취했을 때 몇 번 실수를 저지른 적이 있어요." 나는 인정했다. "제가 한 일을 깊이 후회하고 있습니다."

"아내를 때린 적은 없나요?"

"아뇨. **결단코** 칼리나 다른 여자 누구에게도 손찌검한 적은 없습니다. 절대요."

"언어폭력은요? 협박한 적은 없나요?"

"전혀 없습니다."

"두 분, 사이는 어땠습니까?"

딜런, 미안해, 미안해. 내가 바보 같은 실수를 저질렀어. 제발 용서해 주면 안 될까?

"뭐라고 하셨죠?" 내가 물었다.

"결혼 생활은 어땠냐고 물었습니다."

"별문제 없었습니다." 나는 거짓말했다. 생각해 보니 멍청한 짓이었다. 우리 사이의 일을 아는 사람이 있었기 때문이었다. 칼리는 장모님에게 그 문제에 대해 말했고, 나는 동료 한 명에게 털어놨다. 그렇지만 이 보안관에게 아내가 바람을 피웠다고 공개적으로 말할 수는 없는 노릇이었다.

"부인분은 부유한 가문 출신이죠? 챈스 프로퍼티 할 때 그 챈스 잖아요."

"맞습니다. 챈스 프로퍼티는 장모님의 부동산 회사입니다. 칼리는 장모님 회사에서 일했죠. 그게 무슨 상관이 있는지는 잘 모르겠군요, 보안관님."

"저는 그저 무슨 일이 일어났는지 이해하려는 겁니다. 모런 씨께서는 심하게 과속으로 차를 몰고 있었죠. 무모하게 운전했다고 말할 사람도 있을 거예요. 알코올 의존증 병력도 있으시고, 폭행 전적도 있으시니까요."

나는 얼굴을 붉혔다. 얼굴에서 화끈 달아오르는 열기가 느껴졌다. "대체 무슨 말을 하고 싶으신 겁니까? 제가 일부러 강으로 차를 몰고 가서 아내가 죽게 내버려 두었다는 겁니까?"

"무슨 뜻으로 한 말은 아닙니다."

"글쎄요, 제가 그런 짓을 할 사람이라고 생각하는 것 같군요."

"모런 씨가 어떤 사람인지 저는 모릅니다. 사고에 대한 책임이 당신에게 있다고 말하는 게 아니에요. 단지 사실을 파악하는 게 제 일이라서요."

나는 탁자 너머로 몸을 기울였다. 맨어깨에서 담요가 흘러내려 다시 끌어올렸다. 아무리 언성을 높여 보아도 내 목소리는 수신 범

17

위를 벗어난 라디오 채널에서 흘러나오는 잡음 같았다. "사실을 원한다고요? 제 아내가 죽은 게 사실입니다. 전 그녀를 사랑했어요. 아내를 살리려고 최선을 다했지만 실패했죠. 살면서 다시 한번 기회가 주어진다면 당장 그 물속으로 들어가 아내를 구할 겁니다. 이 정도면 명확한가요, 보안관님?"

보안관의 표정이 다소 누그러졌다. "그렇네요. 죄송합니다, 모런 씨."

"정말이지 혼자 있고 싶습니다." 나는 말했다. "이 모든 상황이 너무 벅차서요. 제가 지금 어디에 있는 건지도 모르겠어요."

"네, 물론 그러시겠죠."

싱클레어 보안관은 앞에 놓인 서류 폴더를 닫았다. 탁자 위에서 연필을 앞뒤로 굴리다가 주머니 안으로 밀어 넣었다. 그녀는 일어나서 문 쪽으로 갔지만, 문을 열자마자 뒤돌아서 나를 다시 바라보았다.

그녀가 무슨 말을 할지 짐작이 갔다.

"질문 하나만 더 할게요, 모런 씨. 제 부하 직원들 말로는 발견 당시에 모런 씨가 했던 말들이 대체로 앞뒤가 맞지 않았다고 하더라고요."

"그게 놀랄 일인가요?"

"아뇨. 물론 그렇지 않습니다. 그런데 모런 씨께서 사고 현장 근처 강둑에서 웬 남자를 봤다고 계속 말했다고 하더군요. 그 남자가 왜 나를 도와주지 않은 건지, 왜 아내를 구하려 하지 않았는지 계속 물어봤다고요."

나는 목이 탔다. 이건 아무도 이해 못 할 부분이었다.

18

"그런 말을 한 기억은 없습니다." 나는 대답했다.

"강 근처에서 누군가를 **보긴 했나요?**" 보안관이 물었다.

나는 눈을 감고 재빨리 숨을 들이쉬었다. 또다시 폐에서 산소를 달라고 아우성치는 게 느껴졌다. 얼굴이 수면을 뚫고 나오자 가슴이 터질 것 같았다. 숨을 한번 들이마셨다. 다시 물속으로 뛰어들려는 찰나, 나는 그를 보았다.

한 남자.

한 남자가 급류에서 겨우 3미터 정도 떨어진 강둑에 서 있었다. 번개가 번쩍였던 순간 나는 그를 똑똑히 보았다. 혼동할 여지가 없었다. 그리고 내가 보고 있는 게 불가능하다는 사실도 중요하지 않았다. 할 수 있는 일은 그에게 소리치는 것뿐이었다. 애원하고 간청하는 것뿐이었다.

저 남자가 생명줄이었다. 나는 그의 도움이 필요했다. 그가 칼리를 구할 수 있을 테니까.

'**도와주세요! 제 아내가 물에 빠졌어요! 아내 좀 찾아주세요!**'

"아뇨." 나는 목소리를 가다듬으며 보안관에게 말했다. "깜깜한 밤이었습니다. 비도 왔고요. 아무것도 못 봤습니다."

잠시 고민하는 듯 그녀의 이마에는 작고 미묘한 주름이 잡혔다. 그녀는 내 말을 믿지 않는 게 분명했다. 그리고 왜 내가 그런 거짓말을 하는지도 이해하지 못했을 것이다. 대신 보안관은 나에게 예의 바른 미소를 지어 보이고는 방을 나와 문을 닫았다. 주위는 이제 조용해졌고, 나는 혼자 남았다. 크림색 페인트가 벗겨진 벽에 둘러싸여 어른거리는 강물의 악취를 느꼈다.

그렇다, 내가 거짓말을 한 건 맞다. 하지만 이유를 말할 수는 없었다.

내가 본 남자에 대해 그녀에게 말할 수 없었다. 나조차도 이해가 되지 않기 때문이었다. 당신은 내가 상상한 거라고 생각할 것이다. 아마 그랬을 수도 있다. 나는 공황상태에 빠져 산소가 부족했다. **분명 어두운 밤이었고, 분명 억수같이 비가 내리고 있었다.**

하지만 난 내가 뭘 봤는지 안다.

내가 강둑에 서 있던 그 남자였다.

그 남자는 나였다.

2장

    사고 이후 나는 집에 돌아갈 수 없었다. 돌아가기엔 너무 일렀다. 칼리와 나는 시카고 리버 파크 근처에 있는 2층짜리 아파트에 살았다. 어릴 적 할아버지와 함께 살았던 곳이다. 에드거는 2층에 살았고, 우리 부부는 1층에서 지냈다. 집에 들어서면 칼리의 향수 냄새가 날 텐데. 벽과 벽난로 선반 위는 둘이 찍은 사진들로 장식되어 있을 테고. 옷장에는 칼리의 옷이, 욕실에는 칼리가 쓰던 샴푸가, 냉장고에는 쪽지에 적어 남긴 칼리의 짧은 시가 붙어 있을 테고. 그 집에서 3년 동안 함께 산 아내가 아직 살아있을 것만 같았다. 나는 내 아내가 죽었다는 사실을 받아들일 수 없었다.

    경찰관 한 명이 블루밍턴-노멀까지 데려다주었고, 나는 거기서 기차를 타고 시카고로 돌아왔다. 나는 내가 일하는 호텔로 걸어갔다. 그랜트 파크 맞은편 미시간대로에 있는 호텔이었다. 방을 하나 예약하고는 직원들이 몰려와 내 눈치를 살피며 위로의 말을 건네기 전에 로비를 빠져나왔다. 그 후 이틀 밤낮을 일종의 동면 상태로 보냈다. 전화가 울렸지만 무시했다. 사람들이 문을 두드렸지만 대답하지 않았다. 룸서비스를 주문해 쟁반을 밖에 두게 했다. 음식은 거의 먹지 않은 채로 다시 복도에 내놓았다.

술을 마셨냐고?

그렇다, 그것도 많이 마셨다.

당신이 나에 대해 어떻게 생각할지 안다. '딜런은 술을 마신다. 그러다 싸움에 휘말리기도 한다. 나쁜 사람이다.' 등…. 그 의견에 딱히 반박할 수는 없다. 부모님이 돌아가신 이후로 이 꼴이 되었지만, 그 이유가 내가 살아온 방식에 대한 변명이 될 수 없다. 뭐 어쩌겠나, 그게 현실인 것을. 내 안의 악한 면은 배의 닻처럼 달라붙어 있다. 한번은 칼리가 말했다. 나는 항상 또 다른 나와 싸우고 있다고, 언젠가는 그를 버려야 할 거라고. 하지만 나는 그 방법을 몰랐다.

호텔에서 두 번째 밤을 보내는 동안, 아직도 물속에 있는 악몽을 꿨다. 꿈에서 나는 길을 알려줄 나침반도 없이 보이지 않는 눈으로 어둠의 심연 속 더 깊은 곳을 향해 헤엄쳐 들어갔다. 중압감이 폐를 짓눌러 마치 금방이라도 터질 듯한 풍선처럼 만들었다. 저 너머 어딘가에서 뭉개진 목소리가 들려왔다. 칼리가 나를 부르는, 구해달라고 애원하는 목소리였다.

'딜런, 나를 찾으러 와줘! 나 아직 여기 있어!'

나는 이불에 뒤엉킨 채로 잠에서 깼다. 땀에 흠뻑 젖어 천장을 바라보며 숨을 헐떡거렸다. 몸속에 아직도 알코올이 남아 있어 어지러웠다. 호텔 방이 회전목마처럼 빙빙 돌았다. 나는 최고급 침대에서 일어나 창가로 갔다. 아래로는 그랜트 파크가 펼쳐져 있었고, 버킹엄 분수로 이어지는 거리를 따라 불빛이 빛나고 있었다. 공원 뒤편으로는 미시간 호수가 어렴풋이 보였다. 마치 폭풍우를 묘사한 그림의 배경처럼 웅장했다. 평소 이 경치를 즐기고는 했었다. 그러나 지금은 유리창에 비친 내 모습조차도 초점이 맞았다 흐려지기를 반복할 뿐이었다.

딜런 모런.

나는 내 얼굴을 바라보다가 창문에 비친 낯선 이를 보았다. 나를 응시하는 저 사람의 속내를 알 수 없었다. 마치 내가 조각나서 내 일부를 강둑에 서 있던 다른 남자에게 두고 온 것 같았다. 그럼에도 불구하고, 비치는 모습은 여전히 나였다. 내 얼굴이었다.

덥수룩하고 살짝 너저분한 검은 머리, 두껍고 짙은 눈썹, 괴물 석상처럼 아치형으로 굽은 어깨, 팽팽한 턱선과 뾰족한 턱, 단단한 광대와 날카로운 콧날 등 온통 각진 얼굴까지. 칼리는 내 얼굴을 어루만지며 손가락을 베이지 않게 조심해야 한다고 농담하곤 했다. 입술과 턱 주변에는 억센 수염이 짧게 나 있다. 깨끗하게 면도할 수가 없어서 그런 건데 이제는 포기했다. 수염은 어디든 나를 따라다니는 그림자 같은 존재다.

키가 큰 편은 아니다. 운전면허증에는 177센티미터라고 적혀 있지만, 주치의는 내가 175센티미터밖에 안 된다는 것을 알고 있다. 나는 달리기, 복싱, 웨이트 트레이닝 등을 하며 탄탄한 체형을 유지하려고 노력한다. 작고 마른 젊은 남자가 강해 보이기 위해 할 수 있는 모든 것을 한다. 딜런 모런은 건드리면 안 되는 사람이라는 걸 모든 사람에게 알리고 싶다. 내 눈을 보면 알 수 있다. 바다처럼 파란 두 눈은 강렬하며 성나 있다. 나는 무언가에 화를 내며 인생의 많은 시간을 보냈다. 화를 내는 대상은 중요하지 않았다.

재미있는 일이 있었다. 우리가 결혼한 지 얼마 지나지 않은 때였다. 칼리는 에드거의 아파트 정리를 도와주며 여기저기를 뒤지다가 열두 살 때쯤 찍은 내 사진을 발견했다. 부모님과 관련된 문제들이 불거지기 전이었다. 내가 학교 성적, 여자, 흡연, 약물 문제로 에드거와 다툼이 잦았던 고등학교 시절 이전에 찍은 사진이었다. 그때도 외적으로는 크게 다르지 않았다. 머리는 여전히 지저분했고, 키도 지금과 비슷했다. 하지만 칼리는 그 사진을 보더니 나를 다시 쳐다보았다. 나는 그녀가 무슨 생각을 하는지 알 수 있었다.

'딜런, 그동안 무슨 일이 있었던 거야?'

그때만 해도 나는 밝은 미소와 순수한 눈빛을 지닌 아이였다. 그러나 행복하게 자란 딜런은 이미 오래전에 사라졌다. 부모님과 함께 그 침실에서 죽었다. 호텔 창문에 비친 내 모습과 내 얼굴 뒤로 어우러지는 공원, 그리고 호수를 바라보며 나는 똑같이 중얼거렸다.

"딜런, 그동안 무슨 일이 있었던 거냐?"

그런 다음 남은 보드카 반병을 입에 대고 들이켰다. 창밖의 도시를 향해 여러 번 욕설을 퍼붓고는 벽에다가 유리병을 던졌다. 면도날처럼 날카롭게 부서진 파편들이 침대 시트 위로 흩어졌다. 나 자신이 실망스러워 한숨이 났다. 항상 이런 식으로 반복되었다. 나는 파편들을 주웠다. 그리고는 침대 한쪽에 걸터앉아 유리 조각들을 손에 쥐고 주먹을 꽉 쥐었다. 손가락 사이로 피가 흘러나왔다.

그날 밤 내내, 나는 그 자리에 있었다. 피가 그치고 마침내 잠이 들 때까지.

∞

강렬했던 처음의 슬픈 감정이 영원하지는 않다. 산송장이 된 기분이지만 결국엔 그래도 살아있음을 깨닫는다. 그리고 어떻게 살아가야 할지 생각해야 한다.

넷째 날 아침, 나는 호텔 방 옷장에서 양복 한 벌을 골랐다. 부지배인 타이가 내 아파트로 가서 근무할 때 입는 옷 몇 벌을 찾아서 보내주었다. 그런 면에서 유능한 사람이었다. 나는 샤워를 하고 양복을 입은 다음 넥타이를 단단히 조여 매고 방을 나섰다. 아직 세상으로 돌아갈 준비가 되지 않았지만 나에게는 선택의 여지가 없었다.

나는 엘리베이터를 타고 로비로 내려갔다. 라살 플라자는 시내의 유서 깊고 웅장한 호텔 중 하나로, 시카고 세계박람회의 '화이트 시티'[1] 시대부터 이어져 온 건물이다. 이곳에서는 19세기 말의 고급스러운 분위기를 느낄 수 있다. 로비의 대리석 바닥과 격자무늬 패널로 된 천장, 그리고 유리와 황동, 돌로 정교하게 장식된 아치 길이 눈길을 사로잡는다.

나는 루즈벨트대학교에 재학 중일 때부터 라살 플라자에서 일했으며, 벨멘으로 시작해 점차 승진을 이어나갔다. 그러던 중 이벤트 매니저로 근무했던 밥 프렌치라는 사람이 나를 보좌관으로 고용했다. 심지어 내가 사무실 밖에서 한 행동으로 문제가 생겨도 그는 나를 버리지 않았다. 6년 전, 밥은 이벤트 회사를 차리러 샌프란시스코 페어몬트로 떠났다. 그는 나에게 함께 가자고 제안했지만, 나는 시카고 밖의 삶을 상상할 수 없었다. 밥은 호텔 지배인들에게 자신의 자리에 나 말고는 누구도 앉히지 말라고 당부했다. 당시 내 나이

---

1 1893년 아메리카 신대륙 발견 400주년 기념이라는 주제로 개최된 시카고 박람회. 박람회장 건물은 외벽이 모두 하얗게 칠해져 '화이트 시티'라고도 불렸다.

와 퇴근하면 집에 안 가고 곧장 베르호프로 가서 술을 마셨던 버릇을 생각하면 이는 커다란 믿음의 표시였다. 그 이후로 나는 회사에서 내린 결정이 옳았다는 것을 증명하려고 노력했다. 하루에 열네 시간씩 일하고 주말 밤에도 일할 때가 많았다. 칼리는 "당신에게는 일이 인생이네."라고 여러 번 말했지만, 그 말이 칭찬은 아니었다.

처음으로 들른 곳은 사무실이 아니라 호텔 연회장이었다. 칼리와 나는 여기서 결혼했는데, 시카고에서 제일 인기 있는 결혼식 장소였다. 이 2층짜리 공간은 금박으로 꾸며진 일종의 베르사유궁 축소판이었다. 벽에는 샹들리에 벽 등이 붙어 있고, 원형 문 위로는 아기 천사들이 날아다니고 있으며, 천장에는 벽화가 그려져 있다. 나는 뒤쪽에 서서 시설관리팀이 저녁 행사를 위해 의자와 무대를 준비하는 모습을 지켜봤다. 보통은 몇 주간 치러질 연회 행사를 한 번에 줄줄 읊을 수 있지만, 사고 때문에 어떤 세부 사항은 기억에서 지워졌다. 출입문 근처에 놓인 커다란 마케팅 포스터에 눈길이 갔다. 나는 돌로 된 바닥을 가로질러 걸어갔다. 오늘 밤 내 연회장을 예약한 사람이 누구인지 알고 싶었다.

포스터에는 40대로 보이는 매력적인 여자 사진이 실려 있었다. 굽이치는 파도처럼 위로 쓸어 넘긴 갈색 머리에는 부분적으로 금발이 반짝거렸다. 여자는 백인이었지만 갸름한 아몬드 모양의 눈으로 보아 조상 중 아시아계 혈통이 있을 것 같았다. 그녀의 황금빛 갈색 눈은 카메라를 응시하고 있었다. 입술 사이로 치아를 살짝만 보이며 몽환적인 미소를 짓고 있었다. 검은색 긴 팔 니트 상의를 입고, 책상 위에 팔을 얹어 몸을 앞으로 내민 자세였다. 마치 애무하는 것처럼 손가락을 구부리고 있었다. 가까이 오라고 손짓하는 것처럼,

전체적으로 은밀하고 에로틱한 효과를 내는 사진이었다.

사진 위에는 여자의 이름과 강연 제목이 적혀 있었다.

이브 브라이어 박사
작가, 정신과 의사, 철학자
"다중 세계, 다중 의식."

그녀를 기억해보려고 애썼지만 아무 생각이 나지 않았다. 늘 여기서 회의와 강연을 개최했지만, 이브 브라이어라는 사람의 행사를 잡은 기억은 전혀 없었다. 사진상으로는 쉽게 잊힐 얼굴이 아니었다. 하지만 그녀에게는 뭔가 익숙한 느낌이 있었다. 얼굴을 보고 있자니… 뭘까? 이게 무슨 느낌일까? 정확한 기억이라 할 수는 없었지만, 어딘가에서 만난 적이 있는 것만 같았다.

"안녕하셨어요, 딜런."

내 뒤에서 목소리가 들려왔다. 뒤돌아보니 부지배인 타이 라가사가 보였다. 그녀의 얼굴은 슬픔으로 가득했다. 그녀는 내게 다가와 목에 팔을 두르고 꼭 안아주었다. 친밀하게 구는 그녀가 불편했지만 나는 굳이 밀어내지 않았다. 그녀는 생각했던 것보다 훨씬 오래 나를 껴안고 있다가 놓아주었다. 타이는 눈물을 닦더니 손을 내밀어 내 두 손을 잡았다. 그녀의 기다란 손톱이 내 손을 찌르는 게 느껴졌다.

"뭐라고 해야 할지 모르겠네요." 그녀가 나에게 말했다.

"알아."

"너무 끔찍한 일이에요."

"그래."

"출근해도 괜찮겠어요?"

"아니, 그래도 혼자 있다가는 미쳐버릴 거야."

"그렇겠죠."

타이는 나를 연회장 맨 뒤 의자로 데려갔다. 우리는 나란히 앉았다. 시설관리팀 직원들이 주위를 왔다 갔다 하며 높은 천장 아래에서 울려 퍼지는 목소리로 서로에게 말을 걸었다. 청소 장비로 가구를 두드리는 소리도 들렸다. 나는 손을 떼려고 했지만 타이는 놓아주지 않았다.

"제가 도와줄 건 없나요?" 그녀가 물었다.

"없어."

"모든 호텔 직원이 당신 편이에요. 그러니까 뭐든 필요하면 말하세요. 언제든지 도와드릴게요."

"그래."

"여기 계실 필요 없어요. 정말로요. 제가 다 알아서 할 테니까요. 괜찮아요."

"그렇게 말해주니 고마워."

"마음 추스르는 일에만 집중해요." 그녀가 말했다.

"고마워."

그녀는 내 뺨에 부드럽게 입을 맞췄다. 청량한 꽃향기가 나를 감쌌다. 그녀는 뒤로 물러나며 흑단같이 새까만 눈동자로 내 눈을 바라봤다. 그녀의 검은 머리카락 몇 가닥이 내 셔츠 단추 위에 남았다.

"혹시 말동무가 필요하다면 저한테 연락하세요." 그녀가 중얼거렸다. "아직 준비가 안 되셨겠지만, 언제든지 원한다면…"

"아직은 아냐. 아직은 그럴 마음의 준비가 안 됐어."

"알겠어요."

그녀의 무전기에서 신호음이 울렸다. 직원 한 명이 그녀에게 연락해 케이터링에 관해 문의하고 있었다. 호텔 안팎의 공급업체와 지속적으로 연락을 유지하는 것도 우리 일 가운데 하나였다. 행사를 성공적으로 치르려면 수많은 세부사항을 하나씩 순서대로 정리하는 게 필수였다. 타이는 무전에 응답하며 미안하다는 표정을 지었지만, 나는 혼자 있을 여유가 생겨 좋았다.

나는 6년 전 타이를 뽑았다. 내가 승진한 직후였다. 그녀는 나처럼 루즈벨트대학을 나와 호텔경영 석사 과정을 밟는 중이었다. 나는 직원을 뽑을 때 직감에 따르는 편인데, 내 직감에 따르면 그녀는 영리한 사람이라 언젠가 이 호텔을 이끌 것 같았다. 올해 스물여덟 살인 그녀는 필리핀의 보수적인 가톨릭 집안에서 태어났다. 타이 본인도 신앙심이 깊은 사람이었지만, 시카고와 같은 대도시에서 보수적인 삶을 유지하는 건 쉽지 않았다. 최근 몇 년 동안 그녀는 테킬라와 힙합 음악, 그리고 앙상한 몸매를 강조하는 타이트한 드레스를 영접했다.

타이는 체구가 작았다. 150센티미터 남짓 되는 키에 하이힐을 신고 언제나 열정적으로 움직였다. 그녀의 검은 눈동자는 끝내주는 눈썹 아래에서 반짝였고, 입술은 언제나 선홍색이었다. 자주 미소를 지었는데, 그럴 때마다 볼에 보조개가 생겼다.

만약 우리 관계에 대한 포스팅을 페이스북에 올린다면 나는 '복잡하다'라고 적을 것이다. 나는 그녀를 멘토링하는 게 좋았다. 내가 일을 얼마나 잘 해내는지 말하며 추켜세워 주는 그녀의 행동이 마음에 들었다. 연회장에서 결혼하는 커플들에 대해 빈정거리며 속삭였던 시시한 농담들이 좋았다. 그녀는 나에게 여동생 같은 존재였다. 그리고 난 오빠 된 기분으로 그녀에게 비밀을 털어놓곤 했다. 가장 최근에는 칼리의 하룻밤 정사에 대해 말했는데, 타이는 여느 우애 좋은 여동생처럼 내가 옳고 칼리가 잘못된 거라고 잽싸게 나를 안심시켜 주었다.

나는 타이가 여자로는 느껴지지 않았기 때문에 이런 식으로 지내는 게 문제없다고 여겼다. 하지만 칼리의 생각은 달랐다. 둘이 처음 만난 순간부터, 칼리는 타이를 탐탁지 않게 여겼다. 본인이 하고 싶은 말을 표현하기 위해 신조어를 만들어 내는 습관이 있었던 칼리는 타이를 위한 단어 하나를 만들었다. '조종 여우'. 칼리의 사전에서 그 단어는 순진한 척하면서 원하는 것을 얻어내는 지배적이고 통제적인 여자를 의미했다. 자신의 힘으로 능력을 키워온 칼리에게 그것은 최악의 죄악이었다.

"딜런, 그래서 제가 뭘 도와드리면 될까요?" 타이가 무전기를 치우며 물었다. 그녀는 기다란 손가락으로 내 턱을 잡아 얼굴을 돌려 자신을 바라보게 했다. "당신에게 필요한 건 무엇이든 돕고 싶어요."

"아직은 필요한 게 뭔지도 모르겠어." 나는 대답했다. 그건 사실이었다. "나 대신 여기 일을 잘 부탁해, 알았지?"

"물론이죠."

"바로 업무에 복귀할 수 있을 거라 생각했는데 무리인 것 같아. 아직은."

"아무도 당신이 그렇게 빨리 복귀할 거라고 생각하지 않을 거예요." 타이가 말했다.

나는 손목시계를 보고 시간을 확인했다. "가야겠어. 한 시간 후에 시카고 미술관에서 에드거를 만나야 하거든. 늦으면 노발대발하셔서."

"할아버지도 아세요? 그러니까 칼리일 말이에요."

"전화로 말씀드렸는데, 내 말을 제대로 이해하신 건지 모르겠어. 게다가 단기 기억력이 엉망이신 상태라."

"그렇군요."

나는 의자에서 일어났다. 타이도 일어나 나를 또 한 번 오래 껴안았다.

"오늘 밤에도 호텔에서 묵을 건가요?" 그녀가 물었다.

"아마도. 아직 집으로 돌아가지 못하겠어."

"퇴근해서 전화할게요."

"그러지 않아도 돼."

"당신이 괜찮은지 확인하고 싶을 뿐이에요."

그녀는 내 어깨를 꽉 잡으며 말했다. 나는 공허한 미소를 지으며 고마움을 표현했다. 돌아서서 가려는데 뒤늦게 궁금했던 게 생각났다.

"그런데 이브 브라이어가 누구야?"

"뭐라고요?"

연회장 문 근처에 놓인 포스터를 가리켰다. "오늘 밤 행사에서 강연하는 사람이라는데."

"아는 사람 아니에요?"

"아니."

"음, 이상하네요." 타이가 대답했다.

"뭐가?"

"나한테는 딜런이 추천해서 이 호텔을 골랐다고 말했거든요."

"내가 추천해서? 나랑 아는 사이라고 말했다고?"

"그럼요."

나는 이브 브라이어 박사의 사진을 다시 한번 쳐다봤다. 아까처럼 그녀의 눈이 나를 유혹하는 듯한 느낌이었다. '**가까이 와. 나에 대해 알아봐.**' 그렇다. 익숙한 얼굴이었지만, 나는 그녀를 만난 기억이 없었다.

"어디선가 우연히 그녀를 만났는데 내가 영업에 성공했을지도 모르지." 나는 추측했지만, 실제로는 그렇게 믿지 않았다. "어떤 여자야?"

"요즘 세대 자기 계발 전문가인 것 같아요." 타이가 설명했다. "자기가 쓴 책 한 권을 주고 갔는데 아직 읽지는 못했어요. 아무튼, 인기가 많은 사람이더라고요. 강연에 사람들이 많이 모일 것 같아요."

"다중 세계, 다중 의식이라." 내가 말했다. "이게 무슨 말이지?"

"듣자 하니 물리학의 양자역학 이론을 심리치료에 적용한대요. 우리 모두가 무수히 많은 평행우주의 일부라는 내용이에요. 어떤 선택을 할 때마다 우리를 빼닮은 사람이 다른 우주에서 반대의 선택을 한다는 거예요."

"평행우주라고?" 나는 의심스럽다는 듯이 말했다.

난 평행우주라는 개념을 이해할 수 없었다. 아마도 그녀가 했던 다른 말에 집중하고 있었기 때문일 수도 있었다.

빼닮은 사람. 마치 판박이나 쌍둥이처럼. 폭풍우 속에 서 있던 그 남

자처럼.

"그분 말에 따르면 그렇대요." 타이가 대답했다. "이브가 연회장 공간 사용에 관해 계약서에 서명할 때, 계약에 서명하지 않은 완전 별개의 우주가 이미 만들어졌다고 말하더라고요.

"그래서 뭐라고 했어?"

타이는 눈을 찡긋했다. "그녀에게 대관 요금을 지급한 우주에 살아야 한다고 했죠."

3장

에드거를 만나러 미술관으로 가던 중, 나는 미술관 남쪽 정원에 있는 오대호 분수 근처에 멈춰 섰다. 그 분수에서는 조개껍데기에서 시작된 물이 청동으로 만든 다섯 명의 아름다운 여인 위로 흘러내렸다.

이곳은 나에게 추억으로 가득했다.

어느 봄날 오후, 칼리와 함께 이곳에 앉아 있었다. 주엽나무 사이에서 손을 잡고 졸졸 흘러내리는 물소리를 들었다. 아직 연애 초기였다. 서로 사랑하는 걸 알았지만 모든 이야기를 공유하지는 않았다. 칼리는 초록색 긴소매 스웨터에 체크무늬 치마를 입고 있었는데, 그 모습이 마치 아일랜드 반란군 같은 느낌이었다. 사계절이 어울리는 여자였다. 그녀의 피부는 상앗빛으로 창백했고 얼굴에는 주근깨가 약간 나 있었다. 그녀의 눈동자는 빛에 따라 색이 변했는데, 선선한 4월의 그늘에 있던 그날은 구슬픈 컨트리 노래를 연상시키는 푸른색이었다. 그녀는 왼쪽 귀 윗부분에 단추형 황동 귀걸이 하나를 끼고 있었다. 마치 혼자서도 머리를 자를 수 있다는 걸 세상에 알리려는 듯이 어깨선까지 들쭉날쭉하게 자른 금발 머리에서는 싱

싱한 로즈메리 향이 났다.

나는 그날을 또렷이 기억했다. 그날은 아버지가 어머니에게 한 일을 칼리에게 말한 날이기 때문이었다. 물론 그녀도 무슨 일이 일어났는지는 알고 있었다. 하지만 내가 침실 구석에서 실제로 목격한 내용까지 자세하게는 알지 못했다. 로스코를 제외하고 혼자만 간직하던 비밀이었다. 나는 칼리에게 털어놔야 할 중요한 이야기가 있다고 말했는데, 그녀는 그게 뭐라고 말하지 않았는데도 이미 눈치챈 것 같았다. 어린 시절 내가 겪은 그 순간은 그녀가 나에 대해서 모르는 부분이었다. 그렇다 해도 분수대 옆에 함께 앉아 있자니 말이 제대로 나오지 않았다. 어찌 된 일인지 머릿속 프로젝터 스위치를 켜고 내가 열세 살이던 때로 돌아갈 수 없었다. 휘둥그레진 눈으로 연기 냄새를 맡으며 바닥에 흐르던 피를 바라보던 그때로 돌아갈 수 없었다. 과거로 돌아가더라도 다시는 찾고 싶지 않은 장소가 누구에게나 있는 법이니까.

칼리는 나를 내버려 뒀다. 재촉하지 않고 내가 자발적으로 이야기하기를 기다렸다. 그게 안 되자, 그녀는 내가 용기를 낼 수 있도록 자신의 이야기를 들려주었다. 칼리의 이야기 대부분은 그녀의 어머니와 관련된 것이었다.

"수잔나가 처음으로 했던 사업이 망했었다고 말했던가?" 그녀는 어머니나 엄마라고 부르지 않고 항상 수잔나라고 불렀다. "챈스 프로퍼티를 시작하기 전에 파산했던 적이 있거든. 그 사실을 아는 사람은 별로 없어."

"그래?"

칼리가 그 순간 왜 그 이야기를 들려주었는지는 알 수 없었다. 하

35

지만 그녀에게는 언제나 그녀만의 이유가 있었다.

"응, 몇 년 전에 있었던 일이야. 수잔나와 수잔나의 친구는 큰 회사에서 나와 그들만의 사업을 시작했어. 둘이서만 하는 변변찮은 사업이었지만, 수잔나가 어떤 사람인지 알잖아. 그녀에겐 큰 계획이 있었어. 그들은 꽤 무리해서 돈을 투자했지. 그녀의 파트너 이름은 브렌이었는데, 난 브렌을 참 좋아했어. 그때 우리는 데번대로의 작은 아파트에 살았는데, 브렌은 수잔나를 만나러 올 때마다 수퍼독에서 포장 음식을 사다 주곤 했지."

"그때가 몇 살이었어?" 내가 물었다.

"열한 살, 열두 살쯤 되었을 거야. 아까도 말했지만, 난 브렌을 정말 좋아했어. 두 사람은 동갑이었고 오래 알고 지냈지만 주도권은 분명 수잔나가 쥐고 있었지. 브렌은 수잔나를 기쁘게 해주려고만 했던 것 같아. 하지만 어린 내가 봐도 가망이 없어 보이는 관계였어. 아무튼, 사업을 시작한 지 겨우 1년밖에 안 됐을 때 브렌이 실수를 저질렀어. 큰 실수였지만 수잔나도 동의했던 문제라 브렌만의 잘못은 아니었어. 두 사람은 밀워키 남쪽에 있는 상업용 건물 몇 채를 매입했어. 브렌이 시카고에서 이전하는 대기업 본사에 관한 내부 정보를 가지고 있었거든. CEO가 직접 말해준 믿을 만한 정보였지. 그런데 알고 보니 그 정보는 그 기업이 시에서 세금 감면을 더 많이 받으려고 꾸민 계략에 불과했어. 수잔나와 브렌은 그 속임수에 당해버린 거야. 그들은 모든 것을 잃었어."

칼리는 말을 멈췄다. 그리고는 물을 쏟아내는 조각상 속 여인들을 바라보았다. 오대호에서 다시 오대호로 이어지는 물의 흐름을 상징하는 조각상이었다. 그때 홍관조 한 마리가 조각상의 한 여인 머리 꼭대기에 앉아 참으로 근사한 봄날이라는 듯이 지저귀었다.

"그날 브렌이 집에 왔는데 수잔나는 그녀에게 폭언을 퍼부었어." 칼리가 말을 이었다. "모든 실패를 브렌의 탓으로 돌렸지. 자신들은 이제 망했다고, 브렌에게 실패자라고 말했어. 브렌이 뭘 제대로 해 낼 거라고 믿는 게 아니었다고 말했어. 수잔나는 아주 볼만하게 야 단법석을 떨었지. 브렌은 앉아서 수잔나의 말을 듣기만 했어. 그러 니까, 브렌은 수잔나에게서 어떤 대접을 받을지 뻔히 알면서도 우 리 집에 왔던 거야. 심지어 잊지 않고 나를 위해 수퍼독에서 포장까 지 해오면서 말이지."

나는 칼리가 마음을 다잡는 것을 지켜보았다. 그녀의 얼굴에 드 러난 감정이 어떤 건지 알 수는 없었지만, 이 이야기에는 반전이 존 재한다는 걸 알아차릴 수 있었다. 브렌은 그녀에게 중요한 사람이 었고, 그것이 이 시점에 브렌에 대해 이야기하는 이유일 거라고 생 각했다. 내가 내 과거와 씨름하는 이 시점에.

"칼리?" 나는 부드럽게 물었다. "무슨 일이 있었는데?"

"그날 밤, 브렌이 자살했어. 욕조 안에 들어가서 손목을 그었지."

숨이 턱 막히는 듯한 신음이 목에서 튀어나왔다. "정말 유감이 야."

"브렌은 실제로 수잔나에게 **사과 쪽지**를 남겼어. 믿어져?"

"정말 유감스러운 일이다." 나는 재차 말했다.

"나는 엄마를 사랑해, 딜런. 하지만 가끔 미워할 때도 있어. 엄만 인정사정없이 잔인해질 수 있는 사람이거든. 솔직히 말하면, 난 내 가 엄마처럼 될까 봐 항상 두려워. 그녀의 유전자가 내 안에 있어서 운명을 피할 수 없을까 봐."

"무슨 마음인지 이해해."

나도 그랬으니까. 그녀의 마음이 어떤지 정확히 알 수 있었다. 나도 아버지처럼 되지 않을까 평생을 두려워하며 살았다.

칼리는 눈물을 닦고 기다렸다. 난 그녀가 무엇을 기다리는지 알았다. 그녀는 잠긴 내 마음의 문을 열기 위해 자기가 할 수 있는 몫을 다 했다. 편안한 환경을 만들어 주었다. 그녀가 자신의 아픔과 정체성에 대한 두려움을 털어놨으니, 나도 할 수 있었다.

길게 이어진 침묵 속에서 나는 힘을 모았다. 속삭이는 것보다 조금 더 큰 목소리로 말했다. "어머니는 가방을 싸고 있었어."

칼리는 설명이 필요하지 않았다. 무슨 일이 일어난 건지 말해줄 필요도 없었다. 그녀는 내게 손을 내밀었고, 어느 때보다도 격렬하고 깊은 시선으로 내 눈을 바라봤다. 나는 호흡이 거칠어지고 심장 박동이 빨라졌다. 여전히 머릿속에서 그 모든 광경이 그려졌다. 항상 내 머릿속에 있었기 때문이었다. 술에 취해 정신이 나간 아버지의 벌겋게 달아오른 얼굴, 그리고 몇 년을 입고 다녀 낡아빠진 가죽 재킷이 선명했다. 나는 구석에 앉아 무릎을 가슴까지 끌어안고 두 사람을 바라보았다. 그 광경이 보였다. 칼리도 그 광경을 볼 수 있도록 말을 끄집어내야만 했다.

"어머니는 가방을 싸고 있었어." 나는 다시 말했다. "서두르는 모습이었지. 그 집에서 날 데리고 나가려고 했어. 떠나려고 했던 거야. 우리는 한동안 어머니의 경찰 친구와 함께 살게 될 거라고, 그렇게 말했지. 경찰 친구, 남자였어. 난 어머니가 그와 바람을 피우고 있다는 사실을 꿈에도 몰랐어. 하지만 아버지는 알고 있었던 거지. 알고 있었어."

나는 아버지가 어머니에 대해 했던 말들을 기억했다. 어머니의 얼굴에 대고 소리쳤던 욕설들을 기억했지만 그 말들을 되풀이해 말할 순 없었다. 누구에게도 말할 수 없었다. 너무나 상스러운 말들이었기 때문이다.

"어머니의 권총은 화장대 위에 있었어." 나는 말을 이었다. "왜 그곳에 총을 두었지는 모르겠어. 서두르다 보니 신경을 쓰지 못했던 것 같아. 아버지는 어머니에게 소리를 지르고 있었는데, 어머니는 옷을 계속 가방에 집어넣기만 했어. 아버지는 점점 더 화가 났지. 그 순간 아버지가 권총을 집어 들었어. 그 장면이 꼭 슬로우모션처럼 보였어. 무슨 말인지 알아? 아버지는 권총을 손에 들고 망설였어. 오래는 아니었고 몇 초 정도. 그리고는 격발장치를 당긴 다음 발사했어. 튀어나온 피로 침대와 벽이 온통 물들었지. 어머니는 쓰러졌어. 그냥 그렇게 죽은 거야. 아버지는 충격에 빠진 표정으로 어머니의 시체를 바라봤어. 자신이 한 짓을 믿을 수 없다는 듯이. 그리고는 나를 쳐다봤어."

칼리는 내 손을 꼭 잡았다. 다리에 매달려 있는 나를 떨어지지 않도록 잡아주는 유일한 존재 같은 느낌이었다.

"그는 구석에 있는 나를 바라봤어. 난 그가 무슨 생각을 하는지 알았지. 눈에서 읽을 수 있었거든. **다음은 나구나. 나도 죽일 거야.** 아버지가 총을 들어 나를 겨누는 걸 봤지만 나는 얼어붙어서 꼼짝도 할 수가 없었어. 그런데 나를 보면서 그에게 어떤 심경 변화가 생긴 것 같았어. 아버지는 총구가 자신의 턱밑에 닿을 때까지 팔꿈치를 계속 구부렸어. 그리고는 들릴 듯 말 듯 하게 흐느꼈어. 그 흐느낌은 정말 선명히 기억이 나. 주인이 죽었을 때 개가 낑낑거리는 소리 같았거든. 그리고 총을 쐈어."

칼리는 울고 있었다. 소리 내지는 않았지만 숨쉬기 힘들 정도로 울고 있었다. 나는 울지 않았다. 그 당시에 눈물이 마를 때까지 다 울어버린 탓이었다.

"내가 막을 수 있어야 했는데." 내가 말했다.

그녀는 내 목을 감싸 안고 수년간 사람들이 나에게 해온 말을 건 넸다. "당신은 아이였어. 그저 어린 남자아이였는데 뭘 할 수 있었 겠어?"

그렇다. 내가 뭘 할 수 있었을까?

나는 열세 살 때부터 매일 스스로에게 그 질문을 해왔다. 결코 답 을 찾을 수는 없었지만 찾았다 해도 상관없었을 것이다. 아무리 바 라고 기도해도 기회는 다시 주어지지 않는다. 할 수 있는 일은 저지 른 실수를 받아들이는 것뿐이다. 하지만 안타깝게도 그 방법을 알 려주는 설명서는 없다.

몇 년이 흐른 지금, 나는 마치 무한 루프 속에 살고 있는 것 같다. 그들은 모두 나 때문에 죽었다. 어머니, 로스코, 그리고 칼리까지.

매번, 정말이지 매번 똑같았다.

내가 막을 수 있어야 했는데.

∞

에드거와 나는 매주 목요일 점심에 에드워드 호퍼의 대표작 「밤 을 지새우는 사람들」 앞에서 만났다. 할아버지와 나는 많은 면에서 생각이 달랐지만 미술관에서 가장 좋아하는 그림이 이 작품이라는 데는 의견을 같이했다.

여러 해 동안 같은 자리에 서서 호퍼의 그림 속 손님들을 바라보았다. 그러다 보면 늦은 밤 식당을 찾은 세 사람 가운데 화가에게 등을 보이는 외로운 남자가 나인 것처럼 느껴지기도 했다. 얼굴은 보이지 않는 그 남자. 그 남자는 시카고에 홀로 사는 나를 대변하는 존재였다. 하지만 칼리를 만난 이후로 나는 몸에 착 붙는 빨간 드레스를 입은 빨간 머리 여자 옆에 앉은 다른 남자가 나라는 생각이 들었다. 나는 그 남자가 되는 게 좋았다. 그의 담배와 모자, 양복이 좋았고 무엇보다 함께 있는 여자가 마음에 들었다.

그림 앞에 서 있던 중 갤러리 나무 바닥에 닿는 할아버지의 지팡이 소리가 들렸다. 에드거가 내 옆으로 다가왔다. 그는 7년 전 가벼운 뇌졸중이 발병한 이후로 오른 다리를 절뚝였다. 거꾸로 쓴 시카고 컵스 야구 모자, 구불구불한 회색 가슴털이 드러나는 헤인즈 브이넥 흰색 티셔츠, 헐렁한 갈색 반바지, 잘 닦은 검은 구두, 검은 양말까지. 그랬다. 에드거에게는 자신만의 스타일이 있었다. 다른 사람이 어떻게 생각하든 신경 쓰지 않았다. 그는 나를 아는척하지 않았다. 대신 호퍼의 그림을 바라보며 만족스럽다는 듯이 한숨을 내쉬었다.

할아버지가 아흔넷의 나이로 아직 살아있다는 사실은 일종의 기적이었다. 평생을 애연가로 살아왔고, 주로 먹는 음식은 시카고식 핫도그와 버드와이저 맥주였다. 한때는 나와 키가 비슷했지만, 지난 몇 년간 키가 줄어들어 이제는 나보다 7~8센티미터는 작았다. 아파트에서 잘 나오려고 하지 않아서, 칼리와 내가 간호사를 고용해 일주일에 몇 번씩 방문하도록 했지만 에드거는 질색했다. 그리고 매주 목요일이면 비가 오나 눈이 오나 바람이 불고 추워도, 그는 미술관에서 나를 만나기 위해 버스를 타고 시내로 향했다. 나는 그가 나를 만나러 오는 건지, 아니면 「밤을 지새우는 사람들」을 보러 오는 건지 알 수 없었다.

"이 미술관에 호퍼의 그림이 걸릴 수 있었던 이유가 나 때문이라고 말한 적 있던가?" 에드거가 물었다.

이것은 우리의 루틴이었다. 그는 매주 나에게 같은 질문을 하고 같은 이야기를 했다. 천 번은 말한 이야기라는 걸 그가 잊은 건지, 아니면 개의치 않는 건지 알 도리가 없었다.

"내가 여섯 살 때였지." 말을 이어가던 에드거는 자신의 목소리를 들으며 보청기 볼륨을 조정했다. 그의 목소리가 갤러리 전체에 울려 퍼졌다. "부모님은 마셜 필즈 백화점의 크리스마스 진열창을 보여주려고 나를 시카고에 데려갔단다. 우리는 스테이트가와 랜돌프가가 만나는 모퉁이에 있었는데, 백화점 근처에서 흰 턱수염이 무성하게 난 남자를 보았어. 분명 산타클로스일 거라고 확신했지. 나는 달려 나가다가 길을 건너려던 어떤 남자와 부딪혔어. 남자는 완전히 나가떨어졌고. 바로 그 순간, 곡물을 실은 트럭이 날카로운 소리를 내며 교차로를 지나갔어. 내가 그 남자를 쓰러뜨리지 않았다면 그는 분명 죽었을 거다. 그런데 그 남자가 누군지 아냐?"

나는 미소지었다. "누구였나요, 에드거?"

"그 남자 이름은 다니엘 캐튼 리치였다. 시카고 미술관 관장이었지. 그때가 1941년 크리스마스였고, 바로 다음 해에 리치는 에드워드 호퍼에게서 직접 「밤을 지새우는 사람들」을 사들였어. 그 이후로 계속 여기서 전시되고 있는 거지. 내가 없었으면 이 그림이 어디로 갔을지 누가 알겠냐?"

에드거는 항상 그랬듯이 만족스러운 표정으로 발을 이리저리 움직였다.

나는 그가 그림을 오래 바라볼 수 있도록 방해하지 않았다. 칼리 얘기를 꺼내기가 망설여졌기 때문이기도 했다. 에드거가 어떻게 반응할지 알 수 없었다. 근처에 사람이 줄어들자 마침내 나는 낮은 목소리로 말했다. "에드거, 제가 전화했던 것 기억나세요? 제가 무슨 말을 했는지요?"

할아버지는 컵스 모자를 벗고 덥수룩한 회색 머리를 긁적였다. "무슨 용건이었는데?"

"칼리에 대해서요. 칼리에게 일어난 일에 대해서 말씀드렸어요."

그의 눈을 보니 무언가를 떠올리는 기색이 없었다. 일들은 에드거의 마음속에 들어왔다가 오래 머물지 않고 금방 사라졌다. 그는 모자를 다시 쓰고 그림을 응시했다. 내가 그에게 중요한 무언가를 말했고 그것을 기억해내야 하는 것을 안다는 듯이 불만족스러운 표정으로 눈썹을 찌푸렸다.

"칼리가 죽었어요." 나는 그에게 다시 한번 말했다. 마음이 찢어질 듯 아팠다.

에드거는 아무런 대답도 하지 않고 한참을 생각에 잠겼다. 얼마의 시간이 지나자, 나는 그가 내 말을 듣기는 했는지 의문스러워졌다. 그러더니 그는 입술을 꾹 오므리고 무슨 생각을 했는지 말했다.

"여자 없이 사는 게 더 낫다." 그는 경멸하는 듯이 신랄한 어조로 단언했다. "여자들은 뒤통수치는 것들뿐이야. 마누라는 내가 쉰 살 때 다른 남자를 만나 날 떠났다. 그 이후로 다시는 안 봤지. 없어지니 속이 다 시원해."

"에드거." 나는 한숨을 쉬었다. 또다시 독설을 듣고 싶지 않았다. 오늘은 아니었다.

"마누라가 나더러 도대체 당신이라는 존재가 뭔지 이제 모르겠다고 하더라! 그게 무슨 뜻이냐? 생활비를 벌어서 댄 사람은 나였는데. 바로 나였다고. 네가 행운아란 걸 언젠가는 깨달을 거다, 딜런."

나는 눈을 질끈 감았다. 두 주먹을 불끈 쥐고 화를 자제하려고 안간힘을 썼다.

에드거가 나이가 많아서 그런 거라고 말하고 싶지만, 사실 그는 평생 이런 식이었다. 성미가 고약한 개자식이었고 비열한 농담의 제왕이었다. '주의자'가 붙는 말은 죄다 에드거에게 해당했다. 개인주의자, 인종차별주의자, 여성혐오주의자. 할머니를 만나본 적은 없지만, 그가 할머니를 잘 대해주지 않았을 게 뻔했다. 그래서 할머니가 쪽지 한 장 남기지 않고 짐을 싸서 캘리포니아로 떠났을 것이다.

에드거의 분노 밑에는 수없이 많은 고통과 죄책감이 가려져 있었다. 사람들은 아버지가 한 일에 대해 할아버지를 비난했고, 어떤 면에서는 에드거도 스스로를 탓했을 것이다. 아들이 며느리를 살해하면 자신이 뭘 잘못한 건지 묻지 않을 수 없으니까. 게다가 아들 내외가 모두 사망한 상황에서 에드거는 홀로 10대밖에 안 된 손주를 키워야 했다. 내가 할아버지의 아파트로 이사 왔을 때 그는 이미 70대였다. 그에게 쉽지 않은 일이었다는 건 분명했다. 나는 상처 받고 화가 나 있었다. 세상과 에드거를 증오했다. 그리고 그 사실을 숨기지 않았다.

에드거, 아버지, 그리고 나까지, 정말이지 굉장한 가계도였다. 하지만 칼리가 죽었다는 얘기를 듣고 나에게 행운아라고 말하는 것을 듣고 있을 수만은 없었다.

"좀 둘러보고 올게요." 나는 소리를 지르고 싶은 충동을 억누르며 짤막하게 말했다. 그 자리에서 벗어나지 않으면 나중에 후회할 말을 내뱉을 것 같았다.

"그래, 그러든지. 나중에 핫도그는 먹을 거지?"

"그래요."

"칼리는 오는 거냐?" 에드거가 물었다. "그 애는 놓치면 안 되는 여자다."

이번에는 정말 나이 탓이었다. 벌써 잊어버린 것이다.

"아뇨." 나는 두 번 말하고 싶지 않아 즉각 대답했다. "아뇨, 칼리는 오늘 못 와요."

"아쉽네. 알지? 칼리는 너한테 과분한 여자야."

"네, 저도 알아요."

나는 「밤을 지새우는 사람들」 앞에 할아버지를 두고 자리를 떴다. 내가 옆에 있을 필요는 없었다. 그는 몇 시간이고 거기서 그림을 바라보며 다가오는 사람들에게 다니엘 캐튼 리치와의 일화를 들려줄 것이다.

특별히 가고 싶은 곳은 없었다. 그저 숨을 쉬고 싶었는데 여기서는 그게 힘들었다. 미술관 안은 관광객들로 북적였고, 「아메리칸 고딕」과 「수련」 같은 유명 작품들 앞에 사람들이 몰려있었다. 답답한 가슴을 붙들고 이 건물 저 건물을 쉬지 않고 돌아다녔다. 화장실에 들어가 세수를 하려고 세면대 수도꼭지를 틀었다. 물소리만 들었는데도 숨이 가빠지려 했다. 물이 조금씩 똑똑 떨어지는 소리가 머릿속을 울려댔다. 나는 수도꼭지를 잠그고 넘어지지 않으려 세면대를 붙들었다. 거울에 비친 모습이 나를 쳐다봤다. 여전히 낯선 사람처럼 불분명한 형상이었다. 나는 땀에 젖어 비틀거리며 화장실에서 나왔다.

어디를 가든지 사람들이 쳐다보는 느낌이었다. 가는 곳마다 시선이 따라다니는 것 같았다. 사람들이 나를 밀치고 길을 막았다. 그러고는 노려보며 마치 "저 남자야. 부인이 죽었대."라고 속삭이는 듯했다. 그림들도 나를 따라다니며 괴롭혔다. 앤디 워홀의 「엘리자베스 테일러」가 붉은 입술과 푸른 눈화장 뒤에서 나에게 추파를 던졌다. 르누아르의 「두 자매」 중 꽃 장식된 모자를 쓴 동생이 호기심 어린 눈길로 나를 바라보았다. 그림 속 인물들이 너무 가까이에서 빛나 마치 살아 움직일 것처럼 생생했다.

당신이 무슨 생각을 하는지 안다. 내가 공황발작을 겪고 있던 거라고 생각하겠지. 그래야 다음에 일어난 일들이 설명되니까. 에드거에 대한 슬픔과 분노, 과호흡, 거울 속의 나의 얼굴. 이 모든 게 합쳐져서 존재하지 않는 것들이 보이기 시작한 거라고. 당신 생각이 옳을 수도 있지만 내 느낌은 그게 아니었다.

진짜 같은 느낌이었다.

내가 강물에 빠지고 있었을 때처럼 진짜 같았다.

나는 쇠라의 점묘법 걸작 「그랑드자트섬의 일요일 오후」가 있는 방으로 갔다. 폭이 3미터, 높이는 2미터에 달하는 거대한 그림이다. 나는 이 작품을 천 번은 넘게 본 것 같다. 그림의 디테일을 하나하나 말할 정도로 꿰고 있다. 민소매 셔츠를 입은 남자가 입에 문 기다란 파이프, 완벽하게 구부러진 꼬리를 가진 원숭이, 다양한 색깔의 양산들. 미술관에서 가장 유명한 작품 가운데 하나였지만 군중 때문에 가까이 갈 수 없었다. 그래서 나는 갤러리 뒤쪽에 서서 서른 명가량 모인 사람들 머리 위로 작품을 바라봤다. 나이, 인종, 키, 체형, 옷차림은 저마다 달랐지만, 그들 자체가 **그랑드자트섬**을 형성하고 있었다. 모두가 예술이 선사하는 경이로움에 사로잡혀 꼼짝도 하지 않았다.

그때, 나를 등지고 서 있는 한 남자에게로 시선이 흘러갔다. 내 관심을 끈 것은 그의 재킷이었다.

가죽으로 만든 바이커 재킷이었다. 바람을 맞아 닳은 듯한 검은색 재킷으로, 소매 뒤쪽에 솔기가 나란히 나 있었다. 그 재킷은 내가 열세 살이던 그날 밤, 아버지가 입은 것과 똑같았다. 내 인생은 그날 밤 이전과 이후로 나뉘었다. 수년 동안 나는 그 재킷을 옷장에 넣어 두었다. 만지지도 못하고 버리지도 못했다. 칼리와 함께 살기 시작하고, 이제는 그 재킷을 버릴 때가 되었다며 칼리가 나를 설득했다. 나는 재킷을 태웠다. 재킷은 재가 되어 더 이상 존재하지 않았다.

그러니 그림 앞에서 똑같은 스타일의 재킷을 입고 있는 남자를 보고 충격에 빠지지 않을 수 없었다.

게다가 그 재킷이 **아버지의 재킷이라는 것을 깨닫고 나는 더한 충격에 빠졌다.**

자세히 보니 가죽에 스며들어 있는 초콜릿색 핏자국이 있었다. 그것은 내 인생을 송두리째 바꾼 그 밤을 영원토록 잊지 못하게 하는 증거였다. 정말이다. 미술관에서 봤던 그림들처럼, 나는 오래전 피가 튀었던 패턴을 전부 기억하고 있으니까. 절대 잊지 못할 기억이었다.

재킷을 입은 남자가 뒤를 돌아보며 얼굴을 드러냈다. 그가 돌아보자 다리에 힘이 풀렸다. 나는 두 다리로 서 있을 수가 없어서 벽을 잡고 몸을 지탱해야 했다. 수십 명의 사람이 우리 둘 사이를 오가는 동안 눈이 마주쳤다. 그는 나를 보았고, 나는 그를 보았다. 그는 반응했다. 나를 알아봤다. 그의 강인한 푸른 눈이 먹잇감을 발견한 포식자처럼 나를 뚫어지게 바라봤다.

그 마주침은 단 1초 만에 끝났고, 그는 태연하게 고개를 돌려 다음 갤러리로 사라졌다.

하지만 나는 그를 봤다. **나는 나를 봤다.**

내 옆모습, 내 얼굴이었다. 강가에서 봤던 그 사람처럼. 살인자 아버지의 재킷을 입은 딜런 모런이 「그랑드자트섬의 일요일 오후」를 바라보는 모습이었다. 나는 충격에 온몸이 굳었지만, 그는 나를 보고도 전혀 놀라는 기색이 없었다. 마치 그 순간을 기다리며 내가 그를 찾아낼 때까지 기다리고 있었던 것 같았다.

나는 정신을 차리고 손으로 벽을 밀어내며 몸을 세웠다. 앞을 가로막는 사람들을 헤치며 전시실을 가로질러 갔다. 사람들은 이 미친 듯한 남자가 왜 이토록 조급하게 그들 사이를 지나가는지 이해하지 못했다. 도플갱어는 사라졌지만, 나는 그를 따라 다음 전시실로 들어갔다. 그곳의 군중 속에 멈춰 서서 그를 찾으려 했다.

그는 어디 있지?

'나는 어디 있는 거야?'

하지만 내가 본 남자는 전시실에 없었다. 이미 사라지고 난 후였다. 나는 다음 갤러리, 또 그다음 갤러리로 이동했다. 그리고 마지막으로 미술관 1층으로 걸어 내려가 혼잡한 미시간대로까지 나갔다. 나는 거리를 마주 보고 있는 청록색 사자상 근처 계단에 주저앉았다. 적당히 후덥지근한 날씨의 완벽한 여름 오후였다. 사방이 사람들로 둘러싸여 있었지만, 거기에는 딜런도, 바이커 재킷을 입은 남자도, 나를 조롱하는 도플갱어도 없었다.

나는 미술관 계단에 앉아 피스톤처럼 숨을 들이마시고 내쉬었다. 나는 에드거에 대해 생각했다. 그의 기억은 흐릿해졌고 마음도 시간 속을 떠돌아다녀서 현실과 비현실을 구별하지 못했다.

나에게도 같은 일이 일어나고 있는 걸지도 몰랐다.

미쳐가는 기분이 이런 걸까?

4장

"혈압이 상승했네." 테이트 박사가 나에게 말했다. "심박수도 높아진 상태고. 하지만 놀랄 일은 아니야. 다른 생체 징후는 모두 정상이니까. 스캔 결과 네 눈에 보인다는 걸 설명할 만한 뇌의 이상은 보이지 않아. 종양이나 동맥류도 없고. 다행이야."

"그냥 제가 미친 거군요." 내가 말했다. 의사는 다정하게 미소 지었다. "그렇게까지는 생각하지 마, 딜런."

그녀는 회전의자에서 일어나 진료실 세면대로 가서 손을 씻었다. 물이 흐르는 소리를 듣고 나는 조금 움찔했다.

강 동쪽 어빙파크가에 위치한 그녀의 클리닉에 약속도 하지 않고 찾아왔다. 알리시아 테이트는 시간을 내주리라 생각했다. 내가 6학년 때쯤이었나. 그녀의 아들 로스코를 만났을 때부터 우리는 알고 지냈다. 어머니가 돌아가신 후 그녀는 일종의 대모 역할을 해주었다. 그러나 에드거에게 그랬던 것처럼 나는 호락호락하지 않았다. 모든 게 불만이었던 10대 시절보다 지금, 그녀가 날 위해 해준 모든 것을 감사히 여기게 되었다. 로스코가 사고로 죽은 후에도 아들의 죽음을 내 탓으로 돌리지 않은 그녀에게 고마웠다.

다만, 그 점에서 우리는 의견이 달랐다. 나는 분명 내 탓이라고 생각했으니까.

나는 그녀의 책상 위에 있는 로스코의 사진을 집어 들었다. 4년이 지난 지금도 머릿속에서는 친구의 목소리가 들리는 듯했다. 어느 때보다 그가 그리웠다. 사진 속 로스코는 웃지 않았다. 좀처럼 활짝 웃는 법이 없는 친구였다. 어렸을 때도 그랬고, 어른이 되어서도 늘 진지한 사람이었다. 이러한 로스코의 성격은 학창 시절 내내 아무런 도움도 되지 않았다. 그는 책을 좋아하고 키가 작은 흑인이라는 이유로 괴롭힘을 당했다. 나도 체구가 크지는 않았지만 에드거에게서 배운 비열하게 싸우는 법을 이용해 로스코를 괴롭히던 무리 중 가장 덩치가 큰 놈을 때려눕혔다. 이후로 그 무리는 로스코를 괴롭히지 않았고 로스코와 나는 가장 친한 친구가 되었다. 그 싸움 이후로 로스코는 한 번도 내 도움을 필요로 하지 않았다. 대신 내가 파란만장한 삶을 사는 동안 그는 나의 든든한 버팀목이 되어주었다.

사진에서 그는 사제복을 입고 있었다. 로스코는 전 과목 A를 받을 정도로 성적이 우수해 그의 어머니처럼 의사가 될 수도 있었으나 그렇게 하지 않았다. 대신 남부 가톨릭 교구에서 신을 섬기며 살았다. 그는 전력을 다해 총과 갱단에 맞서 싸웠다. 나는 겉으로만 강한 척하는 사람이었다. 하지만 벗어진 머리에 160센티미터 정도로 작고 마른 체구, 구제 스웨터를 입고 알이 두꺼운 구닥다리 안경을 쓰는 내 친구 로스코는 나보다 훨씬 강한 사람이었다.

알리시아는 다시 내 앞에 앉아 손에 들린 사진을 바라봤다. "난 아직도 그 애에게 말을 건단다. 그러면 기분이 나아지거든. 너도 해봐."

사진을 다시 책상 위에 올려놓았다. "요즘 같아서는 저에게 대답할까 봐 두려워서 말을 못 걸겠네요."

"난 네가 미쳤다고 생각하지 않아, 딜런."

"그럼 어떻게 설명할 수 있을까요? 분명 환영을 보고 있는 거겠지만 환영처럼 느껴지지 않아요. **저는 저 자신을 봤어요.** 두 번이나요. 지금 알리시아를 보고 있는 것처럼 생생하게요. 다른 딜런은 저와 **교감했어요.** 날 보고 놀라지도 않는 듯이 이상한 눈길로 나를 바라봤어요. 이게 어떻게 가능하죠?"

알리시아는 내 손을 잡았다. 그녀의 피부에서 소독제 냄새가 났다. "이 일이 처음 일어난 건 강둑에서였지? 네가 인간으로서 겪어서는 안 될 끔찍한 사건을 겪고 스트레스로 가득 찼을 때였잖아. 물에 빠져 죽을뻔한 데다 사랑하는 사람까지 잃었어."

나는 고개를 끄덕였다.

"두 번째로 본 건 오늘 미술관에서였고? 그리고 '네가' 더 이상 존재하지도 않는 가죽 재킷을 입고 있었다는 거지? 네 아버지가 어머니를 살해했을 때 입었던 그 재킷 말이야. 그러니까, 그것도 살면서 겪기 힘든 끔찍한 사건을 겪고 엄청난 스트레스를 받은 일이잖아."

나는 다시 한번 고개를 끄덕였다.

알리시아는 마치 어린아이를 보듯 나를 쳐다보았다. "딜런, 정말 이걸 내가 말로 설명해야 하니?"

"맞아요, 정신이 무너진 거예요. 알죠. 물론 알고 말고요. 슬픔, 상실, 스트레스, 충격에 제 마음이 고장 난 거죠."

"바로 그거야."

"하지만 왜 이런 식으로 나타나는 거죠? 왜 다른 버전의 내가 보이는 걸까요?"

"그건 나도 모르겠구나. 뇌는 외상에 비정상적으로 반응하거든."

나는 호텔 연회장에서 본 이브 브라이어 박사의 포스터를 떠올렸다. 모르는 사람이지만 특이하게도 그녀의 얼굴은 선명히 떠올릴 수 있었다. "음, 오늘 밤 라살 플라자에서 강연하는 사람은 우리가 무한한 평행우주에 살고 있다고 믿는다네요. 그러니까 세상에는 분명 다른 딜런 모런들이 많다는 소리죠. 그들이 저를 찾아오는 걸지도 몰라요."

"다중 세계 이론을 말하는 거니?" 알리시아가 물었다.

나는 놀라서 웃음을 터뜨렸다. "들어본 적 있어요?"

"물론이지. 과학자들은 대부분 들어봤을걸."

"그게 타당한 얘기인가요?"

알리시아는 어깨를 으쓱했다. "물리학자들은 많이들 그렇다고 생각하지."

"평행우주가요? 그게 대체 어떻게 가능하죠?"

"음, 내 분야는 아니지만, 내가 이해하기로는 양자역학에 쓰이는 수학은 이상한 역설을 만들어내. 그 수학에 따르면, 입자는 동시에 두 가지 다른 상태로 존재할 수 있어. 하지만 우리는 하나의 상태만을 볼 수 있다는 거야. 그게 문제지."

"맞춰볼게요." 내가 말했다. "'슈뢰딩거의 고양이'[2] 얘기군요."

---

2 오스트리아의 물리학자 에르빈 슈뢰딩거가 고안한 사고 실험으로, 고양이 상자를 통해 양자역학의 불완전을 증명하고자 했다.

"제법이네, 딜런." 그녀는 미소를 지으며 대답했다.

"저 〈빅뱅 이론〉 봤거든요."

"그래, 맞아. 에르빈 슈뢰딩거는 고양이 이야기로 이 역설을 설명했어. 상자 안에 고양이와 독약이 담긴 약병이 있어. 약병은 원소 하나가 붕괴하느냐에 따라 깨질 수도 있고 깨지지 않을 수도 있지. 양자 이론에 따르면, 관찰자가 상자를 열어 확인하기 전까지 고양이는 살아 있고 **그와 동시에** 죽었다는 거야. 하지만 알다시피 이건 터무니없는 얘기야. 그래서 프린스턴대학의 과학자 휴 에버릿은 '상자가 열릴 때 우주는 분열한다'라는 해답을 내놓았어. 어떤 관측자는 살아있는 고양이를 보고, 평행우주에서는 똑같은 관측자가 죽은 고양이를 본다, 이게 다중 세계 이론이야."

"미친 소리 같네요." 내가 말했다.

"양자역학의 수학에 따르면 그렇지 않아. 그리고 그 수학은 상당히 탄탄해. 그래서 원자폭탄 같은 것들을 만들게 된 거야."

나는 고개를 저었다. "전 상자 속 고양이가 아닌데, 뭘 해야 하죠? 전 모든 걸 잃었어요. 그런데 이제는 제 마음조차 믿을 수 없게 되었어요."

"그 생각에 너무 집착하지 않도록 해." 알리시아가 제안했다. "왜 이런 일이 너에게 일어나는지 도무지 설명할 수 없구나. 하지만 내 생각엔 슬픔을 극복하다 보면 환영도 사라질 거야."

그녀의 말을 믿고 싶었지만, 미술관에서는 계속 내 도플갱어가 보였다. 그의 얼굴. 내 얼굴. 날 바라봤던 그의 눈빛. "다른 딜런이 정말 무서운 게 뭔지 아세요?"

"뭔데?"

"그 사람 눈에서 무언가를 봤어요. 위협적인 기색이 느껴졌죠. 그는 뭐든지 할 수 있는 사람이었어요. 그런데 그게 나였고요."

"딜런, 그는 네가 아니야. 진짜가 아니니까."

"다른 사람들이 저를 그렇게 생각할까요? 위험한 사람이라고?"

"아니야. 전혀 그렇지 않아."

"보안관은 저더러 폭력적인 사람이라고 하던데요." 나는 꼭 집어 말했다.

"글쎄, 그렇지 않잖니."

나는 책상에서 그녀의 아들 사진을 다시 집어 들었다. "확신하세요? 알리시아, 솔직하게 말해줘요. 우리 둘 다 알잖아요, 저 때문에 로스코가 죽었다는 거."

∞

마침내 술기운이 가셨다. 보석금을 낸 시각은 새벽 4시였다. 로스코는 자신의 어머니 진료소로 나를 데려다주었다. 알리시아는 내게 봐줄 진통제와 엑스레이 장비를 준비한 채 기다리고 있었다. 내가 전화를 걸었을 때 로스코는 분명 잠들어 있었을 것이다. 그의 교구 근처에서 또 다른 총격 사건이 있었기 때문에 이미 힘겨운 하루를 보냈을 테니 말이다. 시카고에서는 늘 총격 사건이 일어난다. 하지만 그는 걱정하지 말라고 말했다. 내 곁에 항상 있어 주겠다고. 그리고 그는 실제로 그랬다.

차 안에서 나는 말을 많이 하지 않았다. 로스코도 처음에는 말을 하라고 재촉하지 않았다. 우리는 녹색 신호등이 켜진 몬트로즈대로를 따라 달렸다. 공중에서 낙엽이 날아와 앞 유리에 부딪혔다. 서늘한 10월의 밤을 달리는 차 내부는 따뜻하고 조용했다. 로스코는 가느다란 그의 목에 헐렁하게 맞는 흰색 로만 칼라를 착용하고 있었다. 경찰과 말할 일이 생기면 그는 항상 로만 칼라[3]를 목에 둘렀다. 그는 경찰이 사제와 논쟁하는 것을 좋아하지 않는다고 말했다.

"무슨 일이 있었는지 말 안 해줄 거야?" 내가 털어놓을 것 같지 않았는지 결국 그가 물었다. 그는 운전대를 잡은 채로 나를 쳐다보았다. 그의 표정은 언제나 그렇듯이 침착하고 진지했다. 도시의 불빛이 그의 안경에 반사되어 비쳤다. 이 늦은 시간에도 콧수염과 말쑥하게 다듬은 턱수염만 빼놓고는 매끈하게 면도를 한 모습이었다.

"어서, 딜런." 그는 계속했다. "말해봐."

"술을 너무 많이 마셨어. 그러다 싸움에 휘말렸지."

"몇 달 동안 술 끊었었잖아. 왜 다시 마시게 된 거야?"

"일 때문에 너무 정신이 없었어. 일주일간 이어졌던 회의가 이제 막 끝났거든. 집에 갈 마음이 안 들어서 메이페어에 있는 술집에 갔지."

"그게 다야?"

나는 대답하는 데 시간이 오래 걸렸다. "그래, 오늘은 기일이기도 해."

"그럼 그렇지."

"집에 가면 그 생각이 날 것 같았어. 오늘 밤은 그러고 싶지 않았고."

로스코가 고개를 저었다. "나한테 전화하지 그랬어?"

---

3 천주교 사제가 입는 검은 옷에 달린 흰색 옷깃을 의미한다.

"나 스스로 해결해야 할 문제니까."

"아냐, 그렇지 않아. 내가 몇 번이나 말했잖아. 어쨌든 그건 그렇고, 넌 혼자 있다가 술을 마셨어. 그리고 무슨 일이 있었는데?"

"바에 어떤 남자가 있었어. 그 자식이 자기 여자친구를 함부로 다루더라고. 그래서 내가 그만두라고 말했지."

"분명 무슨 사달이 났겠네." 로스코가 말했다.

"그래. 남자가 내 얼굴에 술을 뿌리더라고. 여자는 남의 일에 참견하지 말라고 하고."

"그래서 네가 남자를 쳤어?"

"아니, 마침 샤워하고 싶었는데 고맙다고 그랬지. 그게 끝이었어. 두 사람은 자리를 떴고, 나는 15분쯤 뒤에 술을 다 마시고 술집을 나섰어. 그런데 둘은 길거리에서 아직도 소리를 지르며 싸우고 있더라고. 난 그냥 무시하려고 했어. 버스정류장에서 버스를 기다리고 있었지. 아무 짓도 할 생각 없었어."

"그런데?"

"그런데 그 자식이 여자를 때렸어, 로스코. 팔을 올리더니 여자 얼굴을 내리치더라고. 난 이성을 잃었지. 그쪽으로 가서 그놈을 패대기쳤어. 무릎을 꿇고 죽도록 패기 시작했지. 그렇게 경찰이 올 때까지 둘이 몸싸움을 한 거야."

로스코는 한동안 아무 말도 하지 않았다.

그는 차를 천천히 세웠다. 몬트로즈대로 전방이 폐쇄된 상황이었다. 야간 공사가 진행 중이었다. 작은 일들이 모여 큰 변화가 생기는 것은 참 신기하다. 모든 것을 바꾸는 작은 선택들. 담당 공무원이 공사 날짜를 다르게 정했다면 로스코는 살아있었을 것이다. 애초에 몬트로즈대로 대신 어빙파크이스트가를 탔다면 그는 아직 살아있었을 것이다.

무엇보다, 내가 그 술집 밖에서 침착하게 굴었다면 내 친구는 아직 살아있었을 것이다.

로스코는 호너 파크에서 몇 블록 떨어진 곳에 있는 나무가 우거진 골목길로 들어섰다. 조그만 집들과 오래된 3층짜리 아파트 건물들을 지나쳤다. 양쪽에 주차된 차들이 시야를 가렸다. 그는 천천히 차를 몰면서 계속 나를 바라봤다. 나와 내 이야기에 집중하고 있었다. 한밤중이라 인적이 드문 도로라 해도 로스코가 운전에 좀 더 집중했으면 좋았을 텐데.

"나는 그 사람이랑 다를 게 없어." 내가 말했다.

"누구?"

"아버지."

로스코는 정지 표지판을 보고 차를 세우면서 한숨을 쉬었다. 그 교차로에서 내가 유일하게 기억하는 것은 매물로 나온 모퉁이 집이었다. 잔디에 표지판을 세워둔, 금빛 돌로 지은 아파트 건물이었다.

챈스 프로퍼티

나는 그 표지판을 기억했다. 그 표지판을 보고 우연chance에 대해 생각했기 때문이다. 우연이 모든 것을 지배했다. 누가 살고 누가 죽을지는 우연이 결정했다.

"나는 아버지 같은 인간이야." 내 입에서 다시 그 말이 쏟아져 나왔다. "그날 밤 아버지는 자제력을 잃었어. 나도 마찬가지였고."

로스코는 크게 한숨을 쉬었다. 그것이 그의 마지막 한숨이 되리라는 것을, 나는 알지 못했다. "왜 그랬어?" 그가 나에게 물었다.

"뭐라고?"

"왜 그 남자를 공격했냐고. 왜 그 남자를 쫓아갔어?"

"그 자식이 그 여자를 때렸으니까."

"바로 그거야."

로스코는 가속 페달에 발을 올리고 교차로를 건너기 시작했다. 그는 정신이 산만한 상태라 오른쪽을 보지 못했다. 만약 오른쪽을 살폈다면 전조등을 켠 트럭이 일방통행 도로를 내려와 정지 신호를 무시한 채 쏜살같이 지나가는 것을 보았을 텐데. 나도 내 생각에 몰두하느라 미처 보지 못했다.

"친구, 넌 네 아버지와 다른 사람이야." 로스코가 나에게 말했다.

이것이 내가 마지막으로 기억하는 장면이었다. 정신을 차려보니 칼리의 얼굴이 보였다.

5장

우리는 이렇게 만났다.

모퉁이의 물푸레나무에는 아직도 사고의 흔적이 남아 있었다. 트럭과 세게 충돌한 로스코의 차는 인도 위로 밀려나며 측면으로 나무를 들이받고 그 둘레를 감싸듯이 구겨졌다. 나는 울퉁불퉁하게 벌어진 나무껍질을 손가락으로 만지작거렸다. 이곳에서 끔찍한 일이 일어났음을 보여주는 유일한 증거였다.

이곳을 다시 찾을 생각은 없었지만 알리시아의 사무실이 멀지 않은 곳에 있었다. 날이 어두워지고 얼굴에 비가 한두 방울씩 떨어지기 시작했다. 나는 교차로 모퉁이에 있는 오래된 아파트 건물을 올려다보았다. 그 당시 칼리가 중개 대리를 맡아 매물로 내놓은 건물이었다. 그녀가 처음으로 맡은 매물 중 하나였다. 스물다섯 살이었던 그녀는 그 매물을 최고가에 팔아 어머니를 감동하게 할 작정이었다. 그녀는 비어 있는 아파트에서 늦게까지 일하다가 잠이 들었는데 사고 소리에 잠에서 깼다. 그 순간 아래층으로 뛰어 내려와 차안에서 뼈가 부러져 피를 흘리고 있던 나를 발견했다.

이 아름다운 낯선 여자는 나를 혼자 두지 않겠다고 약속했고, 그

60

녀는 약속을 지켰다. 칼리는 나와 함께 구급차를 탔다. 병실에서 내 곁에 머무르며 따로 침대까지 두고 나를 보살펴 줬다. 그녀는 그렇게 몇 주 동안 친구의 죽음이 자신 탓이라고 자책하며 깊이 상처받은 한 남자를 돌봤다. 나는 그녀를 보는 순간 사랑에 빠졌지만 그녀가 왜 나를 사랑하게 된 건지는 이해할 수 없었다. 그녀와 더 가까워질수록, 나는 계속 그녀에게 떠나라고 말했다.

나는 살면서 숱한 실수와 잘못된 선택을 했다. 마음속 깊은 곳에서는 이런 내가 그녀 같은 사람과 이어질 자격이 없다고 생각했다. 언젠가는 그녀가 나의 진짜 모습을 보게 될 테고, 그러면 우리 사이는 끝날 거라 여겼다. 그녀가 스코티 라이언과 불륜을 저질렀을 때, 내 생각이 옳았다는 것을 마침내 그녀가 증명해 준 것 같았다. 아무런 변명도 듣고 싶지 않았다. 시골에서 보냈던 주말 내내 나는 귀를 닫았다. 마지막 밤, 그녀의 마지막 말을 듣기 전까지는.

집으로 가는 길이었다. 짐가방은 차에 있는데 빗줄기는 쏟아지고, 우리의 결혼은 파국으로 치닫고 있었다. 그녀는 문 앞에서 나를 붙잡더니 체념한 듯한 목소리로 말했다. "한마디 해도 될까?"

나는 아무 대답 없이 잠자코 있었다.

"딜런, 사고 후에 내가 당신에게서 뭘 봤는지 당신은 한 번도 묻지 않았어. 하지만 우리가 정말 끝났다면 진실을 알려주고 싶어. 당신을 처음 만난 순간부터, 난 우리가 정말로 닮았다는 걸 깨달았어. 아니, 잠깐만. 내 말 들어봐. 믿지 않을 거라는 거 알아. 당신은 당신 자신을 이상하고 뒤틀린 시각으로 바라보니까. 하지만 우린 똑같아. 우린 둘 다 스스로 만든 새장 속에서 자란 사람이야. 당신을 만났을 때 난 생각했지. 당신은 내가 되고 싶은 사람이 될 수 있도록 도와줄 사람이라고. 그리고 나도 당신을 위해 그렇게 할 수 있다고. 그 생각은 변함없어. 사실 난 준비가 됐어, 딜런. 더 이상 기다릴 수 없어. 난 지금 내 삶이 만족스럽지 않아. 당신 때문이 아니라 내가 달라질 필요가 있기 때문이야. 달리 방도가 없다면 혼자라도 하겠지만 난 당신과 같이하고 싶어. 당신도 마음 깊은 곳에선 그러길 원하는 것 같아. 내 질문은, 한번 시도해 볼 생각이 있냐는 거야."

좋은 질문이었다.

아주 좋은 질문이었고, 나는 내가 하고 싶은 말을 알고 있었다. 나는 세상을 향해, 그녀를 향해, 무엇보다 나 자신을 향해 품은 분노를 극복하고 싶었다. 칼리는 내가 그녀를 용서해 주기를 원했고, 그것도 내가 할 일이었다. 하지만 나는 나 자신과 칼리, 모두를 저버렸다. 그것은 또 하나의 실수, 또 하나의 잘못된 선택이었다. 그 자리에서 그녀에게 키스했어야 했는데. 그러지 못하고 그녀를 지나쳐 차에 올랐을 뿐이었다. 그날 밤 우리는 그렇게 쏟아지는 빗속으로 차를 몰고 나갔다. 둘 사이엔 쓰라린 정적만이 흘렀다.

살다 보면 어떤 일이 일어나자마자 되돌리고 싶어지는 순간들이 있다. 하지만 시간은 계속 흐르고 그 순간은 사라진다. 어떤 선택을 내리는 그 순간 모든 것이 달라진다.

그녀에게 내 감정을 전할 준비가 되었을 때는 이미 우리가 물에 빠지고 난 후였다.

∞

더 이상 사고 현장에 머물러 있을 수 없었다. 나는 골목을 따라 어린 시절부터 익숙하게 다녔던 호너 파크의 푸른 들판을 향해 걸었다. 골목을 걸으며 나는 대문자 C로 시작하는 챈스가 여전히 내 인생을 지배하고 있다는 것을 깨달았다. 다음 블록, 공원의 농구 코트 건너편에 있는 이층집 마당. 그곳에 빨간색과 검은색이 섞인 익숙한 표지판이 꽂혀있는 것을 발견했기 때문이었다. 그 집은 매물로 나와 있었고, 내가 한두 번 만난 적 있는 챈스 프로퍼티의 다른 중개인이 담당이었다.

그렇지만 나는 신경 쓰지 않았다.

대신 길가에 주차된 흰색 픽업트럭을 바라보았다. 트럭 문짝에는 '라이언 건설' 로고가 페인트로 그려져 있었다.

스코티 라이언.

그가 저 집 안에 있었다.

머릿속에서 굉음이 들리고 심장이 쿵쾅거리며 뛰기 시작했다. 그날은 하루 종일 술을 마시지 않아서 어리석은 실수를 저지른다 해도 변명거리가 없었다. 그를 만나서 좋을 게 없었다.

하지만 상관없었다. 나는 나 자신을 멈출 수 없었다. 인도를 따라 걸어가 흰색 울타리 앞에 섰다. 집은 깔끔하게 정리되어 있었다. 페인트칠은 새로 한 듯했고, 창가의 화단에는 꽃들이 자라고 있었다. 열린 현관문 너머로 전기톱 소리가 들려왔다. 상식적으로는 그냥 지나치는 게 맞는 일이었지만 내 마음은 그 상식을 거부했다. 나는 울타리 안으로 들어가 현관 계단으로 향했다. 망으로 된 안전문 앞에서 잠시 머뭇거리다 문을 열어젖혔다.

집안에서는 잘린 목재의 향긋한 냄새가 났다. 거실 바닥은 비닐 시트로 덮여 있었다. 귀가 먹먹할 정도로 톱질하는 소리가 나다가 갑자기 뚝 끊기며 조용해졌다. 스코티 라이언은 전기톱 뒤에 서서 오크 나무판을 세로로 길게 들고 절단면을 확인하고 있었다. 그러다 나를 보았다.

그의 온몸이 경직되었다. 이내 정신을 차린 그는 소음차단 헤드폰과 안전 고글, 작업용 장갑을 벗었다. 그는 청바지에 작업화를 신고 헐렁한 블랙호크스[4] 저지 셔츠를 걸치고 있었다. 팔뚝에는 톱밥이 내려앉아 있었다.

"안녕, 딜런." 그가 말했다.

"스코티."

우리는 방을 가로질러 서로를 마주 보았다. 마치 거친 개 두 마리가 골목길에서 마주쳐 으르렁거리는 것 같은 대치 상황이었다.

스코티 라이언은 마흔 살이니 나보다 거의 열 살은 많다. 키도 나보다 15센티미터는 더 컸고, 호리호리하고 탄탄한 체격의 소유자였다. 붉은빛이 도는 금발 웨이브 머리에 얼굴은 햇빛을 많이 받아 분홍빛으로 그을렸다. 마치 항아리에서 흘러나오는 꿀처럼 그의 말투는 언제나 순박한 듯 느릿느릿했다. 쾌활하고 자연스러운 유머 감각 때문에 그를 미워하긴 어려웠지만, 나는 방법을 찾아냈다.

"정말 유감이야." 스코티가 말했다. 그 말은 많은 것을 함축하고 있었다. "내가 얼마나 마음이 아픈지 자넨 모를 거야."

"그러시겠죠."

내 말에 그는 아무런 타격을 입지 않았다. 손가락으로 굵은 머리카락을 쓸어 넘기자 그의 얼굴에 맺힌 땀이 반짝거렸다. "그녀가 죽었다는 게 믿기지 않아. 가슴이 무너져 내린 느낌이야. 너도 그렇겠

---

4 시카고 블랙호크스, 시카고 소재 NHL(북미아이스하키리그) 팀이다.

지."

"와. 그렇게 생각해요?"

스코티는 넓은 어깨를 으쓱했다. "이봐, 딜런. 넌 참 알다가도 모르겠다. 칼리는 네가 항상 감정을 숨기고 아무것도 보여주지 않는다고 말하고는 했어. 그것 때문에 그녀는 미칠 지경이었지. 오해하지 마, 악의는 없으니까."

'악의는 없다'라고 덧붙여서 분위기가 좀 나아졌다. 그것이 내 아내와 바람을 핀 남자의 입에서 나온 말일지라도.

"궁금한 게 있어요, 스코티."

"그래? 뭔데?"

"얼마나 오랫동안 칼리를 사랑했어요? 그 작은 비밀을 얼마나 오랫동안 숨겨왔던 거죠?"

스코티는 튀어나온 턱을 문지르며 늘 하던 대로 천천히 대답했다. "지금 그런 얘기는 하지 말자, 딜런."

"얼마나, 오래됐냐고요."

"모르겠어. 아마 그녀를 처음 만난 날부터였을 거야. 너보다 훨씬 오래전부터 알고 지냈지. 그때 칼리는 열여덟 살밖에 안 됐지만, 난 그녀를 어린애로 생각한 적이 없었어. 아주 똑똑하고 자신감 넘치고 당당한 여자였지. 내 수준엔 안 맞는 여자라는 걸 알았지만 그래도 첫눈에 반했었나 봐. 물론 어떻게 해보겠다는 생각은 없었지만 말이야."

"아니면 그냥 시간을 끌고 있었을지도 모르죠. 그녀가 약한 모습을 보일 때까지."

"그렇게 된 게 아니야. 맹세해. 그런 게 아니야."

"그럼 무슨 일이 일어난 거죠?"

나는 몇 걸음 그에게 다가갔다. 바닥에 깔아놓은 비닐이 바스락거렸다. 그는 마치 링 안의 복서처럼 경계하며 나를 지켜보았다.

"이봐, 뭘 더 알고 싶은 건데? 칼리가 다 말해줬을 텐데. 나한테 전화해서 너에게 모든 걸 얘기할 거라고 말했거든."

"칼리랑 **얘기를 했다고요**? 지금 장난하는 겁니까? 그게 언제죠?"

"그다음 날." 스코티는 인정했다. "그녀는 괴로워하면서 자신을 탓했어. 그런 어리석은 실수를 저지른 걸 믿을 수 없다고 했지. 너에게 진실을 말할 거니까 그 사실을 나도 알고 있으라고 했지. 모르긴 몰라도, 이 일로 결혼 생활에 문제가 생기면 안 되니까 비밀로 하라고 했어. 정말이야. 나 때문에 네 곁을 떠날 생각은 없다는 걸 알고 있었어. 그게 중요한 게 아니었어. 그날 밤이 나한테 무슨 의미였든지, 칼리는 그저 술에 취해 잘못 판단했을 뿐이야. 그게 어떤 건지 잘 알 거야. 너도 그런 실수 충분히 해봐서 알잖아?"

나는 그 미끼를 물지 않았다.

"자세히 말해줘요, 스코티. 어떻게 된 일이죠?"

스코티는 고개를 저었다. "딜런, 무슨 말을 해야 할지 모르겠어. 칼리와 나는 오랫동안 친구로 지냈어. 그래, 나는 칼리를 항상 친구 이상으로 생각했지. 그녀는 내 감정을 눈치채더라도 자신이 안다는 사실을 알려서 날 당황하게 하지 않을 속 깊은 사람이었어. 그런데 지난 몇 달 동안은 나한테 이런저런 말을 하더라고. 개인적인 얘기 말이야. 본인이 겪는 문제들을 나한테 털어놓았어. 누군가 이야기할 사람이 필요했던 거야. 너는 들어주지 않았으니까."

"그랬는데 당신이 곁에 있었군요. 기대어 울 수 있는 어깨를 내어

주면서."

"다른 사람에게로 눈을 돌린 게 칼리뿐이라는 건가? 칼리 말로는 네가 부지배인 타이에게 자신한테 하는 것보다 더 많이 이야기한다는데."

한 대 얻어맞은 기분이었다. "타이와는 아무 일도 없었어요. 전혀요. 그 점은 칼리도 알고 있었고요."

"알고 있었다고?"

"제 탓으로 돌릴 생각하지 마시죠."

스코티는 눈을 굴리며 천장을 응시했다. "그런 말이 아니야. 이봐, 진짜 아니라고. 그 상황이 어땠는지 말해주려는 것뿐이야. 너는 너무 바쁘게만 살아서 칼리가 좀 여유롭게 지내고 싶어한 걸 알아채지 못했던 거야. 딜런, 그녀는 일을 그만둘 생각이었어. 그녀 어머니에게 부동산 일을 그만하고 싶다고 말할 마음을 먹었지. 그녀는 어머니보단 아버지와 닮은 구석이 많았어. 알잖아. 그녀가 책을 좋아하는 시인 유형인 거. 칼리는 아이를 갖길 원했어. 무엇보다 아이를 원했지만, 너는 절대 그렇게 하지 않을 것 같았대. 그런 생각이 칼리를 괴롭게 만들었던 거야."

"난 그녀에게 그런 말을 한 적 없어요."

"네가 무슨 말을 했는지는 내 알 바 아냐. 칼리가 들은 얘기를 말해주는 거야. 그날 밤? 그녀랑 내가 뭘 했냐고? 그녀는 버논 호텔을 대신해 샘버그의 그 물건을 매입할 사람을 구했고, 리모델링도 모두 완료했지. 나는 샴페인 한 병을 땄어. 그래, 너무 많이 마시긴 했지. 하지만 그게 전부였다면 아무 일도 일어나지 않았을 거야. 칼리는 술이 들어가자 자신은 다른 삶을 살고 싶은데 그걸 너한테 어떻게 말해야 할지 모르겠다고 말하기 시작했어. 그걸로 널 **비난하지** 는 않았어. 넌 그렇게 생각할지도 모르지만 말이야. 그녀는 화가 나서 울기 시작했지. 난 그녀를 안아줬어. 그냥 위로해 주고 싶은 마음이었는데 다른 일로 이어진 거야. 우리 둘 다 그럴 생각은 아니었어. 칼리는 일이 그렇게 되게 만든 자신을 **미워했어.** 네가 믿을지 안 믿을지는 모르지만 이런 일이 일어나서 나도 유감이다."

나는 자제력을 잃었다. 굳이 술을 마실 필요도 없었다.

"**당신이 그녀를 죽였어.**" 나는 쏘아붙였다. "칼리가 죽은 건 당신 때문이야. 당신 때문에 우리가 그 외딴곳에 갔던 거라고."

평온하던 스코티의 태도가 분노로 바뀌었다. 우리 둘 다 신경이 곤두섰다. "이봐, 바람을 피운 건 내 잘못이라고 해도 좋아. 받아들일게. 하지만 그녀가 죽은 건 나 때문이 아니야. 누굴 탓하고 싶으면 거울을 보라고."

"도대체 그게 무슨 뜻이지?"

"딜런, 그 강에서 **무슨 일이 있었어?** 설명해 봐. 진실을 말해달라고. 넌 여기 있는데 왜 칼리는 여기 없는 거야?"

"난 그녀를 **구하려고** 했어. 그게 다야."

스코티는 입을 벌렸다가 꾹 다물었다. 얼굴에서 열이 오르는 듯이 햇볕에 그을린 뺨이 더욱더 벌게졌다.

"뭐 할 말이라도 있어?" 내가 물었다.

"아니."

"참지 말고 말해봐, 스코티. 말해보라고."

그는 내 쪽으로 다가와 상기된 얼굴을 코앞까지 들이밀었다. 그의 목소리가 거칠게 으르렁거렸다. "좋아. 말해달라니 그렇게 해주지. 너는 거기서 죽었어야 했어. 그 차에 타고 있던 게 나였다면, 그녀 없이 혼자 강에서 살아나오지 않았을 거야. 둘 다 살거나, 둘 다 죽는 거지. 나라면 그녀 혼자 죽게 내버려 두는 일은 없었다고."

나도 모르는 사이에 내 왼손이 날아갔다. 통제력을 잃으면 항상 이런 식이었다. 마치 로켓처럼 팔이 왼쪽에서 오른쪽으로 날아가서 스코티의 입에 내 주먹이 꽂혔다. 벽을 치는 것 같은 충격이었다. 그의 입술과 코에서 피가 뿜어져 나왔고, 전율이 내 팔뚝을 관통했다. 손가락이 부러진 건 아닐까 생각했다. 그의 머리가 한쪽으로 돌아갔다. 그는 비틀거리며 뒷걸음쳤고, 팝콘 알갱이처럼 생긴 이빨을 뱉어냈다.

나는 그의 반격을 예상하며 잔뜩 긴장했다. 그는 마음만 먹으면 나를 때려눕힐 만큼 덩치가 크고 힘이 센 남자였다. 한편으로는 그래 줬으면 하는 마음도 있었다. 그의 주먹을 맞고 기절해서 바닥에 쓰러질 때까지 고통을 느끼고 싶었다. 나는 벌을 받아야 했다. 나는 실패했고, 그 실패를 계속해서 되풀이해야 하는 운명인 것처럼 느껴졌다. 눈을 감을 때마다 물속에서 아무 소용도 없는 헤엄을 치며 칼리가 갇혀 있는 차를 찾아 헤맸다. 나는 그녀를 찾아 구해야 했다. 물속으로 뛰어들어 헤엄치며 찾아다녔지만 매 순간 그녀는 내게서 더 멀어졌다. 내 이름을 부르던 그녀의 목소리가 사라졌다. 그녀의 비명도 사라졌다. 머릿속에는 끔찍한 침묵, 죄책감과 죽음이 만들어 낸 침묵만이 남았다. 그녀는 사라졌다. 아내는 죽었다.

스코티의 말이 틀린 게 없어서 나는 그를 때렸다.

나는 칼리를 혼자 죽게 내버려 뒀다.

∞

스코티는 반격할 생각이 없어 보였다. 나는 멍이 들고 피투성이가 된 손을 어루만지며 그 집을 나섰다. 온몸이 아드레날린과 절망에 사로잡힌 상태였다. 나는 인도에서 웨스티[5]를 산책시키는 노부인을 마주쳤다. 그녀는 의심스러운 눈초리로 내 얼굴을 살펴더니 내 손가락에 묻은 피를 보았다.

"별일 없는 거요?" 그녀가 내게 물었다.

"괜찮습니다."

"큰 소리가 들렸는데. 말다툼하는 것 같이."

"걱정하지 마세요."

"경찰을 불러야 하지 않겠어요?"

"아무 일 없습니다, 부인." 나는 계속 걸어가며 그녀에게 말했다.

"여긴 평온한 동네라고요!" 그녀는 학교 선생님이 꾸짖듯이 내 뒤통수에 대고 소리쳤다. "이 동네 사람들은 이런 일을 좋아하지 않아. 싸움이 나서는 안 돼!"

나는 노부인의 말에 대꾸하지 않았다. 차도를 가로질러 호너 파크로 건너가 공원 야구장의 축축한 잔디밭에 들어섰다. 어릴 적 자주 찾았던 곳이다. 로스코와 나는 미식축구공을 던지며 진창 속에서 서로 태클을 걸고 놀았었다. 우리는 시카고 베어스에서 쿼터백으로 뛰면 어떨까 얘기하고는 했다. 믿기 힘들겠지만 베어스에는 우리보다도 실력이 형편없는 선수들도 있었다.

---

5 The West Highland White Terrier의 줄임말이다. 견종의 하나다.

가랑비가 소나기로 바뀌었다. 비는 그 자리에 서 있는 나를 흠뻑 적셨다. 주위에는 아무도 없었다. 나는 갑자기 손에서 타는듯한 통증이 와서 움찔했다. 손가락을 움직이려고 해봤지만 뻣뻣한 느낌이었다.

'보안관은 나한테 폭력적인 사람이랬어.'

'넌 그렇지 않잖아.'

하지만 기록상으로 나는 폭력적인 사람이었다.

앞에는 시카고강이 좁게 이어지는 공원 가장자리에 줄지어 서 있는 나무들이 보였다. 아이들이 강둑을 따라 내려가 물에 빠지지 않도록 울타리가 설치되어 있었지만 별로 효과는 없었다. 10대 시절, 로스코와 나는 양쪽 강둑을 탐험하며 스파이 놀이를 하고 돌을 던지거나 쥐를 잡곤 했다. 비가 내리는 오늘, 나는 울타리까지 걸어가서 양손으로 그 위를 잡고 눈을 감았다. 울타리 그물망에 이마를 기댔다.

로스코도 칼리도 없는 지금, 나는 그 어느 때보다 혼자 남은 기분이 들었다. 그들은 다른 세계로 떠났고 나는 아직 이곳에 있다. 하지만 다시 눈을 떴을 때 나는 혼자가 아니라는 것을 깨달았다.

그가 나와 함께 있었다.

어떻게 알게 되었는지는 말하기 힘들다. 나는 내 뒤를 따라오는 발소리를 듣지 못했다. 나를 감시하는 사람도 없었다. 나무가 주위를 에워쌌고 잿빛 하늘 때문에 한밤중처럼 어두웠다. 몇 미터 떨어진 곳에 낯선 사람이 있어도 보지 못했을 것이다. 하지만 누군가가 울타리 반대편에 있었다. 어린 시절 내가 그랬던 것처럼 강둑에 숨어 있었다. 내가 이곳에 찾아올 것을 알고 있었던 것처럼. 내가 이곳에 오기를 기다리고 있었던 것처럼. 나는 최대한 인내심을 갖고 조각 상처럼 조용히 서서 그가 모습을 드러내는지 지켜봤다.

그가 돌아왔다. 내가 돌아왔다.

나의 도플갱어.

나는 덤불 쪽을 바라보며 어둠 속 움직임을 주시했다. 나무줄기는 병사가 서 있는 것처럼 보였는데, 그중에서 어딘가 모르게 어울리지 않는 어두운 윤곽을 발견했다. 사람이었다. 그와 이렇게 가까이 마주한 적은 처음이었다. 우리는 겨우 몇 미터 떨어져 있었다. 미술관에서 느꼈던 것처럼 이건 나만 느끼는 것이 아님을 깨달았다. 내가 여기 있다는 것을 그도 알고 있었다. 내가 그를 의식하는 것처럼 그도 나를 의식하고 있었다. 우리는 연결되어 있었다. 그리고 나는 그에게서 퍼져 나오는 절대적으로 가학적인 분노의 기운을 느꼈다. 마치 내가 이 그림자에 내 모든 분노, 쓰라림, 좌절을 넘겨준 것 같았다.

근처에 다른 사람이 없는지 확인하기 위해 주위를 둘러봤다. 그와 나 둘뿐이었다. 내 정신이 무너져 환영이 보이는 게 분명했다.

"거기 있는 거 안다." 나는 낮은 목소리로 그를 불렀다. 그리고 한번 해보자는 심정으로 덧붙였다. "말해봐."

나는 대답을 기다렸지만 기대하지는 않았다. 환영은 대답하지 않으니까. 그래도 그에게 말을 걸고 나니, 토끼 굴에 뛰어든 것 같은 느낌이었다. 어디로 이어질지 전혀 알 수 없었다.

"넌 누구냐?" 내가 물었다.

여전히 답이 없었다. 이따금 나뭇잎에 떨어지는 빗방울 소리만이 주위의 정적을 깼다.

그때, 조각상이 생명을 얻은 것처럼, 어둠 속에서 목소리가 들려왔다. 내 목소리였다. 라디오에서 내 목소리가 나오면 그렇게 들린다는 게 믿기지 않을 때의 내 목소리였다.

"난 너다."

나는 믿을 수 없어 휘청거리며 뒷걸음쳤다. 정말 내 말을 들은 걸까? 아니, 그럴 리가 없었다. 알리시아는 그가 진짜가 아니라고 했다. 내가 과도하게 상상력을 발휘해 모든 기억이 나를 속이고 있는 것이 분명했다. 몸이 떨려왔다. 내 마음이 하는 말을 쥐어 짜낼 수 있을 것처럼 손가락 끝으로 머리 위쪽을 꾹꾹 눌렀다. 눈이 계속해서 깜박였다. 나는 울타리로 달려가 감옥에 갇힌 죄수처럼 그것을 붙잡았다.

"원하는 게 뭐야?" 나는 씩씩거리며 말했다.

또다시 한참 동안 빗소리만 들렸다. 그는 아무 말도 하지 않으면서 계속 나를 괴롭혔다. 나는 잠에서 깨어나 이 모든 것이 악몽이었다는 것을 깨닫고 싶었다. 그러면 제정신으로 돌아올 테니까. 내 침대로 돌아가고, 칼리는 내 옆에 있을 것이다. 지난날들은 모두 꿈일 것이다. 하지만 그 자리에 서서 비에 젖은 채 뼈가 시리도록 떨고 있는 동안 악몽은 더 깊어졌다.

날은 더 어두워졌다.

나는 그를 향해 소리쳤다. "왜 여기 있는 건데? 말해보라고!"

이번에는 내 그림자가 대답했다. 그는 나무들 틈에서 속삭였다.

"죽이려고."

6장

　나는 달렸다.

　나는 강 쪽을 돌아보지 않고 달렸다. 공원의 젖은 잔디를 가로질러 질주했고, 쫓기는 사람처럼 아무 샛길이나 들어가 몸을 피하다 처음으로 지나가는 버스를 잡아탔다. 어디로 가는 버스인지는 상관없었다. 나를 멀리 데려가 주기를 바랐을 뿐이었다. 마침내 버스에서 내려 여러 번 다른 버스로 갈아탔다. 그렇게 한참 후에야 호텔로 돌아왔다. 아무와도 말을 섞지 않고 서둘러 로비를 지나쳐 초조하게 엘리베이터를 기다렸다. 문이 열리자 엘리베이터 안에 무엇이 있을지 몰라 긴장했다. 내가 묵고 있는 층에 도착할 때도 마찬가지였다.

　그가, 내가 있을지도 모른다고 생각했다.

　방에 돌아온 나는 이중 잠금장치까지 잠갔다. 문이 열리지 않도록 의자를 끌어다 받쳐놓을까도 생각했다. 두근거리는 심장을 부여잡고 방안을 계속 왔다 갔다 했다. 가만히 있을 수도, 진정할 수도 없었다. 그때 전화벨이 울렸다. 나는 깜짝 놀라 전화벨이 울리게 내버려 두었다. 이내 벨 소리는 멈췄지만 몇 초 후에 다시 전화벨이 울리기 시작했다. 이번에는 수화기를 들고 아무 말 없이 기다렸다. 상대편이 신원을 밝히기 전까지 초조하게 기다렸다가 타이의 목소리를 듣고는 안도감을 느꼈다.

"딜런." 그녀가 말했다. "괜찮아요?"

"그래. 괜찮아."

"여러 번 전화했는데 받질 않아서 걱정했어요. 그래서 데스크 직원에게 당신이 돌아오면 알려달라고 부탁했죠."

"외출했었어." 나는 그녀에게 자세한 내용을 언급하지 않고 말했다.

"뭐 필요한 거 없어요?"

"없어. 괜찮아."

수화기 너머 타이는 나직이 숨을 쉬며 한동안 침묵했다. "음, 오늘 일은 거의 끝났어요. 이제 집에 가려고요. 팀에서 이브 브라이어 행사 준비를 완벽히 끝냈고요. 무한 세계의 여왕이 오늘 밤 연회장에서 연설할 예정이에요."

"기억나는군."

"정말 괜찮은 거예요? 긴장한 목소린데요."

긴장 그 이상이었다. 내 인생이 퍼즐 조각처럼 부서지고 있었지만, 그녀에게 그 이유를 말할 수 없었다. 나 자신에게조차 설명할 수 없었다.

"난 괜찮아, 타이. 하루가 길었겠네. 어서 집으로 가."

"알겠어요."

하지만 그녀는 전화를 끊지 않았다.

"같이 있어 줄까요?" 그녀는 잠시 뜸을 들이다가 말을 이었다.

"집에 가도 냉동식품 먹으면서 케이블 TV 볼 일밖에 없거든요. 워커 부부가 고맙다고 준 피노 와인이 아직 있는데, 가지고 올라가서 같이 마시면서 얘기나 하면 어때요? 꼭 얘기는 안 해도 되고요. 그냥 앉아서 와인 한잔하고, 호수를 바라보고 싶으면 그렇게 해도 좋고요."

"오늘 밤은 곤란해."

"저기, 혼자 있는 게 낫다고 생각할 수도 있지만, 그게 항상 최선은 아니에요. 친구가 곁에 있는 게 도움이 될 때도 있거든요. 따뜻하게 신경 써주는 사람 말이에요."

자신의 의도가 분명하게 전달되지 않았다고 느꼈는지, 그녀는 더 명확하게 말했다.

"원한다면 밤새 있어 줄게요, 딜런. 친구로서. 그게 다예요. 다른 기대는 없어요. 하지만 누군가와 가까워지고 싶다면 제가 여기 있다는 거 알아주세요."

나는 흔들렸다. 타이에게 끌려서도 아니고, 섹스를 원해서도 아니었다. 단지 진짜 사람이 옆에 있으면 정신을 놓지 않을 것 같았기 때문이었다. 나는 혼자 남는 것이 두려웠고, 앞으로 무슨 일이 일어날지도 두려웠다.

그녀가 하는 얘기를 들으며 나는 그녀의 의도를 못 알아들은 바보가 된 기분도 들었다. 대체로 그랬듯이 칼리의 말은 옳았다. 안전할 것 같아서 몇 달 동안 내 비밀을 타이에게 털어놨지만, 안전한 것은 아무것도 없었다.

"그렇게 말해준 건 고마워." 나는 수화기 너머로 그녀에게 말했다. "그런데 난 같이 있어도 재미있을 사람은 아니라서."

"확실해요?"

"확실해."

그녀는 실망한 기색이 역력했다. "음, 문은 항상 열려 있어요, 딜런. 정말이에요. 마음이 바뀌면 전화해요. 아니면 집으로 와도 되고요. 당신이 혼자 있어야 한다고 느끼지 않았으면 좋겠어요."

"고마워, 타이."

나는 전화를 끊었다. 호텔 방은 조용했다. 후텁지근한 공기를 내뿜는 팬이 웅웅거리며 백색 소음을 낼 뿐이었다. 난방을 틀어도 흠뻑 젖은 옷 때문에 여전히 한기가 돌았다. 나는 젖은 옷을 벗고 벌벌 떨며 어둠 속에 섰다. 예전에 선물 가게에서 산 버번의 뚜껑을 열고 유리잔에 스트레이트로 따랐다. 황색 액체가 뜨끈하게 목구멍을 타고 위까지 내려가자 온몸에 온기가 퍼졌다. 나는 잔을 들고 창가로 가 어둠이 내린 도시를 바라보았다. 저 멀리 분수의 황금색 불빛, 수변 콘도 타워가 내뿜는 광채, 네이비 피어의 거대한 대관람차 색깔이 바뀌는 모습을 보았다.

그는 어디 있는 걸까?

내 마음이 만들어 낸 이 남자, 그는 누구일까? 어둠 속에서 내 창을 올려다보고 있을까?

내게 무슨 일이 일어나고 있는지 몰랐다. 예전의 삶 그대로를 되찾고 싶었다. 나는 칼리를 원했다. 똑같이 벌거벗고 등 뒤에서 몸을 밀착시키며 내 어깨에 턱을 기대는 그녀를. 눈을 감으면 그녀가 거기 있는 것만 같았다. 내게 속삭이는 목소리를 들을 수 있었다. 나는 뒤돌아 그녀와 입을 맞출 것이다. 우리의 눈은 욕망으로 반짝일 테고, 침대로 뒹굴듯이 뛰어들어 서로에게 녹아들겠지. 숨이 넘어갈 듯 계속 웃어대면서.

이런 순간들이 너무나 많았다.

다시는 가질 수 없는 순간들.

버번을 좀 더 마셨는데도 몸은 여전히 차가웠다. 세 번째 잔을 비우고 나서, 욕실로 가 데일 정도의 뜨거운 물로 목욕물을 받았다. 욕조에 물이 가득 차자, 나는 미끄러지듯이 그 안으로 들어갔다. 뜨거운 물이 피부에 닿았다. 최대한 욕조가 가득 차도록 물을 받은 다음, 수면 아래로 몸을 가라앉혔다. 온몸을 담근 순간 뜨겁고 깨끗했던 물이 칠흑같이 검게 변했다. 걸쭉한 진흙이 내 피부 위로 흘러내렸다. 아내가 살려달라고 소리쳤다.

'딜런, 날 찾으러 와줘! 나 아직 여기 있어!'

이대로 물속에서 죽으면 아내와 다시 함께할 수 있겠지, 나는 생각했다. 하지만 몸은 뜻대로 움직이지 않았다. 숨이 끝까지 차오르자 몸이 솟구쳤다. 물속에서 얼굴이 튀어나왔고, 헛구역질과 기침을 해대며 숨을 헐떡였다. 욕조 배수구를 열고 물이 요란하게 흘러내려 가는 소리를 들었다. 욕조에 물이 다 빠지자 다시 한기가 들었다. 나는 결국 욕조에서 기어 나와 침실로 돌아갔다.

이 모든 일에 관해서 누군가와 얘기해야 했다. 내 슬픔과 환영에 관해서. 나는 해답이 필요했다.

날 도와줄 수 있는 사람이 이 호텔에 있다는 사실을 깨달았다. 작가이자 철학자이며 정신과 의사인 이브 브라이어 박사가 아래층에 있었다. 타이의 말에 따르면 나는 그녀를 알지 못하지만 그녀는 나를 알고 있다고 했다. 그게 어떻게 가능한 일인지 알고 싶었다.

"아는 사람 아니에요?"

78

"아니."

"음, 이상하네요. 나한테는 딜런이 추천해서 이 호텔을 골랐다고 말했거든요."

다시 옷을 챙겨 입었다. 호텔 이벤트 매니저처럼 보이려고 남색 재킷에 검은색 바지를 입었다. 면도 상태를 확인하고 양치질을 한 다음 술 냄새를 숨기기 위해 민트 캔디 몇 알을 입에 넣었다. 그런 다음 엘리베이터로 향했다.

황금색으로 칠해진 호텔 연회장 2층에는 그 궁전 같은 공간을 U자형으로 둘러싼 좁은 난간이 있었다. 난간은 정교하게 조각되어 있어, 밑에서 결혼식 파티를 즐기며 춤추는 사람들을 구경하기에 제격이었다. 또 그 난간에 서면 흰 가발을 쓴 루이 14세 궁정의 일원이 된 듯한 느낌을 받을 수도 있었다. 나는 직원 출입구를 통해 난간으로 이어지는 통로로 들어가 조용히 뒤쪽에 있었다. 오늘 밤 이 난간에는 아무도 없었다. 오늘의 무대는 아래쪽에 자리 잡은 어두운 연회장이었다. 몇백 명의 손님들이 무대에서 조명을 받는 여자를 넋이 나간 듯 바라보고 있었다.

브라이어 박사는 온통 검은 옷을 입고 있었다. 바지 정장도, 구두도 모두 검은색이었다. 그래서인지 강렬한 스포트라이트 조명 아래에 서니 몸과 머리가 분리된 것처럼 보였다. 관객들에게 손짓하는 그녀의 손은 날아다니는 새처럼 펄럭였다. 무대 한쪽에서 다른 쪽으로 걸어갈 때마다 밝게 부분 염색한 머리카락이 소용돌이쳤다. 저 멀리 보석 두 개가 빛을 받아 반짝이는 것 같은 금빛 눈망울이었다. 마이크를 통해 전달되는 그녀의 목소리는 감미로웠다. 사람을 최면시키거나 유혹할 수도 있는, 단조로우면서도 달콤한 종류의 목소리였다. 그 목소리는 마법을 부렸다. 나는 그 순간 연회장이 이렇게 쥐 죽은 듯 조용했던 적이 없었다고 생각했다. 브라이어 박사로 인해 수백 명의 청중이 숨을 죽였다.

"이게 무슨 의미인지 생각해 보세요." 그녀는 의미심장하게 잠시 뜸을 들인 후 말했다. "만약 우리가 다중 세계 이론을 사실로 받아들인다면, 우리의 우주는 끊임없이 자신을 복제하는 겁니다. 원자 하나하나, 시시각각, 선택 하나하나를 말이죠. 어떤 사건으로 발생할 수 있는 모든 결과는 별개의 세계에 각각 존재합니다. 우리는 모두 하나의 외롭고 연약한 나뭇가지 위에서 조금씩 움직이고 있어요. 그건 나노 단위로 무한정 커지는 나무에서 뻗어 나온 가지 하나에 불과하다는 겁니다. 오늘 밤 저는 이 연회장에서 나가 왼쪽으로 가지만 오른쪽으로도 갑니다. 집에 가기도 하고 가지 않기도 하죠. 저는 남편에게 키스를 하지만 그의 뺨을 때리기도 합니다. 남편과 섹스를 하지만 그의 심장에 칼을 꽂기도 합니다. 다만, 제 의식 속에서는 그중 하나의 결과만 경험할 수 있습니다. 저는 하나의 나뭇가지에만 올라타 있기 때문이죠. 하지만 다중 세계 이론은 말합니다. 평행우주에서는 그 모든 것들이 일어난다고 말이죠."

그녀는 잠시 말을 멈췄다. "물론 남편은 좀 이따 저와 함께 침대에 누워 있길 바랄 거예요. 제가 칼에 묻은 피를 닦길 원하진 않을 겁니다."

청중들 사이로 웃음소리가 퍼졌다.

"사실 저는 결혼을 안 했어요." 그녀가 말했다. "이번 생에는 그렇지만 무수히 많은 다른 세계에서는 결혼했을 수도 있죠. 다른 세계에서 저는 정신과 의사가 아닙니다. 배우이거나 경찰일 수도 있고 마약에 중독된 노숙자일 수도 있죠. 다른 세계에서 저는 살아있지 않아요. 죽었어요. 여러분도 마찬가지입니다. 무한한 세계에는 여러분의 복사본이 무한히 존재합니다. 여러분이 이 세계에서 하지 않는 모든 선택을 하면서요. 다중 세계 이론이 말하는 건 이런 거죠."

브라이어 박사는 무대 중앙에 멈춰 섰다.

"이건 미친 소리일까요? 자신들의 우아한 수학이 현실 세계에서 통하지 않는 이유를 필사적으로 설명하려는 미친 과학자들의 헛소리일까요? 글쎄요, 그럴 수도 있겠죠. 아니면 우주를 바라보는 우리의 시각이 보이는 것에만 국한된 것일 수도 있습니다. 현미경으로 들여다보기 전까진 혈액 한 방울 속에 그렇게 많은 세계가 존재한다고 아무도 믿지 않았죠. '한 방울의 피 안에 수백만 개의 세포가 존재한다니, 불가능해!'라고 말할 때도 있었지만 지금은 그게 사실이란 걸 알고 있죠. 그렇다면 다중 세계라는 개념은 터무니없는 이론인가요? 아니면 성능이 더 좋은 현미경으로 들여다볼 필요가 있을까요?"

이 여자에게는 무언가 자석처럼 끌리는 매력이 있었다. 그녀는 청중 전체를 대상으로 말하는 게 아니었다. 강연장에 있는 사람 한 명 한 명에게 말을 걸고 있었다. 한 사람씩 개인적으로. 그게 아니라면 나에게만 말하고 있었을지도 모른다. 내가 받은 느낌은 그랬다. 거대한 연회장에는 난간에 서 있는 나와 그녀, 둘 뿐이었을 수도 있다. 그녀가 나를 쳐다보고 있다는 느낌이 들었다. 나를 올려다보면서, 그녀는 모든 말과 생각을 나에게 쏟아내고 있었다. 나는 그녀가 내 이름을 불러주길 기대했다.

'딜런, 당신은 혼자가 아니에요. 당신은 다중 세계의 일부예요.'

'당신은 무한해요.'

"철학자들은 물리학자들로부터 이 아이디어를 가져와 자신들만의 이론을 만들어 냈어요." 브라이어 박사는 이어서 말했다. "그들은 이 이론을 '**다중 마음**'이라고 불렀습니다. 이 모든 끝없는 선택과 평행한 삶이 실제로 존재한다는 이론이죠. 드넓은 우주가 아니라 우리 개개인의 두뇌 속에요. 우리 인간은 아메바처럼 계속해서 분열하는 존재입니다. 아직도 미친 소리처럼 들리나요? 그렇다면 꿈에 대해 생각해 봅시다. 꿈은 우리 두뇌가 **순간적으로** 생성하는 정교한 세계입니다. 놀랍도록 세세한 부분까지 다뤄가면서 잠을 자는 그 잠시의 시간 동안만 존재하는 환상적인 장소를 만들어 냅니다. 다시는 찾아갈 수 없는 곳이죠. 만약 두뇌가 밤마다 이 일을 할 수 있다면 평행 세계 전체를 구축할 수 있다고 생각하는 것도 그리 이상하지 않을 겁니다. 아니요, 저에게 중요한 문제는 그것이 가능하냐가 아닙니다. 문제는 이것이 여러분과 나, 우리의 실제 삶과 무슨 관련이 있냐는 거죠. 우리가 올라타 있는 작은 나뭇가지 하나와 무슨 관련이 있냐는 거예요. 이론에 불과하다면 이 모든 게 정말로 중요한가요? 서로 안 맞는 부분이 많은 물리학자와 철학자 사이에도 딱 한 가지, 이견 없이 일치하는 주장이 있습니다. 다중 세계든 다중 마음이든, 우리는 우리만의 나뭇가지에 갇혀 있다는 거죠. 고립된 채로 무력하게요. 여러분의 모든 버전은 별개의 세계에 살고 있고, 여러분은 다른 우주로 갈 수 없습니다."

브라이어 박사는 지금까지 말한 내용이 충분히 이해되도록 말을 멈췄다. 무대 한가운데에 있는 의자에 놓인 물병을 들어 물을 한 모금 마셨다. 그녀가 다시 말을 시작하기 전, 나는 또다시 보았다. 그녀의 시선이 난간으로 올라가는 것을.

그녀는 나를 똑바로 바라보았다.

"아니면 갈 수 있나요?"

∞

강연이 끝나고, 나는 그녀를 만나기 위해 긴 줄을 기다렸다. 이 행사의 목적은 책을 판매하는 것이었다. 그녀는 자기계발서를 썼는데, 〈다중 세계, 다중 마음〉 이론을 활용해 도발적인 반전을 보여준 책이었다. 사람들에게 평행 세계에서 만들어 낸 다른 선택지들을 '찾아가는' 방법을 보여줌으로써 그들이 더 나은 삶을 살도록 알려주는 것이 책의 주된 아이디어였다.

'아직도 대학교 시절 사귀었던 여자친구에게 청혼했어야 했는지 궁금한가요? 그 세계에 살아가는 당신 모습을 상상해 보시죠.'

'새로운 일을 맡아야 할지 고민하고 있나요? 우주의 어딘가에서 당신은 그 일을 하게 될 겁니다. 그 삶은 어떤 모습일까요?'

나는 그 이론의 매력이 뭔지 알 수 있었다. 지금 이 순간, 내가 그 강으로 차를 밀어 넣지 않은 우주가 존재한다는 생각에 마음이 끌렸다. 다른 세계에서든, 아니면 내 머릿속 어딘가에 묻혀 있든, 칼리가 아직 살아있고 여전히 나와 함께 있는 곳이 있을 거라는 생각 말이다.

정말이다. 그런 삶을 살 수 있다면 난 **무슨 짓이든** 했을 것이다.

하지만 그건 다른 딜런 이야기였다. 더 나은 선택을 한 딜런.

브라이어 박사는 무대에 있었다. 청중들은 한 명씩 무대로 걸어가 사인을 받고 미소 띤 그녀와 사진을 찍었다. 매력적인 사람이었다. 언변도 유창하고 설득력 있었다. 모든 종교 지도자가 그러하듯이 말이다. 나는 그녀의 얼굴을 계속 바라보며 어디서 만났을지 기억해 내려고 노력했지만 아무 것도 떠오르지 않았다. 어쩌면 타이가 그녀 말을 잘못 이해한 것일 수도 있었다.

드디어 내 차례가 되었다. 나는 줄을 선 사람들을 뒤로하고 무대를 가로질러 걸어갔다. 손에는 직접 산 책을 들고 있었다. 브라이어 박사는 내가 다가오는 것을 지켜보고 있었다. 그녀가 홀로 앉아 있는 테이블에 도착하자 나는 그녀의 아우라에 휩싸인 느낌이 들었다. 그녀 앞에 서서 사인을 요청하며 책을 건넸다. 책을 받아 든 그녀는 어색한 미소를 지었다.

"안녕하세요, 딜런." 그녀가 중얼거렸다. "난간에 있는 걸 봤어요. 당신이 올 줄 몰랐는데. 우리 둘이 함께 있는 모습을 보이면 좋을 게 없어요."

"죄송합니다만, 저를 아세요?"

그녀는 책에 사인하려다 멈칫했다. 아몬드 모양의 갈색 눈이 내 눈을 뚫어져라 쳐다봤다. "방금 농담이었나요?"

"아뇨."

"이런 게임 재미없어요, 딜런."

"죄송합니다, 브라이어 박사님. 하지만 저를 다른 사람과 혼동하신 모양이군요. 제가 알기로 우린 만난 적이 없습니다."

"알겠어요." 그녀는 무대 반대편에 아직 줄을 서 있는 사람들을 흘끗 보더니 긴 머리를 위로 쓸어 넘겼다. 화려한 필체로 책에 사인을 하고 메모를 약간 덧붙인 다음 테이블 너머에 있는 나에게 책을 건넸다. 그녀의 손끝이 내 손끝에 스쳤다.

"제가 착각했나 보군요." 그녀가 말했다. "책 재밌게 읽으세요."

나는 멍한 상태로 걸어갔다. 그녀가 나를 보고 있는지 궁금해 뒤를 돌아봤지만 그녀는 다음 사람에게 사인을 해주고 있었다. 나는 연회장을 나와 엘리베이터 근처 벤치에 앉아 책을 펼쳤다.

사인 밑에 그녀의 메모가 있었다.

분수, 새벽 1시

7장

세 시간 후, 나는 차가운 호수 바람을 얼굴에 맞으며 그랜트 파크로 들어섰다. 내내 주머니에 손을 넣고 고개를 숙인 채 걸었다. 몇 걸음마다 미시간대로를 달리는 차들의 불빛을 돌아보며 미행당하는 건 아닌지 확인했다. 지금은 그의 존재, 아니 나의 존재를 느끼지 못하지만 그렇다고 내 도플갱어가 여기 없을 거라는 보장은 없었다.

철길을 건너 공원의 푸른 잔디밭을 따라 계속 걸었다. 거리는 한산했고 나는 콜럼버스 거리 반대편으로 뛰어가 버킹엄 분수에 도착했다. 분수의 물줄기는 내일 아침에나 작동할 예정이었다. 분수 너머로 어두운 미시간 호수가 길게 지평선을 가득 채웠다. 나는 연못 옆 해마 조각상 근처에 잠시 서 있다가 광장 남쪽에 있는 벤치에 앉아 기다렸다.

그곳에는 나만 있는 게 아니었다. 근처 벤치에는 노숙자가 담요를 둘둘 말고 누워 있었다. 내 뒤쪽 나무로 둘러싸인 곳에서는 섹스하는 커플의 흥분된 숨소리가 들려왔다. 분수 근처에서는 두 명의 실루엣이 서로 속삭이며 손에서 손으로 무언가를 전달했다. 마약이었다.

이브 브라이어 박사는 제시간에 도착했다. 시계를 보니 정확히 새벽 1시 정각이었다. 그녀가 걸어오는 모습이 보였다. 여전히 검은색 옷을 입고 있었고, 바람이 불어와 짙은 색 트렌치코트가 망토처럼 휘날렸다. 그녀와의 거리가 좁혀지자 나는 자리에서 일어났다. 그녀는 나에게 다가와 두 팔로 나를 감쌌다. 이상하리만치 친밀한 몸짓에 당황스러웠다. 장미 꽃다발 같은 향수 냄새가 그녀의 피부에서 풍겨 올랐다. 누군가 우리를 봤다면 연인이 만나는 모습이라고 생각했을 것이다. 하지만 나는 그녀의 손이 등에서 가슴으로 내 몸을 가볍게 두드리며 탐색하는 것을 느꼈다.

"뭐 하는 거죠?" 나는 그녀에게 물었다.

"도청 장치가 없는지 확인하는 거예요."

"제가 뭐 하러 그런 걸 하겠어요?"

"저야 모르죠, 딜런. 하지만 이 모든 게 말이 안 돼서요. 조심하는 편이 나으니까요."

우리는 벤치에 나란히 앉았다. 그녀에게서는 몹시 긴장된 분위기가 퍼져 나왔다. 그녀는 무언가를 두려워하고 있었다. 감시당하고 있는 건 아닌지 확인하려고 고개를 돌려가며 어두운 곳 구석구석을 살폈다.

"연회장에서는 무슨 일이었어요?" 그녀가 나에게 물었다.

"무슨 말씀이죠?"

"절 모른 척했잖아요."

"그야 저는 당신을 모르니까요."

"그만 해요, 딜런. 무서워지려고 하네요."

"농담 아닙니다." 나는 그녀에게 말했다.

그녀는 거짓말을 찾아내려는 듯 내 얼굴을 꼼꼼히 살펴보았다. "그 단어를 말해봐요." 마침내 그녀가 말했다.

"뭘요?"

"알잖아요."

"몰라요. 당신이 무슨 말을 하는지 전혀 모르겠어요."

"'**무한**'이라고 말해봐요." 그녀가 말했다.

"왜죠?"

"말해보라니까요." 그녀는 명령하듯 같은 말을 반복했다.

나는 어깨를 으쓱거리며 말했다. "무한."

브라이어 박사는 벤치에 등을 기댔다. 그녀가 무슨 일이 일어날 거라고 기대했는지 모르겠지만 아무 일도 일어나지 않았다. 그녀는 차가운 호수 바람을 맞아 춥다는 듯이 가슴 위로 단단히 팔짱을 꼈다.

"무슨 일이 벌어지고 있는 건지 말해줄래요?" 나는 그녀에게 물었다.

"정말로 날 기억하지 못하는 거예요?"

"브라이어 박사님, 이미 말씀드렸잖아요. 우린 만난 적이 없습니다. 전 호텔에서 강연회 행사 포스터를 봤을 때 박사님 이름을 처음 접했으니까요."

"이브라고 부르세요." 그녀가 말했다. "제발요. 다른 호칭은 어색해서요. 몇 가지 물어볼 게 있어요."

"그러시죠."

"일시적으로 기억 상실을 겪은 적이 있었나요? 일어나보니 당신이 어디에 있는지, 뭘 했는지 설명할 수 없었던 적은요?"

"제가 알기론 없어요."

"술을 마실 때도요?"

"제가 술을 마시는 걸 어떻게 알죠?"

"묻는 말에 대답부터 하세요."

"아뇨, 몇 년간 술 마시고 필름이 끊긴 적은 없어요. 보통은 술 마시고 멍청한 짓을 한 게 기억나죠."

이브는 얼굴을 찡그렸다. "최근에 어떤 트라우마를 겪은 적이 있나요?"

"네. 사실 제 인생 최악의 트라우마를 겪었죠. 자동차 사고로 아내를 잃었거든요."

"아내분을요?" 그녀가 큰 소리로 말했다.

"칼리예요. 우리가 탔던 차가 강에 빠졌고, 그녀는 익사했어요. 전 칼리를 구할 수 없었고요."

벤치에 앉은 이브는 나에게서 조금씩 물러났다. 그녀의 목소리는 점점 더 싸늘해졌다. "상심이 무척 크시겠어요. 정말 끔찍한 일이에요."

"그렇습니다."

"사고 후에 기억 상실 같은 걸 경험했을 가능성이 있나요?"

"만약 그랬다면 당신만 기억에서 지워진 거군요." 나는 그녀에게 말했다. "저기, 분명 날 다른 사람이라고 생각하는 것 같은데 제가 당신을 어떻게 알게 된 건지 말해줄 건가요?"

이브는 벤치에서 일어나 내게 손을 내밀었다. 나도 일어나 분수로부터 동쪽으로 걸어갔다. 우리는 외곽 도로를 건너 호수가 몇 걸음 남지 않았을 때까지 계속 걸어갔다. 입술에 떨어진 물방울의 맛이 느껴졌다. 저 너머 항구에서 요트들이 출렁거렸고, 배에 연결된

밧줄은 달그락거리며 부딪히는 소리를 냈다. 부두 너머 거친 물결 위로 군데군데 파도가 하얗게 부서지고 있었다. 우리 뒤로는 초고층 건물들이 빛났다.

그녀는 몸을 돌려 나를 바라보았다. 그녀의 부드러운 머리칼이 바람에 휘날렸다. 하이힐을 신은 그녀는 나보다 키가 컸다. "당신은 제 환자예요. 우리는 그렇게 알게 되었죠."

"무슨 소리를 하는 거죠?"

"당신은 몇 주 동안 저에게 치료를 받으러 왔었어요."

나는 그녀에게서 물러났다. **"뭐라고요?"**

"사실이에요."

"아뇨, 그렇지 않아요. 전 당신을 알지도 못한다고요."

"제 말 믿으세요. 당신은 절 알아요. 저도 당신을 알고요. 물론 결혼했다는 사실은 한 번도 말한 적이 없었는데 그건 놀랍군요." 그녀는 고개를 갸웃거리며 마치 내 두뇌 속을 들여다보려는 임상의학자처럼 나를 관찰했다. "이건 일종의 기억 상실이 **분명해요.** 다른 가능성이 하나 더 있긴 하지만요."

"그게 뭐죠?"

이브는 얼굴을 찌푸렸다. "당신은 다중 인격 장애를 앓고 있는 걸수도 있어요. 당신 마음속에서 여러 형태의 당신으로 나뉜 거죠. 한명의 딜런은 다른 딜런이 한 일을 기억하지 못해요. 그런 징후를 본적은 없지만, 다른 인격이 존재한다면 가능한 얘기예요. 저한테 치료를 받으면서 당신 상태가 심각해졌을 가능성도 있고요."

"치료요?"

"네. 당신은 제가 개발한 새로운 실험 계획의 첫 번째 환자였어요. 저는 다중 세계 치료라고 부르죠."

"대체 그게 뭔데요?"

"우리 뇌가 만들어 낸 개별적 삶 사이의 장벽을 허무는 방법이에요. 평행우주를 **연결하는** 방법이죠. 전생 회귀 개념과 비슷하지만, 시간을 거슬러 올라가는 게 아니라 옆으로 이동해서 당신의 다른 세계로 가는 거라 보면 돼요. 그래서 당신에게 '**무한**'이라고 말하게 한 겁니다. 그게 우리의 암호거든요. 당신의 뇌에게 세션을 끝내게 만드는 신호요. 당신이 어디에 있든, 어떤 세계에 있든, 그 단어를 말하면 다시 저한테 돌아오거든요. 그 말을 하면 당신이 어떻게 반응하는지 보고 싶었어요."

"저는 아무 반응도 하지 않았어요. 저에겐 아무 의미도 없었으니까요."

"네, 그건 흥미롭네요. 그 점은 어떻게 받아들여야 할지 모르겠어요."

나는 고개를 저었다. "이 **치료**는 어떻게 작동하는 거죠?"

이브는 호수 주변의 인도를 힐끗 쳐다보았다. 우리 둘뿐이었지만, 그녀는 분명 다른 사람이 듣지 못하게 하려는 듯했다. "프란체스카 슈타인이라는 샌프란시스코의 정신과 의사에 대해 들어본 적 있나요? 몇 년 전 그녀가 향정신성 약물과 최면을 조합해 환자들의 기억을 바꾸고 있다는 사실이 세간에 알려졌죠."

"그렇군요. 저는 처음 들어보는 이름입니다."

"프랭키와 전 친구 사이에요. 우린 함께 학교에 다니며 다중 세계 이론이 치료 목적으로 쓰일 가능성에 관해 이야기를 많이 나눴죠. 그녀는 기억을 바꾸는 데 사용한 것과 유사한 기술을 사용해 사람들이 다른 삶을 '경험'하도록 할 수 있다고 믿었어요. 그 이후로 저는 이 아이디어를 연구해 왔어요."

"여러 세계를 넘나드는 건가요?" 나는 비꼬는 투로 물었다.

"맞아요."

"이걸 저한테 했다는 말인가요?"

"그렇죠."

"제가 그런 아이디어에 동의했을 리가 없을 텐데요."

"사실, 당신이 자원했어요. 저한테 해보라고 밀어붙였어요. 당신 자신에 대한 진실을 알고 싶다면서요. 그래서 우린 당신이 실험 대상이 되는 것에 합의했죠."

내가 할 수 있는 거라곤 흥분해서 이의를 제기하는 것뿐이었다. "향정신성 약물로 실험을 한다고요? 그게 합법적인가요? 누가 봐도 윤리적인 일 같지는 않은데요."

"당신 말이 맞아요. 전 한계를 뛰어넘는 편이죠. 사실 당신은 저의 이런 점이 마음에 든다고 말하기도 했어요. 우리에겐 공통점이 있다면서요. 저도 살면서 많은 실수를 저질렀어요. 의대 시절 잠깐이지만 마약에 빠져 사는 바람에 거의 퇴학당할 뻔한 적도 있었고요. 우리가 한 짓을 사람들이 알게 되면 전 의사 면허를 잃을지도 몰라요. 그래서 오늘 밤 당신에게 조심스럽게 굴었던 거예요. 그래요. 제가 당신에게 현실을 바꾸는 환각제를 준 건 사실이에요. 하지만 믿어줘요. 그건 당신이 전적으로 동의했기 때문에 했던 일이에요."

나는 고개를 저었다. "말도 안 돼요. 당신은 지금 실수하고 있는 겁니다. 전 당신을 모른다고요."

내가 계속 부인하자 이브는 한숨을 쉬었다. "당신 이름은 딜런 모런, 라살 플라자 호텔 이벤트 매니저예요. 당신 아버지가 당신 어머니를 살해하고 당신이 보는 앞에서 목숨을 끊었어요. 부모님이 돌아가신 후, 할아버지 에드거의 집으로 들어가 함께 살았죠. 당신은 아직도 매주 할아버지와 시카고 미술관을 가요. 당신이 제일 좋아하는 그림은 에드워드 호퍼의 「밤을 지새우는 사람들」이에요. 에드거는 그가 어릴 적 우연히 스테이트가에서 미술관장과 부딪혀 관장의 목숨을 구하지 않았더라면 그 그림은 다른 곳에 걸려 있을 거라고 자주 말하곤 하죠."

숨이 멎을 뻔했다. 나는 그녀의 어깨를 붙들고 그녀의 얼굴에 대고 속삭였다. "당신이 이 모든 걸 어떻게 아는 거죠?"

"어떻게 알겠어요? 당신이 말해줘서 아는 거죠."

나는 별빛 아래서 그녀의 얼굴을 바라보며 이 여자를 이해해 보려고 노력했다. 그녀는 의사이자 심리치료사였지만 무언가가 더 있었다. 정확히 무엇인지는 알 수 없지만, 그녀에게는 마음으로 사람을 유혹하는 수수께끼 같은 재능이 있었다. 그녀가 내게 던진 주문에 이끌리듯 나는 그녀의 세계로 빠져들었다. 그녀는 아름답고 관능적이며 잊을 수 없는 사람이었다. 마술사처럼. 그녀의 치료실에 함께 있는 모습이 그려졌다. 그녀에게 비밀을 털어놓는 내 목소리가 들리는 듯했다.

하지만 그런 일은 **절대** 일어나지 않았다.

"이 치료 말입니다." 나는 말을 이었다. "제가 뭘 겪은 거죠?"

"당신은 다른 세계에서 온 다른 딜런들을 봤다고 했어요. 그들과 교감하면서 그들 삶에 들어갔다고요."

"그 말을 정말 믿는 거예요?"

"당신은 그랬다고 믿었어요."

"제가 뭘 봤죠?"

"그걸 알고 싶다면 다시 당신 머릿속으로 돌아가야 해요. 한번 해보고 직접 확인해 보세요."

"괜찮습니다."

"확실해요? 한 세션이 끝나고 나서 당신은 당신이 찾은 그 세계에 계속 있고 싶다고 말했어요. 다른 딜런의 삶을 빼앗고 싶어졌다면서요."

"그건 전부 다 진짜가 아니에요." 내가 말했다.

"당신이 그걸 어떻게 알죠? 솔직히 시작하기 전에는 확신이 없었어요. 하지만 당신의 경험을 통해 믿게 되었죠. 다중 세계 이론은 사실이에요. 우리 앞에 펼쳐진 모든 길을 진짜로 가보는 거예요. 다른 어떤 세계에서 당신과 나는 만난 적이 없어요. 그럼 지금 호숫가에서 모르는 사람처럼 서로 지나치겠죠. 또 다른 세계에서는 우리가 섹스를 하고 있을 거예요. 그리고 또 다른 세계에서는 당신이 나를 물에 빠뜨려서 질식시키고 있을지도 모르죠."

폭력적인 이미지를 떠올리고 나는 움찔했다. "당신을 물에 빠뜨린다고요? 도대체 왜 그런 말을 하는 거죠?"

"그게 바로 당신이 저한테 온 이유예요, 딜런." 이브가 말했다. "당신은 자신이 사람들을 죽이는 환영을 보고 있다고 했지만 그 사람들은 살아있었어요. 그런데도 당신은 저한테 그들을 어떻게 죽였는지, 날짜나 상황, 방법 같은 세부 사항을 알려줬죠. 당신은 제 도움이 필요했어요. 연쇄살인범이 될지도 모른다는 생각에 두려워했어요."

8장

   거울에 비친 당신의 모습을 보면서, 그러니까 정말로 당신 자신을 들여다보면서, 당신이 누구인지 궁금해한 적 있는가?

   당신의 눈동자 뒤에는 어떤 사람이 살고 있는가?

   그 순간 나는 그렇게 느꼈다. 더 이상 딜런 모런이라는 사람에 대해 무엇을 믿어야 할지 알 수 없었다. 이브는 나에게 일어날 리 없는 일들을 말해줬는데, 희한하게도 말이 되는 이야기인 것 같았다. 만약 내 인격이 분리돼서 전혀 모르는 다른 삶을 살고 있다면 아마도 내 마음은 환영 속 그 두 번째 딜런 모런을 투영하고 있는 걸 수도 있었다.

   나는 나 자신을 보고 있었다. **다른 버전의 나**와 대화를 나누면서. 어찌 된 영문인지 모르지만, 머릿속에서 두 번째 인격을 만들어 내고 있었는데, 그 인격에 대해 알고 있는 것 때문에 두려웠다. 그가 되었을 때, 난 내가 뭘 할 수 있는 사람인지 몰랐다.

   왜 여기 있는 건데?

   죽이려고.

   의지할 수 있는 무언가가 절실히 필요했다. 바다에 빠졌을 때 붙들 수 있는 유목 같은 것 말이다. 나는 칼리가 필요했다. 적어도 그녀를 떠올리게 할 무언가가 간절했다. 그래서 나는 호수를 따라 북쪽으로 택시를 타고 칼리 부모님이 사는 집으로 향했다. 다른 길을 타면 더 빨리 시내를 빠져나갈 수 있었지만, 택시 운전사에게 셰리던가를 따라 천천히 가달라고 부탁했다. 그에 대한 보상으로 팁을 주겠다고 말했다. 칼리와 나는 그녀의 부모님을 만나러 갈 때 여러 번 이 길로 갔었다. 그녀는 링컨 파크의 푸른 들판에서부터 로욜라 대학과 노스웨스턴대학이 있는 학구적 동네를 거쳐 애번스턴, 케닐워스, 윈네트카의 호숫가 저택들로 이어지는 풍경을 감상하길 좋아했다.

나는 속으로 그녀가 어머니를 서둘러 만나고 싶지는 않은 것 같다고 생각했다.

수잔나 챈스는 1930년대에 지어진 석조 저택에 살았다. 베이 윈도우[6]가 달린 벽면에 높고 소박한 굴뚝, 날카로운 처마 끝이 튜더 양식의 성처럼 보였다. 그렇다, 칼리의 아버지도 여기 함께 살았지만 이곳은 '수잔나가 세운 집'이었다. 칼리의 아버지 톰은 책을 출간한 시인이자 고등학교 영어 교사로, 리글리 필드[7] 근처 원룸 아파트에서 살아도 충분히 행복했을 사람이었다. 하지만 수잔나는 챈스 프로퍼티를 움직이게 하는 원동력이었고, 윌메트에 있는 그녀의 저택은 성공을 과시하는 상징이었다.

셰리던가에 도착해 택시에서 내려 오래된 나무들 아래로 100미

---

6 건물의 벽면보다 튀어나오게 만든 창문을 의미한다.
7 미국 MLB 시카고 컵스의 홈구장이다.

터를 더 걸어갔다. 백인인 데다 옷을 잘 차려입고 있어서 누군가 나를 봤대도 경찰에 신고하지 않았을 것이다. 이 동네 사람들은 습관적으로 경찰을 부르는 편이었다. 칼리의 부모님 집에 도착했을 땐 불이 꺼져 있었다. 늦은 시간인 걸 생각하면 놀랄 일은 아니었다. 수잔나나 톰과는 이야기하고 싶지 않았다. 대신 울타리가 쳐진 뒤뜰로 들어가 정원을 지나면 나오는 칼리의 인형집으로 향했다.

인형집이라고 해도 30평 정도니 우리가 살았던 링컨 스퀘어 아파트보다 넓었다. 이것만 봐도 칼리가 나와 함께 살기 위해 얼마나 많이 내려놓았는지 알 수 있다. 그녀는 스물두 살이 되던 해에 본가에서 나와 인형집으로 이사했는데, 거기까지가 그녀 어머니가 그녀에게 허락할 수 있는 독립이었다. 우리가 만났을 때도 칼리는 인형집에 살고 있었기 때문에 나는 이 이상한 동화 같은 세계에서 많은 시간을 보냈다. 몇 년간 인형집 열쇠를 가지고 다녔고 자물쇠 비밀번호도 알고 있었다.

안으로 들어가자 방안에는 칼리의 존재감이 강하게 남아 있어 마치 유령이 된 칼리가 사슬을 흔들며 나에게 다가오는 것 같았다. 그녀의 학창 시절 사진들이 벽에 걸려 있었고, 선반에는 댄스 대회 트로피와 시집이 놓여 있었다. 독립한 지 3년이 지났지만 그녀의 어머니는 여전히 이곳을 사당처럼 남겨두고 있었다. 수잔나는 아마도 딸이 결국 정신을 차려서 나를 버리고 집으로 돌아왔으면 했을 것이다.

나는 정원이 보이는 낡은 가죽 의자에 앉았다. 칼리의 아버지가 물려준 것인데, 아무래도 부인이 기부단체에 줘버리기 전에 칼리가 인형집에서 사용하도록 준 것 같았다. 못생겼지만 무척 튼튼하고 편안한 의자였는데, 분홍색 벽지와 해바라기 퀼트 이불 가운데 놓인 모습이 이질적이었다. 로스코가 죽고 나는 이 의자에 앉아 몇 주를 보냈다. 팔과 다리에 깁스를 하고 있어서 거의 움직일 수 없었고, 그런 날 위해 칼리는 모든 것을 해주었다. 우리는 서로 거의 알지 못했지만, 그녀는 나의 보호자를 자처했다. 그리고 얼마 지나지 않아 나의 애인이 되었다.

마지막으로 이곳에 온 건 6개월 전인 1월이었다. 그녀는 화요일 아침에 사무실에서 전화를 걸어와 잠시 휴식이 필요하다며, 인형집에서 만날 수 있냐고 물었다. 나는 알겠다고 대답했지만 늦게 도착했다. 나는 항상 일이 우선이어서 약속에 대체로 늦는 편이었다. 밖에서 문을 열고 들어가자 차가운 바람과 눈보라가 따라 들어왔다. 칼리는 둘만의 겨울 피크닉을 준비했다. 바닥에 담요를 펴고 와인병을 딴 다음 후무스, 포도잎, 피타 빵으로 지중해식 점심을 차리고 있었다.

그녀는 맞은편에 서 있었다. 벽난로의 온기가 그녀의 맨다리를 데우고 있었다. 찬 기운에 그녀의 얼굴이 붉게 물들었다. 잔잔하게 숨을 들이마실 때마다 그녀의 가슴이 부풀어 올랐다. 그녀는 입가에 옅은 미소를 머금은 채 영원할 것만 같은 진지한 눈빛으로 나를 바라보았다. 정말이지, 그 모습은 시간이 멈춘 아름다운 그림 속 한 장면 같았다. 마네나 베르메르의 그림처럼.

"오늘 무슨 날이야?" 내가 물었다.

"아무 날도 아니야. 사랑해. 그게 다야."

"나도 사랑해."

그보다 더 완벽한 순간을 상상하기는 어려웠지만 돌이켜보면 바로 그날이 우리 사이가 틀어지기 시작했던 날이었다. 우리가 인형 집에서 점심을 먹은 것을 시작으로, 그녀가 어리석게도 스코티 라이언과 불륜을 저지른 일, 그리고 그 주 주말 교외로 나가 그녀가 나에게 마지막으로 했던 이야기까지, 모든 게 연결되어 있었다.

조금만 신경을 썼더라면, 칼리가 유난히 조용하다는 것을 눈치챘을 것이다. 그녀는 자신만의 세계 어딘가에 정신이 빠져 있었다. 그녀가 대낮에 짬을 내어 쉬는 것은 무언가가 잘못되었을 때뿐이었다. 그녀의 평화로운 미소 뒤에 숨겨진 내막을 알아차렸어야 했지만 그러지 못했다. 나는 와인을 따르고, 우리는 담요 위에 앉아 서로를 마주 보았다. 옆에서는 모닥불이 탁탁 소리를 내며 타오르고 있었다.

"수잔나가 나한테 얘기하더라고." 몇 분 동안 조용히 점심을 먹고 있을 때 칼리가 말했다. 그녀는 아무렇지 않게, 대수롭지 않은 일이라는 듯이 말했다.

"응?"

"나한테 버논 호텔 업무를 맡기겠대."

나는 와인잔을 내려놓았다. 분명 축하할 일이었다. 그럴 분위기가 아니긴 했지만. "정말이야?"

"응."

"회사에서 관리하는 가장 큰 거래처잖아."

"그래. 맞아. 내가 맡을 준비가 된 것 같다고 하시네."

"그래, 물론이지."

"고마워."

"정말 엄청난 일이네." 이상하리만치 그녀의 얼굴에서 좋아하는 기색이 보이지 않아, 나는 이 순간을 흥분으로 채우려고 노력하며 말했다.

"그래, 꽤 대단하지. 돈도 훨씬 많이 벌게 될 거야. 좋은 일이야, 그렇지? 하지만 시간도 더 많이 투자해야 할 거야. 근무 시간도 길어지고."

"앞으로 우리 둘 다 집에는 못 오겠네." 나는 농담을 했지만, 칼리는 웃지 않았다.

"우리 이사하는 게 좋겠다고 수잔나가 말하더라. 하이랜드 파크 수준의 동네로 올라와야 한다고. 사람들을 초대해 대접할 수 있을 만한 집이 필요하다고 말이야."

"당신 생각은 어떤데?"

"모르겠어."

그녀의 목소리는 처음부터 끝까지 단조로웠다. 그녀답지 않은 모습이었다. 전혀 칼리답지 않았다. 왜 난 깨닫지 못했을까?

"어쨌든 축하해." 나는 그녀 쪽으로 몸을 기울여 키스하며 말했다. "당신 정말 최고네. 진심이야."

칼리는 나를 향해 미소 지었지만, 그 미소는 선반 위에 놓인 인형들처럼 공허했다. 그리고 그녀는 갑자기 화제를 바꿨다.

"오늘 아침 스타벅스에서 우연히 한 친구를 만났어." 그녀는 말을 이었다. "대학 때 알고 지낸 친구 사라. 당신한테 얘기한 적이 있는지 모르겠네."

"말한 적 없는 것 같아."

"그 친구는 아이가 넷이야. 다 같이 와있더라고. 막내는 이제 두 살쯤 되어 보였는데 다운증후군에 걸린 아이더라. 너무 사랑스러웠어. 사라가 다른 아이들을 돌보는 동안 막내는 내 무릎에 앉아 있었지. 난 사랑에 빠져버렸어."

"물론 그랬겠지."

칼리는 눈가에 묻은 무언가를 섬세하게 닦아내고는 눈을 감았다. "아무튼…." 그녀는 중얼거렸다.

나는 그녀가 난롯불 앞에서 따뜻하게 몸을 녹이며 성공의 행복감을 느끼고 있을 뿐이라고 생각했다. 칼리는 열심히 노력했으니까. 나는 짐작조차 못 했다. 그녀가 숲속에서 두 갈래 길을 마주하며 자신이 잘못된 길로 접어들었다고 생각하고 있다는 것을.

"당신이 정말 자랑스러워." 내가 말했다.

"그래. 고마워."

'너는 너무 바쁘게만 살아서 칼리가 좀 여유롭게 지내고 싶어 한 걸 알아채지 못했던 거야.'

스코티의 말이 맞았다. 그날 칼리는 말만 하지 않았을 뿐이지 모든 방법을 동원해 자신의 감정을 나에게 전하려 했다. 하지만 나는 그녀의 말을 듣지 않았다.

∞

"누가 왔나 했네." 수잔나 챈스가 인형집 문 앞에 서서 말했다. "자네일지도 모른다고 생각했어."

칼리의 어머니는 나이트가운 위에 새틴 로브를 걸치고 허리를 묶은 모습이었다. 분명 그녀는 누가 집에 몰래 들어온 건지 확인하러 가기 위해 화장을 한 거라고 장담할 수 있었다. 그녀는 인형집 안으로 들어와 카운터에 있는 큐리그 커피 머신에서 커피를 한 잔 뽑았다. 그리고는 커피가 든 머그잔을 손에 들고 내 맞은편 소파에 앉았다.

외모적으로 수잔나는 칼리의 25년 후 모습 같았지만, 그녀는 여전히 칼리의 언니처럼 보이려고 애쓰고 있었다. 하나뿐인 딸을 자신의 복사본으로 키웠다. 그녀처럼 야망, 매력, 성공에 대해 갈망하도록 말이다. 칼리는 수잔나의 철저한 감시 아래, 수잔나가 만든 계획대로 20대를 보냈다.

"잘 지냈니, 딜런?" 그녀가 물었다.

"방황하는 중입니다."

"그래, 아무렴. 톰과 나는 완전히 절망에 빠졌단다. 매일 아침 눈을 뜨면 현실이 믿기지 않아."

"유감이에요."

수잔나는 커피를 마셨다. 그녀 얼굴 앞에서 뜨거운 김이 피어올랐다. 그녀는 딸을 잃어서 절망했다고 했다. 분명 그렇겠지만, 수잔나 챈스는 쉽게 감정을 드러내지 않는 사람이었다. 그리고 그녀의 남편은 시인이었다. 감정을 솔직히 표출하는 시인.

"원한다면 오늘 밤은 여기서 보내렴." 그녀가 덧붙였다.

"말씀은 감사드려요. 하지만 전 단지 그녀를 다시 한번 느끼고 싶어서 찾아온 거라서요."

수잔나는 인형집을 둘러보며 무감각한 미소를 지었다. 아마도 상실을 겪으면 자기 성찰을 하게 되는 모양이다. "그러기에 이곳이 적절한 장소인지는 모르겠네. 칼리는 여기 살 때 자신이 인형처럼 느껴졌을 거야. 인위적이고 비현실적인 장난감 말이야. 그건 내 잘못이지. 그 애는 딜런 자네를 만나기 전까지 진짜로 행복했던 적이 없었어. 그리고 이따금 내가 자네를 탐탁지 않아 한다고 느꼈다면, 아마 그 이유 때문이었을 걸세."

나는 그 말에 어떻게 대답해야 할지 몰라서 아무 말도 하지 않았다.

"스코티 라이언과 그 애 사이에 무슨 일이 있었는지 얘기 들었어. 칼리는 자기가 저지른 일로 아주 상심했었지. 술에 취해 딱 한 번 저지른 어리석은 실수였어. 그 애가 자네를 어떻게 생각하는지와는 아무 관련이 없었어. 그건 알아주면 좋겠네."

"이제는 압니다."

"그 애를 용서해 줬나?"

"그럴 기회가 없었죠."

"오, 딜런." 수잔나는 커피를 마시며 시선을 돌렸다. 그녀 눈가에 눈물이 맺혔다. 그녀는 자리에서 일어나 부엌 싱크대로 가서 조심스럽게 머그컵을 씻고 수건으로 닦았다. 수잔나는 늘 단정하고 꼼꼼했다. 그녀는 찬장에 컵을 집어넣고는 몸을 감싸고 있던 가운을 더 단단히 조여 맸다. 더는 말하지 않을 것처럼 문을 열고 나가려 했지만 밀려오는 밤공기에 잠시 망설였다. "이 말은 해야겠어. 난 자네가 무슨 짓을 했는지 알아. 이해는 해도 용납할 수는 없다네."

"무슨 말이시죠?"

"불륜 일로 스코티와 만났다면서."

"네, 그랬죠."

"딜런, 왜 그런 거야? 왜 그냥 넘기지 못했어?"

나는 어깨를 으쓱했다. 스코티를 폭행한 것에 대해선 변명의 여지가 없었다. "그를 만날 계획은 없었어요. 우연히 그런 상황이 된 거죠. 그가 거기에 있었고, 저도 거기에 있었을 뿐입니다. 그냥 물러났어야 했는데 화를 참지 못했죠. 내 탓을 해야 했는데 그 사람을 비난했어요. 그렇다고 해서 그가 저지른 일이 바뀌지는 않는데 말이죠."

"음, 경찰이 알고 있어." 수잔나가 말했다.

"경찰이요?"

"그래, 경찰에게서 연락이 왔어. 그 집은 우리 매물 중 하나라서 내가 뭐라도 알고 있는지 물어보려고 전화했다고 하더구나. 경찰은 자네 정보를 가지고 있었어, 딜런. 자네가 그 집을 떠나는 걸 본 목격자도 있었고, 둘이 싸운 것도 알고 있더라고. 미안하지만 난 경찰에 거짓말을 할 수는 없었어. 칼리가 저지른 불륜에 대해 말했지. 내가 그렇게 말해서 자네에게 더 불리한 상황을 만든 건 아닌지, 그게 무엇보다 두려워."

"수잔나, 도대체 무슨 얘기를 하시는 거예요?"

"자네가 스코티를 죽인 걸 경찰이 알고 있어." 그녀가 대답했다. "경찰 말로는 자네가 스코티 가슴을 칼로 찔렀다고 하더군. 스코티는 죽었어."

9장

 호텔로 돌아오면 경찰이 나를 체포하려고 기다리고 있을 줄 알았다. 하지만 새벽 5시의 로비는 조용하고 텅 비어 있었다. 보아하니 경찰은 내가 여기 머문다는 사실을 모르는 모양이었다. 나는 안도했다. 무엇을 하고 어디로 가야 할지 생각할 시간이 좀 필요했기 때문이었다. 스코티 라이언이 죽었다. 내 아내와 바람을 피운 그 남자가 살해당했다. **그를 죽인 건 나였다.**

 하지만 난 죽이지 않았다.

 나는 그의 얼굴을 때리고 자리를 떠났다. 피를 흘리긴 했지만 분명 살아있었다. 그렇다. 마음 한편으로는 **그를 죽이고 싶었다.** 그건 부인할 수 없는 사실이었다. 그 집에 들어갔을 때 나는 분노에 휩싸여 복수하려고 했다. 하지만 내가 스코티의 가슴에 칼을 꽂았다면 그렇게 한 기억이 남았을 것이다.

 '안 그러겠는가?'

 아니면 다른 인격이 내 정신을 지배했던 걸까? 죽이러 이곳에 왔다던 그 사람, 내 망상이 예견했던 것처럼 말이다.

 나는 엘리베이터를 타고 호텔 방으로 올라갔다. 지칠 대로 지쳐 있었다. 방문이 닫히자 그 문에 등을 기댔다. 숨을 고르며 긴장을 푼 상태에서 **생각하려고 애썼다.** 무슨 일이 일어나고 있는 건지 어떤 식으로든 이해하려고 노력했다. 하지만 무언가 이상하다는 것을 알아차린 순간은 바로 그 직후였다. 주위에서는 낯선 냄새가 났다. 강렬하면서도 달콤한 향이 내 코를 자극했다. 나는 급작스레 솟구치는 아드레날린을 느끼며 방을 훑어보았다.

침대는 흐트러져 있었다. 이불은 바닥에 놓여 있고 시트는 뒤엉킨 상태였다. 이건 내가 방을 나설 때 모습이 아니었다. 호텔 직원은 오래전에 방을 청소했고, 나는 그 후로 잠을 잔 적이 없었다. 이브 브라이어를 만나러 나갈 때 분명히 이불은 네 모서리가 깔끔하게 접혀 있었다.

누군가 들어왔던 게 분명했다. 내 방에.

마치 섬뜩한 농담 같았다. '**누가 내 침대에서 자고 있었을까?**'

천천히 구석구석을 살피기 시작했다. 창턱에 놓인 빈 짐빔 병이 창밖 도시의 불빛을 반사하고 있는 것이 보였다. 내가 마시려고 열었던 병이었다. 혼자 세 잔을 마셨었다. 아니, 네 잔이었던가? 어쨌든 지금은 병이 **비어 있고** 그 옆에는 로우볼 잔이 두 개 놓여 있었다. 나는 잔을 살펴보려고 가다가 바닥에 고인 물을 발견했다. 얼음이 녹아 있었다.

얼음이라고? 나는 술에 얼음을 넣지 않는다.

또 다른 잔을 들어보니 가장자리에 빨간 얼룩이 있었다. 립스틱 자국이었다. 두 명이 이곳에 왔었다. 남자 한 명과 여자 한 명.

나는 다시 방을 살펴보았다. 이번에는 침대 근처에 옷들이 여기 저기 흩어져 있는 것을 발견했다. 여자 옷이었다. 구슬 장식이 달린 알록달록한 드레스가 아코디언처럼 겹겹이 접혀 있었다. 마치 어깨부터 벗겨져 엉덩이를 통과해 곧장 떨어진 것 같은 형태였다. 그 근처에는 레이스 브래지어와 라벤더색 비키니 팬티, 벗어 던진 검은 하이힐이 보였다.

좀 전에 맡았던 달콤한 향기가 갓 피어난 꽃처럼 옷과 침대에서 퍼져 나왔다. 그제야 나는 무슨 향수인지 알아차렸다. 캘빈 클라인 옵세션이었다.

그러다 문손잡이가 덜거덕거리는 소리에 화들짝 놀랐다. 여기 나 말고 누군가가 있었다. 나는 화장실 문 쪽으로 눈길을 돌렸다. 문틈 밑으로 밝은 불빛이 꺼지는 것을 보았다. 문이 열리고 어두운 호텔 방 안으로 타이가 모습을 드러냈다. 창문 너머 시카고의 불빛이 샤워로 젖은 그녀의 알몸을 비추었다. 수건을 손에 들고 긴 머리를 말리고 있어서 그녀의 얼굴은 보이지 않았다. 도드라진 쇄골, 좁은 엉덩이와 가냘픈 다리, 모든 몸의 생김새가 한눈에 보였다. 납작한 가슴 위로 초콜릿색 유두가 곤두서있었다. 다리 사이 삼각형 형태의 음모는 검고 풍성했다.

수건을 내려놓은 그녀는 내 존재를 알아챘다. 그녀의 선홍색 입술은 요염한 미소를 지었고 검은 눈동자는 나를 삼킬 듯이 바라보았다.

"어, 안녕. 가야 하는 줄 알았는데, 아직 있었다니 기쁘네요."

무슨 일이 벌어지고 있는 건지 물어볼 새도 없었다. 그녀는 우리 사이의 공간을 가로질러 다가왔다. 내 머리카락 사이로 손가락을 집어넣더니, 입술을 내 입술에 대고 지그시 눌렀다. 부드럽고 관능적인 느낌으로 그녀의 알몸이 나에게 닿았다.

"몸이 차네요." 그녀가 속삭였다. "나갔다가 돌아온 건가요?'

난 여전히 무슨 말을 해야 할지 몰랐다.

"내가 따뜻하게 해줄게요." 그녀는 이렇게 말하며 내 몸을 더듬어 내려갔다. 바지 안으로 그녀의 손이 미끄러져 들어왔다. 내 몸속 호르몬은 그녀가 계속해 주기를 바랐지만, 나는 그녀에게서 몸을 떼고 뒤로 물러났다. 그녀는 어리둥절한 표정으로 나를 쳐다보았다.

"왜 그래요?"

"이럴 순 없어."

그녀는 나를 향해 다시 미소 지었다. "음, 할 수 있을 텐데요. 벌써 무언가가 깨어나는 게 느껴지는걸요."

"타이, 그런 게 아니야."

"그럼 뭐죠?" 그녀는 내 표정을 읽으려 했다. 내 얼굴에서 무언가를 감지하고는 민망한 기분이 들었을 것이다. 그녀는 침대에 앉아 구겨진 시트로 몸을 감쌌다. 얼굴에서는 미소가 사라졌다. "아, 알겠어요. 죄책감이 드는 거군요. 우리가 한 일을 후회하고 있는 거죠?"

나는 섹스의 흔적이 느껴지는 침대를 살펴봤다. 타이와 나는 여기서 사랑을 나눴다. 기억의 어딘가로부터, 그녀가 내 아래에서 두 다리로 내 등을 단단히 감싸고 있었던 게 느껴졌다. 그녀의 깊숙한 곳까지 들어갔던 게 떠올랐다. 하지만 그건 정말이지 내 기억이 아니었다. 그건 내가 아니었다.

"괜찮아요." 타이가 이어서 말했다. "아무 부담 갖지 말자고 했잖아요. 그건 진심이에요. 그래도 전화해 줘서 기뻐요. 당신이 누군가 필요할 때 날 찾았으니까요. 내가 바란 건 그거였어요. 하지만 당신이 지금 많이 힘들어하고 있다는 걸 알아요."

"타이, 미안해…." 나는 입을 열었다.

"사과하지 말아요. 갈게요. 당신이 생각을 정리해야 하니까 가달라고 했을 때, 그때 짐작했어야 했어요."

나는 침대 위 그녀 옆에 앉아서 무슨 말을 해야 할지 고민했다. 그녀가 나에게 한 말, 이 방에서 본 광경들 때문에 머릿속이 혼란스러웠다.

"타이, 미친 소리처럼 들리겠지만 오늘 밤 우리 사이에 무슨 일이 있었는지 정확히 말해줘."

"이해가 안 돼요. 왜죠?"

"제발, 내 말 좀 들어봐. 내가 타이한테 전화했어?"

"기억이 안 난다는 소린가요?" 그녀는 짜증 난 얼굴로 물었다.

"사실 내 말이 바로 그거야."

"농담해요? 방금 우리가 한 일이 기억 안 난다고요?"

"너한테 설명할 수 있으면 좋겠지만 그럴 수가 없어."

그녀의 표정은 걱정으로 바뀌었다. "괜찮은 거예요?"

"모르겠어. 그냥 무슨 일이 있었던 건지 알아야겠어."

그녀는 머뭇거리다 말했다. "좋아요. 당신이 나한테 전화를 했어요."

"몇 시에?"

"모르겠어요. 대충 자정이 넘었던 것 같아요. 난 아직 깨어 있었죠. 여기 왔을 때가 새벽 1시였다는 건 기억나요."

"1시 정각?"

"네."

"확실한 거야?"

"그렇다니까요."

나는 고개를 저었다. "네가 시간을 잘못 봤을 가능성은 없을까?"

"딜런, 로비에서 시계를 봤다고요. 분명 여기 온 게 1시였어요."

나는 손목시계를 확인하고 침대 옆 탁자 위의 시계를 확인했다. 오차는 없었다. 시간은 일치했다.

새벽 1시. 그건 절대 가능한 일이 아니었다.

나는 정확히 새벽 1시에 공원 분수대에서 이브 브라이어와 만나고 있었다. 그와 동시에, 호텔에서 타이와 만나고 있었다는 얘기였다.

"내가 전화해서 뭐라고 말했어?"

"외롭고 슬프다고 했어요. 혼자 있고 싶지 않다고. 당신이 있는 곳으로 오겠냐고 물어서 알겠다고 했죠. 그러니까, 당신이 뭘 원하는지 우리 둘 다 알고 있었어요. 무슨 일이 일어날 줄도 알았죠. 그래서 그에 맞춰서 옷을 입고 간 거예요."

"그래서 네가 호텔 방으로 왔고?"

"그럼요."

"그리고 내가 있었겠네."

"음, 당연하죠."

"그리고 우리는?"

"네, 섹스했어요. 사실 두 번이요. 자세히 알고 싶다면요. 설마 그것도 기억 못 하는 거예요? 지금 이거, 당신 기분 좋아지게 만드는 일종의 게임인가요? 없던 일인 척하면서요?"

나는 대답하지 않았다. "타이, 부탁이야. 계속 말해줘. 그다음엔 어떻게 됐어?"

"우린 잠들었어요. 내가 잠에서 깨보니 당신은 이미 일어나 옷까지 입고 창밖을 바라보고 있었죠. 다시 침대로 오라고 했는데 가야 한다고 말했어요. 곧바로요. 그리고는 나갔죠. 그래서 난 샤워를 하러 갔고 나와보니 당신이 다시 여기 있었던 거예요. 그게 다예요, 딜런. 불과 10분 전 일이에요. 정말 아무것도 기억하지 못하는 거예요? 무서워지려고 하네요."

"미안해."

타이가 내게 말한 것에 대해 곰곰이 생각해 봤지만 도무지 설명할 방법이 없었다. 아무것도 이해가 되지 않았다.

이건 환영이 아니었다.

기억 상실이나 다중 인격도 아니었다.

아무리 내 마음이 나를 속이려고 해도, 내가 동시에 두 곳에 있을 수는 없었다. 그런데도 난 이브 브라이어와 공원에서 만난 다음 월메트로 가서 칼리의 어머니를 만났고, 동시에 타이와 호텔 방에도 있었다.

나는 불가능한 결론을 내릴 수밖에 없었다.

두 명.

내가 둘이었다. 환영을 본 게 아니었다. 내 도플갱어는 진짜였다.

딜런 모런이라는 사람이 내 삶에 몰래 들어와 있었다. 다른 딜런이 내 머릿속 모든 숨겨진 충동을 따라가서 내 어두운 영혼을 해방하기로 마음먹은 것 같았다. 스코티를 죽이고 타이와 잠자리를 갖는 것. 그는 나의 억제된 본능적 욕구가 현실로 나타난 존재였다.

이 딜런 모런은 내가 아니었다. 그럼에도 불구하고 우리는 어떤 보이지 않는 선으로 연결되어 있었다. 그가 한 일, 그의 기억이 남긴 흔적들이 마치 심령사진처럼 내 뇌에 남아 있었다. 나는 그도 나를 감지할 수 있을 거라고 짐작했다. 내가 호텔로 돌아오고 있다는 것을 느꼈고, 그래서 급히 빠져나갔던 것이다.

타이는 침대에 앉아 부드럽게 말했다. "딜런, 실수였다면 그냥 그렇다고 말해요. 아닌척할 필요 없어요."

"그건 아니야. 내 말은, 그래, 우리 사이에서 일어난 일은 실수였어. 네 실수가 아니라 나의 실수. 나는 네가 상처받는 건 절대 원치 않아."

"나도 다 큰 어른이에요." 그녀는 대답하더니 자신의 무릎을 내려다보았다. "알아요? 우리가 처음 만난 날부터 난 당신을 사랑하고 있던 거나 마찬가지예요."

내가 그녀의 가슴에 비수를 꽂은 것 같았다. 그녀에게 얼마나 비열하게 굴었는지 다시 한번 깨달았다. 의도치 않게 그녀의 감정을 가지고 놀았다. "널 유혹할 생각은 전혀 없었어. 좀 더 조심했어야 했는데."

"저기, 당신은 결혼했잖아요. 불장난이란 걸 제가 몰랐겠어요?"

나는 침대에서 일어섰다. "가야겠다."

"그래요. 가세요."

"하나 물어볼 게 있어. 믿어줘. 이 모든 게 말이 안 된다는 거 나도 알아."

"뭐죠?"

"몇 분 전, 내가 가야 한다고 말했을 때, 어디로 가는지 말했었나?"

타이는 미친 사람 보듯이 나를 쳐다보았다. 아마 정말 미쳤을 수도 있었다. "집이요." 그녀가 말했다. "집에 간다고 했잖아요."

집. 링컨 스퀘어에 있는 우리 아파트로 돌아간다. 칼리와의 모든 추억이 담긴 우리의 아파트. 한동안은 애써 그 집에 들어가지 않았지만 다른 딜런이 나를 다시 그곳으로 불러들였다. 몇 분밖에 지나지 않았다. 아직 새벽에 되기 전이었다. 빨리 가면 그가 도망치기 전에 궁지로 몰아넣을 수 있을 것이다.

어떻게 그가 실재할 수 있는지 알아내야 했다.

문을 향해 걸어가고 있는데 타이가 뒤따라왔다. **"당신한테 하나 물어봐도 되나요?"**

"그럼."

"섹스요. 당신은 어땠어요?"

"타이, 나도 말해주고 싶은데…."

"기억을 못 하죠. 맞아요. 그렇겠죠." 그녀의 목소리에는 냉소와 분노가 담겨 있었지만 그녀를 탓할 수 없었다.

"넌 어땠는지 말해줘." 내가 물었다. 내가 물어봐 주길 그녀가 바란다는 걸 알고 있었기 때문이었다.

그녀의 얼굴이 어두워졌다. "기대했던 것과는 달랐어요."

"무슨 뜻이야?"

그녀는 어깨 위로 시트를 더 단단히 끌어당겨 맨살이 조금이라도 드러나지 않게 했다. "내가 생각했던 것처럼 당신은 다정하지 않았어요. 너무 거칠고, 너무… 그러니까… 폭력적이었어요. 솔직히 정말 당신 같지 않다고 느껴지는 순간도 있었죠."

10장

그는 내가 올 것을 알고 있었다. 그는 나를 느낄 수 있었다. 그건 확실했다.

리버 파크 주변 동네는 어두웠다. 띄엄띄엄 놓인 가로등이 땅에 노란빛을 비추고 있을 뿐이었다. 택시는 모퉁이에서 나를 내려주었다. 나는 택시가 출발할 때까지 기다렸다가 아무도 없는지 확인했다. 공원 옆 인도를 따라 걸으며 나무와 빈 벤치들을 주의 깊게 살폈다.

내가 그를 찾고 있으니 그도 나를 찾고 있을 게 분명했다.

블록의 중간쯤에 이르러 나는 큰 나무들 근처에 멈춰 섰다. 나뭇가지들이 거의 얼굴에 닿을 듯이 늘어져 있었다. 그곳에서 내 아파트를 볼 수 있었다. 이곳은 내가 열세 살 때부터 살았던 곳이다. 황갈색 벽돌로 지어진 2층짜리 건물인데 마치 체스의 룩처럼 생겼다. 에드거가 사는 위층에는 거리를 향해 네모난 창이 크게 나 있었다. 그 창문과 어울리는 창문들이 칼리와 내가 사는 아래층에 달려 있었다. 어디에서도 불빛이 보이지 않았지만 나는 그 자리에 꼼짝도 하지 않고 서서 어떤 움직임이라도 있는지 지켜보았다.

이른 아침의 공기는 습했다. 내 뒤로 몇십 미터 떨어진 강에서는 축축한 악취가 풍겨왔다. 새들이 깨어나 노래하기 시작했다. 몇 주 전에 미루나무에서 떨어진 하얀 털 뭉치들이 아직도 잔디에 붙어 있었다. 나는 어린이 놀이터에서 멀지 않은 곳에 있었는데, 바람이 불 때마다 녹슨 그네 하나에서 금속이 삐걱거리는 소리가 났다. 양쪽 길가에 차들이 줄지어 주차되어 있었지만 사람은 눈에 띄지 않았다.

나는 계속 뒤를 돌아봤다. 그가 조용히 뒤에서 몰래 접근해 날 습격할 것만 같았다. 나는 미칠 것만 같은 이 상황을 받아들이려고 노력했다. 내 감각에 귀 기울이고 그가 보는 눈으로 세상을 보려고 애썼다. 내가 둘이라는 현실을 믿어야 했고 받아들여야 했다. 그가 느끼는 것을 느끼고 그의 존재가 발산하는 에너지를 수신해야 했다. 그도 나의 에너지를 받고 있을 게 분명했다. 나는 그와 연결되어야만 했다. 그건 나 자신과 연결하는 것과 같았다.

넌 어디 있는 거야?

그때 나는 보았다.

아래층 아파트에서 불빛이 번뜩였다가 꺼졌다. 손전등을 켰다가 끄는 것처럼 잠깐 사이에 일어난 일이었지만 그가 있는 곳을 알려주기엔 충분했다. 그는 그곳에, 아파트 안에 있었다. 곧이어 유리창에 비친 그림자 형태가 변하는 듯했다. 그는 창가로 가서 밖을 내다봤다. 나를 찾기 위해.

나는 뒤로 물러났다. 아직 눈에 띄지 않는 상태였다. 안전하게 시야에서 벗어났다는 걸 알고, 나는 길모퉁이를 향해 달려가 건물들 뒤로 이어지는 막다른 골목으로 내려갔다. 머리 위로 전선들이 매달려 있었다. 도로 콘크리트는 갈라지고 잡초가 무성했다. 나는 양쪽 차고 사이를 천천히 걸어갔다. 일찍 잠에서 깬 몇몇 이웃들의 침실 창문에서 불빛이 새어 나왔다. 이웃 한 명은 집 밖에서 자는 로트와일러를 키웠는데, 내가 오는 냄새를 맡았는지 개가 짖기 시작했다.

나는 내 집 차고가 있는 뒷마당에 도착한 후 조용히 마당으로 들어갔다. 그곳에는 기다란 콘크리트 파티오 위에 오래된 가스 그릴이 놓여 있고 플라스틱 의자 몇 개가 차고 벽 앞에 쌓여 있을 뿐이었다. 앞에 보이는 나무 계단은 우리 집 뒷문에서 위층 에드거의 아파트 입구로 이어졌다. 집 두 채 떨어진 곳에서 로트와일러가 계속 짖어댔다. 계단을 천천히 걸어 올라가며 나무판에서 삐걱거리는 소리가 나지 않게 조심했다. 계단 끝에서 뒷문을 열면 부엌으로 이어졌다. 문이 잠겨 있을 거라고 생각하며 손잡이를 돌렸지만 부드럽게 돌아가며 문이 안쪽으로 열렸다. 나는 슬며시 부엌으로 들어가 조용히 문을 닫았다.

며칠 동안 창문을 열지 않아서 푹하고 텁텁한 공기가 가득했다. 실내가 완전히 깜깜하지는 않았다. 나비 모양 야간등이 싱크대 근처에서 희미하게 빛을 드리웠다. 정면에서 공격해 오는 슬픔에 맞서 나는 눈을 꼭 감아야 했다. 칼리의 향기가 부엌을 가득 채웠다. 그녀가 흥얼거리며 노래하는 소리가 들릴 것만 같았다. 늘 그랬던 것처럼, 부엌 수도꼭지에서 물이 새고 있었다. 한 방울씩 천천히 떨어질 때마다 머리 위로 물이 쏟아지는 듯한 느낌이 들었다. 마치 강에 뛰어들어 어둠 속을 헤엄치고 있는 것처럼.

딜런, 내게 돌아와!

나는 아내의 비명을 외면할 수밖에 없었다.

그는 어디에 숨어 있는 걸까? 나는 촉각을 곤두세웠다. 하지만 그는 어딘지 모를 곳에서 조각상처럼 꼼짝도 하지 않고 내가 먼저 움직이기를 기다리고 있는 게 분명했다. 불이 꺼진 복도 오른쪽에는 침실이 있었고, 그 옆으로는 칼리가 사무실로도 썼던 작은 다이닝룸, 제일 끝에는 거리 쪽으로 창이 난 거실이 있었다. 겨울밤이면 그 거실 벽난로 앞에 앉아 와인을 마시며 이야기를 나눴고, 불꽃이 춤추는 모습을 보며 키스하고는 했다.

그만!

지금은 칼리 생각을 할 때가 아니었다.

나는 무기가 필요했다. 무엇이든, 아무거라도 필요했다. 부엌 카운터로 가서 나무로 된 칼꽂이에서 식칼을 뽑아 들었다. 하지만 칼을 꺼내자마자 나는 충격에 숨이 멎을 뻔했다. 뽑은 칼을 높이 들어 보니 칼날이 말라붙은 피로 뒤덮여 있었다.

나는 그게 무슨 흔적인지 알 수 있었다. 스코티의 피였다. 그를 죽인 살인 무기를 손에 들고 있었다. 지문을 남기면서. 하지만 어차피 내 지문이 아니겠는가?

땀 때문에 칼 손잡이가 미끄러웠다. 나는 복도를 따라 걸어갔다. 눈이 어둠에 적응하기 시작했다. 집 구석구석을 다 알고 있어서 실내에서는 눈을 가리고도 다닐 수 있었다. 침실 문 앞에 다가가 안을 들여다보았다. 퀸사이즈 침대는 내 호텔 방 침대처럼 정돈되지 않은 상태였다. 나는 침대를 정리하지 않을 때도 많았지만 칼리에게는 있을 수 없는 일이었다. 내가 호텔에 있는 동안 그는 여기서 머물고 있었음을 깨달았다.

나는 계속 움직였다. 식당으로 들어서자 나머지 구역에서는 세라믹 타일이었던 바닥이 나무 바닥으로 바뀌었다. 물때가 끼고 판자가 뒤틀려서 몇 년 전에 교체했어야 했는데 그러질 못했다. 발걸음을 내디딜 때마다 삐걱거리며 내 존재를 알렸지만 그건 문제가 되지 않았다. 우리는 상황을 알고 있었다. 우리 둘 다 여기에 있다는 것을. 이상하게 빛나는 물 자국들 때문에 바닥이 미끄러웠다. 그는 어딘가에서 물을 흘리고 다니고 있었다. 식당을 지나 거실로 들어가 전면 창문으로 향했다. 밖을 내다보니 가로등 아래로 아무 인적도 눈에 띄지 않았다. 그는 집 밖으로 나가지 않았다. 내가 확인한 방에는 숨을 곳이 없었기 때문에 이제 그가 있을 곳은 뻔했다.

나는 손에 든 칼자루를 더 꽉 쥐었다. 그리고는 발걸음을 되돌려 침실 문 앞으로 갔다. 이 방, 너무나도 평범하고 익숙한 이곳이 이제는 두려웠다. 나는 되살아나는 기억을 또다시 억눌러야 했다. 칼리와 나는 그 침대에서 수백 번 사랑을 나눴지만 마지막으로 몸을 섞은 건 몇 주 전이었다. 나는 평소처럼 일 때문에 바빴고 그녀에게 냉담하게 굴며 성가셔했다. 그리고 그녀가 스코티에 대해 털어놓은 후, 우리는 며칠 동안 서로를 피했다. 그녀를 품에 안았던 게 언제인지 기억이 안 났다. 기억하지 못하는 나 자신이 싫었다. 그녀를 마지막으로 안은 사람이 내가 아닌 스코티라는 사실이 끔찍했다.

침실 안에는 작은 옷장으로 이어지는 문, 그리고 작은 화장실로 이어지는 문이 있었다. 그는 이 문 중 하나 뒤에 있어야 했다. 그의 이름을 소리 내어 부를까도 생각했지만 그저 조용히 귀를 기울였다. 거칠게 뛰는 내 심장 소리보다 다른 사람의 숨소리를 듣고 싶었다.

나는 욕실 문을 향해 천천히 다가갔다. 문이 벌컥 열리며 그가 나를 향해 돌진할 거라고 예상했다. 나는 문밖에서 기다렸다. 다시 귀를 기울였지만 아무 소리도 들리지 않았다. 나는 결국 칼을 들어 올린 채 문을 활짝 열고 안으로 뛰어들었다. 뛰어들며 칼날을 앞쪽으로 마구 찔러댔다. 그는 없었다. 하지만 샤워커튼이 욕조를 다 가리게 쳐져 있었다. 바닥에는 물기가 있었다. 증기 때문에 거울이 안 보였고, 좁은 욕실의 공기는 답답하고 습했다. 나는 그가 벌거벗고 샤워를 하다가 물을 뚝뚝 흘리며 욕실을 뛰쳐나가 집 앞으로 달려나가는 모습을 상상했다. 내가 다가오는 걸 그는 분명 느꼈을 테니까.

나는 욕조로 다가가 긴장되는 손길로 샤워커튼을 열어젖혔다.

그는 거기에 없었다. 욕실에는 아무도 없었다.

그렇다면 그가 숨어 있을 곳은 하나뿐이었다.

나는 침실로 돌아가 옷장 문 앞에 섰다. 금속 손잡이가 달린 오래되고 두툼한 나무 문이었다. 옷장 자체는 공중전화 부스 두 개가 들어갈 정도의 크기밖에 되지 않았다. 칼리는 항상 옷을 둘 공간이 없다고 불평하곤 했다.

더 이상 숨바꼭질할 필요가 없었다.

"그 안에 있는 거 다 알아." 나는 작은 목소리로 말했다.

그는 공원에서와는 달리 이번에는 대답하지 않았다. 혹시 내가 착각한 건 아닐까, 정말 내가 미친 건 아닐까, 나는 잠시 생각했다. 그리고서는 한 손에 칼을 쥔 채로 다른 손으로는 천천히 문고리를 손으로 감은 다음 힘껏 당겼다.

문은 열리지 않았다.

다시 문을 세게 당겼지만, 힘을 가할수록 반대편에 있는 누군가가 똑같은 힘으로 문을 당겼다. 도저히 문을 열 수가 없었다. 문은 꿈쩍도 하지 않았다. 그는 나만큼이나 강했다. 사실 생각해 보면 **그와 나의 힘의 세기가 정확히 똑같았다.** 문이 우리 사이에 마치 벽처럼 고정되어 있고, 그와 내가 힘의 균형 상태를 이루고 있는 듯했다. 하지만 그는 안에 있었고 나는 밖에 있었다. 그는 갈 곳도, 도망칠 방법도 없었다. 나는 왜 이런 게임을 해야 하는지 이해할 수 없었다.

그리고 그 순간 나는 깨달았다.

옷장 문밖에 서서 필사적으로 문을 열려고 했는데 안에서 목소리가 들려왔다. 내 목소리가 아니었다. 모르는 사람의 차분한 목소리였다. 살짝 뭉개진 잡음 섞인 소리가 들렸다. 스피커폰에서 어떤 여자의 목소리가 흘러나왔다.

"911입니다. 어떤 긴급상황인가요?"

침묵이 길게 흐르자 상담원이 다시 말했다.

"911입니다. 여보세요? 어떤 긴급상황이시죠?"

이번에는 옷장 속 남자가 대답했다. 협곡 사이로 울려 퍼지는 메아리처럼, 그는 말을 늘어뜨렸다. 나는 그 목소리를 알고 있었다. 그것은 내 목소리였다. **"음, 안녕하세요⋯."**

그는 여자에게 말하면서 동시에 나에게도 말하고 있었다.

"네? 여보세요? 무슨 상황이신가요?"

"저는 딜런 모런이라고 합니다. 여기로 곧장 경찰을 보내주셔야겠습니다."

그는 주소를 빠르게 말했는데, 바로 우리 집 주소였다. 그리고 그는 말했다. "서둘러 주세요."

"선생님? 문제가 뭔지 말씀해 주실 수 있을까요?"

"저는 나쁜 짓을 했습니다." 그가 상담원에게 말했다. 그는 능청스럽게 웃으며 나더러 들으라는 듯이 '나쁜'이라는 단어를 길게 늘여 말했다. "저를 멈춰주세요."

"네? 위험한 상황인가요? 곁에 있는 사람이 위험에 처해 있나요?"

"제 주위 있는 사람은 모두 위험에 처해 있어요. 전 사람을 죽이거든요. 칼로 찌르고 **물에 빠뜨려서** 살해하죠."

그는 마지막 단어를 힘주어 말했다. 나는 구역질이 날 것 같았다. 다시 문을 당겨도 꿈쩍도 하지 않았다. 뭐라고 외치고 싶었지만 충격으로 목이 마비된 것 같았다. 한마디도 내뱉을 수 없었다.

"경찰을 보내주세요." 그가 다시 말했다.

"경찰이 가고 있습니다. 선생님, 혼자 있나요? 옆에 누가 있습니까?"

"아무도 없습니다." 비꼬는 말투로 그가 말했다. "혼자예요. 딜런 모런, 저뿐입니다."

"거기 그대로 계세요. 경찰이 2분 거리에 있습니다."

"전 벌을 받아야 합니다." 그가 힘주어 말했다.

"선생님? 전화 끊지 말고 계세요."

"저의 사악함은 끝이 없어요. 제 안의 악이… **무한**하다고요."

그는 그 단어를 사용했다.

이브가 말한 단어.

무한.

나는 계속 옷장 문을 당겼는데, 갑자기 반대쪽에서 느껴지던 저항이 사라졌다. 문이 활짝 열리며 나는 균형을 잃고 뒤로 넘어졌다. 수화기에서는 여전히 상담원이 말하는 소리가 들렸다.

"여보세요? 선생님, 거기 계세요? 선생님?"

나는 옷장을 향해 돌진했지만 안에는 아무도 없었다. 머리 위 전구에 달린 줄을 잡아당기고 찡그린 눈으로 밝을 빛을 바라보았다. 옷장은 비어 있었다. 칼리와 내 옷들이 옷걸이에 걸려 있을 뿐이었다. 그리고 바닥에 놓인 휴대전화에서는 911 상담원의 목소리가 흘러나오고 있었다.

"여보세요? 선생님? 거기 그대로 계세요. 경찰이 가고 있어요."

나는 혼자였다. 내 도플갱어는 사라지고 없었다. 이곳엔 나뿐이었다.

딜런 모런. 살인을 고백한 사람.

딜런 모런. 피 묻은 칼자루를 손에 쥐고 있는 사람.

손가락이 벌어지며 칼이 바닥에 떨어졌다. 나는 온통 절망에 빠져 머리를 움켜쥐었다. 그러다 이 집에서 나가야 한다는 것을 깨달았다. 밖으로 나가 탈출해야 했다. 다시는 돌아오지 말아야 했다. 나는 침실에서 뛰쳐나왔지만, 이미 너무 늦은 후였다.

사이렌이 울렸다. 번쩍이는 불빛이 앞뒤 창문을 비쳤다.

경찰이 와 있었다.

11장

나는 건물 문 앞에서 그들을 만났다.

체구가 건장한 시카고 경찰관 두 명이 집 앞 계단에 서 있었다. 그들이 몰고 온 순찰차는 경광등을 번쩍이며 길가에 비스듬히 주차되어 있었다. 한 명은 권총이 든 권총집에 손을 가까이 대고 있었다. 다른 한 명은 뒷길로 집에 도착한 다른 경찰팀과 무전으로 이야기하고 있었다.

총을 쏠 태세를 갖춘 그 경찰관은 나보다 키가 15센티미터는 컸고, 체구 역시 장대했다. 그는 얼룩덜룩한 검은 피부에 얇은 콧수염을 기르는 중이었다. 머리 스타일 역시 독특해서 마치 비니를 쓴 것처럼 보였다.

"이 주소에서 911 신고 전화가 들어왔다고 해서 찾아왔습니다."

나는 이 방법밖에 없다고 생각했다. 거짓말을 한 것이다.

"911이요? 여기서요? 죄송합니다만 뭔가 착오가 있었던 모양이군요. 여기엔 저밖에 없는데, 긴급 상황으로 신고한 적은 없거든요."

"이름을 알려주시겠습니까?"

나는 망설였다. 그 모습을 경찰관이 알아차린 게 분명했다. "딜런 모런입니다."

경찰관 둘이 서로를 마주 보았다. "음, 그건 저희에게 911로 신고한 사람의 이름인데요."

"제 이름이요? 무슨 말을 해야 할지 모르겠네요. 누군가가 장난을 치는 게 분명합니다. 그런 것들에 대해 들어본 적이 있어요. 그러니까, 다른 사람 집에 경찰을 보내는 장난이요. 뭐라고 하더라? 스와팅[8]이던가요?"

"신분증 좀 보여주시겠습니까?"

"물론이죠."

주머니를 뒤져 지갑을 찾았다. 운전면허증을 꺼내서 경찰관에게 건넸다. 그는 분명 내 손이 떨리는 것을 보았을 것이다. 경찰관이 운전면허증을 돌려주었고, 나는 몇 번의 시도 끝에 다시 지갑에 집어넣을 수 있었다.

"모런 씨, 아파트 내부를 한번 둘러보고 싶은데요."

"이해합니다, 경찰관님. 할 일을 하고 계시다는 걸 잘 알고 있죠. 하지만 전 911 신고에 대해선 아는 바가 없는데, 아무 이유 없이 경찰이 우리 집을 수색하게 할 수는 없어요. 죄송합니다."

경찰관은 내 어깨너머로 열린 문틈 사이를 쳐다봤다. 내 허락이 없어도 집 안으로 들어갈 만한 구실을 찾으려고 그럴듯한 이유를 찾고 있는 게 분명했다. 그러고는 2층으로 이어지는 계단을 힐끗

---

8 거짓으로 살인, 인질극, 폭탄 위협 등 심각한 비상사태를 긴급 센터에 신고하여 대응팀을 엉뚱한 주소로 보내는 것을 말한다.

보았다.

"위층에 다른 아파트가 있나요?"

"네. 할아버지가 사십니다. 에드거 모런이요."

"그분과 얘기해 보고 싶군요." 경찰관이 말했다.

"글쎄요, 경찰관님. 할아버지는 아흔네 살이시고 건강도 좋지 않으십니다. 되도록 할아버지께서 성가셔하실 일이 없으면 좋겠네요. 아까도 말했듯이 이 모든 건 이상한 장난일 겁니다."

"장난이라." 경찰관은 마치 껌을 씹듯이 그 말을 곱씹었다.

"그렇습니다."

"911 신고자는 자신의 이름이 딜런 모런이라고 말했고, 살인에 대해 자백할 준비가 되어있다고 했습니다. 그건 농담 같지 않은데요."

나는 **실제로** 화가 나 있었기 때문에 얼굴에 분노를 표출하는 건 어렵지 않았다. 절망에 빠져 분노한 채로 현실에 대한 통제력을 잃어가고 있었다. "그건 정말 말도 안 됩니다, 경찰관님. 전 살인자가 아니에요. 보다시피 전 경찰에 전화해서 그런 말을 할 사람이 절대 아니라고요."

경찰관은 잠시 말이 없었다. 그는 내 말을 믿지 않았지만 911 신고를 뒷받침할 증거도 없었다. 하지만 침실 바닥에는 아직 피 묻은 칼이 놓여 있었기 때문에, 경찰을 집으로 들여 그것을 발견하게 할 수는 없었다.

"모런 씨, 왜 누군가가 당신에 대해 그런 주장을 할까요? 꽤 심각한 일인데요."

"저야 모르죠. 말씀드릴 수 있는 건, 제가 그런 게 아니라는 겁니다. 사실이 아니고요."

나는 초조함을 숨기려고 애썼다. 경찰이 **떠나야만** 칼을 가져다가 처리할 곳을 찾을 수 있을 것이다. 내 도플갱어가 다른 어떤 증거를 남겼는지 알 수 없으니 아파트 전체를 청소해야 했다.

두 명의 경찰관은 불안해하는 눈빛을 주고받았다. 자신들이 실수한 것은 아닌지 고민하는 표정이 보였다. 하지만 그들이 나를 혼자 두고 떠날 거라는 희망은 오래가지 않았다.

회색 세단 한 대가 경찰차 뒤에 멈춰 섰다. 60대로 보이는 키가 크고 몰골이 초췌한 사내가 차에서 내린 다음 뒷좌석에서 두툼한 가죽 서류 가방을 꺼냈다. 그는 헐렁한 흰색 셔츠와 주름진 갈색 바지를 입고 있었다. 그의 허리띠에 끼워진 배지가 반짝였다. 희끗희끗한 회색 머리카락은 새 둥지처럼 엉켜 있었고, 움푹 들어간 눈에 광대뼈 아래로 꺼진 볼까지, 마치 시체의 얼굴 같았다. 시카고 거리를 돌아다닐 것이 아니라 병원 침대에 누워 있어야 할 것 같은 모양새였다. 하지만 그는 매처럼 매서운 눈을 부릅뜬 채 나를 훑어보며 다가왔다. 그의 입가에는 거만한 미소가 희미하게 걸려 있었다.

"여러분, 이제 내가 맡지." 그가 제복을 입은 경찰관들에게 말했다. "그래도 근처에 있어 주게. 도움이 필요할지 모르니까."

경찰관 둘은 마치 마피아 보스를 대하듯이 그의 말을 따랐다. 그들은 두말하지 않고 경찰차로 돌아가 차 문에 기대어 우리를 지켜봤다. 새로 등장한 사내가 손을 내밀었고, 나는 그의 손을 잡고 흔들었다. 그의 손아귀는 힘이 없었고 손바닥 피부는 사포처럼 건조했다.

"모런 씨? 저는 하비 부싱 형사입니다. 몇 가지 질문을 드리고 싶은데요."

"전 별로 말하고 싶은 기분이 아닙니다, 형사님."

"글쎄요, 911에 전화를 하셨을 때는 분명 이야기를 하길 원하는 것처럼 들리던데요."

"그건 제가 아니었습니다." 나는 그에게 말했다.

"정말인가요?" 부싱 형사는 뒷주머니에서 전화기를 꺼내 버튼 몇 개를 누른 다음 몇 분 전에 녹음된 911 통화 기록을 들려줬다. "당신이 아닌가요? 제 귀엔 당신 목소리처럼 들립니다만."

"전혀 제 목소리 같지 않은데요."

"음, 무슨 말인지 알겠어요. 제 아내도 제 목소리가 벤 스타인이란 사람과 비슷하다고 하더군요. 영화 〈페리스 뷸러〉에 나오는 그 배우 말입니다. 저는 잘 모르겠지만요. 그런데 말이죠, 모런 씨. 제 파트너가 당신 아파트 수색 영장을 청구하고 있습니다. 저는 그 친구가 올 때까지 여기 있을 거고, 동료들도 마찬가지입니다. 당신이 문을 열어주든 말든 상관없지만, 결국 우린 조만간 들어가게 될 겁니다."

"수색 영장이요? 가짜 911 전화 때문에요?"

"다른 것들도 있죠." 형사가 대답했다.

"이를 테면요?"

"집에 들여보내 주시면 전부 다 설명해 드리죠."

"형사님, 맹세컨대 이건 정말 말도 안 되는 오해입니다. 제가 전화를 한 게 아니라고요."

"네, 그런 말씀 하셨다는 건 알고 있습니다. 그런데 만약 오해라면 그 문제를 해결하는 게 어떻겠습니까? 왜냐면 말이죠, 모런 씨, 솔직히 말씀드려서 저는 그 911 신고 전화 때문에 여기 온 게 아닙니다."

"아니라고요?"

"네, 이미 이리로 오는 중이었으니까요. 보시다시피 동료 한 명을 시켜서 길가에 차를 세워 놓고 밤새 잠복하게 했습니다. 당신이 언제 집으로 돌아오는지 보게 하려고요. 좀 전에 그 친구가 날 깨우더니 당신이 여기 있다고 알려줬죠. 그래서 글렌뷰에서 여기로 차를 몰고 오는데, 무전에서 당신과 관련된 정말 이상한 911 신고 전화에 대한 보고를 들었어요. 재미있는 우연이죠? 아, 이건 확실합니다. 911 상담원이 신고 전화가 이상하다고 생각하려면 보통 이상해서는 안 되거든요."

"절 체포하실 건가요, 형사님?"

"아닙니다. 그냥 이야기하고 싶을 뿐이에요."

"말씀드렸을 텐데요. 전 할 말이 없다고요."

"그것도 괜찮습니다. 얘기는 제가 하고 모런 씨는 듣는 건 어떤가요?" 그는 서류 가방을 들어 보였다. "이 속에 당신이 상당히 흥미로워할 만한 것들이 있습니다만, 안에 들어가서 설명하는 게 편하겠죠? 저기 가까이 있는 의자에만 앉아도 충분합니다. 제가 봄에 골반 수술을 받은 터라 너무 오래 서 있으면 힘들거든요. 10분만 주시죠. 나가라고 가면 언제든 가겠습니다."

나는 무슨 환영을 보는 것이 아니었다. 그가 나에게 무슨 짓을 하려는지 잘 알고 있었다. 나와 스코티 라이언에 대해 알아낸 것들을 설명한 다음 내 입을 열게 하려는 수작이었다. 영장 청구가 사실이라면, 수색이 끝나자마자 내가 체포될 거라는 것도 알고 있었다. 할 수 있는 일이라고는 **도망**치는 것뿐이었다. 하지만 경찰이 건물 앞과 뒤를 감시하는 상황에서 그것은 불가능했다.

나는 더 이상 아무 말도 하지 않고 문에서 물러나 부싱 형사를 아파트로 들어오게 했다. 우리는 거실로 갔고, 나는 그에게 창가 근처 소파에 앉으라고 손짓했다. 나는 그와 마주 보는 자리에 앉았다. 그리고는 거실을 빠르게 살펴보며 범죄에 연루될 만한 다른 증거가 남아 있지는 않은지 확인했다. 부싱 형사도 나처럼 눈을 열심히 굴리고 있었다.

그러고 나서 그는 서류 가방에 손을 넣어 스코티 라이언의 사진을 꺼냈다. "모런 씨, 이 사람을 아십니까?"

"이야기는 형사님이 한다고 하셨잖아요. 제가 아니라."

"그럼요. 알겠습니다. 물론 이 사람을 아시겠죠. 부인분과 관계를 한 사람이니까요."

그는 나를 유인하고 있었다. 긴장한 나는 입술을 굳게 다물었다.

"저기 사진 속에 있는 여자가 아내분이시군요?" 형사가 벽난로 선반을 가리키며 말했다.

"그렇습니다."

"아주 미인이시네요."

"맞아요."

"그나저나 아내분 얘기는 들었습니다." 그는 말을 이었다. "정말 끔찍한 일이에요. 참 대단한 우연이죠? 당신이 운전했던 차가 사고가 나서 아내가 사망하고, 며칠 후 그녀의 애인이 당신과 싸운 직후 살해당했다니 말입니다."

"혹시나 제가 그를 죽였다고 생각하신다면, 잘못 생각하신 겁니다." 내가 말했다. 비록 스코티 라이언을 죽이는 데 사용된 칼이 몇 미터 떨어진 침실 바닥에 놓여 있었지만 말이다.

"하지만 당신도 그 자리에 있었죠? 당신이 그 집에서 라이언 씨와 함께 있는 걸 본 목격자가 있습니다. 당신을 바로 알아보더군요. 고함이 들리고, 당신이 피 묻은 손으로 달려 나왔다고 진술했습니다."

"제가 그를 찔렀다면 손뿐만 아니라 온몸이 피범벅이 되어있어야 맞을 텐데요." 나는 잠자코 있어야 했지만 참지 못하고 지적했다.

"라이언 씨가 칼에 찔렸다고는 안 했습니다만."

"장모님에게서 들었습니다." 내가 말했다. "형사님도 저희 장모님을 만나셨더라고요. 장모님께서 무슨 일이 있었는지 말씀해 주셨습니다."

"아, 그랬겠군요. 하지만 라이언 씨와 싸운 건 인정하시는 건가요?"

"전 어떤 것도 인정하지 않습니다."

형사가 고개를 끄덕였다. "그러시겠죠. 이해합니다. 아내분에 대해선 어떻게 생각하나요? 아내가 외도한 일로 다툼이 있었습니까?"

난 계속 입을 다물고 있었지만 심장이 다시 두근거리기 시작했다.

"제 아내가 그랬으면 전 창문을 박살 내고 아마 다른 것들도 깨부쉈을 겁니다." 부싱 형사가 말을 이었다. "그리고 모런 씨, 성격이 불같은 데가 있죠? 폭행으로 체포된 적이 있다고 알고 있습니다. 당신을 건드리는 사람들은 얼굴을 뭉개버리신다고요."

"그런 일은 없었습니다."

"네, 그 사람들이 모두 맞을 만한 짓을 했겠죠. 이해합니다. 저기, 라살 플라자 호텔에서 근무하시는 거 맞죠?"

대화가 갑작스럽게 바뀌는 바람에 나는 이마를 찡그렸다. "네, 맞습니다."

"호텔 행사를 담당하신다고요?"

"네."

"멋진 곳이죠."

"네, 그렇습니다."

"몇 년 전 결혼식 때문에 간 적이 있거든요."

"저희 호텔에서 결혼식이 많이 열리죠." 내가 말했다.

부싱 형사는 열린 서류 가방을 뒤지더니 사진 한 장을 꺼내 내 앞 커피 테이블에 올려놓았다. 사진 속에는 20대로 보이는 조깅복 차림의 아리따운 금발 여자가 있었다. 배경으로는 미시간 호수와 애들러 천문관이 보였다.

"이 여자를 아십니까, 모런 씨?"

"아니요."

그는 서류 가방에서 사진 한 장을 더 꺼냈다. 이번에는 또 다른 젊고 매력적인 금발 여자가 식당에 앉아 음료를 앞에 두고 있는 사진이었다.

"이 여자는요?" 그가 물었다.

"모릅니다."

형사는 서류 가방을 다시 뒤져 사진 하나를 또 꺼냈다. 또 다른 금발 여자였다.

"이 사람은요?"

"초면입니다." 나는 재차 말했다.

그리고 또 다른 여자의 사진. 나는 그에게 그 여자가 누구인지 전혀 모른다고 말했다. 그건 사실이었다. 모두 처음 보는 사람들이었다.

"낯익은 얼굴이 아무도 없습니까?"

"네, 없습니다."

"제 눈엔 모두 모런 씨 부인과 매우 닮아 보이는군요." 부싱 형사가 말했다.

나는 사진들을 다시 훑어보았고, 그의 말이 옳다는 것을 깨달았다. 유사성을 부인할 수 없었다. 헤어스타일, 표정, 미소 모두 칼리를 떠올리게 했다.

"약간 닮긴 했네요. 누구죠?"

"살인 사건 피해자들입니다, 모런 씨."

나는 현기증이 나기 시작했다. "살인이요?"

"네, 지난 몇 주에 걸쳐 네 명 모두 칼에 찔려 죽었습니다. 우린 이 사건들에 연관성이 있다고 봤어요. 범행 방식이 같은 데다가 피해자들이 아주 비슷하게 생겼거든요. 하지만 피해자들 사이에서 공통점은 찾을 수 없었습니다. 집, 직장, 배경 모두 달랐죠. 미칠 노릇이었어요. 아무런 접점을 찾을 수 없었으니까요. 동일범이 그들과 어떻게 접촉했을지 암시하는 증거가 없었습니다. 그러다 최근에 그 답을 찾았죠."

"칼리와 닮았다는 게 연결고리라고 생각하진 않으시겠죠. 그렇게 따지면 칼리 말고도 닮은 금발 여자가 수없이 많이 있을 텐데요."

"맞습니다. 그 점이 연결고리는 아니었어요. 그건 뭐, 흥미롭긴 했지만 저희가 찾아낸 다른 것들 때문에 그렇게 된 거죠. 사실 우연히 발견했어요. 목격자 한 명이 지나가는 말로 저에게 뭔가를 언급했는데, 그게 다른 피해자 한 명에게서 알아낸 식당 영수증과 얽히더라고요. 보시죠. 이 여자들의 공통점은 그들이 살해되기 며칠 전에 모두 라살 플라자 호텔 연회장에서 열린 행사에 참석했다는 것입니다."

나도 모르게 숨을 헐떡이며 말했다. **"뭐라고요?"**

"그래요. 그러니까 모런 씨, 이제 문제가 뭔지 아시겠나요? 당신 아내를 빼닮은 네 명의 여자가 당신이 근무하는 호텔을 방문한 직후에 살해당했습니다. 이젠 당신 아내도 죽고, 그녀와 바람을 핀 남자도 죽었죠. 다른 피해자들과 마찬가지로 칼에 찔려서요. 게다가 오늘 딜런 모런이라는 사람이 911에 전화를 걸어와 살인 고백을 하겠다고 한 겁니다."

나는 의자를 박차고 일어났다.

"어디 가시려고요, 모런 씨?"

"화장실에 다녀와야겠습니다."

나는 돌아서서 비틀거리며 복도를 걸어갔다. 침실로 들어가 문을 닫았다. 바닥에 있는 칼에 시선이 쏠렸다. 부싱 형사가 보여준 사진 속 여자들의 얼굴이 머릿속에서 나를 향해 미소 짓고 있었다. 나는 그들을 알지 못했다. 한 번도 만난 적이 없었다. 그런데 혼자 남겨진 지금, 그들에 대한 무언가가 잔잔한 파동을 일으켰다. 나는 그들을 기억했다. 더군다나, 내 머릿속 잔상은 그들이 살아있을 때의 모습이 아니었다. 죽은 모습이 보였다. 핏기가 다 가신 창백한 얼굴들이었다. 피투성이가 된 내 손이 보였다.

그들은 모두 칼리와 닮았다.

속이 뒤집혔다. 굳이 연기할 필요도 없었다. 나는 화장실로 달려가 문을 잠그고 변기 앞에 무릎을 꿇은 다음 구토했다. 한 번, 두 번,

세 번. 속을 다 비워지자 입을 헹궜다. 거울에 비친 나를 쳐다봤다. 거울 속 남자는 며칠 동안 봐온 낯선 그 사람이었다. 지칠 대로 지쳐 통제할 수 없을 정도로 정신이 나간 모습. 나는 더 이상 나라는 사람을 알 수 없었다.

침실 밖에서 문 두드리는 소리가 들렸다. "모런 씨?" 부싱 형사가 불렀다.

"금방 나가겠습니다."

그 말을 하자마자, 나는 화장실 창가로 갔다. 조용히 창문을 열고 내 아파트 건물과 옆집 사이의 보도를 살펴보았다. 경찰은 보이지 않았다. 가능한 한 조용히, 나는 그 사이로 떨어져 콘크리트 바닥에 착지했다.

나는 옆에 있는 울타리를 잡고 몸을 넘겼다.

근처 어딘가에서 로트와일러가 다시 짖기 시작했다. 여러 사람의 목소리가 들리고, 내가 있는 쪽으로 빛이 몰려왔다. 한 남자가 소리쳤다.

"거기 서!"

나는 뒤돌아보지 않고 도망치기 시작했다.

12장

호수 위로 이른 해가 떠오르며 구름 사이 분홍 빛줄기를 드리웠
다. 나는 네이비 피어 끄트머리 물가 근처의 벤치에 앉았다. 뒤쪽의
벽돌로 지어진 오래된 부두 건물은 닫혀 있었고, 나 혼자서 산책로
를 거의 독차지했다. 왼쪽으로 보이는 도심 고층 건물들에는 밤새
켜졌던 조명들이 아직도 꺼지지 않은 채로 있었다. 바람이 불어와
어두운 호수 표면에 흰 물결을 일으켰다.

잠을 제대로 못 잔 상태로 뛰느라 몸이 고단했다. 겨우 잡히지 않
고 동네를 빠져나왔다. 10대 시절부터 로스코와 함께 강둑을 탐험
했던 기억 덕분에 다행히 경찰보다 그 지역을 더 잘 알고 있었다.
이제 경찰은 도시 전역에서 나를 찾고 있을 것이다. 연쇄살인범이
도망쳤으니 다시 살인을 저지르기 전에 그를 잡아야 한다며.

버스를 타고 시내로 갔다. 버스에서 내리자마자 차림새를 가다듬
기 위해 24시간 운영하는 편의점에 들렀다. 신용카드를 사용하는
것은 안전하지 않다고 생각했는데, 다행히 지갑에는 현금이 넉넉했
다. 편의점 화장실에서 면도하고 머리를 감은 다음 땀을 닦아냈다.
선글라스를 사기는 했지만 그것만 써서는 위장에 별 도움이 되지

않았다. 혼란스러운 마음에 고개를 숙인 채 텅 빈 거리를 걸어 부두로 향했다.

벌써 한 시간째 기다리고 있었다. 한곳에 오래 머무는 것이 불안해지기 시작했다. 이브 브라이어에게 전화를 했지만, 그녀가 올지 아니면 경찰을 보낼지 알 수 없는 노릇이었다. 하지만 부두를 내려다보니 그녀가 빠르고 단호한 발걸음으로 나를 향해 걸어오고 있었다.

그녀가 입은 무릎까지 오는 짙은 남색 드레스는 거센 바람에 펄럭이고 있었다. 그 위에는 그랜트 파크에서 만났을 때 입었던 어두운 트렌치코트를 걸치고 있었다. 이마를 가릴 정도로 베레모를 눌러 썼는데, 긴 머리카락이 얼굴 주위로 휘날리고 있어서 한 손으로 모자를 누르고 있어야 했다. 그녀는 서로 모르는 사이인 것처럼 나에게서 몇 미터 떨어진 벤치에 앉았다. 사실 우리는 모르는 사이나 다름없었다. 적어도 나는 그랬다. 그녀는 호수를 하염없이 바라보다가 이내 강렬한 눈빛으로 나를 돌아보았다.

"전화로 무슨 말을 했는지 다시 한번 말해보세요."

"믿지 못하겠다는 건가요?" 내가 물었다.

"맞아요. 믿을 수가 없죠. 그건 불가능한 일이니까요."

"원한다면 그렇게 생각하세요. 하지만 내가 한 명이 아니라 **두 명이에요**. 같은 세계, 같은 공간을 공유하는 딜런 모런이 둘이란 소리죠. 당신이 그를 이곳에 데려온 겁니다."

"그걸 어떻게 알죠?"

"그가 당신이 말한 비밀 코드를 썼으니까요. '**무한**' 말이에요."

"제 치료로는 그런 일이 일어날 수 없어요."

"당신이 틀린 것 같군요. 당신의 치료가 문을 열었고, 어찌 된 영문인지 모르지만 다른 딜런 모런이 그 문을 통해 걸어 들어온 거죠. 그는 살인자예요. 그가 죽인 여자들 사진을 경찰이 보여줬어요. 네 명 모두 칼리와 똑같이 생겼더군요. 그는 이제 다른 곳으로 가서 또 사람을 죽일 겁니다."

그녀는 긴 팔을 뻗어 내 머리를 쓰다듬었다. 마치 내가 애완동물인 것처럼 개인 공간을 침범했다. "이 말은 듣고 싶지 않겠지만, 어쩌면 모두 당신일 수도 있어요."

"저는 살인자가 아닙니다. 저에게 여러 모습이 있지만 그건 아니에요. 절대로요."

이브는 나에게서 손을 떼고 다시 호수를 바라보았다. "당신 말이 옳다면, 그 의미는… 걱정스럽네요."

"왜 놀라죠? 이 치료의 목적이 다른 세계로 연결되는 다리를 만드는 거라고 말했잖아요."

"네, 그렇죠. 하지만 당신이 하는 얘기는….'

"전 지금 위험한 딜런 모런 얘기를 하는 겁니다. 이브, 당신이 말했잖아요. 제가 치료를 받으러 당신을 찾아갔다고. 만약 다중 세계 이론이 맞는 얘기라면 다른 세계에도 똑같은 치료를 받으러 당신을 찾아오는 딜런들이 무수히 많다는 거겠죠. 상상해 보세요. 이 도플갱어, 난폭한 딜런이 지금 상황이 어떻게 돌아가는지 깨달았다면 어떨 지를요. 그는 당신 환자 한 명과 접촉했고 그를 따라 완전히 새로운 세계로 들어왔어요. 사냥의 땅으로요. 그는 잡힐 걱정 없이 살인할 수 있었어요. 모든 증거가 그 세계에 실제 사는 딜런을 가리킬 테니까요. 그리고 달아나고 싶을 때마다 항상 탈출구가 있었죠. 당신이요. 그는 당신을 이용해서 오가고 있어요, 이브. 얼마나 많은 다른 세계에서 같은 짓을 반복했는지 아무도 알 수 없어요. 이건 완벽 범죄라고요."

이브는 얼굴을 찡그렸다. "뭘 어떻게 할 계획이죠?"

"그를 뒤쫓아가서 또 누군가를 죽이기 전에 막아야 합니다."

"다중 세계로 들어가서요?"

"네."

그녀는 단호하게 고개를 저었다. "그건 불가능해요. 그를 찾는다 한들, 다중 세계 규칙에 따르면 그 상황에서 일어날 수 있는 모든 선택과 행동이 다른 세계에서 발생하게 되거든요. 그러니까 당신은 그를 절대 막을 수 없어요. 그가 도망칠 수 있는 세계는 항상 존재할 테니까요."

"그럴지도요. 하지만 시간대를 이동할 수 없다는 것도 규칙이잖아요. 그는 **규칙을 깨고 있는 겁니다.** 그가 시간대를 오가는 방법을 알아낸 유일한 딜런일지도 몰라요."

"만약 그가 **당신을** 막으면요? 다시 돌아오지 못하게 되면 어쩌려고요?"

나는 주위를 둘러싼 도시를 바라보았다. 내가 살아온 도시, 내 고향. "전 여기까지예요, 이브. 이제 저에겐 아무것도 없습니다. 로스코도 죽고, 칼리도 죽었어요. 경찰에 잡히면 평생 감옥에서 살게 되겠죠. 돌아오지 못해도 상관없습니다."

"이건 안 될 거예요." 이브는 단언했다. "실제로 이 세계들로 건너가는 건 불가능해요."

"내가 시도하지 않으면 다른 딜런이 하지 않겠어요? 모든 선택이 다른 세계에서 발생한다고 했잖아요. 그러니까 내가 하는 편이 낫겠죠. 약 가져왔습니까?"

이브는 부두를 둘러보며 다른 사람은 없는지 확인했다. 그녀는 핸드백에 손을 넣어 투명한 액체가 담긴 작은 유리병과 주삿바늘을 꺼냈다. "이게 제가 쓰는 거예요."

"어떻게 작동하는 거죠?"

"주사를 놓고 나서 당신에게 최면 암시를 걸어 다중 세계로 안내할 거예요. 당신은 그런 일이 벌어지는 걸 인지하지 못할 거고요."

"제가 뭘 맞는 거죠?"

"여러 환각제를 섞은 거예요. 전 대학 시절부터 이 혼합물을 실험해 왔죠. 뇌가 대체 현실을 받아들일 수 있는 최적의 균형 상태를 찾기 위해서요. 그게 핵심이에요. 우린 모두 자라면서 현실이 뭔지 안다고 생각하는데, 다른 세계로 건너가려면 그 확신을 깨야 해요. 완전히 새로운 가능성을 열어주는 거예요."

"비틀즈의 '루시 인 더 스카이 위드 다이아몬드[9]'가 떠오르는군요." 내가 말했다.

이브는 단호한 미소를 지어 보였다. "어떻게 보면 그렇죠."

"어떤 느낌입니까?'"

"처음에는 압도당하는 느낌일 수 있어요." 그녀가 경고했다. "눈에 무엇이 보이더라도, 실제로는 당신의 뇌 깊은 곳으로 들어가는 거예요. 일종의 그랜드 센트럴 역에 있는 거죠. 거기서 여러 버전의

---

9 비틀스의 노래 Lucy in the Sky With Diamonds는 앞 철자를 조합하면 LSD라는 단어가 만들어지는데, LSD는 대마초나 마리화나보다 강력한 환각성 약물이다. 이 곡을 만든 존 레넌은 아들 줄리앙의 유치원 친구인 루시의 그림에서 악상을 떠올렸다고 항변했다. 하지만 비틀스 해체 후, 폴 매카트니는 이 노래가 환각을 묘사한 것이라고 고백했다.

당신이 서로 마주칩니다. 어떤 걸 보게 될지 모르겠지만 감각 과부하가 발생하면 감당하지 못할 수도 있어요. 그럴 땐 빠져나올 비밀 코드를 알고 있으니 걱정하지 마시고요."

"무한."

"맞아요. 그 단어를 말하면 당신은 어디에 있든 거기서 빠져나오고 세션이 종료되는 거예요."

"그리고 다시 여기로 돌아오나요?" 내가 물었다.

"당신은 어딘가로 갈 거예요. 그 이상은 저도 몰라요. 전 항상 무한 공간으로 보낸 딜런이 저에게 돌아온 딜런과 같은 사람일 거라고 여겼죠. 그런데 이제는 그게 맞는지도 모르겠어요. 아마도 몇 초 후에는 다른 딜런이 여기 벤치로 와서 제 옆에 앉을지도 몰라요. 전 그 사실을 모르겠죠. 그리고 변한 건 아무것도 없다고 느낄 거예요."

"내 잘못된 선택을 다른 누구에게 떠넘길지도 모른다니 끔찍하군요." 나는 미소를 지으며 말했다.

이브의 표정이 심각해졌다. "농담 말아요. 상황이 더 이상 나빠질 수 없을 것 같나요? 그렇지 않아요, 딜런. 실제로는 훨씬 더 나빠질 수 있다고요. 기억해요. 당신이 어디에 가든 다른 딜런은 이미 거기 있다는 걸요. 그리고 그건 **그의 인생이에요.** 당신 인생이 아니라요."

"그게 무슨 뜻이죠?"

"전에 내가 한 말을 기억해야 해요. 그곳에 머무르고 싶은 마음이 들 수도 있어요. 다른 버전의 당신을 죽이고 그의 세계를 차지하고 싶어질 수도 있거든요."

"저는 살인자가 아닙니다." 나는 다시 강조했다.

"확실한가요?"

나는 그녀의 질문에 대답하지 않았다. 수면 위로 높이 솟아오르는 태양을 응시했다. 도시가 살아나고 있었다. 곧 사람들이 부두로 내려올 것이다. 나는 초조하게 소매를 걷어 올렸다. "그럼 시작하죠."

이브는 주사기를 준비했다. 병에 든 액체를 바늘로 빨아들인 다음 손톱으로 주사기를 톡톡 두드렸다. 그녀는 내 쪽으로 가까이 다가오더니 내 손목을 잡고 혈관을 찾기 위해 팔이 접히는 부분을 눌러댔다. 혈관을 찾은 후 주사기의 바늘 끝을 내 피부에 댔다.

"마음을 바꿀 마지막 기회예요." 그녀가 말했다.

"어서 하시죠."

나는 벌에 쏘인 듯한 통증을 느꼈다. 그녀는 주사기의 피스톤을 누르기 시작했다.

한동안 세상은 그대로였다. 아무 일도 일어나지 않았다. 나는 딜런 모런이었고, 네이비 피어에서 이브 브라이어 박사와 벤치에 앉아 있었다. 한편으로는 이 세상에 남고 싶은 망설임에 사로잡혔지만 멈추기에는 너무 늦었다. 혈관을 따라 약물이 몸 전체로 퍼졌고, 그 느낌은 모래 위를 넘실거리는 파도처럼 나를 덮쳤다. 눈을 감았다가 다시 떴을 때, 나는 더 이상 부두에 있지 않았다. 내가 가는 곳이 어딘지는 몰라도 나는 이미 멀리 와 있었다.

무수히 많은 속삭임이 일제히 들려왔다. 각각은 부드러운 소리였지만 한데 합쳐지니 귀를 막고 싶을 정도로 시끄러웠다. 처음에는 아무것도 보이지 않았다. 순백. 그리고 암흑. 이어서 무언가가 내 앞에서 형태를 갖추기 시작했다. 물리적이고 익숙한 무언가가. 깔끔한 도시 거리에 자리 잡은 식당이 보였다. 늦은 시간이었고, 창문을 통해 밝은 불빛이 새어 나왔다. 한 남자가 카운터에 홀로 앉아 있었다. 도시의 외로운 이방인처럼. 양복 차림에 중절모를 쓴 남자는 나를 등지고 있었다. 그와 가까운 곳에, 하지만 일행은 아닌 두 사람이 있었다. 한 남자와 한 여자. 그는 처음 본 남자처럼 양복을 입고 있었다. 여자는 빨간 머리에 빨간 드레스 차림이었다.

이것은 실제가 아니었다.

이것은 내가 수천 번도 더 본 그림이었다.

나는 시카고 미술관에 있었다. 「밤을 지새우는 사람들」을 바라보면서.

13장

"가끔 몇 시간씩 이 그림을 바라보고는 해요." 내 옆에서 어떤 목소리가 말했다. "뭐 때문인지는 모르겠지만 나를 빨아들이는 것 같아요. 사실 재미있는 이야기가 있어요. 이 그림이 여기 있는 건 저희 할아버지 덕분이죠. 할아버지가 어릴 적에 우연히 미술관장과 부딪히는 바람에 그분을 자동차 사고에서 구해냈거든요. 관장님은 이듬해에 에드워드 호퍼로부터 「밤을 지새우는 사람들」이란 그림을 사들였죠."

나는 말하고 있는 남자를 흘끗 쳐다보았다. 남자의 느긋한 미소는 내 미소와 전혀 닮지 않았다. 옷깃이 없고 목 부분에 단추 몇 개가 달린 회색 티셔츠, 그리고 오래 입어 해진 듯한 청바지를 입고 있었다. 덥수룩한 수염은 전혀 다듬어지지 않은 채 갈색 머리는 군데군데 솟아올라 지저분한 행색이었다. 나라면 죽어도 그런 모습을 보이고 싶지 않을 테지만 어쨌든 그는 나였다.

나지만 나는 아니었다. 꼭 닮은 사람. 쌍둥이.

"그 이야기를 전에 들어본 적이 있는 것 같네요." 나는 그에게 말했다.

그는 나를 보았지만 그의 얼굴에는 아무런 반응도 나타나지 않았다. 마치 자신과 똑같이 생긴 사람을 만나는 것이 이상한 일이 아니라는 듯이. 그게 아니면 전혀 눈치채지 못했을 수도 있었다. "어, 그래요? 언제 에드거를 만난 적 있나요? 여기 자주 오시거든요. 만나는 사람마다 그 이야기를 들려줄 거예요."

"당신은요?" 내가 물었다. "당신도 여기 자주 오나요?"

"저요? 요즘은 자주 못 와요. 몇 년 전에 시카고를 떠났거든요. 사람이 너무 많고 겨울이 너무 길어서요. 에드거도 함께 갔으면 했는데, 그 고집불통 늙은이는 도시를 떠나지 않으려 했죠. 전 지금은 코코아[10] 인근 해변에서 지내고 있어요. 이런저런 잡다한 일을 하고 있는데 모두 파도와 관련된 일이죠."

"서핑이요?"

"맞아요."

"뭐, 그런 식으로도 살아갈 수 있죠." 나는 완전히 공포에 질려 말했다.

"네. 살면서 가장 잘한 일인 것 같아요." 그는 손을 내밀어 내게 악수를 청했다. "딜런 모런입니다. 전직 시카고인이었지만 지금은 해변 부랑자죠."

"제 이름도 딜런입니다." 나는 대답했다.

"세상 참 좁네요."

"정말 좁군요."

나는 미술관 나머지 부분을 둘러보았다. 모든 세부 사항이 내 기

---

10 미국 플로리다주에 있는 해변 도시 이름이다.

억과 일치했고, 모든 그림이 원본처럼 생생하게 느껴졌다. 채광창과 발밑의 각진 마루판도 그대로였다. 순식간에 머릿속에서 미술관 전체를 재현한다는 것이 불가능해 보였지만 이렇게 여기 와있었다. 그런데 다른 버전의 나 자신들은 어디로 갔을까?

서퍼 딜런과 나, 둘 뿐이었다.

"사실 누굴 찾고 있어요." 나는 그에게 말했다.

"그래요?"

"혹시 이런 사람 본 적 있나요? 부스스한 검은 머리에 저녁이면 거뭇거뭇 수염이 자라고 웃는 모습이 비열하죠. 얼룩지고 누더기처럼 낡은 가죽 재킷을 즐겨 입어요."

다른 딜런의 입가에서 미소가 사라졌다. "이봐요, 그 사람 찾지 말아요. 골치 아픈 인간이니까요."

"그래요? 그건 왜죠?"

"소문이 파다해요. 그놈은 골칫거리니까 당신이 뭘 하든 간에 그놈이 여기서 따라 나가게 하지 말아요."

"조언 고마워요."

뒤에서 발걸음 소리가 들렸다. 돌아보니 또 다른 딜런 모런이 갤러리로 걸어 들어오는 것이 보였다. 이 딜런은 완전히 삭발한 머리에 검은 터틀넥 셔츠를 입고 은색 원형 안경을 쓰고 있었다. 전체적으로 정돈되고 말끔한 모습이었다. 그는 아무 말 없이 우리 앞을 지나 피터 블룸의 초현실주의 그림 「바위」로 향했다. 그림의 중심에는 분홍색 정동석이 쪼개진 듯한 모습의 울퉁불퉁한 구체가 있고, 그 주변에서 남자들이 망치와 석판을 가지고 고된 일을 하고 있었다. 무릎을 꿇은 한 여자가 그 구체를 숭배하는 듯이 손을 뻗는 형상이었다. 삭발 머리 딜런은 두 손을 앞에 모은 채 완벽한 자세로 그림을 감상했다. 때때로 그는 어느 한 곳을 자세히 살펴보려는 듯이 몸을 숙였다.

"이건 노동자를 그린 그림이군요." 나는 그에게 말을 걸었다.

그는 진지한 표정으로 나를 바라보았지만 서퍼 딜런과 마찬가지로 우리가 쌍둥이라는 사실을 전혀 인식하지 못했다. "맞아요, 아버지께서는 이 그림이 노동자 고귀함을 표현하고 있다고 말씀하시고는 하셨죠."

"저희 아버진 미술관에 가본 적이나 있는지 모르겠군요."

"그래요? 저희 아버진 은퇴할 때까지 여기서 일하셨어요. 미술사학자였거든요. 사실 이 미술관은 어떻게 보면 가족 사업이에요. 제 **할아버지** 덕분에 「밤을 지새우는 사람들」을 여기에 가져올 수 있었죠."

"다니엘 캐튼 리치? 자동차 사고를 모면한?"

"그 이야기를 아시는군요. 맞아요, 그분이시죠."

"아버지는 아직 살아 계신가요?" 내가 물었다.

"네. 어머니는 작년에 암으로 돌아가셨지만요."

"죄송합니다."

"음, 어머니가 돌아가시고 아버지와 저는 더 가까운 사이가 되었죠. 서로가 없었다면 우리 둘 중 누구도 그 시간을 견뎌내지 못했을 것 같아요."

나는 아버지가 어머니를 죽이지 않은 세상을 상상해 보려 했다. 내가 커가는 동안 두 분이 곁에 있는 세상, 아버지가 술을 마시지 않고 나를 여기저기 데리고 다니며 그의 삶의 일부로 만든 세상 말

146

이다. 나는 옆에 있는 딜런에 대해 아무것도 몰랐지만 이미 그를 부러워하고 있었다.

이브 브라이어가 경고했던 말이 이해되기 시작했다.

'**그곳에 머무르고 싶은 마음이 들 수도 있어요.**'

내 주변으로 더 많은 딜런이 몰려들었다. 여섯 명. 스무 명. 마흔 명. 나는 이내 세기를 포기했다. 그들은 모두 달랐지만 동시에 똑같았다. 수염이 있는 딜런도 있었고 없는 딜런도 있었다. 일부는 나보다 덩치가 컸고 일부는 나보다 호리호리했다. 한 명은 휠체어를 타고 있었고 오른쪽 다리에 의족을 달고 있는 딜런도 있었다. 몇몇은 나와 거의 똑같이 생겼는데, 약간의 차이로 나와는 다른 삶을 살아왔다는 것을 알 수 있었다.

하지만 아버지의 가죽 재킷을 입은 딜런은 보지 못했다.

돌아다니는 동안 미술관은 점점 더 붐볐다. 모든 전시실에 딜런 모런들이 들어차서 우리는 계속 마주쳤다. 그랜트 우드의 「아메리칸 고딕」이 있는 곳 근처였다. 한 딜런이 갤러리 한가운데 멈춰 서는 것을 보았다. 다른 딜런들은 그의 주위에서 줄지어 이동하고 있었다. 그는 나와 똑같은 옷을 입고 있었다. 살짝 구김이 간 재킷, 지저분한 바지, 헐렁한 넥타이. 그의 붉어진 얼굴을 따라 눈물이 흘렀고, 가슴은 절망으로 가득 차 보였다.

"괜찮으신가요?" 내가 물었다.

그가 입을 열었다. 그는 순수한 고통으로 가득 찬 비명을 질러댔다. 고통에 휩싸인 눈으로 나를 노려보았다. "**칼리가 죽었어요.**"

그 말을 듣고 나는 거의 쓰러질 뻔했다. "네, 알아요. 미안해요."

"그녀 없이 난 살 수 없어요. 못산다고요."

슬픔에 빠진 딜런은 재킷 주머니에 손을 넣어 자동권총을 꺼내더니 슬라이드를 당겨 장전했다. 본능적으로 나는 한 발 뒤로 물러나 두 손을 들었다.

"딜런, 그 총 치워요."

그는 고개를 내저으며 계속 흐느꼈다. 내가 지켜보는 가운데, 그는 총구를 입에 집어넣고 입술을 꼭 다물었다. 방아쇠에 손가락을 갖다 대며 손을 부르르 떨었다. 코에서는 콧물이 떨어지고 총신 위로 침이 흘러내렸다. 그의 일그러진 얼굴은 「절규」의 다른 버전 같았다. 마치 미술관에 그림 하나가 더 걸린 것 같은 느낌이었다.

"딜런, **안 돼요!** 안 돼, 그러지 말아요!" 나는 주변을 둘러봤다. 이제 수백 명의 딜런이 있었다. "여기 좀 도와주세요!"

하지만 아무도 발걸음을 멈추지 않았다. 이 상황에 관심을 두는 사람조차 없었다.

내 앞에 있던 딜런이 방아쇠를 당겼다. 총알이 그의 머리뼈 뒤쪽을 뚫고 나가면서 뒤에 있던 딜런들에게 뼈와 피, 뇌에서 나온 물질이 튀었다. 그들은 아무런 반응도 하지 않았다. 옷과 얼굴에 다른 사람의 터진 머리에서 나온 잔해를 뒤집어쓴 채 계속 걸어갈 뿐이었다. 슬픔에 빠진 딜런은 내 눈앞에서 고꾸라졌다. 다른 사람들은 쓰러진 딜런이 선혀 보이지 않는 듯이 무시하고 그 위를 지나갔다. 미술관 나무 바닥에 퍼진 피는 웅덩이가 되어 모든 사람의 신발에 묻었다.

나는 밀려오는 군중을 헤치며 앞으로 나아갔다. 여기서 벗어나야만 했다. 점점 더 많은 딜런으로 방이 가득 차며 숨이 막힐 듯한 답답함이 밀려왔다. 나는 사람들을 밀치며 앞으로 나아가기 위해 고

군분투했다. 주위의 딜런들도 모두 같은 행동을 했는데, 각각은 다른 딜런들에게 아무런 관심도 없는 듯했다.

마침내 미술관 중앙 계단 근처의 아트리움에서 난간을 발견해 그곳에 기대어 숨을 돌렸다. 바로 뒤에는 「삼손과 사자」 대리석 조각상이 우뚝 서 있었다. 머리 위 채광창을 통해 눈 부신 햇살이 쏟아져 들어왔다. 아트리움은 이상한 소리로 가득 찼다. 옷이 스치는 소리, 구두 굽이 돌에 닿는 소리처럼 작은 소음들이 모여 내 감각을 모두 마비시킬 정도로 맹습했다. 소리가 너무 **시끄러워서** 차단하고 싶었지만, 귀를 막아도 그 소음은 가라앉지 않았다.

이브는 이 부분에 대해서도 나에게 경고했었다. 처음에는 도저히 당해낼 수 없었다.

그 말을 하고 싶었다. **무한.** 그 단어를 말하면 이 혼란이 끝날 것이다. 나는 나만의 현실로 돌아갈 테고, 그곳에는 내가 하나뿐이다. 하지만 그것은 칼리가 죽고 나는 살인 용의자로 지목된 현실이었다.

그때 나는 내려다보았다.

그가 보였다.

미술관 꼭대기 층에서 내려온 네 개의 계단이 정사각형 층계참으로 모이는 곳에서, 나는 한 명의 딜런을 보았다. 그는 천 명의 딜런들 사이에서 미동도 없이 서 있었다. 다른 딜런들이 그에게 공간을 내주었다. 딜런을 둘러싸고 쌍둥이들의 바다가 갈라지고 있었다.

그는 내 아버지의 재킷을 입고 있었다.

그를 내려다보자 그는 고개를 들어 나를 봤다. 바다처럼 푸른 눈동자는 맑고 차가웠다. 그는 나를 알아보고서 잔인하고 폭력적인 의도가 담긴 미소를 지었다. 우리는 서로를 알고 있었다. 잔악함의 물결이 나를 덮쳤다. 강가에서 나에게 속삭였던 사람, 내 침실 옷장에 숨어 경찰에 자신의 범죄를 자백했던 사람, 칼리를 닮은 여자 네명의 심장을 찌른 사람이 **이 사람**임을 알 수 있었다.

딜런 모런이라는 이름의 살인자가 수없이 많은 게 아니었다.

딱 한 명. 규칙을 깨는 방법을 알아낸 이 남자뿐이었다.

나는 소리쳤다. **"저놈을 막아! 저놈을 붙잡으라고!"**

아무도 움직이지 않았다. 그는 계단을 내려갔고, 그 앞으로 길이 새로 열렸다. 그를 따라잡으려고 뛰었지만 갇혀 있어서 꼼짝할 수 없었다. 딜런 모런들은 나를 가두었고 비켜달라고 소리쳐도 아무 반응도 보이지 않았다. 내가 서 있는 난간과 마찬가지로 계단도 또 다른 내 모습들로 가득했다. 나는 갈 곳이 없었다. 내 아래로 도플갱어가 시야에서 사라졌다. 지금 그를 잡지 못하면 그는 사라져 버릴 것이다. 다른 세계로 사라져 다시는 그를 찾을 수 없을 것이다.

나는 양손으로 난간을 잡았다. 조금이라도 공간을 확보하기 위해 오른편을 세게 차서 다른 딜런들을 뒤로 밀어내고 왼편도 똑같이 했다. 움직일 수 있는 공간이 조금 생기자 난간 위로 다리를 넘겨 뛰어내렸다. 그리 높지는 않았지만 절벽에서 뛰어내리는 것 같은 기분이 들었다. 몸에 가속도가 붙으면서 아래에 있던 군중들 사이로 거세게 떨어졌다. 딜런들이 볼링핀처럼 쓰러지며 충격을 덜어 주었다. 나는 넘어졌다가 일어나서 어깨를 숙이고 마치 월터 페이튼[11]처럼 마지막 계단 몇 개를 내달렸다.

다른 딜런들의 머리 너머로 미술관 출입구들이 보였다. 유리창을

---

[11] 전직 미식축구 선수로 시카고 베어스에서만 뛴 프랜차이즈 스타 러닝백이다.

통해 눈이 부신 햇살이 들어왔다. 그 문으로 나가면 미시간대로와 미술관 입구를 지키는 사자상이 나오는지, 아니면 완전히 다른 곳이 나오는지 알 수 없었다. 하지만 그 문들은 여기서 나가는 길이었다. 수많은 딜런 모런들에게서 벗어나는 출구였다. 마치 거대한 행렬처럼 내 복제품들이 한 명씩 떠나고 있었다. 문들이 열렸다. 문들이 닫혔다. 한 명씩, 그들은 다른 세계로 향했다.

그를 보았다. 적절한 순간을 노리고 있는 그를.

그는 문 옆에 서서 한 명 한 명이 나가는 것을 지켜보았다. 다음 범죄에 꼭 맞는 딜런을 고르려는 듯 그들을 위아래로 훑어봤다.

나는 내 앞을 가로막는 인파 사이로 소리치며 그를 향해 돌진했다. 그는 내가 다가오는 것을 보았지만, 도망치려는 노력은 하지 않았다. 자신을 향해 달려드는 개를 당황스럽게 바라보는 늑대처럼, 냉정하면서도 사악한 호기심으로 나를 노려볼 뿐이었다. 나는 점점 거리를 좁혀갔다. 주변 사람들을 의식하지도 않았다. 나는 밀고, 차고, 주먹을 휘두르며, 한 번에 한 그루씩 나무를 베는 개척자처럼 길을 열어나갔다.

그와의 거리가 2미터 남짓 좁혀져 둘 사이에 몇 명밖에 남지 않았을 때 모든 일이 한꺼번에 일어났다.

딜런 모런 한 명이 유리문 앞에 도착했다. 이 딜런은 나와 많이 닮았다. 나와 똑같은 헤어스타일에 똑같은 재킷. 「밤을 지새우는 사람들」 앞에서 에드거를 만나고 이제 라살 플라자 호텔로 돌아가는 길인 것 같았다. 유일한 차이점은 그가 문을 열려고 팔을 들었을 때 보니 오른손에 반지를 끼지 않았다는 것이다. 나는 사고 이후로 로스코의 고등학교 졸업 반지를 줄곧 끼고 다녔다.

우리 두 사람의 선택이 어디에서 갈린 건지 궁금했다.

그가 어떻게 나와는 다른 길을 선택하게 되었는지 알고 싶어졌다.

하지만 그런 생각을 할 겨를이 없었다. 문이 열리자 도시의 소음과 함께 신선한 공기가 안으로 밀려 들어왔다. 바깥 어딘가에 시카고가 있었다. 로스코의 반지를 끼지 않은 딜런은 하얀빛 속으로 사라졌고, 가죽 코트를 입은 딜런은 윙크를 하더니 다른 딜런의 뒤를 따라 문턱을 넘었다.

'뭘 하든 간에, 그가 당신을 따라 여기서 나가게 하면 안 돼요.'

그들이 나간 뒤로 문이 닫혔다. 어쩐지 나는 알 것 같았다. 문이 닫히면 반대편 세계는 영원히 내게서 차단될 것이고, 그저 수십억 개가 넘는 우주 중 하나에 불과해서 다시는 찾을 수 없을 거란 걸.

나는 둘 사이에 남은 거리를 전력 질주하며 필사적으로 발을 내디뎠다. 문이 닫히는 순간 내 몸은 그 안으로 굴러 들어갔고, 마치 내가 태양을 향해 달려드는 듯한 느낌으로 주위의 빛이 밝고 뜨거워졌다.

그리고는 아무것도 없었다. 도시도, 시카고도 없었다.

아무것도 없었다.

2부

14장

"이봐요, 친구."

머릿속에 자욱하게 낀 안개 사이로 음성이 들려왔지만, 나는 잠에서 깨고 싶지 않았다. 꿈속에 갇힌 것만 같은 기분이었다.

"저기요, 어서 일어나요. 여기서 자면 안 돼요."

천천히 눈을 뜨고 상황을 명확히 인식하려고 노력했다. 정신을 따라 감각이 서서히 살아났다. 나는 여름 태양이 하늘 높이 떠 있는 야외에 똑바로 누워 있었다. 근처에서 갈매기 울음소리와 소란스럽게 떠드는 아이들 목소리가 들려왔다. 주변 공기에서는 사람 체취와 솜사탕 냄새가 섞인 이상하면서도 구역질 나도록 달콤한 냄새가 났다. 고개를 돌려 얼굴을 내 옷 가까이에 대자, 냄새의 범인은 아마나일 거라는 생각이 들었다.

한 남자가 내 위로 몸을 숙이더니 눈앞의 하늘을 살짝 가렸다. "자자, 일어나요. 갑시다."

나는 밀려오는 어지럼증을 떨쳐내며 뻣뻣해진 팔다리를 움직여 겨우 자리에 앉았다. 몇 시간 동안 움직이지 않은 듯 온몸의 근육이 아팠다. 나는 움찔거리며 목을 주무르다가 주위를 둘러봤고 이내 끔찍한 실망감에 휩싸였다. 주변은 아무것도 바뀐 게 없었다. 나는 여전히 네이비 피어의 같은 벤치에 앉아 있었다.

설상가상으로 내 앞에 서 있던 남자는 시카고 경찰이었다. 그는 중간 키에 건장한 체격이었고 빨간 곱슬머리에 볼은 홍조를 띠고 있었다. "이봐요, 신분증 좀 보여주시겠어요?"

입안이 모래가 낀 듯 껄끄러웠다. 나는 바싹 마른 입으로 애써 말했다. "음, 네. 그래요, 물론이죠."

나는 주머니를 뒤져서 지갑을 찾았고, 운전면허증을 찾느라 허둥대지 않고 그냥 지갑을 통째로 건넸다. 그가 운전면허증을 찾아서 내 이름을 읽기 시작하자 나는 긴장했다. 거리에 있는 모든 경찰에게 딜런 모런을 찾으라는 지시가 내려온 건지는 알 수 없었다.

경찰관은 총이나 수갑을 꺼내려고 하지 않았다. 그는 내 처지를 이해하려는 듯 입술을 찌푸리는 표정을 지었다. 나는 다분히 부랑자처럼 보일 만큼 위생 상태가 엉망이었지만, 지갑에는 도심에서 근무하는 전문직 종사자의 신분증과 신용카드가 들어 있었다. "딜런 모런? 당신이 맞습니까?"

"네, 접니다."

"괜찮은 건가요, 모런 씨? 일진이 아주 사나운 하루를 보내고 있는 것 같군요."

"맞아요. 일이 안 풀리네요."

"그게 말이죠. 부모들은 이 근처에 아이들을 데리고 나올 때 벤치에서 자는 노숙자를 보고 싶어 하지 않아요. 사람들이 불안해하더군요. 당신이 죽은 줄 알았다는 사람도 있었죠."

나는 억지로 웃었다. "안 죽었습니다."

"도와드릴 일이 있나요? 병원에 갈 필요는 없어요?"

"아뇨, 괜찮습니다. 회사에서 개최한 파티가 너무 격렬했던 탓에 그 후유증이 남은 것 같아요. 별로 기억하는 건 없지만요."

"다음번 파티에서 술을 마실 땐 친구와 2인 1조로 움직이세요, 알겠죠? 술에 취하면 당신이 어디 있는지 누군가에게 꼭 알리시라고요. 여기 벤치에서 잠들면 털릴 가능성이 큽니다. 무슨 말인지 알죠?"

"알죠. 감사합니다, 경찰관님. 바로 집으로 가죠."

"좋은 생각이군요. 가서 샤워를 하는 것도 나쁘지 않을 것 같아요."

"네."

나는 비틀거리는 몸을 일으키며 경찰관에게 희미한 미소를 지어 보였다. 아직 움직일 준비도 안 되고 어디로 가야 할지도 몰랐지만, 그가 전화로 내 이름을 조회해 신분이 밝혀질 수도 있다는 생각이 들어 더는 꾸물댈 수 없었다. 부두에 있던 관광객 몇 명이 나를 신기한 듯 바라보았다. 엄마들은 수상쩍어하며 아이들을 자신들 쪽으로 끌어당겼다. 나는 넥타이를 고쳐 매고, 소매와 바지에 묻은 먼지를 털어낸 다음 도시로 향했다. 시계를 보니 벌써 정오가 지난 시간이었다. 이른 아침 이브 브라이어와 만난 후로부터 몇 시간이 지나 있었다.

현재로서는 이브에게서 환각 주사를 맞은 게 아무 효과도 없었다. 이상한 꿈을 꾸고 두통을 겪은 것 외에는. 왜 다른 결과를 기대했던 걸까? 날이 밝으니 세계들 사이를 오가겠다고 생각했던 것의 실체가 드러났다. 애초에 불가능한 일이었다. 그럼에도 불구하고 내가 도플갱어들에 대해 잘못 생각했다면 스코티 라이언과 네 명의 무고한 여자들의 살인을 어떻게 설명할 수 있다는 말인가?

한편 이브의 모습은 어디서도 보이지 않았다. 나에게 약물을 주입하고 혼자 남겨둔 채 사라졌는데, 내가 깨어나지 않기를 바랐던 것은 아닌가 싶기도 했다. 나는 전화기를 꺼내 그녀의 번호로 전화를 걸었다. 내가 아직 여기 있고, 여전히 곤경에 처해 있다고 말하고 싶었다. 하지만 전화는 연결되지 않았다. 음성 메시지도 남길 수 없었다. 대신 해당 번호가 사용이 중지되었다는 녹음 메시지가 들렸다.

이브의 전화는 중지된 상태였다.

그녀의 메시지는 명확했다. 그녀 근처에 오지 말라는 뜻이었다.

네이비 피어 끝에 도착한 나는 시내 스카이라인 쪽을 바라보며 물가 근처에 머물렀다. 문제는 내가 거기에 도착했을 때 무엇을 해야 할지 몰랐다는 것이다. 어디를 가든 경찰이 나를 찾고 있을 테니까. 마음 한편으로는 자수할까도 생각했지만 경찰에게 무엇을 어떻게 말해야 할지 전혀 감이 오지 않았다. 내가 그들이 생각하는 그런 사람이 아니라는 것을 증명할 방법이 없었다.

살인자.

이제 무엇을 해야 할지 고민하며 물가를 바라보고 있는데, 손에 든 휴대전화가 울렸다. 확인해 보니 발신자는 에드거였다. 에드거가 나에게 전화를 건 적이 거의 없었기 때문에 나는 주저하며 전화를 받았다. 전화기 너머에서 들려오는 갈라진 목소리는 분명 할아버지의 목소리였다.

"어이, 너 어디냐?" 그가 물었다.

"왜 그러세요, 뭐 필요하세요?"

"지금 미술관에 와 있다. 넌 어디 있는 건데?"

"에드거, 어제 만났잖아요. 우리 목요일마다 만나는 거, 잊으셨어요?"

"오늘이 **목요일**이잖냐."

나는 한숨을 쉬었다. 할아버지가 요일을 혼동하는 것은 흔한 일이었다. 한편으로는 경찰이 나를 함정에 빠뜨리려고 이 전화를 준비한 것은 아닌가 하는 의심도 들었다. "거기 계세요. 제가 20분 안에 갈 테니까요." 나는 에드거에게 말했다. 그리고는 추가로 물었다. "혹시 집을 나설 때 집에 무슨 일이 있었나요?"

"어떤 일 말이냐?"

"동네에 경찰이 찾아왔다거나 하는 일이요."

"그래. 경찰이 널 찾고 있다고 하더구나."

"뭐라고 하셨어요?"

"네가 어디 있는지 난 모른다고 했다."

"절 만날 거라고 하셨어요?"

"아니. 네가 뭘 하든 그건 네 소관이지 나와는 상관없는 일이다. 그건 지난 몇 년간 네가 아주 확실히 보여줬잖냐."

틀린 말은 아니었다.

"알겠어요, 에드거. 최대한 빨리 갈게요."

나는 전화를 끊었다.

에드거를 만나러 가는 일은 어느 평범한 날의 평범한 일상처럼 느껴졌지만, 이제 내가 사는 세계는 더 이상 평범하지 않았다. 나는 늘 다니던 인도를 따라 미술관 쪽으로 빠르게 걸어갔다. 택시를 타는 게 더 빠를 수도 있었지만, 정말 필요할 때를 대비해 현금을 아껴두고 싶었다.

시내 중심가에 도착한 나는 제이 프리츠커 파빌리온을 지나 밀레니엄 파크를 가로질러 갔다. 공원의 넓은 잔디밭은 피크닉을 즐기며 점심을 먹는 사람들로 붐볐다. 인도의 모든 벤치에는 사람들이 앉아 있었다. 나는 〈시카고 트리뷴〉을 읽고 있는 한 노인 앞을 지나쳤는데, 그의 옆에는 신문 1면이 놓여 있었다. 내 시선은 자동으로 헤드라인에 향했다. 페이지 맨 위에는 시카고 컵스가 필라델피아 필리스를 상대로 홈구장에서 3연승을 거뒀다는 뉴스가 있었다. 그 기사를 보고 나는 깜짝 놀라 멈춰 섰다. 컵스가 누군가를 상대로 연승을 했기 때문이 아니었다. 내가 유난히 신경 쓰는 한 가지가 바로 컵스 야구인데, 다음 주까지 필라델피아 필리스를 상대로 예정된 홈 경기가 없다는 것을 알고 있었기 때문이었다.

그리고 신문에 인쇄된 날짜를 힐끗 보니 **분명** 다음 주였다.

에드거가 말한 것처럼 목요일이었다. 그게 어떻게 가능한 일인지 이해할 수 없었다. 무슨 이유에서든 이브와 만난 이후로 내 삶의 일주일 정도가 사라졌는데, 그 기간에 대한 기억이 전혀 없었다.

나는 그녀가 했던 질문을 떠올렸다. '**딜런, 일시적으로 기억 상실을 겪은 적이 있었나요?**'

그 순간까지만 해도 나는 그런 적 없다고 말했을 것이다. 하지만 내가 네이비 피어에서 이브 브라이어의 옆에 앉았던 건 금요일 새벽이었다. 그로부터 6일이 지났지만, 그 사이에 무슨 일이 있었는지는 알 도리가 없었다.

벤치에 앉은 노인이 스포츠 페이지에서 눈을 떼고 물었다. "뭐 도와드릴까?"

"신문 1면을 다 읽으셨는지 해서요."

그는 내 옷 상태를 살피며 눈을 가늘게 뜨더니 어깨를 으쓱했다. "그래, 가져가시게. 어차피 버릴 생각이었으니까."

"고맙습니다."

나는 신문 1면을 들고 계속 걷다가 빈 벤치를 찾았다. 자리에 앉아 페이지를 훑어보았다. 무엇을 찾으려는지도 확실하지 않았다. 어쩌면 내가 실수한 거라 믿고 싶었던 것일지도 모른다. 아니면 지난 며칠 동안의 기억을 되살릴 수 있는 뉴스 기사라도 보게 되길 바랐을지도 모른다. 하지만 아무리 기사들을 읽어봐도 세상의 사건들이 나와는 상관없이 계속 일어났음을 알 수 있을 뿐이었다. 거의 일주일이 지났지만 나는 그동안 무슨 일이 일어났는지 모르고 있었다.

두통이 심해져서 신문을 덮었다.

그 순간 1면 왼쪽 아래에 있는 기사를 발견했다. 헤드라인이 눈에 확 들어왔다.

리버 파크에서 여성이 칼에 찔려 사망하다

기사를 끝까지 읽지 않아도, 살인은 이틀 전 내가 사는 아파트로부터 불과 100미터 떨어진 곳에서 일어났다는 것을 알 수 있었다. 시신은 강둑의 울창한 나무들 사이에서, 로스코와 내가 자주 가던 길에서 10대 두 명에 의해 발견되었다고 했다.

피해자는 스물일곱 살의 벳시 컨이었다. 그녀는 IT 프로그래머였는데, 야간 달리기를 하러 나갔다가 돌아오지 않았다. 다음날 소년들이 그녀의 시신을 우연히 발견했다.

기사에는 벳시 컨의 사진이 실려 있었다. 모르는 여자였지만, 나는 그녀가 누구를 닮았는지 곧바로 알아챘다.

그녀는 칼리를 빼닮았다.

∞

나는 미술관에 들어가면서 묘한 긴장감을 느꼈다. 약에 취해 꾼 꿈속에서 보았던 딜런 모런들 무리가 거세게 날뛰고 있는 모습을 볼 것만 같은 생각도 들었다. 하지만 미술관 내부에는 평소와 다름없이 관광객들만 있을 뿐이었다. 그런데도 2층으로 가는 계단을 올라갈 때는 발코니에서 뛰어내리는 환영이 보였는데, 악몽이라고 하기에는 너무나도 생생하게 느껴졌다. 실제로 어디에선가 떨어진 적이 있는 것처럼 발목에 심한 통증이 느껴지기도 했다.

에드거는 위층 갤러리에서 기다리고 있었다. 두 손을 등 뒤에서 모은 채로 지팡이를 들고 있었고, 여느 노인들처럼 바지를 허리 위로 치켜올려 입은 차림새였다.

"에드거, 저 왔어요." 내가 말했다.

내가 늦은 것 때문에 그는 투덜거렸고, 우리 둘은 에드워드 호퍼의 그림 속 식당에 있는 인물들을 조용히 바라보았다. 잠시 후, 기분이 나아진 애드거는 다니엘 캐튼 리치에 대한 레퍼토리를 들려주었는데, 나는 처음 듣는 이야기인 것처럼 그의 말에 귀 기울였다. 우리가 서 있는 동안 다른 사람들도 「밤을 지새우는 사람들」을 감상하기 위해 오고 갔다.

"경찰이 저를 찾고 있다고 하셨죠?" 마침내 다시 단둘이 있게 되자 나는 작게 중얼거렸다. "이유는 말해주던가요?"

"아니. 네가 실종되었다고만 했어. 난 걱정 안 했다. 조만간 나타날 걸 알았으니까."

"실종된 지 얼마나 되었다고 말하던가요?"

에드거는 어깨를 으쓱했다. "이틀이라고 했어."

나는 이마를 찌푸렸다. "이틀이요? 한 일주일이 아니라?"

"어떻게 일주일이 되겠냐? 우리가 월요일에 같이 저녁을 먹었는데."

"월요일에 절 보셨다고요?"

에드거는 처진 눈 밑 살에 파묻힌 눈으로 나를 물끄러미 바라보았다. "이 녀석이, 정신이 어떻게 된 거냐? 당연히 봤지. 네가 샘리 식당에서 볶음밥이랑 참수이[12]를 포장해 왔잖아."

나는 고개를 저었다. "에드거. 샘리 식당은 6년 전에 문 닫았어요."

"글쎄, 뭐가 됐든 간에 중국 식당이었어. 난 샘리 식당인 줄 알았다."

"월요일에 만났던 게 확실해요? 3일 전 말이죠?"

"내가 정신이 오락가락한다고 생각하겠지만, 그래, 분명 월요일이었다고. 빌어먹을, 딜런, 너 왜 이러는 거냐?"

그의 질문을 무시했지만, 나도 같은 생각을 하고 있었다. "제가 정상적으로 행동했나요? 뭔가 이상한 일이 벌어지고 있다고 말하

---

12 19세기 말 미국으로 건너온 화교들이 미국인 고객들을 상대로 만들어 낸 대중적인 미국식 중화요리다. 콩나물을 비롯한 갖가지 동양 채소들을 넣고 볶은 일품요리로, 때에 따라 해산물이나 닭고기, 돼지고기 등을 넣기도 한다.

진 않았나요?"

"아무 말 안 했다. 우리가 대화하는 사이는 아니잖냐. 시카고 컵스가 필라델피아 필리스를 이기는 걸 보고 참수이를 먹었지. 포춘 쿠키가 딸려 왔는데, '사랑은 두 글자로 된 단어지만 지옥도 마찬가지다'라고 적혀 있었어. 나는 너무 웃는 바람에 코를 킁킁거렸고."

나는 고개를 가로저었다. 3일 전이라니.

3일 전, 나는 깨어 있는 채로 의식도 있었고, 할아버지와 저녁을 먹고 있었다. 경찰이 나를 잡으려고 했다면 왜 그때 잡지 않았을까? 난 왜 아무것도 **기억**하지 못하는 걸까?

지난 이틀 동안 난 어디에 있었던 걸까?

나는 또 한참을 조용히 있었다. 더 많은 사람이 호퍼의 그림을 보러 왔다 갔다. 나는 에드거가 한 말을 생각했다. **'아무 말 안 했다. 우리가 대화하는 사이는 아니잖냐.'** 그건 사실이었다. 내가 10대 때부터 우린 서로 낯선 사람 대하듯 냉담하게 굴었다.

"뭐 하나 물어봐도 돼요?"

에드거는 승낙하지 않았지만 그렇다고 거절하지도 않았다. 그래서 나는 말을 이었다.

"아버지한테 무슨 일이 있었던 거죠? 그럴 줄 알았나요?"

에드거는 내가 마치 못 알아들을 외국어를 한다는 듯이 나를 바라보았다. 우리는 서로 말을 안 했는데, 특히나 **그 얘기**는 한 적이 없었다. 그는 맛없는 새우를 먹듯 그 질문을 곱씹었다. 그가 실제로 무슨 말을 할지, 아니면 내가 그 얘기를 꺼낸 적도 없는 척 무시할지 알 수 없었다.

"아니." 그는 마침내 입을 열었다. "아니, 전혀 예상하지 못했다. 네 아비라는 작자가 술에 취하면 화를 낸다는 건 알고 있었지. 그리고 네 엄마와 사이가 좋지 않다는 것도. 하지만 그렇게까지 할 거라고는 생각하지 못했다. 절대."

"그 일로 아버지를 미워하게 됐나요?"

에드거는 한숨을 내쉬었다. "자식을 미워하는 건 부모에게 있을 수 없는 일이다. 무슨 짓을 했든 말이야."

"전 아버지가 미웠어요. 평생 그 **사람처럼 될까 봐** 두려워하며 살아온 게 끔찍해요. 전 화가 날 때마다 '지금이 바로 내가 무너지는 순간이구나'라고 생각하죠."

"네가? 무너져?" 에드거는 비웃었다. "그 모습을 한번 보고 싶구나."

"무슨 뜻이죠?"

"그건 거북이가 자기 껍질을 벗고 나오는 것보다 어려울 거란 소리다."

"농담하는 거예요?" 에드거의 터무니 없는 말에 나는 실제로 웃음을 터뜨렸다. 그가 나에 대해 그런 말을 할 줄은 상상도 못 했다. 나는 10대 시절 거의 매일 같이 에드거와 목청 높여 다투던 아이였으니까. 반복되는 싸움 때문에 여섯 번이나 퇴학 직전까지 갔었으니까. 나는 이런 내 성질에 너무 자주 지배당해서 두려울 때도 있었다.

"농담이냐고?" 에드거가 쏘아붙였다. "그럴 리가. 그래, 네 애비가 한 짓은 끔찍했지만, 더 끔찍한 건 그 일로 네가 빌어먹을 로봇이 되었다는 거다. 인정해라, 딜런. 넌 감정이 너한테 다가오기도 전

에 도망치잖냐. 네가 결혼하면 변할 줄 알았는데, 넌 네 아내도 밀어
냈어."

"그렇지 않아요. 그냥 저는 그녀의 바람 문제를 두고 화내고 싶지
않았어요. 그래서 밀어낸 거라고요."

에드거는 고개를 저었다. "바람? 무슨 바람?"

나는 칼리의 불륜을 에드거에게 말하지 않았다는 걸 깨달았다.
"그건 중요하지 않아요. 더 이상은요."

"딜런, 너 어디 아픈 거냐? 안색이 안 좋은데."

"네, 좀 정신이 없네요. 죄송해요."

그 시점에서 나는 입을 다물었다. 에드거에게 마음을 열어보려고
했던 시도는 그다지 순조롭게 진행되지 않았다. 내 인생의 모든 것
들이 잘못되고 있는 상황에서 할아버지와 다툴 필요까지는 없었다.
나는 그가 다시 「밤을 지새우는 사람들」을 감상하도록 놔뒀다.

그때 주머니 속 휴대전화가 울렸다. 문자 메시지였는데 발신자
번호가 없었다. 익명의 누군가가 나에게 연락을 시도하고 있었다.

확인한 문자 메시지는 마음에 들지 않았다.

호너 파크에 있는 집에서 만납시다. 할 말이 있으니.

15장

호너 파크 건너편에 있는, 경찰이 내가 스코티 라이언을 죽였다고 생각하는 집은 텅 비어 보였다. 나는 공원의 야구장 뒤쪽에 있었는데, 여기서는 거리 전체를 볼 수 있었다. 그 집을 지켜보는 사람이나 주차된 수상한 차량은 보이지 않았고, 잠복 경찰 같은 사람도 눈에 띄지 않았다. 만약 이것이 경찰의 함정이라면 정말 잘 숨긴 것이다.

집 주변에 노란색 경찰 테이프가 쳐있지 않아서 의외였다. 하지만 생각해 보니 살인이 벌어진 지 일주일이 지났고, 집주인은 분명 일상으로 돌아가길 원했을 것이다. '매매'라고 적힌 표지판도 치워 버렸다. 밖에는 챈스 프로퍼티의 큰 포스터도 없었다. 범죄 현장은 시카고 부동산 시장에서 인기가 없는 게 분명했다.

나는 감시하는 사람이 없는 게 맞는지 확인하기 위해 기다렸다. 그런 다음 계속 경찰을 경계하며 도망칠 준비를 한 채로 길을 건너갔다. 그 집 앞에 다다랐을 때, 나는 나지막이 욕을 내뱉었다. 많고 많은 사람 중에 스코티와의 싸움이 끝나고 집을 나서는 나를 봤던 그 할머니가 반려견을 산책시키고 있었기 때문이었다. 노파가 내 얼굴을 까먹었거나 내 손에 묻은 피를 잊었을 것 같지는 않았다. 할 수 있는 일이 없어서, 나는 연쇄살인범이 아니라는 의미로 그녀를 향해 최대한 친근하게 웃어 보였다. 우리는 둘 다 그 집의 하얀 피켓 울타리 밖에 서 있었다.

그녀는 나를 알아보지 못하고 미소 지었다. "안녕하세요."

"안녕하세요." 내가 대답했다. "강아지가 정말 사랑스럽네요."

"고마워요. 네, 정말 인형 같은 아이죠. 혹시 이 집을 샀나요? 그쪽이 이 집 주인인가요?"

"저요? 아닙니다."

"오, 그렇군요. 젊은 남자가 샀다고 들었거든요. 우리 동네에 온 걸 환영하고 싶었다오."

"아뇨, 죄송하지만 저는 주인이 아니에요."

"알겠어요. 그럼 좋은 하루 보내시게나."

"할머님도요."

그게 전부였다. 노파는 강아지가 가로수에 다리를 들어 오줌을 싸는 동안 기다렸다가, 계속 길을 따라 걸어갔다. 그녀가 고개를 돌려 나를 다시 쳐다볼까 봐 지켜봤지만 그런 일은 없었다.

새로운 집주인? 집이 벌써 팔린 건가?

그 말을 어떻게 받아들여야 할지 몰랐다.

나는 울타리 문을 열고 들어갔다. 현관에서 창문을 살펴봤지만 아무도 나를 쳐다보지 않았다. 뒤를 돌아 거리를 다시 확인한 다음 현관문 앞에서 벨을 눌렀다. 세 번이나 벨을 누르고 문을 세게 두드려도 대답이 없었다. 커지는 불안감을 안고 나는 손잡이를 돌렸다. 문은 열려 있었다.

"누구 없나요?" 내가 불렀다. "저기요?"

아무 대답이 없었다.

집에서는 내가 마지막으로 이곳에 왔을 때처럼 달콤한 나무 냄새가 났다. 미세한 톱밥 층이 모든 걸 뒤덮고 있었다. 나는 스코티와 말다툼을 벌였던 거실로 들어갔다. 분필로 시신의 윤곽을 표시한 자국과 비닐 시트에 말라붙은 핏자국이 있을 거라고 예상했지만 그런 것은 없었다. 여기서 범죄가 일어났다는 증거는 전혀 보이지 않았다.

"저기요?" 나는 다시 불렀다. "전 딜런 모런입니다. 여기서 만나자는 문자를 받았어요."

여전히 아무 응답이 없었다. 집에는 아무도 없었다.

나는 좀 더 깊숙이 집 안으로 들어갔다. 가구는 하나도 없었다. 모든 것이 치워져 있었다. 한 발짝씩 걸을 때마다 숨어있는 누군가가 내는 소리를 듣기 위해 귀를 기울였지만 아무 소리도 들리지 않았다. 1층에 있는 방들을 모두 확인한 다음, 아주 조금 망설이다가 2층으로 올라갔다.

안방 문은 닫혀 있었다.

나는 조심스럽게 다가가 문을 두드렸다. "거기 누구 있나요?"

나는 긴장한 채로 문을 열었다. 왠지 안에 시체가 있을 것 같은 환영이 보였지만 그런 일은 일어나지 않았다. 방에는 아무도 없었다. 하지만 집의 나머지 공간과는 달리 침실에는 생활의 흔적이 보였다. 누군가 여기에서 지내면서 잠을 자고 있었다. 바닥에는 펼쳐진 이삿짐 상자들이 널브러져 있었고, 창문 밑에는 구겨진 담요를 깔아둔 매트리스가 있었다. 화장실을 흘끗 들여다보니 샤워커튼 봉 위로 수건이 걸쳐 있고, 세면대에는 남성용 세면도구들이 줄지어

168

놓여 있었다.

이제 나갈 시간이었다. 여기 이만큼 있었으면 충분했다.

나는 계단으로 향했지만, 계단에 도착하기도 전에 현관문이 열리는 소리를 들었다. 몇 초 후, 거실에 깔아놓은 비닐 시트 위를 걷는 발걸음 소리가 났다. 어떻게 해야 할지 고민했다. 내 존재를 밝혀야 할지, 아니면 아래층으로 내려가서 도망갈지. 맨 위 계단에 발을 올리며 체중을 옮겼는데, 느슨해진 못이 내는 삐걱거리는 소리가 조용한 집에서 크게 울렸다. 바로 그 순간, 내 쪽으로 향하는 발걸음 소리가 계속 들렸다.

아래층 현관은 어둠에 가려 있었다. 한 남자가 아래층 복도에서 등장했다. 처음에는 누군지 알아보지 못했다. 하지만 그가 계단 아래까지 오더니 몸을 돌렸다. 그 남자의 얼굴을 보자마자 나는 충격에 말을 잃었다.

계단 밑에 서 있던 사람은 죽은 사람이었다.

스코티 라이언.

그는 나를 보고도 전혀 놀란 기색이 없었다. 얼굴은 여유로운 미소를 띠고 있었다. "어이, 친구. 내 메시지 받았어? 이 집 어때 보여?"

"스코티." 나는 간신히 말했다. 바보 같게도 '살아있었구나.'라고 말할 뻔했다. 하지만 머릿속이 소용돌이치는 와중에도 나는 입을 다물었다.

"어서 내려와. 맥주 한 병 가져다줄게." 그가 말했다.

스코티는 무슨 컨트리 노래를 휘파람으로 불면서 부엌 쪽으로 사라졌다. 나는 몸을 가다듬고 아래층으로 내려갔다. 거실로 돌아가 다시 한번 살펴보았다. 대부분 꿈에서는 꿈을 꾸고 있다는 것을 깨닫는 순간이 있지만, 이것은 그런 느낌이 아니었다. 무슨 일이 일어날지 보려고 나는 하마터면 그 단어를 말할 뻔했다.

무한.

하지만 그러지 않았다. 나는 앞으로 어떤 일이 벌어질지 봐야 했다.

스코티는 구스아일랜드 맥주 두 병을 손에 들고 돌아왔다. 나에게 한 병을 건네며 자신의 맥주병 목을 내 병에 부딪혔다. "건배. 얼굴 보니 좋네, 친구. 어젯밤엔 어디 있었던 거야? 바에서 계속 문자 보냈는데. 끝내주는 경기였지? 10대 1이라니. 필리스, 엿 먹으라고."

나는 스코티의 눈을 들여다보며, 그가 왜 친구인 것처럼 구는지 이해하려 했다. 왜 우리 사이에 아무 일도 없었던 것처럼, 내 아내와 잠자리를 하지 않은 척하는지 말이다. 내 손을 슬쩍 보니, 그의 얼굴을 주먹으로 때렸을 때 생긴 멍과 긁힌 자국이 보였다. 그 순간 나는 깨달았다. 그의 얼굴에는 다친 흔적이 전혀 없었다. 그의 입술은 찢어지고 부어있어야 했다. 이빨도 하나 없어야 했다. 하지만 싸움의 흔적은 찾아볼 수 없었다.

스코티는 맥주를 홀짝이며 집안을 가리켰다. "이게 다 내 거라는게 믿기지 않아. 시내에 집을 살 수 있을 거라고는 생각도 못 했거든. 리모델링이 필요하긴 하지만, 내 집을 내가 직접 고칠 수 있다는게 기분 좋아."

"잘됐네." 나는 무슨 말을 해야 할지 몰라서 이렇게 말했다.

"그렇지? 이 집을 발견한 것도 완전 운이 좋았어. 길 아래쪽에서 부엌을 고치고 있는데, 여기에 '매매' 표지판이 있는 걸 봤지. 들어가서 둘러보니까 완벽하더라고. 위치도 좋고, 공원이 있는 것도 마음에 들었어. 삼촌이 남겨준 돈으로 계약금을 마련할 수 있었고. 이제 우린 이웃이 된 셈이야. 너희 집까지 걸어서 30분 정도 걸리려나?"

"맞아."

스코티는 당황스러운 듯 얼굴을 찡그렸다. 내 상태가 이상한 것을 처음으로 눈치챈 것 같았다. "괜찮아? 오늘 좀 이상해 보이는데."

"난 괜찮아."

"왜 어젯밤엔 왜 경기 보러 안 온 거야?"

"많이 피곤했거든."

스코티는 맥주를 한 모금 마시더니 나를 유심히 바라보았다. "그게 다야?"

"다른 이유가 뭐가 있겠어?"

"모르겠어. 오늘은 뭔가 좀 달라 보이네. 정확히 뭔지는 모르겠지만. 평소 같지 않아. 너랑 나는 오랫동안 친구였잖아, 딜런. 무슨 일이 있으면 나에게 말해도 돼."

"아무 일도 없어." 나는 대답했다.

하지만 나는 이렇게 말하고 싶었다. **'아니, 우린 오랫동안 친구가 아니었어.** 나는 스코티 라이언이라는 사람을 거의 몰랐지. 칼리가 거래하는 건물을 찾아갔을 때 네가 공사를 하고 있어서 그때 몇 번 만났을 뿐이야. 너와 칼리는 수년간 알고 지냈지만, 나와는 아니었어. 술집에서 너와 함께 컵스 경기를 보지도 않았어. 특별히 너를 좋아하지도 않았고. 사실 지금 이 순간 나는 너를 싫어할 만한 이유가

충분해.'

'오늘은 뭔가 좀 달라 보이네.'

내가 평생 감정을 차단한 채 살아왔다는 에드거의 말이 떠올랐지만, 사실은 그 반대였다.

나는 거리에서 개를 데리고 있던 그 노부인을 떠올렸다. 그녀는 내가 경찰에 사람을 죽였다고 말한 후에도 나를 기억하지 못했다.

무엇보다 나는 스코티에 대해 생각했다. **그는 죽었어야 했다.** 하지만 그는 죽지 않았다. 심장에 칼이 꽂히지도 않았다. 우리 둘이 싸운 일조차 없었다. 나는 변하지 않았지만, 다른 모든 것들은 변했다. 그 사실을 깨닫는 데 한참이 걸렸지만, 나를 둘러싼 세계는 **분명** 달라져 있었다. 나는 내가 떠나온 시카고에 있지 않았다. 처음 보는 어딘가에 있었다.

나는 미술관의 문을 통해 완전히 다른 딜런 모런의 삶으로 들어간 것이다. 경찰이 찾고 있는 남자. 이틀 동안 행방불명이었던 남자.

그는 어디에 있을까?

"하려고 했던 얘기가 뭐야?" 나는 스코티의 메시지를 떠올리며 그에게 물었다.

그는 맥주를 마시다가 병을 내려놓았다. "아, 맞다. 너희 집 화장실 리모델링 도면을 완성했거든. 마음에 들 거야. 대리석 타일을 깔고 샤워 부스에는 바디 스프레이 시스템을 설치했고 조명은 매립형으로 설계했지. 수납장만 결정해 주면 바로 공사를 시작할 수 있어."

"아, 알겠어."

"옵션 사항을 보여주려고 카탈로그에서 몇 장 뽑아왔어. 문, 손잡이, 풀아웃 선반 같은 것들 말이야. 모든 서랍에 부드럽게 닫히는 기능을 넣을 수도 있어."

"그래."

"집에 가져가서 네 아내와 상의한 다음 어떻게 하길 원하는지 알려줘."

나는 숨이 멎을 뻔했다. "내 아내."

"그래. 원한다면 다음 주라도 시작할 수 있어. 오크 파크에서 하는 일이 일찍 끝났거든."

'내 아내'라는 말이 머릿속에서 다시 울렸다.

"딜런?" 스코티의 목소리가 멀리서 나를 부르는 듯했다.

내 아내, 내 아내, 내 아내….

"이럴 수가. 딜런, 네 얼굴이 백지장 같아." 그가 말을 이었다.

"스코티, 이만 가봐야겠어."

"그래, 알았어. 설계도와 카탈로그를 챙겨줄 테니 가져가도록 해."

나는 들고 있던 맥주병을 그에게 건네주며 뒤로 물러났다. "아냐, 바로 가봐야 해." 나는 재차 말했다. "지금 당장."

"딜런? 이봐, 무슨 일이야?"

하지만 나는 이미 집을 나간 후였다.

∞

머리가 지끈거렸다. 가슴이 꽉 조이는 듯 답답했고, 숨소리는 날카롭고 거칠게 터져 나왔다. 이건 진짜라고, 꿈이 아니라고 계속해서 주문을 외웠지만 정말 그렇게 믿을 용기는 없었다. 눈조차 깜빡이고 싶지 않았다. 눈을 감으면 예전의 삶으로 돌아갈까 봐 두려웠다. **나는 이 상황이 진짜이길 바랐다.**

내 인생에서 그 어떤 것보다 간절히 원했다.

나는 걷기 시작했지만 걷는 속도는 마치 빙하의 움직임처럼 더디게 느껴졌다. 너무 느리게 걷는 사람들을 밀쳐냈고, 그들과 부딪힐 때 그들이 던지는 말을 무시했다. 곧 나는 뛰기 시작했다. 공원을 지나 북쪽으로 질주하다가 레이븐우드 지역의 조용하고 나무가 우거진 거리로 들어섰다. 로렌스대로까지 전력 질주하다가 마침내 멈춰서서 허리를 숙여 숨을 헐떡였다. 다시 숨을 쉴 수 있게 되자 강을 건넜다.

나는 집에서 몇 블록 떨어진 곳에 있었다. 이번에는 달리지 않았다. 내딛는 걸음마다 신중히 옮겼다. 집 앞에 도착했을 때 무엇을 발견할지 확신할 수 없었기 때문이었다. 내가 틀렸다는 현실을 마주하고 싶지 않았다.

내 아내.

평생을 알고 지낸 동네를 걸었다. 달라진 것은 아무것도 없었다. 건물들도 그대로였다. 나는 그 안에 사는 사람들 대부분의 이름을 말할 수 있는데, 그들은 내가 기억하는 것과 똑같은 삶을 살았는지, 아니면 이 세계에서 다른 길을 택했는지 궁금했다.

앞쪽으로 리버 파크의 푸른 잔디가 보였다. 내가 사는 아파트에서 반 블록 떨어진 곳이었다. **우리가 살던 아파트였다.** 어두운 생각 하나가 머릿속을 스쳐 지나갔다. 이틀 전, 리버 파크의 산책로에서 발견된 금발의 젊은 여자에 관한 신문 헤드라인이 떠올랐다. 그날 밤은 그녀 생의 마지막 밤이었다. 누군가 그녀의 심장에 칼을 꽂아 그녀를 살해했다.

　내가 쫓던 살인자 딜런은 이미 여기에 와 있었다. 가죽 재킷을 입은 내 도플갱어가 다시 한번 행동에 나선 것이다. 그는 칼리와 똑같이 생긴 여자를 죽였다.

　'아니면 혹시 나였을까?' 나는 생각했다.

　이 여자를 기억하지 못했지만, 내가 사라졌던 날들 동안 무엇을 했는지 떠오르는 것도 전혀 없었다.

　우리가 살았던 건물이 보였다. 나는 멈춰 서서, 얼굴 앞에 두 손을 모은 채 가쁜 숨을 몰아쉬었다. 어렸을 때부터 수천 번도 넘게 걸었던 방식으로 길을 따라 걸어 올라갔다. 가지고 있는 열쇠로 문을 열고 들어갈 수 있을지 궁금했다. 자물쇠는 바뀌지 않았을까? 내 휴대전화가 아직 작동하고 있는 것으로 미뤄볼 때, 어떤 세부 항목들은 세계를 넘나들며 나를 따라다니는 것 같았다.

　나는 그래도 초인종을 눌렀다. 그녀가 문을 열어주었으면 하는 마음에서.

　그녀의 얼굴을 보고 싶었다.

　몇 초가 지났다. 한없이 길게 느껴지는 몇 초였다. 그러다 유리창 너머로 그림자 하나가 보였다.

　문이 열렸다. 그리고 내 아내가 있었다.

　그녀는 칼리가 아니었다. 타이였다.

16장

"맙소사!" 타이가 소리치며 나를 껴안았다. "딜런, 걱정했잖아. 어디 있었던 거야?"

나는 크게 실망한 마음을 숨기려고 애썼다. 뻣뻣하게 굳은 몸으로 그녀를 다시 껴안았다. 그녀가 키스하려고 하자 나는 본능적으로 얼굴을 돌려 입술이 아니라 뺨에 키스하게 했다. 그녀의 혼란스러운 눈빛이 보였지만 그녀는 그런 마음을 제쳐두고 내 손을 꼭 잡은 채로 칼리와 내가 살던 아파트 안으로 끌고 들어갔다.

그곳은 내가 기억하는 것과 전혀 달랐다. 칼리와 내가 산 가구는 하나도 없었다. 회색과 파란색으로 산뜻하게 페인트칠한 벽도 없고, 앉아서 와인과 커피를 마시던 흔들의자도 없고, 벽난로 옆에서 사랑을 나눌 때 썼던 푹신한 러그도 없었다. 이제는 타이의 취향을 반영한 스타일로 바뀌어 있었다. 아파트를 열대우림으로 만들 만큼 양치식물과 매달린 화분들이 가득했다. 벽난로 앞에는 기하학적 무늬로 짠 수제 매트가 놓여 있었는데, 딱딱해 보이고 별로 앉고 싶지 않은 모양이었다. 의자는 나무와 고리버들로 만들어져 있었다. 가구에 관해서 내가 싫어하는 종류가 있다면 그것은 고리버들이다.

여긴 내 집이 아니었다. 그럼에도 불구하고 내 집이었다. 벽난로 선반 위는 사진들로 **빼곡**했는데, 모두 내가 있으리라고 상상할 수 없는 곳에서 타이와 함께 찍은 사진들이었다. 디즈니랜드 매직 킹덤에 있는 신데렐라 성 앞에 나란히 서 있는 우리 둘. 하와이 루아우 축제 때 화덕 근처에서 꽃목걸이를 두르고 있는 우리 둘. 나는 턱시도를 입은 모습이었고, 타이는 웨딩드레스 차림이었다. 남편과 아내. 이런 일들이 일어났다는 생각에 나는 무의식적으로 고개를 저었다. 타이는 똑똑하고 다정다감한 친구였고, 난 그녀가 행복하길 바랐다. 하지만 내가 타이와 사랑에 빠져 그녀와 결혼한 세상은 상상할 수 없었다.

하지만 나는 지금 그 세상에 있다.

내가 아무 말도 하지 않자, 타이가 두 손으로 내 얼굴을 감쌌다. "딜런, 괜찮아? 내가 얼마나 무서웠는지 알기나 해? 당신 거의 이틀 동안 사라졌잖아."

"그래, 알아."

"전화도 문자도, 아무 연락도 없었어. 출근도 안 했던데. 휴대전화도 꺼져 있었고. 난 어떻게든 계속 연락하려고 했어. 당신이 어딘가에서 죽어있는 상상을 했단 말이야."

"미안해."

"병원 안 가봐도 되겠어? 당신 몰골이 끔찍해."

"아냐. 괜찮을 거야."

"딜런, **무슨 일이 생겼던 거야?** 어디 있었던 건데?"

거짓말을 짜낼 시간이 없었다. 문을 두드리는 소리가 우리 사이에 끼어들었다. 타이는 이번에는 내 입술에 재빨리 키스하고는 서

둘러 바깥 문으로 향했다. 목소리가 들려왔고, 타이가 돌아왔을 때 그녀는 내가 한눈에 알아볼 수 있는 남자와 함께 있었다. 나는 그가 누구인지 안다는 사실을 털어놓을 수 없었다. 이 세계에서 그와 나는 모르는 사이기 때문이었다.

키가 크고 뼈만 남은 남자는 하비 부싱 형사였다. 그는 변한 게 없는 것 같았다. 움푹 들어간 그 눈으로 나를 바라볼 때면 내 속을 꿰뚫어 보며 내가 감추고 있는 모든 걸 짐작해 낼 것만 같았다. 나는 도망치고 싶었다. 우리가 처음 만났을 때, 여러 건의 살인 혐의로 그가 나를 지목했을 때처럼. 나는 마음속으로 되뇌었다. '**그는 아무것도 모른다.**' 그에게, 이곳에서는, 그런 일들은 실제로 일어나지 않았으니까.

리버 파크에서 약 90미터 떨어진 곳에서 일어난 살인 사건만 제외하면 말이다.

계속 머리를 굴렸다. 나는 이틀 동안 실종되었고, 벳시 컨이라는 여자가 이틀 전 내 집 근처에서 살해당했다. 부싱 형사는 그것을 우연이라고 생각하지 않을 것이다.

형사는 자신을 소개했고 우리는 다시 악수했다. 그는 처음 만났을 때처럼 건조하고 맥 빠진 손으로 내 손을 쥐었다.

"무사히 집에 돌아오신 걸 보니 다행입니다, 모런 씨." 부싱 형사가 나를 보며 말했다. "부인께서 모런 씨 소식 들은 게 있나 해서 왔는데 여기 계셨네요."

"딱 맞춰 오셨네요, 형사님. 네, 저 여기 있습니다."

"아내분께서 많이 당황하셨다는 건 말할 필요도 없겠죠."

"물론 그랬을 겁니다."

그는 우리를 보며 미소 지었다. 어렸을 때 치아교정을 받았으면 좋았을 누런 치아가 훤히 보였다. "모두 앉아서 얘기해 볼까요? 어디 계셨던 건지 듣고 싶네요."

"형사님, 사실 제가 좀 피곤해서요. 샤워도 하고 싶고요. 내일 얘기해도 될까요?"

"오래 걸리지 않을 겁니다, 모런 씨. 앉으시죠." 그는 거절할 여지를 주지 않는 방식으로 말했다.

형사는 고리버들 의자 중 하나에 앉았다. 나는 창가 근처 소파에 편치 않은 자세로 앉았고, 타이는 옆에 앉아 내 손을 잡았다. 그녀는 내 손을 쓰다듬다 로스코의 반지를 발견하고는 이내 놀란 눈으로 그 반지를 쳐다보았다.

"언제부터 끼고 다녔던 거야?" 그녀가 물었다.

나는 어깨를 으쓱했다. "서랍에서 찾았어. 고등학교 졸업 반지야."

타이의 얼굴에 불안한 표정이 스쳐 지나갔다. 그녀는 보석과 옷가지 같은 것을 잘 알아보는 여자였다. 세심한 관찰 능력 덕분에 훌륭한 이벤트 매니저가 되었으니까. 나는 그녀가 내 손가락의 반지를 훨씬 더 일찍 눈치챘을 거라고 확신했다.

"자, 모런 씨." 부싱 형사가 말했다. "말씀해 주시죠. 지난 며칠 동안 어디 계셨습니까?"

나는 이야기가 그럴듯하게 들리도록 만들어내야 했기 때문에 적어도 부분적으로는 사실을 섞어 말했다.

"형사님, 솔직히 말씀드리면 저도 잘 모르겠어요. 몇 시간 전에 네이비 피어에서 눈을 떴는데, 어떻게 거기까지 갔는지 전혀 기억이 나지 않아요. 제가 그렇게 오랫동안 사라졌었다는 사실을 알게 되어서 충격을 받았고요. 그 사이에 무슨 일이 있었는지 기억이 나지 않습니다."

"네이비 피어요?" 부싱 형사가 물었다. "정말요?"

"네, 벤치에서 자고 있었죠. 사실, 어떤 경찰관이 와서 절 깨웠어요. 그분이 분명 메모를 남겼을 겁니다."

"네이비 피어는 여기서 16킬로미터 넘게 떨어져 있는데, 어떻게 가신 거죠? 걸어갔나요, 아니면 버스를 타고? 누가 데려다주었나요?"

"아까도 말했지만 기억이 나지 않습니다."

"음, 마지막으로 기억하는 건 뭔가요?" 부싱 형사가 물었다.

나는 머뭇거렸다. 이 세계에서 실제로 일어난 일은 나에게 아무 의미가 없었기 때문이다. "모든 기억이 흐릿해요. 월요일 밤에 할아버지와 저녁을 먹은 건 기억납니다. 중국 음식이었죠."

"하지만 그 이후론 기억나는 게 전혀 없나요?"

"그런 것 같아요."

부싱 형사는 타이에게 말을 돌렸다. "남편분이 집을 나간 게 언제라고 했죠?"

"화요일 9시쯤이요, 공원에 산책하러 나간다고 했어요."

그는 다시 나를 바라봤다. "기억 안 나시나요, 모런 씨?"

"안 납니다."

"그날 저녁에 있었던 일 중 기억나는 게 있나요?"

"하나도 없네요."

"전에도 이런 기억 상실을 겪은 적이 있었습니까?"

"전혀요."

"그날 밤 술을 마셨나요?"

타이가 끼어들었다. "제 남편은 술을 거의 마시지 않아요. 가끔 맥주나 와인 한잔 정도만 마실 뿐이죠. 화요일에 저녁으로 필리핀 음식을 만들어 먹으면서 살라밧을 마셨죠. 살라밧은 필리핀 전통 생강차랍니다."

이 세계에서는 딜런 모런에게 술 문제가 없다는 사실에 놀랐다. 그는 감정과 성질도 억누르고 살았다. 그리고 타이와 결혼했다. 다른 선택을 한 다른 남자였다.

"걸을 때 보통 정해진 길을 따라 걷나요?" 부싱 형사가 물었다.

"아뇨, 딱히 그렇진 않습니다."

"누군가를 봤나요?"

"이미 말씀드렸지만 기억이 나지 않습니다. 제가 산책하러 집을 나섰다는 타이 말이 틀리진 않겠죠. 하지만 그 후로는 호숫가 벤치에서 정신을 차리기 전까지 아무것도 기억나지 않아요."

부싱 형사는 몸에 잘 맞지 않는 캐주얼 재킷 안주머니를 뒤져 종이 한 장을 꺼냈다. 그는 종이를 펼쳐서 내게 건넸는데, 〈시카고 트리뷴〉 1면에서 본 사진과 같은 것이었다. 리버 파크에서 살해당한 여자였다.

"이 여자를 알아보시겠습니까?" 그가 물었다.

나는 고개를 저었다. "아뇨."

"전혀 낯이 익지 않으신가요?"

"네."

"혹시 동네에서 본 적 있나요?"

"말씀드렸잖아요, 없다고요. 누구죠?"

타이가 내 귓가에서 중얼거렸다. "살해당한 여자야."

"살해당했다고요? 끔찍한 일이네요." 나는 억지로 놀란 표정을 지었다.

"사실, 모런 씨, 이 여자는 화요일 밤 리버 파크에서 칼에 찔려 사망했습니다." 부싱 형사가 말을 이었다. "룸메이트 말로는 그녀가 달리기를 하러 나갔다고 합니다. 모런 씨가 산책을 나간 것과 거의 같은 시간이죠. 같은 시간, 같은 날 밤, 같은 공원에서요. 시체는 다음 날 아침에 발견됐죠. 모런 씨, 당신의 실종이 우리에게 상당한 관심사였던 이유를 이해하실 수 있을 겁니다. 공원에 두 사람이 있었는데, 한 명은 죽고 한 명은 실종됐으니까요. 당신에게 일어난 일이 이 살인 사건과 어떻게든 연관되어 있지 않을까 하는 생각이 드는군요."

"도와드리고 싶지만 어떻게 해야 할지 모르겠네요, 형사님. 저는 이 여자를 모르고 화요일 밤에 대해서는 아무것도 기억나지 않으니까요."

형사의 눈이 내 왼손으로 향했다. 그는 보랏빛 멍을 눈여겨보았다. "모런 씨, 손은 어떻게 된 거죠?"

나는 아직도 아픈 손가락들을 꼼지락거렸다. "모르겠습니다."

"어떻게 다치셨는지 기억 안 나신다고요?"

"네."

"누군가를 때리다 생긴 멍처럼 보이는데요."

옆에서 타이가 웃음을 터뜨렸다. "딜런이 누굴 때려요? 말도 안 되는 소리네요."

"형사님, 무슨 일이 있었는지 말씀드리고 싶지만 그럴 수가 없군요." 그리고 나는 조급한 말투로 덧붙였다. "이제 다 됐나요?"

"네, 오늘은 여기까지 하죠. 무언가 기억나면 바로 연락해 주세요. 아, 그리고 지금 입고 계신 옷을 가져가서 분석해도 괜찮을까요?"

"제 옷이요? 왜죠?"

"모런 씨의 기억 공백을 채울 수 있을지도 모르는 포렌식 테스트를 진행하려고요. 저희가 모은 정보로 봤을 때, 당신이 범죄 현장을 목격하고 개입하려 했을 수도 있어요. 공원에서 어떤 종류의 싸움에 휘말렸다면 당신과 몸싸움을 한 사람이 옷에 DNA 흔적을 남겼을 수도 있습니다. 그 사람이 살인자일 수도 있죠."

그는 매서운 눈빛으로 나를 노려보았다. 나는 그가 무슨 생각을 하는지 알 것 같았다. '아니면 벳시 컨이 당신 옷에 DNA를 남겼을 수도 있지.' 지난 이틀 동안의 기억이 없다는 내 말을 믿지 않는 게 분명했다. 그는 내가 거짓말을 하고 있다고 생각했고, 그 사실을 내가 알길 원했다.

"형사님이 하려고 하는 어떤 검사도 남편은 거부하지 않을 거예요." 타이가 말했다. "우리 둘 다 남편에게 무슨 일이 있었는지 알고 싶으니까요."

나는 정중하지만 단호한 태도로 그녀를 가로막았다. "아뇨, 거부하겠습니다. 옷을 가져가고 싶다면 영장을 받아오시죠. 옳은 일을 하다가 경찰 때문에 누명 쓴 무고한 사람 이야기를 너무 많이 봐서요."

"딜런." 타이가 충격에 빠진 목소리로 말했다.

부싱 형사는 의자에서 일어나며 뼈만 앙상한 어깨를 으쓱했다.

"괜찮습니다, 모런 부인. 남편분은 그럴 권리가 있으니까요. 사실 저희는 이미 벳시 컨을 죽인 범인의 DNA 샘플을 확보했습니다. 범인은 그녀를 제압하려는 와중에 폭행을 가했고, 그녀의 얼굴에 자신의 혈흔을 남겼죠. DNA 샘플과 일치하는 사람을 찾을 겁니다."

"여자를 때렸다고요?" 타이가 불안한 눈초리로 내 손을 쳐다보며 중얼거렸다.

부싱 형사는 주먹을 쥐고 자신의 턱을 두드렸다. "네, 턱을요. 어떻게 다쳤는지 정말로 기억 안 나시나요, 모런 씨?"

나는 눈도 깜빡이지 않고 그를 바라봤다. "전혀요."

∞

며칠 동안 쌓인 더러움을 씻어내기 위해 강한 물줄기로 샤워를 했지만, 몸에 물이 닿는 것은 일종의 고문이었다. 샤워기에서 깨끗하고 뜨거운 수돗물이 아니라 끈적거리고 더러운 강물이 흘러나와 기름 막처럼 내 몸을 뒤덮는 상상을 했다. 눈을 감으면 다시 어둠 속으로 돌아가 불어난 물살에 파도처럼 밀려오는 잔해의 습격을 받았다. 나는 숨을 참고 칼리를 찾기 위해 잠수했다. 어딘가에서 강물에 빠진 그녀의 목소리가 들렸다. 나는 열심히 헤엄쳤지만 그녀의 비명은 점점 멀어졌다. '딜런, 돌아와! 나 아직 여기 있어!'

나는 물을 잠그고 무너지듯이 샤워실 벽에 기댔다. 좌절감에 주먹으로 타일 벽을 내리쳤고, 끔찍한 고통으로 보아 아마도 손이 골절된 것 같다는 생각이 들었다. 떨어지는 물방울은 차가운 손가락으로 내 등을 긁는 듯한 느낌이었다.

샤워실 밖으로 나와 분홍색 수건으로 몸을 말렸다. 칼리라면 분홍색 수건을 살 생각도 하지 않았을 것이다. 나는 다시 침실로 돌아와 열린 옷장 앞에 섰다. 옷장은 타이의 강박적인 성향을 반영해 깔끔하게 정리되어 있었다. 옷들을 보면서 내 것이 아니라는 사실을 떠올렸다. 이 옷들은 다른 사람의 것이었다. 셔츠, 넥타이, 바지는 딱 봐도 타이가 고른 것이었다. 몇몇 아이템은 내가 결혼 전에 산 것과 비슷했지만, 결혼 후에는 굿윌[13]에서 잘 골라서 산 게 분명했다.

타이와 결혼한 지 얼마나 된 건지 궁금했다. 어떻게 청혼했을까? 어디서 했을까? 타이가 내 짝이라고 생각하게 된 계기는 뭐였을까?

침대 옆 탁자 위에는 한 번도 사본 적 없는 모노그램[14] 커프스단추가 있었다. 한 번도 써본 적 없는 향수병도 놓여 있었다. 이곳에 사는 딜런은 내가 다른 삶에서 썼던 것과 같은 종류의 태블릿 컴퓨터를 가지고 있었지만, 태블릿을 열고 비밀번호 입력해도 작동하지 않았다. 안되는 게 당연했다. 내 비밀번호는 칼리의 생일이었는데 이 삶에는 칼리가 존재하지 않았으니까. 하지만 나는 타이의 생일을 알고 있었고, 그 숫자를 입력하자 태블릿 홈 화면이 떴다. 사진들을 스크롤하며 살펴보았다. 타이의 사진, 라살 플라자 연회장 안에서 찍은 사진, 호수 근처에서 둘이 찍은 셀피 몇 장이 보였다. 지독히 명백하게도, 사진 속 인물은 **내가 아니었다.** 표정이 완전히 달랐다. 기쁨도, 분노도, 생동감도 없는 표정이었다. 내 눈에는 단조로운 공허함만이 가득했다.

---

13 중고품을 판매하며 기부도 할 수 있는 가게다.
14 두 개 이상의 글자(보통 이름의 첫머리 글자)를 합쳐 한 글자 모양으로 도안화한 것이다.

이 딜런 모런이 좋아질 것 같지 않았다. 그는 나에게서 바람직하지 않은 부분을 제거한 버전 같았다. 부모의 죽음으로부터 잘못된 교훈을 얻은 사람이었다. 내가 저지른 일들, 술을 마시고 싸움을 했던 게 자랑스럽지는 않았다. 하지만 적어도 나는 살아냈다. 정신을 못 차릴 정도로 칼리와 사랑에 빠졌었다. 실수를 저질렀어도, 강에서 그녀를 잃어버렸더라도, 내 삶에는 그녀가 있었다. 이 딜런은 사랑이 무엇인지도 모를 것 같았다.

동시에 나는 궁금했다. '그는 어디 있는 걸까?'

이곳은 그의 집이었다. 그는 여기서 타이와 함께 살았다. 이틀 동안 사라졌던 사람은 내가 아니라 그였다. 그는 벳시 컨이 살해당한 그날 밤에 공원에 갔다가 다시 돌아오지 않았다. 그는 언제라도 집에 돌아올 수 있었다. 그렇게 되면 마치 물질과 반물질의 충돌 같은 파국적인 상황이 벌어지리라는 것을 나는 알고 있었다.

"딜런, 무슨 일 있어?"

돌아보니 타이가 문 앞에 서 있었다. 나는 알몸이었고, 본능적으로 몸을 가리고 싶었다. 하지만 그녀는 내 아내였기에 내 모습을 그대로 보여주었다.

"아무 일도 아니야." 내가 말했다.

"당신 말을 믿을 수가 있어야지."

"타이, 나도 설명할 수 있으면 좋겠지만 그럴 수가 없어."

"혹시 나 몰래 바람피워? 다른 사람이 있는 거야? 그 사람 집에 있었어?"

"그런 거 아니야."

그녀는 한동안 침묵하다가 우리의 사주식[15] 금속 침대로 와서 앉았다. 침대 위에는 프릴이 달린 라벤더색 이불이 덮여 있었다. "당신이 그 여자 다치게 했어?"

"진심이야? 나한테 어떻게 그런 질문을 할 수 있지? **난 그런 적 없어.**"

타이는 고개를 저었다. "당신은 너무 폐쇄적이야. 가끔은 뭘 숨기고 있는지 궁금할 정도라니까. 마치 폭발할 준비가 된 압력솥 같아."

"내가 그런 게 아니야." 나는 반박했지만 **정말** 내가 그랬을 수도 있었다. 이곳에 사는 내가.

"당신이 마음을 열었으면 좋겠어, 딜런. 사랑한다고 말하고, 나와 결혼해서 같이 잠자리를 하는데도 나에게 아무것도 말해주지 않잖아. 난 항상 당신 모습 그대로를 받아들였고, 조건 없이 당신을 사랑했어. 하지만 지금 당신은 내가 전혀 모르는 사람 같아."

"미안해. 그런 기분이 들게 하려는 건 아니야."

"로스코가 이 문제에 대해 경고했었어." 타이가 말을 이었다. "결혼 전에 그와 나, 단둘이서 이야기를 나눴어. 당신이라는 사람이 만족스럽지 않다면 결혼을 진행해서는 안 된다고. 결혼한다고 해서 당신이라는 사람이 변할 거라고 생각하면 내 마음이 다칠 거라고 했지. 하지만 난 당신을 사랑했기 때문에 그 위험을 감수하려고 했어. 이제는 나한테 솔직해져야 해. 내가 틀렸던 거야?"

이 순간, 벼랑 끝으로 치닫고 있는 관계가 다음에 무슨 말을 하느

---

15 네 모서리에 기둥이 있고 덮개가 달린 큰 침대다.

나에 따라 한쪽으로 기울어질 수도 있었다. 그녀의 질문에 대답하지 않으면 타이와 함께하는 다른 딜런의 인생을 망가뜨릴 위험이 있었다. 하지만 정말 불공평하게도 나는 그녀가 언급한 그 이름 외에는 아무것에도 집중할 수 없었다.

"로스코."

"그가 당신 친구인데도 나를 도와주려고 했던 거 알아. 그런데도 나는 당신과 결혼하기로 한 내 결정을 의심한 적은 없어. 그게 진실이야."

나는 옷을 집어 들고 입기 시작했다. 버건디색 드레스 셔츠에 검은색 슬랙스. "타이, 나 가봐야겠어."

"지금? 딜런, 안돼, 날 두고 가지 마."

"로스코과 얘기 좀 해야겠어."

"로스코는 언제라도 만날 수 있잖아. 지금 얘기해야 할 사람은 나야."

"말했잖아, 설명하기 힘들다고. 그래도 지금 당장 그를 만나야겠어."

침대 옆 탁자에서 자동차 열쇠를 발견하고 주머니에 넣었다. 뒷문으로 가던 중 뒤에서 들려오는 소리에 멈춰 섰다. 타이가 울고 있었다. 눈을 감고 고개를 숙인 채로. 나는 어떻게 해야 할지 몰라 꼼짝 못 하다가, 그녀 앞으로 다가가 무릎을 꿇고 그녀의 볼을 어루만졌다.

"미안해." 나는 한 번 더 말했다. "나에게서 답을 듣고 싶어 하는 걸 알아. 나도 그럴 수 있으면 좋겠어."

"당신, 나 사랑해?" 그녀가 고개를 들고 얼굴에 흐르는 눈물을 닦으며 물었다. "날 사랑한 적은 있었어?"

　나는 아무 말도 하지 않았다. 내가 할 수 있는 가장 나쁜 일이었다. 그녀가 듣고 싶어 하는 말을 해주고 싶었지만 거짓말을 할 수는 없었다. 침묵 속에서 그녀는 다시 고개를 숙이고 계속 흐느꼈다.

　"타이, 네 탓이 아니야." 나는 중얼거렸다. "이건 내 문제야. 믿어 줘. 나도 내가 누구인지 전혀 모르고 살았어. 하지만 이제 알아내려고."

17장

　로스코가 신부로 봉사하던 사우스 사이드 성당은 지은 지 100년이 넘은 붉은 벽돌 건물로, 전면에는 거대한 장미꽃 무늬 창문이 나 있었다. 나는 그가 주관했던 래플[16], 도서 행사, 음식 파티를 도우러 여러 번 이곳에 왔었지만 4년 전 그의 장례식 날 이후로 다시 찾은 적은 없다. 어차피 나는 신자가 아니었고, 가장 친한 친구를 빼앗아 간 신의 온갖 기념물이 드리우는 그림자 속에 서 있기가 힘들었다.

　도착했을 때는 초저녁이었고, 여름 햇살이 나무 위에 간신히 드리워져 있었다. 나는 양쪽으로 여닫는 두툼한 문을 열고 안으로 들어갔다. 내부는 언제나 그랬듯이 서늘했고 내 신발이 바닥에 닿으며 나는 소리가 천장 높이 울려 퍼졌다. 중앙 통로를 걸어가는 동안 이곳에는 나와 성당 내부의 웅장함만이 존재할 뿐이었다. 흰색 기둥들이 머리 위로 솟아 있었다. 벽에 달린 색색의 스테인드글라스는 어슴푸레하게 빛났으며 촛불은 어둠 속에서 깜빡거렸다. 제단

---

16 주로 자선 행사나 모금 행사에서 표를 팔아 돈을 모으고, 표를 구매한 참가자 중 몇몇을 선택하여 상품을 제공하는 방식으로 진행되는 행운의 추첨을 말한다.

위의 예수님은 역광을 받으며 두 팔을 활짝 벌려 나를 맞이했다.

나는 교차랑[17] 근처 신도석에 앉았다. 장례식 때 앉았던 자리였다. 성인들과 천사들이 지켜보는 가운데 로스코의 추도사를 읽으러 강단으로 걸어갈 수 있을 정도로 가까운 곳이었다. 그 당시 나는 사고로 목발을 짚고 있었고 칼리의 부축을 받았다. 눈물을 떨구며 했던 말들을 아직도 기억한다. 로스코가 얼마나 이타적인 사람이었는지, 얼마나 많은 방법을 동원해 구원받으려는 마음이 전혀 없는 나를 구하려 했는지.

로스코가 너무나 그리웠다. 그는 내 인생에서 결코 채워질 수 없는 공허함을 남기고 떠났다.

그리고 그때, 죽음에서 부활한 로스코가 거기 있었다. 나는 그를 보았다. 검은색 양복을 입은 로스코가 북쪽 수랑[18]에서 나타났다. 한 손에는 성경과 작은 가죽 노트를 들고 있었다. 그 순간 나는 처음으로 아무 의심 없이 믿을 수 있게 되었다. 지금 일어나고 있는 일이 진짜라는 것을.

그는 제단 앞을 가로질러 가서 그 앞에 무릎을 꿇었다. 그 후 강단으로 가더니 발판을 밟고 올라서서 성경의 얇은 페이지를 넘기며 메모를 작성하기 시작했다. 그날 밤 예정된 강론이 있었을 게 분명했다. 그는 집중하느라 고개를 숙이고 있어서 나를 보지 못했다. 나는 그를 부르려고 했지만 목이 메어 말할 수 없었다. 그는 내가 기억하는 모습에서 달라진 게 별로 없었다. 살이 몇 킬로그램 찌고 머

17 교회나 성당의 본당과 좌우의 익당(翼堂)이 십자형으로 교차하는 곳이다.
18 십자형 교회나 성당의 좌우 날개 부분을 의미한다.

리숱이 조금 줄었을 뿐이었다. 여전히 두꺼운 검은 테 안경을 쓰고 있었다. 입술과 입 주위로 잘 다듬어진 턱수염이 사각 모양을 하고 있었다. 전에도 종종 그랬던 것처럼 그는 일하면서 멜로디가 없는 콧노래를 흥얼거렸는데, 울려 퍼지는 성당의 음향시설 덕분에 그 소리가 잘 들렸다.

그는 설교 내용을 고심하다가 입에 연필을 대고 잠시 생각에 잠긴 듯 고개를 들었다. 그제야 신도석에 앉아 있는 나를 발견했다. 그의 얼굴에는 따뜻한 미소가 번졌고, 나는 울지 않으려고 애썼다. 그에게는 어릴 적 친구가 예상치 못하게 자신을 찾아온 평범한 순간이었을 것이다. 하지만 나에게는 가끔 꿈에서나 마주하는 선물 같은 순간이었다. 나의 동반자, 나의 정신적 지주, 나의 절친이 다시 내 곁으로 돌아왔다.

∞

"딜런, 이게 웬일이야." 로스코가 말했다. 작은 체구에서 나올 것 같지 않은 깊은 목소리였다.

로스코는 강단에서 내려왔다. 체구는 작았어도 항상 걸음이 빠른 사람이었다. 나는 일어나 그에게 다가갔고, 그는 나를 껴안았다. 인생이 짧아서 포옹은 길어야 한다며 그는 한참을 껴안고 있었다. 그리고는 양손으로 내 뒤통수를 잡고 양쪽 뺨에 입맞춤했다. 그가 이탈리아로 여름 여행을 갔을 때 익힌 습관이었는데 결코 빠뜨리는 법이 없었다. 나는 그의 방식으로 다시 인사를 나눌 수 있을 거라고는 꿈에도 생각하지 못했다.

우리 둘은 신도석에 나란히 앉았다. 나는 오래된 사진 속에서 되살아난 사람을 보듯 로스코를 바라보았고, 그도 똑같이 강렬한 눈빛으로 나를 쳐다보았다. 로스코는 날카로운 눈동자로 내 얼굴을 자세히 들여다보다가 놀랍다는 듯이 눈을 가늘게 떴다. 왠지 그에게는 진실을 숨길 수 없을 것 같았다. 칼리 말고는 누구보다 나를 잘 아는 사람이라서, 쌍둥이를 자식으로 둔 부모처럼, 로스코는 옆에 앉은 남자가 자신이 알던 남자와 다르다는 것을 바로 눈치챘다.

나는 이 로스코 테이트가 자라면서 알던 딜런 모런이 아니었다. 왜 그런 건지 설명할 수는 없었지만, 그는 무언가 잘못되었다는 것을 알아차렸다.

"되게 이상하네." 그가 말했다.

"뭐가?"

"음, 네가 변한 것 같아. 정확히 어떻게 변했는지는 모르겠지만."

"나야, 로스코."

그는 고개를 저었다. "아냐, 아냐. 분명 뭔가 달라진 게 있어."

"우리가 마지막으로 본 게 언제였지?" 내가 물었다.

"두 달 전쯤? 확실히 오래되긴 했지. 하지만 그것 때문이 아니야."

"그럼 뭐 때문인데?"

로스코는 깔끔한 수염을 쓰다듬으며 늘 그랬듯이 진지하게 고민하고 대답했다. "우리 교구에 나이가 백 살인 중국 노인이 있는데, 우린 정말 놀라운 이야기를 나눴어. 그분에게서 믿기 힘든 것들을 배웠지. 그분이라면 네 기氣가 달라졌다고 말할 것 같아."

"좋은 쪽으로 아니면 나쁜 쪽으로?"

"둘 다 아니야. 똑같지 않을 뿐이야." 어떤 미스터리는 설명할 수 없다는 투로 로스코는 어깨를 으쓱했다. "어쨌든 그건 중요하지 않아. 얼굴 보니 반갑네. 그런데 여긴 어쩐 일로 온 거야? 무슨 문제 있어?"

"꼭 문제가 있어야 찾아올 수 있는 거야? 그냥 네 얼굴 보고 싶어서 왔어."

그는 웃음을 터뜨렸다. "친구, 나랑 포커 게임은 못 하겠다. 네 표정은 언제나 읽히거든. 기만 달라진 게 아닌 것 같아. 이상하게 보이는 것들 말고도, 너에게 힘든 일이 있는 게 느껴져. 나한테 털어놔 봐."

뭐라고 말해야 할지 알 수 없었다.

정말 여기서 내 절친과 이야기하고 있다는 사실에 아직도 가슴이 벅차올랐다. 한 차를 타고 가다 그가 내 옆 운전석에서 세상을 떠난 지 4년이 지났다. 한편으로는 모든 것을 털어놓고 싶었다. 결국 속마음을 털어놓으려고 사람들이 신부를 찾아오는 것 아니겠는가? 고해 말이다. 하지만 나에게 벌어지고 있는, 혹은 그렇다고 믿는 것들을 말한다면 그는 내가 미쳤다고 생각할 것이다. 그가 내 이야기를 듣고 진지하게 받아들일 거라고 기대하기는 어려웠다. 그럼에도 불구하고 로스코가 항상 나에게 해주던 조언도 필요했다. 내가 인생에서 잘못된 길을 가려 할 때면 그는 나를 제자리로 돌려놓고는 했다. 지금 나는 낯선 땅에서 이방인이 된 기분이었다. 이 사람이 원래 **내가 알던** 로스코가 아니라는 걸 알지만 그는 여전히 나의 가장 친한 친구였다.

게다가 나는 그에게 거짓말을 할 수 없었고, 그 역시 나에게 거짓말하지 않으리란 것도 알고 있었다. 그것은 우리가 몇 년 전 서로에게 한 약속이었다. 절대 멋대로 판단하지 않고 거짓말하지 않기로.

"무슨 말부터 해야 할지 모르겠군." 내가 말했다.

"너 괜찮아? 혹시 건강 문제야?"

"아냐, 몸은 건강해."

그는 그다음으로 뻔한 결론으로 넘어갔다. "타이 때문이야? 아니면 너와 타이 사이가 문제야? 너희 결혼한 지 1년이 넘었잖아. 둘은 이제 신혼 기간을 지나서 현실 생활에 접어든 거야. 그게 훨씬 더 어렵지."

"문제는 타이가 아니야." 내가 대답했다. "내가 문제지. 설명하기 너무 어려운 일들이 나한테 일어나고 있어. 타이와는 아무 상관 없지만, 솔직히 이건 물어봐야 할 것 같아. 내가 그녀와 결혼했을 때 넌 놀랐어?"

로스코는 에둘러 말하는 법이 없었다. "네가 타이를 사랑하지 않는데 결혼해서?"

"알고 있었어?"

"물론 알고 있었지. 기억할지 모르겠지만 너한테 정확히 그렇게 말했어. 타이는 온 마음과 열정을 다해 널 사랑하니까 그만큼 그녀를 사랑해 줄 남자를 만날 자격이 있다고도 했지. 하지만 넌 그런 남자가 아니었고. 넌 시간이 지나면 그녀를 사랑하게 될 거라고 했지만 그건 네가 한 말 중에 가장 멍청한 말이었어. 그런데 말이야, 진실을 왜곡하진 말자고. 넌 그 누구도 사랑해 본 적이 없어, 딜런. 넌 아무것도 느끼지 못해. 넌 굉장히 어둡고 외로운 세계 안에 갇혀 있거든. 난 거기서 널 끌어내려고 안간힘을 썼고, 타이도 그랬지만 결국 선택은 네 몫이야.

나는 조용히 있을 수 없었다. 무슨 말이라도 하지 않으면, 무슨 일이 일어나고 있는지 그 비밀을 털어놓지 않으면 숨이 막혀 죽을 것같았다.

"사실 네 말은 틀렸어. 그건 내가 아니야."

"딜런, 우리 서로 속이지 말자. 이 문제로 여러 번 얘기했잖아. 넌 꼭 어렸을 때 플러그가 뽑혀버린 라디오 같아. 그 일로 널 비난하거나, 지금 이 모습으로 살아가는 게 문제라고 탓하려는 게 아니야. 하지만 날 속일 수는 없어."

"속이려는 게 아니야, 로스코. 난 네가 생각하는 것과는 다른 사람이라고 말하는 거야. 정확히 말하면, 내가 **실제로** 얼마만큼 깊은 감정을 느낄지 그게 무서워. 너무 쉽게 자제력을 잃거든."

"네가? 자제력을 잃는다고? 너는 살면서 하루도 그런 모습을 보인 적이 없어. 너라는 친구를 내가 꽤 잘 안다고 생각하는데 말이지."

"그게 문제야. 넌 나를 전혀 몰라."

"딜런, 무슨 소리를 하는 거야?"

로스코가 고개를 저었다. "그게 무슨 말이야?"

나는 그의 어깨에 손을 올리고 꽉 쥐었다. 그는 진짜였다. 살아있는 인간이었다. "우선, 넌 살아있어선 안 돼."

∞

한 시간에 걸쳐 그에게 이야기를 들려주었다. 이야기를 마쳤을 때 로스코는 의자에 앉은 채로 꼼짝도 하지 않았다. 그의 숨소리만이 그가 살아있음을 알려주었다. 그는 아무런 표정도 짓지 않았고, 이야기를 듣는 내내 아무 말도 하지 않았다. 사람들은 매일 그에게 자신들이 저지른 최악의 죄를 고백하기 때문에 그는 무표정한 포커페이스로 자신의 감정을 숨겨왔다. 분명 내가 미쳤다고 생각했겠지만 그는 친절하게도 속내를 드러내지 않았다.

"평행 세계." 마침내 그가 중얼거렸다.

"바로 그거야."

"그리고 넌 다른 세계에서 온 거고."

"그래, 맞아." 잠시 후 나는 덧붙였다. "불가능해 보이는 얘기란 걸 알아. 사실 믿어달라고 하는 게 무리한 부탁이지."

로스코는 날 보고 살짝 미소 지었다. 그의 눈길이 제단 쪽으로 흘러갔다. "딜런, 난 예수 그리스도가 죽음에서 부활했다고 믿어. 많은 사람이 불가능하다고 생각하지만 그 사람들의 의심이 내 마음속 믿음을 흔들지는 못하지."

"내가 진실을 말한다고 생각하는 거야?" 내가 물었다.

"내가 어떻게 생각하는지는 중요치 않다는 말이야. 너 스스로 믿느냐가 중요하지. 분명 넌 너에게 특별한 일이 일어나고 있다고 확신하고 있어."

"그래. 어떻게 들릴지 알지만 이건 사실이야."

"글쎄, 내가 말했잖아. 네가 다른 사람 같다고," 그가 나에게 말했다. "그건 분명해. 무언가가 널 크게 변화시켰어. 그게 뭐든."

나는 여전히 내가 하는 말을 증명하고 싶었다. 오른손을 편 다음 손가락에서 은색 반지를 뺐다. "이건 **네가 끼던** 반지야, 로스코. 여기 새겨진 것 보여? 사고 이후로 내가 계속 끼고 다녔지. 난 지금 내가 사는 세계에 대한 진실을 말하고 있는 거야. 난 4년 동안 널 보지 못했어."

로스코는 그 반지를 엄지손가락 끝에 올려놓고 자세히 살펴보았다. "그래, 맞아. 네가 이 반지를 끼고 있는 걸 본 적이 없어."

"그런데?"

"그런데 네가 말하는 다중 세계를 이해하려면 유머 감각이 있어야겠어. 이 세계의 나는 너한테 내기에서 그 반지를 잃었거든. 고등학교를 졸업한 그해 여름에. 그 이후로 네가 반지를 가지고 있었지. 운명은 삶의 사소한 사건들까지도 어떻게든 한데 모으는 힘이 있나 보네."

그가 반지를 돌려주자 나는 고개를 가로저었다. "로스코, 이건 지어낸 얘기가 아니야. **넌 죽었다고.**"

"네가 한 말 들었어. 내가 경찰서에서 보석금 내고 널 빼낸 후에 교통사고가 났다고. 딜런 모런이 술집에서 싸웠다니, 정말 놀랄 일이야. 그런 일을 저지르기엔 넌 지나치게 냉철하고 현실적인 사람인데 말이지. 폭력을 권하는 건 아니지만, 가끔은 자제력을 잃을 수 있다고 생각해도 괜찮을 거 같아."

"그날 밤이 내 인생을 바꿔놨어." 나는 그에게 말했다.

"나도 그렇게 생각해."

"너를 잃었지만, 그 사고로 아내를 만났으니까."

로스코는 턱 앞에서 양손 손가락 끝을 맞댔다. "네가 진정한 사랑을 찾게 도와주고 내가 죽는다는 이야기는 마음에 드는데? 너는 알겠지. 그런 희생이라면 난 망설이지 않았을 거란 걸."

"그건 나도 알아." 그리고는 성당 주변을 둘러봤다. 마치 집으로 돌아온 로스코를 보는 것 같았다. "하지만 이 세계에서 차 사고는 일어나지 않았어. 술집 싸움도 벌어지지 않았고. 나무에 처박혀 구겨진 차도 없었다고. 넌 죽지 않았고, 난 칼리를 만난 적이 없어."

그는 해석하기 힘든 묘한 표정을 지었다. "그랬다고 해도 뭐가 달라졌을지 모르겠다. 넌 첫눈에 반한다는 걸 믿지도 않잖아."

"그건 네가 아는 딜런이야." 나는 강조했다. "내가 아니라고. 난 칼리를 처음 본 순간 사랑에 빠졌어."

"내가 아는 딜런이라." 로스코가 중얼거렸다.

그가 여전히 의구심을 품고 있다는 것을 알 수 있었다. 우리 주위로 밤이 깊어지면서 천장에 매달린 등불이 더 밝게 빛나기 시작했다. 스테인드글라스는 벽에 그림자를 더 길게 드리웠다. 우리 둘뿐이었지만, 주변 환경에 미묘한 변화가 느껴졌다. 마치 어딘가에서 문에 열렸다 닫힌 것처럼 공기가 바뀌었다.

"내 말을 진지하게 받아들이고 있지 않은 거 다 알아." 나는 그에게 말했다.

로스코는 그 자리에 앉아 생각에 잠긴 채로 입술을 꼭 다물었다. "음, 확실히 받아들이기 힘든 얘기긴 해. 일단은 실제로 그런 일이 너한테 일어나고 있다고 가정해 보자고. 너는 다른 딜런 모런이고, 내가 만난 적 없는 사람이라고. 그게 사실이라면 나와 함께 자라온 딜런은 어디에 있어? 이 세계에 있어야 할 딜런 말이야."

"나도 모르겠어."

"어찌 된 일인지 모르지만, 네가 도착하면서 그가 사라진 거야?"

"전혀 모르겠어. 내가 말한 다른 딜런, 연쇄살인범은 내 세계에도 왔었거든. 그래서 네가 아는 딜런이 어디 있는지 이해가 안 돼. 그도 여기 있어야 하는데 이틀째 행방불명 상태야."

"그런 경우라면 그 친구가 좀 걱정되는데."

"그래, 그럴 거야."

"내가 사랑하는 친구야. 가장 친한 친구고. 분명 네가 아는 로스코도 너를 그렇게 생각할 거다."

"그 친구도 그랬어."

로스코는 신도석에서 일어나더니 내가 듣고 싶지 않은 말을 하려는 듯이 날카로운 눈빛을 보냈다. "딜런, 뭐 하나 물어봐도 돼?"

"물론이지."

"만약 네가 말하는 사람이 너라면, **어째서** 여길 찾아온 거지?"

"널 다시 보고 이야기하고 싶었거든. 너라면 내 말을 믿어줄 거라고 생각했어."

"그래, 그건 알겠어. 네가 와서 기쁘기도 하고. 내가 알고 싶은 건, 네가 왜 네 세계가 아니라 이 세계에 있는지야."

"말했잖아. 다른 딜런을 막아야 한다고. 그는 살인마야."

"그건 경찰이 할 일이지. 어느 세계에 가더라도 말이야. 네가 할 일이 아니야."

"경찰은 무슨 일이 벌어지고 있는지 몰라. 전혀 감이 없어. 로스코, 이 다른 딜런은 또다시 살인을 저질렀어. 벳시 컨이라는 여자가 공원에서 살해당했지. 칼리와 꼭 닮은 또 다른 여자가…."

나는 말을 멈췄다.

불안한 마음에 자리에서 일어나, 아치형 천장 아래 길게 뻗은 통로를 왔다 갔다 했다. 내 발소리가 총성처럼 날카롭게 울렸다. 이윽고 지금 무슨 일이 벌어지고 있는지 이해가 갔다. 그리고 내 공포감은 기하급수적으로 증폭되었다. 내 도플갱어가 여기 있었다. 그는 내가 그를 쫓고 있다는 것을 알고 있었다. 벳시 컨을 죽임으로써 나에게 메시지를 보내고 있던 것이다.

"이럴 수가. 그놈이 그녀를 죽일 거야."

"누구 말이야?"

"칼리. 그게 바로 이 모든 일의 목적이야. 그의 계획이라고. 그놈이 그녀를 찾기 전에 막아야 해. 그녀를 구할 수 있는 사람은 나밖에 없어."

로스코는 애처롭다는 듯 고개를 저었다. "네가 하려는 게 그거야? 칼리를 구하는 거?"

"당연하지. 모르겠어? 그녀가 위험에 처한 걸 아는 사람은 나뿐이잖아."

"스스로에게 그렇게 말하고 싶은 마음 이해해. 하지만 그건 너에게 그녀를 다시 만날 수 있는 편리한 구실이 되겠지, 안 그래? 넌 그녀를 다시 만나 널 사랑하게 만들 수 있을 거야. 잃어버린 삶을 되찾을 수도 있고. 그게 네가 정말 원하는 거잖아."

"그런 문제가 아니야."

"아니라고? 딜런, 네 이야기가 사실인지 아닌지는 중요치 않아. 동시에 두 가지 삶을 살 수는 없어. 그렇게 하면 좋을 게 없어. 넌 벌써 사람들에게 상처를 줬는걸. 이 길을 계속 간다면 상황은 더 나빠질 거다. 이 모든 게 사실이라면 지금 당장 '**무한**'이라는 단어를 말하고 집으로 돌아가는 게 최선이야. 각자가 사는 세계만 신경 쓰자."

나는 로스코의 어깨에 손을 올렸다. "그럴 순 없어. 난 다른 세계에서 칼리를 저버렸어. 손도 못 쓰고 그녀를 죽게 내버려 뒀다고. 칼리가 아니라 내가 죽었어야 했는데. 다시는 그녀를 **저버리지 않을 거야**. 이번엔 반드시 내가 그녀를 지킬 거야."

"그건 네가 살던 세계에서 책임질 일이었어." 로스코는 단호한 말투로 대답했다. "여기선 아니야. 이 세계에서 넌 그녀와 아무런 관련이 없어. 칼리가 어디에 있든 그녀만의 삶이 있고 넌 거기 속하지 않아."

로스코는 나를 잘 알았지만, 나 또한 그를 잘 알았다. 그의 얼굴에는 늘 진실이 드러났다.

"세상에. 너 그녀를 아는구나? 칼리를 알고 있어. 그녀가 어디 있는지 안다고."

"그렇지 않아."

"그렇다면 그녀에 관한 무언가라도 알고 있어. 그게 뭐지?"

"이건 잘못된 짓이야. 그냥 포기해."

"로스코, 제발. 말해줘."

내 친구는 다시 신도석에 앉더니 깊은 한숨을 내쉬었다. "쉽사리 포기하지 않을 것 같네. 딜런 모런들은 전부 한결같은 구석이 있어. 내 진심 어린 충고를 모두 무시한다는 거."

나는 초조하게 기다렸다. 하지만 로스코는 서두르지 않았다.

"거의 10년 전쯤, 내가 너한테 소개팅을 시켜줬었어." 그는 말을 이었다. "그건 기억나?"

나는 기억을 떠올렸다. "그래. 네 친구 중에 노스웨스턴대에서 종교학을 전공하는 기혼 친구가 있었지. 추수감사절 저녁에 너희 어머니 집에서 그 친구와 남편을 만났어. 나중에 그녀가 나한테 딱 맞는 친구가 있다고 말했어."

"그녀의 친구와 만났었나?"

"아니, 고맙지만 괜찮다고 했어. 소개팅에는 관심이 없었거든. 그런데 왜?"

"이 세계에서 넌 만나러 갔거든." 로스코가 내게 말했다. "너희 둘이서 어떤 댄스 클럽에 갔는데 그녀는 네가 마음에 들지 않았어. 그냥 끌리지 않았던 거지. 그리고 그렇게 끝났어. 그 이후로 너희 둘은 다시 만나지 않았어. 딜런, 우연일 수도 있지만 지금까지 얘기를 들어보니 네가 사는 세계에서는 단순히 우연으로 사건이 발생하는 것 같지 않네. 그게 말이지, 시간이 많이 흘렀는데도 내가 그 여자 이름을 아직도 기억해. 그 여자 이름은 칼리였어."

18장

나는 칼리의 부모님 집이 있는 도시 북쪽으로 차를 몰고 갔다. 윌메트의 고급 주택가에 도착했지만 그들이 여기에 살았던 흔적은 전혀 없었다. 저택 뒤편에는 사고 후 칼리가 나를 돌보며 건강을 되찾게 해준 인형집도 없었다. 저택 자체는 그대로였지만 더 이상 수잔나 챈스가 세운 부동산 제국의 증거는 아니었다. 현관문을 열어준 여자는 처음 보는 사람이었다. 그녀는 챈스 가족에 대해 들어본 적도 없고 1980년대부터 이 집을 소유했다고 했다.

휴대전화로 검색해 보니 챈스 프로퍼티는 존재하지 않는 회사였다. 사실 그런 회사가 있었다는 어떠한 자취도 찾아볼 수 없었다. 칼리의 어머니는 무슨 일을 했는지 모르지만 지역 부동산 시장에는 존재하지 않는 사람이었다. 칼리를 직접 검색해 봐도 전국에 있는 칼리라는 이름의 다른 여자들만 나올 뿐 내가 찾는 칼리를 찾을 단서는 찾을 수 없었다. 그녀가 어디에 살고 무슨 일을 하는지, 심지어 아직 시카고에 있는지도 알 수 없었다. 사실 칼리 챈스가 이 세상에 실제로 존재하는지조차 알 길이 없었다. 10년 전에 나와 소개팅을 했던 사람은 단지 이름이 같은 다른 사람이었을 지도 모른다.

하지만 나는 그렇게 생각하지 않았다. 로스코의 말이 맞다고 생각했다. 서로 다른 세계에서도 운명은 우리의 삶을 한데 모으는 힘이 있다는 말.

결국 나는 로스코의 친구 사라에게 전화를 걸었다. 그녀는 로스코와 노스웨스턴대 동문으로, 칼리와의 만남을 처음 제안했던 인물이었다. 지금은 일리노이주 엘긴에서 자녀를 학교에 보내지 않고 직접 가르치고 있었다. 그녀의 번호를 누르면서 거의 10년 전에 단 한번 비참한 데이트를 했던 여자를 찾으려는 이유를 어떻게 설명해야 할지 고민했다. 사실대로 말하는 건 분명 적절치 않았다.

사라가 전화를 받았고 우리는 짧게 인사를 주고받았다. 공통점이라고는 로스코밖에 없었기 때문에 우리는 그와 그의 교구 활동에 대해 몇 분 정도 이야기를 나눴다. 이야깃거리가 떨어지자 나는 전화를 건 이유를 설명했다. 그녀가 내 거짓말을 믿길 바라면서.

"사라, 이건 순전히 우연히 생긴 일이야. 네가 도와줄 수 있을지 모르겠는데 물어볼 데가 너밖에 없어서. 난 라살 플라자 호텔에서 이벤트 매니저로 일하는데, 오늘 내 비서가 칼리 챈스라는 여자에게서 전화를 받았나 봐. 내년 봄에 있을 행사를 위해 우리 연회장을 예약하고 싶다고 했대. 안타깝게도 내 비서가 전화번호를 잘못 받아적었는지 전화 연결이 안 돼서 말이야. 그런데 오래전에 네가 칼리 챈스라는 여자와 소개팅을 주선해 준 기억이 났어. 같은 사람인지는 모르겠지만 너한테 한번 물어보기나 하는 거야. 아직 그녀와 연락하고 지낸다면, 혹시 내가 그녀에게 연락할 방법을 알려줄 수 있을까?"

사라는 별 의심 없이 내 이야기를 믿었지만 그녀에게서 얻을 수 있는 정보는 많지 않았다. "미안해, 딜런. 칼리와는 대학 졸업 후에 연락이 끊겼어. 몇 년 동안 연락을 안 해서 그 애에게 연락할 방법을 모르겠네."

"괜찮아. 그럴 수 있지. 그런데 내가 그 친구 이름을 제대로 기억하는 건 맞지? 칼리 챈스."

"그래, 그 이름이 맞아."

"그 친구가 졸업 후에도 시카고에 있었는지는 아니?"

"음, 내 기억이 맞다면, 칼리는 노스웨스턴대에서 영문학 전공으로 대학원 공부를 계속할 계획이었어. 그렇게 했는지는 모르지만 한번 대학에 문의해 봐. 그 애를 찾을 방법을 알 수도 있을 거야."

"고마워, 사라. 이제 그만 끊을게. 로스코가 안부 전해달래."

나는 전화를 끊었다. 이번에는 칼리 챈스라는 이름에 **노스웨스턴**이라는 단어를 추가해 인터넷으로 검색을 했다. 그 결과 그녀에 대한 기록을 찾았을 뿐만 아니라 그녀가 노스웨스턴대에서 신임 교수로 재직 중이라는 사실을 알게 되었다. 사실 칼리가 영문학을 가르친다는 것은 나에게 그리 놀라운 일은 아니었다. 그녀의 아버지는 시인이자 고등학교 교사였고, 이 세계에서 그녀는 어머니가 아닌 아버지의 발자취를 따르기로 한 것 같았다.

온라인에 게재된 약력에는 사진이 없었지만 학교 웹사이트에는 그녀의 사무실 위치가 대학회관 3층이라고 나와 있었다. 그곳은 내가 있는 곳에서 불과 5분 거리였다.

캠퍼스로 차를 몰고 가는 동안 심장이 요동치는 게 느껴졌다. 늦은 시간이었지만 이렇게 가까이에 있는데 내일까지 기다릴 수 없었다. 내 본능에 따르면 그녀는 분명 칼리였다. 나의 칼리, 나의 아내. 그녀는 이곳에서 다른 삶을 살고 있었고 듣기로는 다른 사람과 결혼한 상태였다. 우리가 이 세계에서 만났던 단 한 번의 만남은 그 끝이 좋지 않았다. 하지만 그런 것들은 중요하지 않았다. 나는 그녀를 다시 만나야 했다.

밤이라 주차하기가 수월했다. 나는 시카고대로를 따라 셰리던가 방향으로 걸어갔는데, 빨간색 얇은 셔츠만 걸친 터라 몸이 살짝 떨려왔다. 호수 바람이 차가워진 탓이었다. 대학의 고요한 석조 건물들이 나를 둘러싸고 있었다. 캠퍼스 한가운데로 이어지는 검은 아치 아래를 지나자 정면에 학생 회관의 시계 탑이 보였다. 가까이 다가갈수록 숨쉬기가 힘들어졌다. 그녀를 잠시라도 볼 수 있다면 내 삶을 조금이라도 되찾을 수 있을 것만 같았다.

흰색의 거친 돌로 지어진 건물의 문은 열려 있었다. 안에서는 목소리들이 희미하게 들려왔다. 근처 어딘가 흡연 금지 구역에서 매캐한 담배 냄새가 풍겼다. 나는 앞에 있는 건물 계단을 따라 3층으로 올라갔다. 복도를 따라 길게 늘어선 사무실들을 지나쳤다. 몇몇 사무실은 문이 열려 있었는데, 교직원 두어 명이 키보드를 두드리는 중이었다. 그 외에 복도는 텅 비어 있었고 미술관처럼 조용했다.

그녀의 온라인 약력에 적힌 방 번호를 발견했다. 문은 잠겨 있었고, 안을 들여다볼 수 있는 창문도 없었다. 하지만 그녀의 이름이 있었다. 칼리 챈스. 문에 사진이 붙어 있지는 않았지만 분명 그녀였다. 게시판에는 손 글씨로 쓴 근무 시간표가 핀으로 고정되어 있었는데 그것은 칼리의 필체가 틀림없었다. 나는 그녀를 찾았다. 그녀는 매일 이 복도를 오가며 이 문 너머에서 일했다. 몰래 방에 침입해 그 안의 냄새를 맡고 싶다는 생각이 들었다. 칼리의 향기가 날 것만 같았다.

"도와드릴까요?"

뒤를 돌아보니 체구가 작은 인도 남자가 빨간 안경 너머로 나를 수상쩍게 바라보고 있었다. 그는 좀 전에 사무실에서 일하고 있는 것을 봤던 교직원 중 한 명이었다.

나는 점점 거짓말에 익숙해지고 있었다. "아, 여기서 칼리를 만나기로 했는데, 아무래도 서로 약속 시각을 헷갈린 것 같아요. 문자 메시지를 보내 봤지만 전달이 안 되네요."

"학생이신가요?" 내가 분명 학생 같아 보이지 않을 텐데도 남자는 물었다.

"아뇨, 아닙니다. 저는 사촌이에요. 시애틀에서 사업차 왔다가 늦은 저녁을 먹으러 가기로 했죠. 혹시 칼리를 아시나요?"

"그럼요."

나는 세상이 그렇게 크게 변하지는 않았을 거라고 믿고 모험을 걸었다.

"칼리를 정말 만나고 싶었거든요." 나는 이야기를 지어내기 시작했다. "이런 식으로 불쑥 찾아오는 편이 아닌데. 그녀의 아버지는 제가 가장 좋아하는 삼촌이죠. 피는 못 속이나 봐요. 톰도 선생님이고 칼리도 교수인 걸 보면요. 톰의 시도 정말 좋아했어요. 칼리 가족이 크리스마스 저녁 식사를 하러 시애틀에 올 때면 톰이 낭독해 주는 시를 듣는 걸 참 좋아했죠."

그 교직원은 눈에 띄게 긴장을 늦춘 모습이었다. 그는 동료에 대해 방어적인 태도를 보였지만, 나는 그녀의 가족 이야기를 함으로써 시험을 통과했다. "맞아요, 톰은 뛰어난 시인이죠. 물론 칼리도 그렇고요."

"네, 정말 재능이 뛰어나죠."

"엄청난 트라우마를 겪으면 그런 면이 발휘되기도 하니까요." 그가 덧붙였다.

나는 깜짝 놀라서 말을 더듬었다. "그렇죠."

트라우마.

그 단어를 듣자 덜컥 겁이 났다. 그리고 무슨 뜻인지 궁금해졌다. 그는 내가 칼리에 대해 무언가를 알고 있다고 생각하는 듯했다. 하지만 나는 당연히 아무것도 몰랐다. 무언가 끔찍한 일이었음이 틀림없었다. 말할수록 내가 칼리를 실제로 알지 못한다는 사실이 분명해질 것을 깨달았다.

"그럼 이제 호텔로 돌아가는 수밖에 없네요." 내가 말했다. "대화 즐거웠어요. 칼리를 못 만나서 아쉽지만요. 그녀가 휴대전화를 확인하고 곧 전화하겠죠."

"그게 말이죠, 칼리는 근처에 살아요. 굿리치 교수 대표거든요."

"굿리치요? 기숙사 중 한 곳인가요?"

"네, 셰리던가를 따라 몇 분만 걸어 올라가면 있어요. 거기 가서 아무 학생에게나 얘기하면 당신이 왔다고 그녀에게 알려줄 겁니다."

"그렇게 할게요. 정말 고마워요."

나는 건물을 빠져나와 다시 거리로 나섰다. 나무 사이로 바람이 몰아쳤고, 나는 주머니에 손을 찔러넣은 채로 북쪽으로 이어지는 보도를 따라 걸었다. 칼리가 가까이에 있다는 생각에 설레긴 했지만, 한편으로는 불편한 진실을 마주하고 있기도 했다. 나는 내가 알지 못하는 사람을 찾고 있었다. 그것도 과거에 암울한 일을, 어떤 트라우마를 겪은 낯선 사람을 찾고 있었다.

칼리가 날 알고 있을 거라는 생각을 떨쳐버릴 수 없었다. 그녀를 만나면 그녀는 내 아내가 되어 날 사랑할 것만 같았다. 하지만 그것은 터무니없는 생각이었다. 몇 년 전 끔찍한 소개팅으로 딱 한 번 만났던 남자가 집 앞에 나타난다면 그녀는 내가 왜 거기 왔고 무엇을 원하는지 의아해할 것이다.

내가 원하는 건 과연 뭘까?

솔직히 나는 머릿속이 새하얘졌다. 그녀를 보호해야 했지만, 실제 내가 어떻게 그녀에게 위험을 경고해야 할지 감이 잡히지 않았다.

기숙사 건물에 도착한 나는 골목에서 머뭇거렸다. 건물 내부에는 불이 몇 개 켜져 있었다. 열린 커튼 사이로 여름 프로그램에 참여하는 학생들 여러 명이 보였고 창문 너머로 음악 소리가 흘러나왔다. 여기 계속 있을지, 아니면 그냥 발걸음을 돌려야 할지 고민했다. 그녀를 만난다면 뭐라고 말을 해야 할까?

그러던 중 멀지 않은 곳에서 문이 열렸다. 한 여자가 기숙사 안에서 나와 잠시 조명 아래에 머물렀다가 뒤쪽 정원으로 걸어갔다. 그녀의 모습이 아주 잠깐만 시야에 들어와서 금발 머리와 턱의 곡선만 볼 수 있었다.

여자는 칼리와 닮았지만 확신할 수 없었다. 여자가 칼리이길 바랐던 마음 때문에 그렇게 보였을 수도 있었다.

그런데도 나는 그녀를 쫓아갔다. 골목을 따라 건물 뒤편으로 가니, 기숙사 여러 동과 남학생 사교 클럽들이 모여 일종의 정사각 안뜰을 이루고 있었다. 이곳은 어둠이 너무 짙어 앞이 보이지 않았다.

잔디밭에 빽빽이 들어선 나무들이 시야를 가로막았다. 담쟁이덩굴로 뒤덮인 벽이 자갈길과 맞닿아 있었다. 칼리는 보이지 않았지만 멀리 가지는 못했을 것이다. 돌길에 하이힐이 부딪히는 소리가 들렸지만 담벼락 사이에서 소리가 울리는 바람에 그녀가 어디에 있는지 분간하기 어려웠다.

출입구에 그리스 문자가 새겨진 건물 옆을 지나갔다. 뒷문 근처에 있는 자전거 거치대는 자전거로 꽉 차 있었고, 열린 창문 하나에서는 대마초 냄새가 났다. 무성하게 자란 산울타리 옆에 멈춰 서서 다시 귀를 기울였지만 이번에는 발걸음 소리가 들리지 않았다. 그러다 잔디밭 저편에서 가로등 불빛 아래를 지나가는 그녀의 금발 머리가 반짝이는 것을 보았다. 그녀는 두 건물 사이의 좁은 통로로 사라졌다. 나는 방향을 바꿔 나무 사이를 헤집으며 그녀를 뒤쫓아 갔다. 젖은 잔디 위를 서둘러 걸어가는데 땅 쪽으로 낮게 늘어진 나뭇가지들이 얼굴을 스쳤다.

잔디밭을 반쯤 가로질렀을 때, 나는 멈춰 섰다.

한줄기 공포가 내 몸을 관통했다. 두툼한 느릅나무 몸통에서 실루엣 하나가 떨어져 나오는 광경이 펼쳐졌다. 한 남자였다. 잔디밭 가장자리의 가로등 기둥 옆에 선 그는 어두운 그림자 형상처럼 보였다. 하지만 나는 그의 몸 윤곽을 알아볼 수 있었다. 평생 사진에서 보아온 내 모습이었기 때문이었다. 나처럼 작고 마른 체구에 부스스한 웨이브 머리. 그건 나였다. 그리고 그놈이었다. 그는 단호한 걸음걸이로 금발 여자를 뒤쫓았고, 가로등 불빛 아래를 걸어갈 때 그가 입은 재킷의 가죽이 오염된 것이 보였다. 아버지의 재킷이었다. 그의 손에는 무언가 반짝이는 금속성 물질도 들려있었다.

칼이었다.

그는 칼을 쥐고 있었다.

나는 달려보려 했지만 발밑의 미끄러운 진흙 때문에 속도가 나지 않았다. 건물 사이 통로에 도착했을 때 그곳엔 아무도 없었다. 반대편으로 빠르게 뛰어가 보니 네 개의 보도가 만나는 교차로가 나왔다. 담쟁이덩굴로 뒤덮인 벽에 둘러싸여 수목이 우거진 곳이었다. 도플갱어는 사라졌다. 칼리도 보이지 않았다.

칼리였을까?

나는 또다시 그녀를 잃게 되는 걸까?

어느 방향으로 가야 할지 몰랐다. 왼쪽, 오른쪽, 아니면 직진? 앞에 보이는 두 건물 사이의 아치형 통로 아래로 자갈길이 이어졌고 나는 그 길을 달려갔다. 도착한 곳은 사방에 벽돌 벽이 솟아 있는 또 다른 어두컴컴한 광장이었다. 나뭇가지가 서로 부딪히는 소리 외에는 적막만이 흐를 뿐이었다. 아무런 인기척이 없자 나는 다시 발걸음을 돌렸다.

바로 내 뒤에 그녀가 있었다. 나를 똑바로 바라보며.

금발 단발머리를 한, 탄탄한 몸매에 젊고 매력적인 여자였다. 하지만 칼리는 아니었다. 비슷하게 생겼어도 완전히 다른 사람이었다. 그녀는 손에 든 작은 금속 용기를 내 얼굴 쪽으로 들이밀었다.

"꼼짝 마, 이 개자식아. 이건 후추 스프레이야. 한 발짝이라도 움직이면 뿌려버릴 거야. 당신이 바닥에 쓰러져 숨도 못 쉬고 괴로워하는 동안 내가 흠씬 두들겨 패줄 테니까. 알겠어?"

나는 뒤로 물러나 양손을 들었다. "아, 미안해요. 누가 당신 뒤를 따라가는 걸 보고 도와주려고 했던 거예요."

"그래, 당신이 날 따라오고 있었지. 하지만 이젠 끝났어. 지금 보안 요원을 부를 거야. 캠퍼스에서 여자들을 스토킹하는 이유를 설명하고 싶은 게 아니라면 당장 꺼져서 다신 얼씬도 하지 않는 게 좋을 거야."

그녀는 나에게서 눈을 떼지 않았다. 여전히 후추 스프레이를 쏠 태세로 가장 가까운 건물 입구로 물러나더니 안으로 사라졌다. 나는 캠퍼스 보안 요원이 도착했을 때 눈에 띄고 싶지 않았기 때문에 왔던 길로 재빨리 돌아갔다.

하지만 셰리던가로 이어지는 골목에 이르렀을 때, 나는 발걸음을 멈췄다.

눈에 띄는 사람은 아무도 없었지만 어둠 속에는 숨을 곳이 많았다.

나는 그가 나타날지 지켜봤지만 그는 모습을 드러내지 않았다. 그런데도 나는 그가 여기 있다는 것을 알고 있었다. 우리 둘의 마음은 연결되어 있었고, 어둠 속에서 그가 나를 지켜보고 있다는 걸 느낄 수 있었다. 오늘 밤 나는 그를 제지했지만 이것이 끝은 아니었다. 우리 둘 다 상황의 심각성을 인식하고 있었다.

그는 이 세계에서 칼리를 찾아 헤매고 있었다.

내가 먼저 그녀를 찾아야 했다.

∞

자정이 지나서야 마침내 나는 리버 파크 근처의 아파트로 돌아왔다. 달리 갈 곳이 없었다. 내가 나간 동안 원래 이 집에 사는 딜런이 돌아왔을지도 모른다는 생각이 들었지만, 그 정도 위험은 감수해야 했기에 그냥 집으로 들어섰다. 창문을 통해 들어오는 달빛 덕분에 앞이 충분히 보였다. 침실로 가보니 타이가 혼자 침대에 누워 있었다. 피곤함이 몰려온 나는 옷을 벗고 이불 속으로 들어가 그녀 옆에 자리를 잡았다. 등을 돌리고 누운 타이가 고르게 숨 쉬고 있었다. 내가 집에 도착한 소리를 들었을 테니 그녀는 잠에서 깼을 게 분명했다. 나는 옆으로 돌아 누웠고 방은 조용했다. "어디 갔었어?" 침대 반대편에서 타이가 부드러운 목소리로 물었다.

"말했잖아. 로스코를 만나러 간다고."

"몇 시간 전에 성당에서 나갔다던데. 로스코에게 전화해 봤어. 어디 갔던 거야?"

"드라이브 좀 했어."

바로 옆에서 타이가 돌아누웠다. 우리는 눈이 마주쳤다. 그녀의 긴 머리가 베개 위로 흘러내렸다. 이불이 흘러내리는 바람에 그녀의 맨 어깨와 가슴이 보였다.

"나한테 숨기는 게 뭐야?" 그녀가 물었다.

"그런 거 없어."

그녀는 한동안 침묵을 지키며 나를 바라보았다. "당신이 무사해서 다행이야. 당신이 없는 이틀은 지옥 같았거든. 얼마나 걱정했는지 몰라."

"나도 알지."

"이번 주말에 여행이나 갈까? 차를 몰고 제네바 호수에 간 다음 작은 민박집을 찾아보는 거야."

"그건 힘들어."

"아, 그래. 됐어."

그녀의 실망한 목소리를 듣고, 나는 냉정한 말투로 말한 것을 후회했다. 그녀가 그런 대우를 받을 이유는 없었다. 자신이 다른 남자와 함께 침대에 누워 있다는 사실을 그녀가 알 리 없었다. "타이, 미안해."

그녀는 가까이 다가와 입을 맞췄다. "있잖아, 뭐가 고장 났는지 모르면 고칠 수가 없어."

"이미 말했잖아. 당신 때문이 아니라고. 나 때문이야. 전부 내 문제야."

그녀는 계속 나에게 키스했다. 내 입술과 턱, 눈에도 입을 맞췄다. 그녀의 단단한 유두가 내 가슴에 닿았고 긴 머리카락이 내 피부를 쓰다듬었다. 그녀의 손이 내 다리 사이로 미끄러져 들어가더니 아랫도리를 자극하기 시작했다.

"타이, 오늘 밤은 이럴 때가 아닌 것 같아."

"상관없어."

그녀의 손놀림이 점점 더 다급해졌다. 그녀는 손톱으로 천천히 부드럽게 내 물건을 어루만졌고, 내 몸은 의지와는 달리 그녀의 손길에 반응했다. 기분이 좋긴 했지만 내 몸과 마음은 전혀 다른 곳에 있었다. 처음으로 칼리가 내 몸을 만졌던 순간이 떠올랐다. 아직 깁스를 하고 거의 움직이지 못하는 상태로 인형집 침대에 누워 있을 때였다. 칼리가 스펀지로 내 몸을 씻어주었는데 내 몸이 너무나도 눈에 띄게 반응하는 바람에 그 어색함을 풀려고 우리는 농담을 주고받았다. 농담이 다 떨어지자 그녀는 키득거리며 말했다. "에라 모르겠다." 그리고 그녀는 내 인생 최고로 절정을 느끼게 해주었다.

그 기억을 떠올리고 있을 때 타이가 내 어깨를 잡았다. "당신이랑

하고 싶어."

나는 그녀를 멈춰야 했지만 그렇게 하지 않았다. 나는 몸을 뒤집어 그녀의 위로 갔고, 그녀는 다리를 넓게 벌리며 나를 안아주었다. 그녀는 약간의 소리를 내며 미소를 지었다. 나는 느리게 움직이며 뜨겁게 반응하는 그녀를 느꼈고, 그 순간에 완전히 몸을 맡기려고 노력했다. 이 순간의 즐거움을 누리려고 했지만, 그녀가 날 어루만지고 신음을 낼 때마다 우리는 서로의 몸에 대해 아는 바가 없다고 느껴졌다. 아래에서 바라본 그녀의 얼굴이 칼리의 얼굴이 아니라는 것이 잘못된 것처럼 느껴졌다. 마치 내가 둘을 동시에 배신하는 것처럼. 진짜 나의 아내와 사랑을 나누는 것을 계속 꿈꾸었지만 이 사람은 그녀가 아니었다. 나는 빨리 끝내려고 했으나 절정에 도달하려고 노력할수록 내 몸은 나를 배신했다. 흥분은 사라졌다. 타이는 나를 되살리려고 다리로 나를 꽉 껴안았다. 하지만 더 이상은 할 수 없었다.

나는 그녀에게서 빠져나와 등을 대고 누웠다. "미안해."

"왜 이러는 건데?"

"머릿속이 복잡해서."

"그러니까 말해봐. 나한테 털어놓으라고."

"어디서부터 말해야 할지도 모르겠어."

그녀는 천장을 바라보며 희미한 불빛 아래 눈물을 흘렸다. "당신은 항상 멀게만 느껴졌어. 그걸 탓한 적은 없어. 그래도 난 우리 사이가 좋아지고 있다고 생각했어. 당신이 날 사랑하는 법을 배우고 있는 거라고 말이야. 하지만 당신은 거꾸로 가고 있네."

"나도 알아."

"이대로는 안 되겠어." 타이가 말했다. "당신한테는 문제가 있어. 나한테 말하지 않을 거면 로스코나 정신과 의사를 만나봐. 당신은 도움이 필요하다고. 자기야, 제발."

타이는 나에게 손을 내밀었지만 나는 손을 떼어냈다. 온몸이 땀으로 흠뻑 젖었고 심장은 여전히 빠르게 뛰고 있었다. 나는 타이에게 아무 말도 하지 않았지만 그녀 말이 옳았다. 나는 도움이 필요했고, 내가 겪고 있는 상황을 이해해 줄 수 있는 사람은 딱 한 명밖에 떠오르지 않았다.

이브 브라이어를 찾아야 했다.

19장

동이 트기 전에 잠에서 깼다. 타이는 아직 자고 있었다. 아니면 나를 상대하기 싫어서 잠든 척하고 있는 걸 수도 있었다. 나는 침대에서 일어나 타이를 조용히 바라보았다. 밤새 우리 사이에서 일어난 일 때문에 죄책감이 들었다. 그녀를 깨워서 모든 걸 털어놓고 싶은 충동이 일었지만 나는 기다렸다. 내가 침묵함으로써 그녀를 지키고 있는 거라고, 어떻게든 나 자신을 설득했다.

나는 어둠 속에서 샤워를 했다. 흘러나오는 물줄기를 맞자마자 나는 강에 빠졌던 그때로 돌아갔다. 어느 세계에 있든지 그 무력감은 나를 떠나지 않았다. 나는 좁은 곳에 갇힌 듯한 느낌을 겨우 참아가며 샤워를 마치고 방으로 돌아와 옷을 입기 시작했다. 이 딜런의 옷장에는 내 취향에 맞는 옷이 별로 없었다. 그가 미술관에서 나갈 때 입고 있던 재킷을 찾았지만 그런 옷은 걸려 있지 않았다. 대신 내 기준에서 가장 무난한 패턴의 셔츠와 다커스 면바지를 골라 입었다.

시내로 가기에는 너무 이른 시간이었기 때문에 우선 공원 산책로를 걸으며 머리를 식혔다. 탁 트인 잔디밭을 가로질러 정글짐과 커뮤니티 수영장을 지나자 시카고 강둑을 따라 이어지는 길에 도착했다.

길게 돋아난 잡초와 토끼풀은 울창한 나무숲을 만나는 곳에서 끊겼다. 그 나무들에 가려 물 위의 가파른 경사면으로 출입을 금지하는 울타리가 보이지 않았다. 길은 적어도 40미터 이상 경찰 테이프로 막혀 있었다. 나는 그 이유를 알고 있었다. 벳시 컨이 가슴에 칼이 꽂힌 채로 이 근처 덤불 속에서 발견되었기 때문이다. 그녀는 다중 세계를 가로지르는 연쇄 살인의 가장 최근 피해자였다.

나는 강을 따라 북쪽으로 걸었다. 전방의 길은 포스터대로 아래로 내려가며 교차했다. 그곳의 돌벽과 다리의 철제 대들보는 지저분한 낙서로 가득했다. 나는 칙칙하게 녹조가 낀 강물 옆을 걸었다. 다리를 지나 산책로는 새로운 공원 구역으로 이어졌다. 그때쯤 지평선이 밝아오고 있었지만 어스름한 어둠 속에서 산책로의 조명은 아직 켜져 있었다.

나는 인도까지 가지를 늘어뜨린 수양버들나무 아래를 지나갔다. 그때, 어디선가 커다란 쥐 한 마리가 나타나 내 발을 밟고 쏜살같이 지나가더니 물 근처 울창한 덤불 속으로 사라졌다. 강변에서 흔히 볼 수 있는 광경이었지만, 쥐를 보는 순간 나는 얼어붙었다. 계속 발 아래를 보고 있는데 가로등 불빛을 반사해 반짝이는 작은 금색 물체 하나가 눈에 띄었다. 호기심이 생긴 나는 쪼그리고 앉아 손가락으로 진흙을 털어내며 그게 무엇인지 확인했다.

발견한 것은 브라스 버튼[19]이었다. 나는 단추를 주워서 문질러 닦은 다음 손에 올려놓고 휴대전화 손전등으로 그것을 비춰보았

---

19 놋쇠로 만들거나 놋쇠처럼 보이게 도금한 단추로, 주로 군복이나 학생복 따위의 단체복에 쓰인다.

다. 작은 왕관과 방패가 그려진 휘장이 새겨져 있었고, 그 아래에는 HSM이라는 머리글자가 적혀 있었다. 나는 그 머리글자가 하트 샤프너 막스Hart Schaffner Marx를 의미한다는 것을 알고 있었다. 내가 어제 입었던 남색 재킷의 브랜드 이름이었고 내 코트 소맷단에도 같은 단추가 달려있었기 때문이다.

이곳에 살던 딜런, 타이의 남편도 같은 재킷을 가지고 있었다. 나는 이것이 단지 우연만은 아닐 것 같았다.

나는 쥐가 사라진 어두운 강둑을 바라보았다. 이곳은 산책로 옆으로 잡초가 유난히 높게 자라 있었다. 촘촘히 들어찬 덤불과 나무들 사이로는 강둑의 녹슨 울타리조차 보이지 않았다. 나는 길을 위아래로 훑어보며 누가 없는지 확인하고는 잡초 속으로 뛰어들었다. 울타리에 도착해 보니 굳이 기어 올라갈 필요가 없었다. 기둥에서 잘려 나간 철망 덕분에 건너편으로 비집고 들어갈 수 있는 틈이 나 있었다. 경사면 아래 강물은 불과 몇 미터밖에 떨어져 있지 않았다. 빽빽하게 서로 엉킨 녹색 나뭇가지들이 물 위로 기울어져 있었다. 낮게 흐르는 물살 소리가 들려왔다. 새들은 나에게 경고라도 하듯이 큰 소리로 재잘거렸다.

이곳은 여전히 어둡고 깊은 밤이었다. 나는 다시 휴대전화를 꺼내 작게나마 내 주변의 숲을 밝혔다. 수많은 곤충이 그 빛을 향해 날아들었다. 불빛을 땅으로 돌리자 쥐 대여섯 마리가 무언가를 먹다가 흩어졌다. 쥐들이 파먹다 남긴 것을 보자 나는 속이 뒤틀렸다. 구토하고 싶은 충동을 꾹 참았다. 지그시 눈을 감고 심호흡을 몇 번 했다. 그런 다음 마음을 단단히 먹고 아래를 내려다봤다.

시체였다.

얼굴이 없는 시체였다. 쥐들이 시체의 남은 부분을 먹어 치웠거나, 누군가 삽이나 몽둥이로 남자의 얼굴을 무참히 뭉개버린 것 같았다. 신원을 전혀 알아볼 수 없었지만 남자는 내 것과 똑같은 하트 샤프너 막스의 남색 재킷을 입고 있었다. 소맷자락을 들춰보니 단추가 하나 빠져 있었는데, 소매 밑으로도 없는 것이 또 있었다. 손이 잘려 나간 상태였다. 확인해 보니 다른 손도 없었다.

지문이 없었다.

죽은 나를 바라보는 기분은 섬뜩했다. 이 남자가 딜런 모런이라는 것을 알았기 때문이었다. 타이와 살던 딜런 모런은 결코 그녀에게 돌아갈 수 없었다. 현재 상태로는 아무도 그의 신원을 알아볼 리가 없었다. 그것도 쥐들이 그의 뼈까지 다 갉아 먹기 전에 시신이 발견된다고 가정할 때 얘기였다. 시체는 그냥 분해되어 흙 속으로 사라지게 될 수도 있었다.

그래서 난 어떻게 했을까? 아무 짓도 하지 않았다.

그를 거기 그대로 두었다. 경찰에 신고할 생각도 전혀 없었다.

근처에 아무도 없는지 확인하고 나서 다시 울타리를 빠져나와 집으로 향했다. 그의 집 말이다. 딜런 모런은 실종된 게 아니었기 때문에 아무도 그를 찾지 않을 것이고, 시체가 그일 거라고 의문을 품을 사람도 없을 것이다. 내가 그의 자리에 있었으므로. 그는 분명 그가 있어야 할 자리에 있는 것이었다.

이 모든 게 의미하는 것에 대해 기묘하면서도 혼란스러운 깨달음을 얻었다.

내가 원한다면 이 남자의 인생은 내 것이 될 수 있었다.

이브 브라이어가 일찍이 경고했었다. **머물고 싶은 유혹이 들 수도 있다고.**

로스코도 똑같은 걱정을 했었다. 둘의 말이 맞았다.

살인자를 막으러 이 세계에 왔지만, 막상 와보니 궁금한 게 생겼다. 정말 칼리를 찾을 수 있다면 어떨까?

우리가 다시 함께할 수 있을까?

내가 잃었던 것을 되찾을 수 있을까?

그러고 싶지 않다고 말하면 거짓말이겠지만, 다른 딜런 모런의 썩어가는 시신을 앞에 두고 내 삶을 되찾으려 하니 기분이 좋지 않았다.

난 어떻게 해야 할지 몰랐다. 이브의 도움이 필요했다. 다중 세계에 대해 더 알아보고, 이곳에 남는다면 나에게 무슨 일이 일어날지 알아야 했다.

처음 만났을 때 그녀는 내게 명함을 주었다. 그 명함에는 시카고 사람들이 항상 핸콕 센터라 부르는, 위로 갈수록 점점 좁아지는 검은색 타워에 있는 그녀의 사무실 주소가 적혀 있었다. 그녀는 정신과 의사로서 매그니피센트 마일[20]에 단독 공간을 마련할 정도로 돈을 잘 벌었다.

나는 시내로 차를 몰고 가서 몇 블록 떨어진 곳에 주차한 다음, 미시간대로의 혼잡한 아침 출근길에 합류했다. 내가 사는 세계에서

---

[20] 시카고의 대표적인 쇼핑거리로 화려하고 다양한 쇼핑센터와 상점이 들어서 있다.

아무것도 변하지 않은 것처럼 이곳에 있는 게 평범하게 느껴졌다. 내가 점심을 먹으러 자주 가는 식당에 가면 사람들이 나를 알아볼 것만 같았다. 라살 플라자 호텔 사무실로 걸어 들어가 일을 해도 아무도 이상하게 여기지 않을 것 같았다.

여기는 딜런 모런이 사는 시카고였다.

수많은 다른 통근자들과 함께 체스트넛가로 난 문을 통해 건물 내부에 들어갔다. 로비에 들어서자 나는 그 공간을 지배하는 조형물에 넋을 잃었다. '루센트'라는 이름의 이 작품은 수천 개의 블루라이트 전구를 이용해 제작한 구체로, 밤하늘의 별을 본떠 만든 것이었다. 그 위에는 거울로 된 천장이 있고 아래에는 검은 물웅덩이가 있었는데, 끝없이 반사되는 빛이 마치 내가 갇혀 있는 평행 세계를 떠올리게 했다. 이것이 왠지 우연이 아닌 듯했다. 이브가 이곳을 선택한 데는 어떤 이유가 있었을 것 같았다. 마치 환자의 마음을 무한한 가능성으로 열어주는 첫 번째 단계라고 해야 할까. 그러기 위해 이 예술 작품을 활용하려는 것처럼 말이다.

보안 데스크의 경비원에게 내 이름과 29층에 있는 이브의 사무실 호수를 알려줬다. 그가 키보드를 두드리는 동안 나는 그녀에게 무슨 말을 해야 할지 생각했다. 내가 알기론 우리는 이 세계에서 서로 모르는 사이지만 그녀는 나의 동맹자이자 나와 같은 음모를 꾸미는 사람이었다. 나를 이곳으로 인도한 사람이니 앞으로 어떻게 해야 할지 결정하는 데 도움을 줄 수 있을 것 같았다.

"선생님?"

경비원의 말에 나는 생각을 멈췄다. 그는 미간을 찌푸리고 있었다.

"죄송합니다만, 그 사무실은 이브 브라이어라는 사람 이름으로

등록되어 있지 않습니다."

나는 그의 말에 집중하려고 했다. "그럼 그 장소는 누가 쓰고 있죠? 그녀는 큰 병원 내에서 일부만 쓰고 있는 걸지도 몰라요."

"사실 지금 그 사무실은 아무도 쓰고 있지 않습니다." 그가 대답했다. "공실이에요."

"얼마나 오래 비어 있었는지 아시나요?"

"거의 1년 가까이요."

"이브 브라이어가 이전 세입자였나요?" 내가 물었다. "혹시 이사했을 수도 있나요?"

"저희 기록에 따르면 그렇지 않습니다. 이름을 조회해 봤는데 건물 내 어떤 공간에도 이브 브라이어라는 이름은 없어요. 있었던 것 같지도 않고요. 죄송합니다만 그런 사람은 여기 없습니다."

나는 그에게 감사를 표하고 자리를 떴다. 이브의 연락처도 없었고, 핸콕 센터에는 그녀의 사무실도 없었다. 다른 사람들의 세계가 바뀐 것처럼 그녀의 세계도 바뀌었을 거라고 예상했어야 했지만 그녀가 여기 없다는 것을 깨닫고 나는 진심으로 충격을 받았다. 그것은 단순한 충격이 아니라 두려움이었다. 그녀의 치료에 크게 의존하는 상태인데 그녀가 사라진 것이다.

나는 로비 의자에 앉아 휴대전화로 이브 브라이어에 대해 검색하기 시작했다.

그녀의 정신과 진료 경력.

그녀의 의대와 학위.

그녀의 강연들.

다중 세계와 다중 마음에 관한 그녀의 베스트셀러 책을 검색했다.

외적으로는 부분적으로 탈색한 갈색 머리카락과 최면을 거는 듯한 눈빛이 특징적이었다. 시카고에 사는 게 아니었다면, 그녀는 어디에 있을까? 내가 아는 그녀의 인생을 살고 있지 않았다면, 무슨 일을 하고 있을까?

그녀는 분명 어딘가에 있을 텐데 나는 아무것도 찾을 수 없었다. 의사, 정신과 의사, 철학자, 작가로서의 이브 브라이어에 대한 기록은 없었다. **어디에도 이브 브라이어에 대한 기록이 없었고**, 그녀를 닮은 사람조차 없었다. 이브는 이 세계에 흔적을 남기지 않았다.

내가 아는 한 그녀는 존재하지 않았다.

나는 앉아 있던 자리에서 일어났다. 로비에 들어서니 '루센트' 조형물이 다시 나를 에워쌌다. 수천 개의 전구와 끝없이 반사하는 빛 속에서 길을 잃고 헤매던 내 눈은 수많은 별 중 단 하나의 별에 집중했다. 그 별은 나였다. 무한한 우주 어딘가에 길을 잃은 채로 존재하는 하찮은 한 점의 빛.

무한.

머릿속에서 그 단어가 들렸다.

그 단어를 말하기만 하면 되는 것이었다. 그것이 이 세계를 빠져나갈 방법이었다. 로스코는 그냥 집에 가는 게 나을 거라고 말했지만 난 아직 이곳에 온 목적을 이루지 못했다. 이 도시에는 두 번이나 살인을 저지른 딜런 모런이 있었다. 칼리는 살아 있지만 그의 표적이라서 나는 그녀를 구해야만 했다.

이브 브라이어는 날 도와줄 수 없었다.

나 혼자 이 세계를 헤쳐 나가야만 했다.

20장

나는 시내에서 차를 돌려 다시 노스웨스턴대로 돌아왔다.

날이 밝자 나는 칼리가 사는 기숙사를 찾았다. 그러나 어젯밤처럼 안으로 무턱대고 들어가지 않고 앞에 멈춰 섰다. 처음 보는 사람에게 이런 식으로 다가가는 것은 옳지 않았다. 그녀를 놀라게만 할 게 뻔했다. 그보다는 그녀가 알아채지 못하게 우연한 만남이 필요했다.

반바지를 입고 선글라스를 낀 한 청년이 건물 뒤쪽 현관에서 경제학 교재를 읽고 있었다. 오전 11시도 되지 않았는데 그는 빈 맥주 캔 하나를 옆에 두고 다른 캔 하나를 손에 들고 있었다. 아, 그리운 대학 시절이여.

"저기, 칼리 챈스 교수님을 만나려면 어디로 가야 하는지 아니?" 나는 그에게 물었다. "가을 학기에 수업 하나를 추가하려면 교수님 서명이 필요하거든."

청년은 책에서 눈도 떼지 않고 대답했다. "노리스로 가봐. 주로 거기 계셔."

"고마워."

노리스는 대학 센터 건물이자 모임 장소였고, 내가 있는 곳에서 걸으면 대략 10분 안에 갈 수 있었다. 그쪽으로 가려면 고요한 내륙 호수를 지나야 했다. 미시간 호수의 파도를 막기 위해 매립지를 건설했는데, 그로 인해 내륙에 생긴 호수였다. 머리 위에서 햇살이 내리쬐었어도 호수에서 불어오는 바람은 시원했다. 나는 노리스 건물의 식당 구역으로 들어가 테이블들을 확인하며 칼리가 있는지 살폈다. 칼리는 보이지 않았지만 건물은 여러 층으로 이루어진 넓은 공간이라 어디든 있을 가능성이 있었다. 널찍한 센터를 돌아다니며 보는 곳마다 그녀가 있지는 않을까 기대했다. 나는 그 순간을 위해 긴장의 끈을 놓지 않았다.

어떻게 행동해야 하지? 무슨 말을 해야 할까?

대학 서점을 지나며 창가에 진열된 책들을 흘끗 살펴봤다. 최소 30권 이상의 책들이 교수진 저서라는 간판 아래 진열되어 있었다. 기후 변화, 수피 문학, 프랑스 영화에 관한 책 중, 한 여자의 얼굴 윤곽이 그려진 얇은 문고본에 시선이 머물렀다. 표지 속 여자는 거울을 들고 있고, 거울에 비친 무수히 많은 반사 이미지는 사진 중앙에서 사라졌다.

책의 제목은 '**관문**', 저자의 이름은 칼리 챈스였다.

서점에 들어가서 그 책을 한 권 집어 들었다. 제일 먼저 마지막 페이지를 펼쳐서 출판사가 저자 사진을 실었는지 확인했다. 하지만 간단한 약력만 기재되어 있었다. '**칼리 챈스는 시인이자 강사로 노스웨스턴대학교에 재직 중이다. 이번 책은 그녀의 첫 시집이다.**'

그게 다였다.

나는 책에 수록된 시 목록을 살펴봤다. 한 단어로 된 제목들에 마음이 동요했다. 첫 번째는 '상처', 그다음은 '노리개', 이어서 '뛰어

내리기', '사탕'이라는 제목의 시들이었다. 페이지를 넘기던 나는 감탄하면서도 동시에 공포에 떨었다. 그녀의 시는 아름다운 이미지를 사용해 폭력적인 자기 파괴의 표상을 구축했고, 그것은 마치 토머스 에이킨스[21]가 섬세한 손길로 유혈이 낭자한 19세기 수술 과정을 그려낸 것과 같았다.

내가 알고 있는 칼리가 이런 시를 썼을 리는 없었다. 그녀의 성격에서 그런 면을 본 적이 없었다. 그러나 다시 말하지만, 이 사람은 내가 아는 칼리가 아니었다.

동료 교수가 그녀의 배경을 설명하며 사용했던 단어도 떠올랐다.

트라우마.

"그 책 꼭 읽어보세요." 내 옆에서 누군가의 목소리가 들려왔다.

주위를 둘러보니 노스웨스턴대 티셔츠를 입고 갈색 머리를 포니테일로 묶은 스무 살 안팎의 젊은 여자가 보였다. 이름표를 보고 서점 직원인 걸 알았다. 내가 책을 손에 들자 그녀는 보라색으로 칠한 손톱으로 책 표지를 톡톡 쳤다.

"시들이 정말 심오해요. 몇몇은 읽다가 기분이 상할 수도 있지만, 우울증이 사람의 머릿속에 어떤 영향을 줄 수 있는지 알고 싶다면 이 책에 다 있어요."

나는 손가락으로 표지에 적힌 칼리의 이름을 어루만졌다. "아는 사람인가요?"

"네. 저분 수업을 들었어요."

---

21 미국의 대표적인 사실주의 화가. 견고한 해부학적 지식을 바탕으로 인체를 정확하게 묘사했으며, 19세기 미국의 단면을 가장 솔직하고 냉정하게 그려낸 작가이다.

"어떤 사람이죠?"

"대단한 분이에요. 여기 있는 교수들은 대체로 말만 앞세우잖아요? 하지만 칼리 교수님은 그걸 실제로 겪었어요."

나는 미소 지었다. "저한테 한 권 팔았네요."

나는 점원을 따라 계산대로 갔다. 그녀가 계산하며 나에게서 돈을 받을 때, 내가 물었다. "우울증에 대해 말했잖아요. 이 시들이 그런 내용인가요?"

"맞아요. 교수님은 자신만의 동굴에서 몇 년을 살았대요."

"무슨 일이 있었던 건가요?"

"모르세요?"

"네."

"음, 칼리 교수님은 대학 졸업 직후에 교통사고를 당했죠. 수업 시간에 상황이 얼마나 끔찍했는지 숨기지 않고 그 사고에 관해 이야기하셨어요. 차에 그녀의 어머니를 태우고 있었는데 둘이 크게 다투고 있었어요. 두 사람은 사이가 좋지 않았죠. **심각할 정도로요.** 칼리는 정신이 팔려서 정지 신호를 무시하고 달렸고, 옆에서 달려오는 차에 들이받혔어요. 그녀의 어머니는 사망했죠."

그 말을 듣고 가슴을 한 대 얻어맞은 듯한 기분이 들었다.

"그 이후로 칼리 교수님은 나락으로 떨어졌죠." 여자가 말을 이었다. "지옥 같은 1년을 보내셨대요. 마약에 빠졌고, 폭력적인 관계를 맺기도 했고, 자살 시도도 여러 번 했다네요. 마지막은 거의 성공할 뻔했고요."

나는 망설였지만 물어봐야 했다. "어떻게 했는데요?"

"차를 몰고 그대로 강으로 들어갔대요."

나는 제대로 서 있기가 힘들었다. 폭력으로 물든 기억의 파도가 나를 덮쳤다. 바닥에 쓰러진 어머니와 총구를 입에 문 아버지. 깨진 유리에 얼굴이 갈가리 찢어진 채 내 옆자리에서 죽은 로스코. 강둑에 누워 쥐들에게 얼굴을 파먹히고 있던 딜런 모런.

검은 물속에서 소용돌이치며 아래로 가라앉던 칼리와 나.

로스코가 말했다. 운명은 아주 사소한 부분까지도 한데 모으는 힘이 있다고.

"젠장." 나는 중얼거렸다.

"네, 물에서 꺼냈을 때 그녀는 죽어있었어요. 심장도 멈췄고 4분 동안 산소 공급이 안 된 상태였죠. 뇌가 회복할 수 있도록 혼수상태로 두었지만, 아무도 그녀가 깨어날 거라고 생각하지 않았어요. 하지만 그녀는 살아났죠. 이 일을 계기로 그녀는 완전히 새사람이 되었다고 말해요."

나는 뭐라고 해야 할지 몰라서 아무 말도 하지 않았다.

"아무튼 책 재밌게 읽으세요." 점원은 섬뜩한 미소를 지으며 말했다.

"네, 고마워요."

점원이 한 말에 충격을 받은 채로 나는 서점을 나섰다. 계단을 이용해 위층으로 올라갔고, 영수증에 있는 커피 쿠폰을 써서 아이스라테 한잔을 샀다. 빈 테이블이 생기자 자리에 앉아 칼리의 책을 읽기 시작했다.

저자가 그녀라는 걸 알고 나니, 그리고 그녀가 살면서 어떤 일을 겪었는지 알고 나니, 시집을 읽으며 거의 견딜 수 없는 지경에 이르렀다. 페이지 밖으로 모든 적나라한 감정들이 폭발적으로 터져 나왔다. 분노, 욕망, 야만, 황홀, 냉정, 죄책감, 절망. '노리개'는 낯선 사람들과의 속박에 관한 내용이었고, '사탕'은 그녀의 약물 과다복용 경험에 관한 것이었다. '뛰어내리기'는 알몸으로 약에 완전히 취한 채 마리나 시티 18층 발코니에 선 그녀에게 어머니가 아래에서 난간을 뛰어넘으라고 소리치는 환상을 보는 내용이었다.

뛰어내려, 그녀가 내게 말했다.

뛰어내려, 그녀가 노래했다.

이 사람은 내가 아는 칼리가 아니라 다른 칼리라고, 내가 알던 여자가 아니라고 스스로 되뇌었지만, 나는 책을 읽으면서 무언가를 깨달았고 그로 인해 이루 말할 수 없이 슬퍼졌다.

이 사람은 **분명 나의 칼리였다.**

구절이 바뀔 때마다 그녀의 목소리가 들렸다. 우리가 함께했을 때 그녀가 했던 사소한 말들, 그녀가 사람들에 대해 만들어 낸 단어들이 시 안에 있었다. 시들은 정확히 그녀가 하는 말처럼 **들렸다.** 우리가 함께했을 때 그녀의 마음속은 고통과 어둠으로 가득했다. 그때와 같은 영혼, 같은 마음이었다. 치욕의 여정을 겪으며 이런 마음을 지면에 옮겼을지도 모르지만 그녀는 내내 똑같이 상처 입은 마음을 지니고 있었다. 나는 그 상처를 본 적도, 물어본 적도 없었다. 그녀의 마음 깊고 깊은 곳까지 들어가 정말 그녀가 누구인지 알려고 하지 않았다.

이 여자를 사랑했지만 그녀에 대해 아는 게 하나도 없었다.

어떻게 그걸 놓칠 수 있었을까?

나는 눈물을 흘리며 책을 내려놓았다. 내가 잃어버린 모든 것, 그녀와 함께 있는 동안 감사히 여기지 못했던 모든 것에 대한 아쉬움 때문이었다. 한 시간 동안 책에서 눈을 떼지 못했다. 시야가 흐려져서 눈을 닦아냈다. 손도 대지 않은 커피는 얼음이 다 녹아 범람한 강물처럼 탁한 갈색 물이 되어있었다. 내가 있는 곳이 어딘지 감각을 되찾으려고 테이블에서 테이블로, 이 사람에서 저 사람으로 시선을 옮기며 다른 사람들의 일상을 관찰했다.

그때 내 시선이 멈췄다.

내 심장도 멈춘 듯했다.

6미터 남짓 떨어진 곳에서 삐죽삐죽한 금발 머리를 한 여자가 옆모습이 보이게 앉아 우아한 손놀림으로 노트북 자판을 치고 있었다. 자주는 아니지만 이따금 타자를 멈추고 종이컵에 든 차를 마셨다. 일에 몰두한 얼굴로 나머지 세상이 어떻게 돌아가는지 눈치채지 못하는 듯했다.

그녀는 다른 테이블에 앉은 낯선 사람이 자신을 보고 있다는 사실을 전혀 알지 못했다. 내가 벌떡 일어나 그녀를 껴안으러 가고 싶은 충동을 억누르려고 발을 바닥에 단단히 붙이고 있어야 했다는 사실을 알지 못했다.

저 여자는 칼리였다.

완벽하고 아름다운 자태로, 살아있는.

저 여자는 내 아내였다.

∞

그녀를 보고 있자니, 나는 말문이 막힌 바보가 된 듯 어찌할 바를 몰랐다. 일어나서 그녀에게 다가가 인사를 건넬 수도 있었다. 하지만 그다음에는 어떻게 해야 할까? 그 순간 그녀에게 무슨 말을 하더라도 부족하게 느껴질 것만 같았다. 그리고 나에게 벌어지고 있는 일들을 조금이라도 말하면 그녀는 내가 미쳤다고 생각할 게 분명했다. 혼란스러운 상황을 겪고 있는 것은 그녀가 아니라 나였으니까. 그녀에게서 눈을 뗄 수 없음은 말할 필요도 없었다. 잠시 후, 그녀는 누군가가 자신을 지켜보고 있어서 뒤통수가 따끔거리는 느낌을 받은 듯했다. 그녀는 고개를 돌려 주변 사람들을 둘러보며 이이상한 느낌이 어디에서 오는 건지 궁금해했다. 커피숍에 있는 사람들을 한 명씩 쳐다보다가 마침내 나를 쳐다봤다. 그녀는 잠시 나를 똑바로 바라보더니 자리를 옮겼다. 나도 고개를 돌렸지만 이미 내 영혼은 상처받은 후였다.

나는 절망했다.

그녀는 날 몰랐다. 전혀 알아보지 못했다. 10년 전, 우리는 단 한 번의 데이트를 했고, 그 후로 나는 그녀의 삶에서 아무런 흔적을 남기지 않고 사라진 것이다. 내가 살던 세계에서는 그녀가 로스코 옆에서 피투성이가 된 나를 발견했고, 다 괜찮아질 거라고 그녀가 말하는 동안 우리는 서로에게 반했었다. 하지만 지금은 아니었다. 그녀의 시선은 나에게서 아무런 관심도, 매력도, 육체적 호기심도 느끼지 않고 지나쳤다. 완전한 무관심 외에는, **그녀에게서 느껴지는 것이 아무것도 없었다.** 그것은 그녀에게서 얻을 수 있는 최악의 반응이었다.

그 절망감으로 내가 처한 상황의 현실이 매우 명확해졌다. 로스코가 옳았다. 나는 이 세계에 속한 사람이 아니었다.

나는 테이블에서 일어나 칼리의 책을 들고 자리를 떴다. 뒤돌아 그녀를 다시 한번 보지도 않았다. 칼리가 그 멍한 눈으로 돌아볼까 봐 너무 두려웠다. 나는 빨리 밖으로 나가고 싶은 마음에 계단으로 내려갔다. 뭘 해야 할지 알고 있었다. 호수로 돌아가서 아무도 나를 보지 못하는 조용한 곳을 찾아 단순하고 명확하게 비밀 코드를 말해야 했다. 소리 내어 그 단어를 말하며 집으로 보내주길 기다려야 했다.

하지만 운명은 나를 가로막고 내가 왜 이곳에 왔는지 상기시켜 주었다.

햇살이 비추는 밖으로 걸어가던 중, 나는 반대편에서 걸어오는 한 남자와 마주쳤다. 약간 구부정한 체형의 은발 노인이었다. 우리는 서로 부딪힐 뻔했고, 나는 옆으로 비켜서며 그에게 공간을 내주었다. 하지만 그는 내 길을 막았다.

그는 풍파를 겪은 얼굴로 나를 유심히 바라보았다. "아, 또 만났네요. 그녀를 찾았나요?"

"뭐라고요?"

"당신이 찾던 여자 말이오. 칼리 챈스를 찾았나요?"

나는 무심결에 그렇다고 말하려 하다가 이 남자는 전혀 모르는 사람이라는 사실을 깨달았다. 나는 그를 만난 적도, 본 적도 없었다. 그런데도 그는 나를 알고 있었다.

"왜 내가 칼리 챈스를 찾고 있다고 생각한 거죠?" 나는 물었지만, 직감적으로 그 이유를 알 수 있었다.

그는 혼란스럽다는 듯 얼굴을 찌푸렸다. 눈을 가늘게 뜨고 나를 다시 쳐다봤다. "어제 만나지 않았나요? 어제 분명 당신이 칼리 챈스에 관해 물어봤는데. 미안하오. 늙은이 눈이 예전 같지 않군요. 내가 실수했어요."

"괜찮습니다." 나는 발걸음을 옮기며 말했다.

나는 그에게 그의 눈은 문제가 없다고 말해주고 싶었다. 그가 실수한 게 아니었다.

내 도플갱어는 아직 여기 있었다. 여전히 사냥하면서. 그를 찾을 때까지, 나는 이 세계를 떠날 수 없었다.

21장

온종일 칼리 생각이 머릿속에서 떠나지 않았다. 출근은 하지 않았다. 호텔 일은 진짜 내 일이 아니었기 때문이다. 집에도 가지 않았다. 타이는 진짜 내 아내가 아니었기 때문이다.

하지만 칼리는? 나는 그녀에 대한 생각을 멈출 수가 없었다.

나는 우리 아파트에서 서쪽으로 몇 킬로미터 떨어진 곳에 있는 보헤미안 국립묘지에 갔다. 생각을 정리하고 싶을 때 내가 가는 곳이다. 보통은 어떤 조각상 하나를 찾아간다. 조각상의 원래 이름은 '순례자'이지만 사람들은 다르게 부른다. 사신, 걸어 다니는 사신, 저승사자. 망토를 두른 노파가 지팡이를 짚고 근처 무덤을 향해 걸어가는 모습을 표현한 작품이다. 가까이 가서 망토 아래를 들여다보지 않으면 노파의 얼굴은 보이지 않고 검은 그림자만 보일 뿐이다. 하지만 전설에 따르면, 노파의 얼굴을 보면 자신이 어떻게 죽게될지에 대한 환영을 볼 수 있다고 한다. 나는 한 번도 얼굴을 들여다본 적이 없다. 그런 위험을 감수할 가치가 없다고 생각했기 때문이다. 그날 나는 유혹에 못 이겨 얼굴을 살짝 들여다봤지만, 땅을 내려다보고 있는 순례자 어머니의 평온한 표정밖에 보지 못했다. 다가을 일에 대한 아무런 단서도 보여주지 않았다.

묘지 문이 닫힌 후에도 나는 오후 내내 그곳에 있었다. 대형 묘실 계단에 앉아 칼리의 시집을 몇 번이고 다시 읽었다. 단지 지금 이 세계에 사는 칼리가 누구인지 알고 싶어서가 아니었다. 그녀가 어떻게 살아왔는지를 알고 싶었다. 잃어버린 나의 아내. 책을 읽으면 읽을수록 완전히 새로운 사람을 발견한 것처럼 그녀를 다시 사랑하게 되었다. 우리가 함께할 수 없다는 사실이 나를 정말 괴롭게 했다.

결국 묘지 관리인이 나를 내쫓았다. 나는 갈 곳이 없어서 아파트로 돌아갈 수밖에 없었다. 아파트에 도착해 보니 상황은 더 나빠져 있었다.

부싱 형사가 나를 기다리고 있었다. 그는 전날 앉았던 고리버들 의자에 앉아 있었고, 날카로운 눈매를 제외하면 그의 얼굴은 마치 건조한 사막 같았다. 타이는 소파에 앉아 손을 무릎에 올려놓고 나에게 눈길조차 주지 않았다.

"모런 씨." 형사가 쉰 목소리로 말했다. "어서 오세요."

나는 타이 맞은편 소파 끝에 앉았다. 그녀의 냉랭한 태도가 아파트에 한기를 불어넣었다.

"무슨 일이시죠, 형사님?" 내가 물었다.

부싱 형사는 서류 가방을 무릎 위로 끌어당기더니 노란색 메모지와 뭉툭한 연필 한 자루를 꺼냈다. "돌아오신 지 하루가 지났네요. 모런 씨가 사라진 동안의 기억들이 돌아오기 시작했을 것 같아서요. 그날 밤 공원에 산책하러 가서 무슨 일을 했는지 같은 것들요."

"아직도 기억 나는 게 전혀 없습니다."

"그거 참 유감이군요."

"사실이 그런걸요, 형사님. 도와드릴 수가 없네요."

부싱 형사는 아무렇지 않은 듯 고개를 끄덕였다. "어젯밤은요? 그건 기억나시죠? 어젯밤엔 어디 가셨나요?"

그의 입술에 미소가 살짝 스치는 것을 보았다. 그는 뭔가를 알고 있었다. 나는 거북할 정도로 침묵을 지키고 있는 타이를 힐끗 쳐다보았다.

"사우스사이드에 친구를 만나러 다녀왔습니다. 로스코 테이트 요."

"네, 아내분이 말해주시더군요. 어디 있는지 확인하려고 전화를 해서 그날 저녁에 친구가 근무하는 교구를 벗어났다는 걸 알게 되었다고도 했죠. 그 후 몇 시간 동안 집에 돌아오지 않으셨고요. 어디에 가셨나요?"

"형사님이 무슨 상관이시죠? 왜 그걸 신경 쓰시나요?"

"저는 살인 사건을 수사 중입니다. 사실 하나하나가 중요하죠."

"그게 어젯밤 제 행방과 무슨 상관이 있는지 모르겠군요."

부싱 형사는 손가락 사이에 연필을 끼우고 만지작거렸다. "그럼 제가 설명해 드리죠. 사실 이 도시에서 어떤 살인 사건은 다른 살인 사건보다 더 중요하게 다뤄집니다. 휴일 주말에 흑인 아이들 열 명이 총에 맞아 죽어도 아무도 신경 안 써요. 그런데 공원에서 예쁘장하게 생긴 백인 여자가 칼에 찔려 죽으면? 사람들은 주목합니다. 신문에서 기사를 보고 기억하죠. 그러다 보면 제보도 많이 들어옵니다. 대부분은 도움이 안 되지만, 가끔은 건초 더미에서 바늘을 찾을 수도 있거든요."

"무슨 말인지 모르겠네요." 내가 말했다.

"음, 어젯밤 늦게 제보가 들어왔습니다. 노스웨스턴대 캠퍼스 보안팀에서 걸려온 전화였죠. 대학원생 한 명이 기숙사 근처에서 낯선 남자가 자신을 스토킹한다는 신고였어요. 그 남자의 인상착의도 꽤 잘 설명해 줬어요. 보통 경찰은 이런 일에 관심을 보이진 않아요. 하지만 보안 담당자자 말이 자신이 신문에 실린 벳시 컨의 사진을 기억하는데, 이 두 여자가 매우 비슷하게 생겼다는 겁니다."

부싱 형사는 서류 가방에서 사진 두 장을 꺼냈다. 하나는 신문에서 봤던 벳시 컨의 사진이었다. 다른 한 장은 전날 밤 굿리치 홀 근처에서 마주쳤던 젊은 여자, 내가 칼리라고 생각했던 그 여자였다.

"보안 요원이 직감적으로 알았던 거죠." 부싱 형사가 말했다. "두 여자가 많이 닮았어요. 그 자체로는 크게 신경이 쓰이지 않았을 텐데, 보안 요원이 용의자의 인상착의도 함께 보내줬습니다. 도움이 될 것 같다면서요. 그게 제 관심을 끌더군요. 20대 후반에서 30대 초반의 키가 작은 백인 남성, 지저분한 검은 머리에 덥수룩한 수염. 왠지 아는 사람 같지 않나요, 모런 씨?"

나는 대답하지 않았다.

"그 대학원생이 자신을 따라온 남자가 단추 달린 검붉은 셔츠를 입고 있었다고도 했어요. 부인분 말에 따르면, 모런 씨께서 어젯밤 외출할 때 그런 셔츠를 입고 있었다고 하더군요. 노스웨스턴대 캠퍼스에 있던 사람이 모런 씨였나요?"

그는 나를 궁지에 몰아넣었고, 우리는 둘 다 그 사실을 알고 있었다. 내 사진 한 장만 있으면 노스웨스턴대의 그 여자가 나를 식별할 수 있었다. 아직 그렇게 하지 않았다면 말이다. 이런 상황에서 나는 그곳에 가본 적 없는 척은 할 수 없었다.

"맞습니다." 나는 인정했다. "저였어요."

"왜 그 여자를 따라갔던 거죠, 모런 씨?"

"따라간 게 아닙니다. 어떤 사람이 그녀의 뒤를 밟는 걸 보고 걱정이 됐거든요. 그녀가 괜찮은지 확인하려고 끼어든 겁니다."

"뒤에 다른 사람은 없었다고 하던데요. **당신뿐이었다고요.** 당신이 분명 칼을 가지고 있었다고도 했습니다."

"그건 사실이 아닙니다."

"모런 씨 차를 뒤져보면 칼이 나올까요?"

"아뇨."

"벌써 없애서요?"

"산 적이 없기 때문이죠."

"벳시 컨은 칼에 찔려 죽었습니다."

"네, 그렇게 말씀하셨죠."

"당신이 벳시 컨을 죽였나요, 모런 씨?"

"**아뇨.**" 나는 낮은 목소리로 말했다. "

"모런 씨께선 실종된 그날 밤부터 아무것도 기억나지 않는다고 하셨는데, 어떻게 그렇게 확신하시죠?"

"누군가를 죽였다면 그건 기억할 테니까요."

"그렇군요. 아니면 기억을 잃어버렸다는 당신의 말이 전부 뻔한 거짓말에 불과한 건 아닐까요?"

"전 사실을 말하고 있습니다. 그날 밤 일은 기억나지 않아요. 하지만 제가 누굴 죽일 일은 없습니다."

"그렇다면 노스웨스턴대에서는 뭘 하고 계셨던 거죠?"

한숨만 나왔다. 이성적으로 이해할 만하게 설명하기가 불가능했

240

다. 나는 칼리와 아무런 연고가 없고 그녀를 찾을 이유도 없었다. 하지만 내가 칼리의 이름을 숨긴다 해도, 부싱 형사는 내가 걸었던 전화와 그녀에 관해 이야기한 사람들을 금방 추적해 낼 수 있었다. 그는 칼리의 사진을 찾아서 다른 두 여자와 닮은 점을 찾아낼 터였다.

경찰은 칼리에게 나에 관해 물어볼 것이고, 그 순간 나는 그녀와 영원히 단절될 것이다. 칼리는 절대로 나와 이야기도 하지 않을 테고 나를 믿지 않을 것이다.

거미줄이 내 삶을 옥죄어 오는 느낌이 들었다. 정확히 내가 살던 세계에서 그랬던 것처럼. 의심할 여지 없이, 그것은 또 다른 딜런 모런이 원했던 것이다. 시간이 얼마 남지 않았다.

"블록 미술관[22]에 가려고 차를 몰고 노스웨스턴대에 간 겁니다." 나는 변명거리를 찾으며 말했다.

"미술관을 가려고 사우스사이드에서 노스사이드까지 운전해 갔다는 얘긴가요? 왜죠? 저와 얘기했을 때는 피곤하다고 했잖아요."

"피곤했지만 안절부절못하는 상태였어요. 제 인생에서 이틀이란 시간을 잃어버린 것 같았죠. 무슨 일이 일어났는지도 알 수 없었어요. 생각을 멈추면 기억이 뭐라도 돌아오지 않을까 했어요. 딱히 어디로 가자고 생각한 건 아니었어요. 마침 블록 미술관에서 보고 싶었던 사진 전시회가 열리고 있길래 그쪽으로 간 겁니다."

"전시는 봤나요?"

"아뇨. 도착했을 땐 미술관이 문을 닫았어요. 9시나 10시까지는

---

[22] 정식 명칭은 Mary and Leigh Block Museum of Art. 노스웨스턴대학교 캠퍼스 내에 있는 미술관으로, 대중을 위한 다양한 전시, 행사 및 교육 프로그램을 제공한다.

열렸을 줄 알았는데 제가 잘못 생각한 거죠. 8시에 문을 닫았더라고요. 그래서 이왕 여기까지 온 거 산책이나 하자, 그렇게 된 겁니다."

부싱 형사가 콧방귀를 뀌었다. "모런 씨, 또 **산책인가요**? 화요일에 산책을 했는데, 벳시 컨이 죽었어요. 어젯밤에도 산책을 했는데, 벳시 컨과 닮은 여자가 칼을 들고 쫓아오는 당신을 봤네요."

"그 여자분이 잘못 본 겁니다."

"계속 이런 식으로 주장하실 건가요?"

"사실이니까요."

형사는 서류 가방에 서류를 다시 넣고는 고리버들 의자에서 일어났다. "앞으로 무슨 일이 벌어질지 말씀드리죠, 모런 씨. 제가 당신 인생 전체를 철저히 파헤칠 겁니다. 그동안 살았던 곳, 일했던 곳. 학교도 다니고 휴가도 갔겠죠. 당신이 그곳에 있었던 시간 동안 미해결 살인 사건이 있었는지 뒤져볼 겁니다. 그런 다음 영장으로 가지고 돌아와서 당신 집, 차, 사무실, 모든 걸 수색할 겁니다."

"원하는 건 뭐든지 찾아보셔도 됩니다. 전 결백하니까요, 형사님. 아무 짓도 안 했다고요."

"그래요? 제가 모런 씨라면 변호사를 구하겠어요." 부싱 형사는 타이를 흘끗 쳐다보았다. "그리고 모런 부인, 제가 당신이라면, 다른 거처를 찾을 것 같군요."

∞

부싱 형사가 떠난 후에도 타이는 입을 꾹 닫고 소파에 앉아 있었다. 허리를 꼿꼿하게 편 자세로 두 손을 무릎에 가지런히 모으고 있었다. 그녀는 호흡을 안정시키며 마음을 가라앉히더니, 천천히 고개를 돌려 나를 바라보았다. 눈도 깜빡이지 않았다. "당신 누구야?" 그녀가 물었다.

"왜 그래, 타이."

"나 심각해. 당신 누구냐고?"

"내가 누군지 알잖아."

타이가 고개를 저었다. "아니, 아는 줄 알았지. 하지만 지금은 모르겠어. 당신이 계속 가면을 쓰고 있었던 건 아닌지 의심 가기 시작했거든. 어제는 당신이 바람을 피우는 게 아닐까 걱정했는데, 오늘이 어제보다 더 최악이야."

그녀는 소파에서 일어났다. 나는 그녀가 내 옆을 지나갈 때 그녀를 멈춰 세우려고 손을 잡았지만 타이는 거세게 몸을 비틀며 나를 뿌리쳤다. "만지지 마! 나한테서 손 떼라고!"

"타이, 미안해. 당신도 이 상황을 이해할 수 있게 해주면 좋을 텐데."

"그런데 못하잖아."

"그렇지. 내가 말할 수 있는 건 난 살인자가 **아니라는 거야.**"

타이는 입술을 찡그렸다. 그녀의 눈빛을 보아하니 내 말을 믿지 않는 게 분명했다.

"어젯밤에 누구랑 잤어?"

"그게 무슨 말이야?"

"딜런, 어젯밤에 우리 침대에서 누구랑 잤는데? 왜냐하면 나는 아니었거든. 당신은 다른 사람을 생각하고 있었어. 분명해. 노스웨스턴대에 있는 그 여자였어?"

"타이, 제발 이러지 마. 모든 게 다 엉망진창이라 그래."

"그래, 맞아. 아주 엉망이지. 오늘 밤은 소파에서 자. 내 근처에 오지 말고."

"당신 편할 대로 해. 하지만 맹세컨대, 당신이 날 두려워할 필요는 없어."

타이는 자리를 떴다. 벽난로 앞에서 멈춰 서서 우리의 결혼 사진을 바라봤다. 그리고 손을 뻗어 그 사진이 안 보이게 뒤집어 놓았다.

"내 남편이 두려울 건 없지." 그녀가 나에게 말했다. "하지만 당신은 내가 결혼한 남자가 아니야."

22장

다음 날, 노스웨스턴대 안에 있는 커피숍에서 다시 칼리를 만났다.

나는 결정을 내려야 했다. 그녀에게 말을 할 것인가, 아니면 그냥 보내줄 것인가. 이 세계에서는 내가 원하는 것을 얻을 수 없다는 사실을 알고 있었다. 칼리는 영원히 내 인생에 돌아오지 않을 것이다. 궁지에 몰린 상황이라 나는 곧 떠나야 했다. 하지만 칼리는 지금 여기 있었다. 다시는 만날 수 없을 거라고 생각했기 때문에 단 몇 분이라도 그녀와 함께할 수 있다면 그 자체로 큰 의미가 있었다.

나는 그녀의 테이블로 걸어갔다.

"칼리?"

그녀는 파란 눈동자를 가리고 있던 머리카락을 쓸어 넘기며 나를 올려다보았다. 그녀의 시선이 아득했다. 내가 생각에 잠겨 있던 그녀를 방해한 모양이었다. "네?"

"칼리 챈스 맞죠?"

"그런데요."

나는 최대한 담백하게, 그리고 더듬지 않고 말하려 노력했다. "기억하지 못하겠지만, 우리 오래전에 데이트한 적이 있어요."

그녀는 나에게 미소를 지었다. 칼리의 미소는 아니었지만 정중하게 무관심한 미소였다. "그랬나요? 미안하지만 당신 말이 맞아요. 기억이 안 나네요."

나는 상처 난 자존심을 뒤로하고 농담으로 대답했다. "걱정하지 마세요. 데이트가 너무 좋아서 그 경험 자체를 지워버렸을 거예요."

그녀는 내 얼굴을 자세히 살피며 기억 속에서 나를 찾으려고 했다. 그 모습을 보고 있자니 고통스러웠다. 내 눈에 그녀는 완전히 똑같은 사람이었기 때문이다. 그녀의 얼굴, 창백한 입술, 자신감 있게 입을 굳게 다물고 있는 모습. 들으려면 가까이 다가가 귀를 기울여야 하는 부드러운 선율 같은 그녀의 목소리. 삐죽삐죽한 그녀의 황갈색 머리 끝자락. 나는 이 여자를 미치도록 사랑했지만, 그녀는 나를 전혀 알아보지 못했다.

"당신 친구 사라가 우릴 소개해 줬죠." 나는 덧붙였다. "전… 딜런 모런이라고 합니다."

내 이름을 말하자 그녀의 표정에 변화가 생겼다. 눈을 깜빡였고, 동공이 커졌다. 그녀는 묘한 호기심을 담은 눈빛으로 나를 다시 바라보았다. 불편해하는 눈치였지만 이유를 알 수 없었다. 그 데이트에서 나도 모르는 어떤 일이 있었던 걸까?

"딜런." 그녀가 중얼거렸다. "당신이었나요? 그 소개팅?"

"맞아요."

"미안해요. 이제 기억나네요. 제 인생은 일종의 '전'과 '후'로 나뉘는데, 소개팅은 '전'에 있었던 일이라서요."

"우리 그날 밤 클럽에 갔었죠? 어느 클럽이었는지도 기억이 안 나네요."

"스파이바요." 칼리는 주저 없이 대답했다.

"맞아요. 그나저나, 클럽에 가서 정말 재밌게 놀았겠군요. 전 세계 최악의 춤꾼으로 유명하거든요."

"본인한테 너무 가혹하시네요." 그녀가 너그러운 말투로 말했다.

"아, 그럴 리가요. 아무튼 10년이 지나서야 사과를 하게 되네요."

"그럴 필요 없어요. 저도 삐딱한 마음으로 소개팅을 나갔거든요, 소개팅을 싫어해서요."

"저도 그래요."

우리는 인사를 나눴다. 이제는 내가 떠나야 할 시간이었다. 하지만 아직 그녀에게 할 말이 너무 많았다.

'내가 당신 남편이야.'

'사랑해.'

'당신 위험에 처해 있어.'

이런 말들을 할 수는 없었지만, 의미 없는 잡담이 칼리와의 마지막 대화가 되게 할 수는 없었다.

"당신 시를 읽어봤어요." 내가 말했다.

"그래요?"

"당신 시집 〈관문〉이요. 사실 사고 나서 네 번 연속으로 읽었어요."

"네 번이라. 당신 마조히스트인가요?"

나는 방긋 웃었다. 정말 칼리다운 말이었다. "사실 당신의 시는 표현력이 아주 생생하지만 읽다 보니 슬퍼지더라고요."

"슬프다고요? 그런 말은 거의 들은 적이 없어요. 역겹다, 추하다, 악마 같다는 말은 들어봤어도요. 슬프다는 반응은 새롭네요."

"시들을 읽으면서 내가 놓친 게 뭔지 깨달아서 슬펐어요." 나는 그녀에게 말했다.

"잘 이해가 안 되네요."

"깊이 있고 사려 깊은 데다가 난해하면서도 재능이 넘치는 누군가와 데이트를 했는데, 전 그녀에 대해 전혀 알지 못했죠."

칼리는 내가 한 말을 떠올리며 차를 한 모금 마셨다. 나는 아부하려는 것이 아니었다. 진심이었다. 그녀가 내가 사랑했던 여자라면, 그녀는 내 말뜻을 알아차릴 것이다.

잠시 머뭇거리더니, 그녀가 말했다. "잠깐 앉을래요?"

"좋죠. 고마워요."

나는 자리에 앉았고, 손을 뻗어 그녀의 얼굴을 쓰다듬고 싶은 마음을 억눌러야 했다. 그러면 너무 자연스러울 것 같았지만 말이다. 그녀의 시선이 아직 결혼반지를 끼고 있는 내 왼손으로 옮겨갔다. 블랙 티타늄 위에 켈트족 매듭이 상감 된 화이트골드 반지. "정말 아름다운 반지네요." 그녀가 말했다,

"정말 그렇죠." 나는 그녀에게 말하고 싶었다. **당신이 준 반지라고.**

"결혼했나 보네요."

어떻게 대답해야 할지 몰랐다. 아내가 이 테이블에 앉아 있는데도, 그녀는 그 사실을 전혀 모르고 있었으니까.

"했었죠."

"이혼했나요?"

"아내가 죽었어요."

"아, 정말 유감이네요."

"고마워요. 아직은 반지를 못 빼겠어요."

"이해해요."

"그녀를 잃은 것만으로도 너무 힘든데 우리의 마지막 대화가 말다툼이었어요. 그녀가 실수를 저질렀는데 나는 그걸 받아들일 수 없었죠. 그것 때문에 우리 관계가 망가졌어요."

"아내가 무슨 실수를 저질렀는데요?"

"그건 중요치 않아요. 아내는 설명했지만 전 듣지 않았죠. 이제 상황을 바로잡기엔 너무 늦었어요. 그녀에게 하고 싶은 말이 너무 많지만요."

칼리가 뚫어질 듯 내 눈을 바라봤다. "무슨 말을 하고 싶은데요?"

나는 생각했다. 아내가 바로 여기 앉아 있으니 하고 싶은 말은 뭐든 할 수 있었다. 전에는 할 수 없었던 말들을 이젠 쉽게 할 수 있었다. '당신을 용서할게.' 하지만 나는 그 단계를 넘어섰다. 아내를 다시 만날 수 있다면, 그녀에게 상황이 달라질 거라는 걸 알려주고 싶었다.

"'날 포기하지 마.' 이렇게 말했을 거예요."

"아내분도 같은 기분이었을 거예요. 내 말은, 그녀가 저지른 일은 실수였으니까요."

"어쩌면요. 우린 둘 다 잘못된 길을 걷다가 결국 원치 않았던 곳에 도착했죠. 다시 시작할 수 있으면 좋겠어요. 두 번째 기회. 정말 간절히 바라고 있어요."

"그래요. 인생이 그렇게 돌아간다면 좋겠네요. 저도 그런 생각 많이 해요."

"그럴 거예요." 나는 인상을 쓰며 말했다. "당신한테 무슨 일이 있었는지 들었어요. 당신 어머니, 그리고 그 이후 일어난 모든 일에

249

대해서요.”

칼리가 고개를 끄덕였다. “난 도망치지 않아요. 더 이상은요.”

“우리가 처음 만났을 땐 이런 얘기를 안 했을 거예요. 그때의 딜런은 개인적인 이야기를 하는 걸 좋아하지 않았죠. 어렸을 때 부모님이 돌아가셨어요. 아버지는 어머니를 쏴 죽이고 자살하셨죠. 그 현장에 나도 있었어요. 그 일은 날 바꿔놨어요. 그 후로 인생에서 많은 선택을 해야 했는데, 항상 옳은 선택을 하진 못했죠.”

그녀는 차를 한 모금 마셨다, 그러면서도 나에게서 눈을 떼지 않았다. 그런 모습이 믿을 수 없을 정도로 친밀하게 느껴졌다. “흥미로운 표현이네요.”

“뭐가요?”

“‘그때의 딜런’이요. 꼭 같은 사람이 아닌 것처럼 말해서요.”

“같은 사람이 아니니까요. 정말로요.”

“그런 느낌은 내가 잘 알죠.” 칼리가 말했다.

“그런 것 같네요.”

“딜런, 왜 이런 얘기를 나한테 하는 거죠?”

“내가 누군지 알려주고 싶어서요.”

“미안하지만 그게 왜 중요한데요?”

“난 당신의 시를 통해서 당신이 어떤 사람인지 알게 됐는데, 당신은 날 알 기회가 없었으니까요.”

“그냥 한번 데이트한 거였어요.” 그녀는 나를 상기시켰다. 그런 다음 매우 이상한 말을 했다. “아니었나요?”

나는 말하고 싶었다. ‘**아뇨, 아니에요. 한 번의 데이트 훨씬 그 이상이었어요.**’ 하지만 나는 말하지 않았다.

250

"맞아요. 그냥 한번 데이트한 거였죠."

나의 반응에 그녀는 다소 실망한 것처럼 보였다.

내 커피 컵이 비었다는 것을 깨달았다. 나는 컵을 집어 들고 손으로 구겼다. 그녀는 미소 지었고, 나도 웃었다. 긴장되고 어색한 두 사람의 미소. 나는 손목시계를 확인했고 그녀도 자신의 시계를 확인했다. 우리는 낯선 사람들이 아닌 다른 무언가가 될 가능성에 흔들렸지만, 이 자리에서는 여기까지가 우리가 할 수 있는 전부였다.

"만나서 반가웠어요, 칼리."

"나도요."

"잘 지내요. 몸조심하고요."

"그럴게요."

"혹시…." 나는 말을 꺼내다 말고 멈췄다.

"혹시 뭐요?"

"모르겠어요. 바보 같은 생각이긴 한데, 언젠가 다시 해볼 수 있지 않을까 했거든요. 그러니까 데이트 말이에요."

그녀는 망설였다. "어쩌면요."

나는 테이블에서 일어났다가 바로 다시 앉았다. 그녀를 이렇게 쉽게 놓아줄 수는 없었다. 불확실한 미래에 언젠가 다시 만나자는 막연한 약속으로 끝낼 수는 없었다. 그 이상이 필요했다. "그런데 뭐 하나만 더 물어봐도 될까요?"

"원한다면요."

"당신 책 말이에요. 제목이 왜 '관문'이죠?"

"그게 무슨 뜻이죠?"

"책에는 그런 제목의 시가 없더라고요. 그리고 끝없이 펼쳐진 거울이 그려진 표지도요. 시에서 어떤 관련성도 못 찾겠던데요. 그게 당신이 쓴 시와 무슨 관련이 있나요?

마치 수백 번도 더 말해본 것처럼, 그녀의 대답은 자연스럽게 흘러나왔다. "난 사람들에게 이 책이 과거의 나로부터 현재의 나로 이끄는 관문을 표현한다고 말해요. 난 수잔나와의 관계, 그리고 그녀에게 일어난 일에 대한 죄책감에서 벗어나고 있었죠. 다른 곳으로 가는 문을 통과하고 있었던 거예요. 이해가 되나요?"

"네, 그런 것 같아요." 하지만 왠지 그녀가 나를 시험하는 것 같았다. 그래서 나는 내 본능을 믿고 더 깊게 파고들었다. "하지만 그게 진짜 이유는 아닌 것 같은데요. 그렇죠?"

그녀는 잠시 망설이다 대답했다. "사실은 아니에요. 그렇지 않죠."

"그럼 뭐죠?"

그녀는 내가 잘 아는 동작으로 손가락으로 머리카락을 비틀었다. "말하면 내가 미쳤다고 생각할 거예요."

"날 믿어요. 그런 생각은 안 할 거니까."

"딜런, 왜 이런 말을 당신한테 하는지 모르겠네요. 당신을 잘 알지도 못하고, 누구한테도 이런 사실을 털어놓은 적이 없는데 말이죠."

'**우리의 인연이 아직 끝나지 않아서 그래.**' 나는 생각했다.

"비밀 지킬게요." 나는 그녀에게 말했다.

칼리는 나를 빤히 바라보며 볼을 쓸어내렸다. 나를 관찰하면서 나라는 낯선 사람을 평가하는 듯했다. 그녀가 속으로 심사숙고하는 것이 느껴졌다. 그녀가 입을 열기도 전에, 나는 그녀가 완전히 판세를 뒤집을 무언가를 말할 거라는 사실을 알고 있었다. "다중 세계 이론이라고 들어본 적 있나요? 물리학의 양자역학에서 나온 말이죠."

나는 비명을 지르고 싶었지만 숨도 제대로 쉴 수 없는 지경이었다. 할 수 있는 말이라곤 이것뿐이었다. "들어봤어요."

"다중 세계 이론이 뭐라고 하는지 알아요? 다른 삶을 사는 것, 평행 세계에 대해서요."

내 목소리는 기어들어 가고 있었다. "네."

"그게 가능하다고 믿어요?"

"사실, 그렇게 생각해요."

"난 물에 빠져 죽으려고 했었어요." 칼리가 말을 이었다. "거의 죽을 뻔했죠."

"알아요."

"거의 한 달 동안 혼수상태였어요."

"네."

"그런데 말이죠, 혼수상태에 빠져 있는 동안 어딘가로 갔어요. 그 장소가 어딘지도 몰랐어요. 그러니까, 일종의 인형의 집 같은 곳이었죠. 이상하게 들리겠지만 거대한 인형의 집이었어요. 거기엔 다른 칼리들이 있었죠. 모두 나처럼 생긴 수많은 칼리가 다른 곳으로 가는 길 중간에 들른 것처럼 보였어요. 마치 내가 그 다중 세계 **안으로** 들어가서 어떤 교차점에 도착한 것 같았다고 할까요."

그녀는 말을 멈췄다. 얼굴에는 당혹해하는 표정이 역력했다. "봐요. 내가 제정신이 아니라니까요."

"아니에요. 계속해요."

253

"거기서 그중 한 명을 만났어요. 어떻게 들릴지 모르겠지만, 그 여자는 완전히 다른 삶을 사는 **또 다른 나**였어요. 난 그녀에게 내가 겪은 일을 전부 얘기했죠. 수잔나에 대해, 그녀가 사업 실패로 얼마나 괴로워했는지, 결코 좋아지지 않았던 우리 사이에 대해서요. 그리고 수잔나가 떠난 후 어떻게 내가 자신을 잃어버렸는지도요. 다른 칼리는 내 어두운 면을 이해해 줬죠. 본인은 훨씬 더 행복한 삶을 살고 있었는데도 말이에요. 그녀는 사랑에 빠져 있었어요. 결혼을 했는데, 그 사람은⋯."

칼리는 말을 끊었다.

"누군데요?" 나는 다급하게 물었다. "누구랑 결혼했는데요?"

그녀는 눈을 내리깔았다. "그건 중요치 않아요. 말했잖아요. 그녀는 다른 삶을 살고 있었다고요. 어쨌든 그녀는 시인은 아니었지만 재능 있고 유머러스한 사람이었어요. 우린 인형집 구석에 앉아 다른 칼리들이 오가는 걸 보면서 함께 시를 썼어요. 그녀와 나, 우리가 '**관문**'을 쓴 거죠. 우린 함께 그 모든 어둠의 물질을 통과해 다른 쪽으로 나왔어요."

"놀라운 경험이었겠네요."

칼리는 무언가 의아하다는 표정으로 고개를 저었다. "그랬죠. 하지만 그 모든 게 현실이 아니었어요."

"확실해요?"

"당연히 현실이 아니었죠. 그건 나와 나 사이의 대화였어요. 내가 기억하는 건, 혼수상태에서 깨어났을 때 책에 실린 대부분의 시가 이미 내 머릿속에 있었다는 거예요. 살면서 뭘 해야 할지 알았어요. 드디어 과거를 잊고 다른 사람이 될 준비가 된 거죠." 갑자기 칼리는 의자를 뒤로 밀고 일어섰다. "맙소사, 내가 지금 뭐 하는 거지? 말도 안 돼. 내가 이런 말을 했다고 아무한테도 말하지 말아줘요."

"얘기 안 할게요."

"가야겠어요."

"아뇨, 잠깐만요, 있어 봐요. 더 얘기하고 싶어요. 당신한테 할 말도 있고요."

"미안하지만 정말 가봐야 해요. 사무실에서 학생을 만나기로 했거든요. 날 어떻게 찾았는지 모르겠지만 이 얘기는 다신 하고 싶지 않아요, 딜런. 말을 꺼낸 내가 잘못한 것 같네요."

그녀는 노트북과 서류를 집어 들었지만, 나는 부드럽게 그녀의 손을 잡았다. 반지를 끼고 있던 그 손으로. "오늘 밤에 만나요." 내가 말했다.

"좋은 생각이 아닌 것 같아요."

"부탁이에요. 해주고 싶은 얘기가 있어요."

"우린 더 이상 서로에 대해 알아야 할 것 같진 않아요. 서로 모르는 사이잖아요."

"칼리."

그녀는 멈춰 섰다. 그녀의 몸 전체가 미세하게 떨리는 게 보였다. "왜 그러는데요?"

"날 포기하지 말아줘요."

그녀는 손으로 입을 가리고 아무 말도 하지 않았다. 대신 테이블을 내려다보며 노트북을 가슴에 꼭 껴안았다.

"오늘 밤에 만나요." 나는 다시 말했다.

칼리는 고개를 들지 않고 고개를 끄덕였다. "9시에 바로 여기서요."

그리고 그녀는 서둘러 자리를 떴다.

∞

그녀가 떠나고 나는 하늘을 나는 기분이었다.

너무 하늘 높이 올라가서 다시 내려올 길이 보이지 않았다. 이건 위험한 상황이었다. 더 높이 올라갈수록 떨어질 때의 충격은 더 클 테니까. 그럼에도 불구하고 나는 칼리에게 진실을 말하면 그녀가 내 얘기를 믿을지도 모른다는 꿈을 꾸었다. 칼리와 내가 이 세계에서 정말로 다시 시작해 우리가 가졌던 것을 되찾을 수 있을지 궁금해졌다. 사고 이후 처음으로 행복을 느낀 순간이었다.

그 후 로스코를 만나러 갔는데, 그는 나를 다시 땅으로 떨어뜨렸다.

강가에서 **로스코가 알던** 딜런의 사체를 발견한 일을 포함해 나는 그에게 지난 하루 동안 있었던 모든 일을 이야기했다. 말을 끝내자 그는 고개를 떨구며 슬픔에 잠겼다. 이윽고 그가 다시 고개를 들었을 때 그의 눈은 그 어느 때보다 차가웠다. 신부 로스코가 아니었다. 친구 로스코였는데 내가 그를 실망하게 한 것이다.

"넌 여기 있으면 안 된다고 말했잖아." 그가 나에게 소리쳤다. "더 많은 사람이 고통받기 전에 집으로 돌아가라고 했잖아. 네가 한 짓을 좀 봐. 너 때문에 얼마나 큰 피해가 생겼는지 보라고."

"강가에서 일어난 일은 내 잘못이 아니었어." 나는 항변했다.

"그래? 네가 하는 말을 믿어도 되는 거야? 불쑥 나타나서 평행 세계에 관한 이야기를 늘어놓더니 이제는 내 진짜 친구가 죽었다고,

살해당했다고 말하잖아. 네가 직접 계획한 게 아닌지 내가 어떻게 알아? 그를 제거해 버리고 그의 삶을 가져가서 칼리와 다시 함께하려는 수작인 건 아닌지 내가 어떻게 알겠냐고."

나는 고개를 저었다. "로스코, 날 알잖아. 난 절대 그런 짓을 할 사람은 아니란 걸."

"사실 난 너라는 사람의 진짜 모습을 알지 **못하는 게** 분명해졌어. 그리고 네 말이 맞아. 어제는 소위 살인마로부터 그녀를 보호하는 게 유일한 관심사라고 말했어. 그런데 지금 여기 와서 하는 얘기는 그녀를 되찾을 수 있을 것 같다는 거네. 예상했던 대로야. 유감이다, 딜런. 지금까지 상처 준 걸로 모자라니?"

"내가 그녀와 함께할 운명이라면 어떻게 그게 상처야?"

로스코는 천천히 크게 한숨을 쉬었다. 그는 검은색 안경을 벗어 안경알을 소매로 닦았다. 그런 다음 다시 안경을 쓰고 단호한 눈빛으로 나를 바라보았다. "네가 여기 오기 전 한 시간 동안 내가 뭘 했는지 아니? 타이와 얘기했어. 그녀는 혼란스러워하면서 두려워했어. 망연자실한 상태더라. 그녀는 자신이 진심으로 사랑하는 남편을 잃어버렸다고 생각해. 네가 나한테 한 말을 생각하면 그녀 생각이 맞지. 강가에 정말 시체가 있든 없든 상관없어. 평행 세계에 대한 네 이야기가 사실인지 아니면 망상일 뿐인지, 그것도 중요치 않아. 나에게 중요한 건 내가 사랑하는 친구가 아내에게 등을 돌리고 다른 사람과 관계를 맺으려고 한다는 거야. 그건 너답지 않아."

"로스코, 타이를 생각하면 마음이 안 좋지만 나는 그녀를 사랑하지 않아. 타이는 내 아내가 아니야."

"이 세계에서는 네 아내야!" 로스코가 소리쳤다. 그의 목소리가 성당의 높은 천장을 따라 울려 퍼졌다. 그는 눈을 감더니 좀 더 부드러운 목소리로 말했다. "미안해. 네가 이 세계에 살 거면 이 세계에 책임감이 있어야 해. 여기 와서 모든 게 예전과 같길 기대하는 건 불가능해. 이곳에서 네가 한 결정이고 선택이야. 그 선택을 존중해야 한다고."

나는 주먹을 불끈 쥐었다. "로스코, 내 상황을 이해해 줘. 난 칼리를 사랑했지만 그녀를 **잃었어**. 다시는 그녀를 되찾을 방법이 없을 거라고 생각했지. 하지만 이제 칼리도 나와 비슷한 일을 겪었다는 걸 알았어. 망상이 아니야. 그녀는 내 말을 들어줄 거야."

"정말 그럴 것 같아? 딜런, 앞으로 어떻게 될 것 같은데? 넌 칼리와 똑같이 생긴 여자의 살해 용의자로 지목되고 있어. 넌 그녀에게 아내가 죽었다고 말했지만, 머지않아 그녀는 알게 되겠지. 네 아내는 사실 살아있고 네가 거짓말을 한 거란 걸. 칼리가 그 모든 걸 무시하고 너와 사랑에 빠질 거라고 생각하는 거야? 이 일이 잘 끝날 수 있을 것 같아?"

"로스코…."

내 친구는 굳게 닫힌 문처럼 단호하게 고개를 저었다. "이러지 마, 딜런. 미안하지만, 다른 삶에서 후회했던 선택을 여기 와서 단순히 되돌릴 수는 없어. 그런 식으로 할 순 없어. 네가 할 수 있는 건 그 경험에서 배우고 더 나은 사람이 되는 것뿐이야."

"그러려는 거야. 맹세해. 난 변하려고 애쓰고 있어."

"변하려면 **희생**이 필요하고, 변하려면 죄를 **인정**해야 해. 네가 지금 그렇게 하고 있니? 아직도 네 이기적인 욕망만을 추구하는 건 아니고? 진지하게 하는 말이야. 여길 떠나. 칼리한테서도 떨어져.

타이와 함께할 수 없을 것 같다면 넌 이 세계를 완전히 떠나야 해."

"지금 나한테 무슨 요구를 하는 건지 넌 몰라."

"알아. 내 말 믿어, 나도 아니까."

"로스코, 난 친구로서 너한테 온 거야. 네 도움이 필요해서."

"그래, 알아. 믿기지 않겠지만 난 도움을 주려는 거야. 내가 너에게 의리를 지켜야 한다고 생각하는 거 알아. 그리고 항상 네 곁에 있어 주겠다고 여러 번 말했던 것도. 하지만 너는 내가 아는 친구가 **아니라는** 것도 확실해졌어. **내가 알던 친구**는 죽었어. 모르겠니? 여기 오래 있을수록 상황은 더 나빠질 거야. 넌 무단침입자야, 딜런. 넌 떠나야 해."

23장

집에 도착해 보니 타이가 짐을 싸고 있었다. 옷을 한 움큼씩 집어 들고 옷장과 침대 위에 놓인 분홍색 여행 가방 사이를 왔다 갔다 했다. 검은 긴 머리는 헝클어져 있었고, 건강한 구릿빛 얼굴은 눈물로 얼룩져 있었다. 나는 문 앞에 서 있었다. 그녀는 애써 나를 무시하는 척했지만 그녀가 받은 상처의 깊이가 느껴졌다. 그 모습을 보면서 로스코의 말이 모두 옳다는 것을 깨달았다. 내가 이 세계에 와서 그녀의 인생을 망친 것이다. 그녀는 더 나은 대우를 받을 자격이 있는 사람이었다.

타이의 남편, 그녀의 진짜 남편은 죽었다. 강가에서 죽은 채로 다시는 돌아오지 않을 것이다. 한편, 그녀의 집에 사는 남편은 다른 여자를 사랑하고 있었다.

"그 여자 누군데?" 내 마음을 읽기라도 하듯이 타이가 물었다.

"뭐라고?"

그녀는 침실 한가운데 멈춰 섰고 들고 있던 드레스를 바닥에 떨어뜨렸다. "오늘 아침에 당신을 미행했어. 노스웨스턴대에서 금발 여자와 얘기하는 걸 봤지. 누구야?"

나는 망설였지만 숨길 필요는 없었다. "그 친구 이름은 칼리 챈스야."

"그 여자랑 바람피우는 거야?"

"그런 일은 없어."

"거짓말하지 마. 당신을 **봤어**. 내가 당신 표정을 모를 것 같아? 당신이 날 바라볼 때 그런 표정을 짓는지 눈여겨보지 않았겠어? 한 번도 없었어. 단 한 번도. 그 여자를 바라보던 그 표정으로 날 바라본 적이 없잖아."

"이건 어떻게 설명할 수가 없어." 나는 그녀에게 말했다. "말한다 해도 내 말을 믿지 않을 거야."

"설명 따위는 넣어둬. 상관없으니까. 난 여기서 나갈 거야. 친구 집에 가서 지내려고."

"타이, 미안해."

그녀는 고개를 저었다. "아니, 당신은 미안하지 않아. 그게 제일 나빠. 말은 그렇게 하면서도 전혀 미안해하지 않잖아."

"그건 사실이 아니야. 당신에게 상처를 줘서 나도 괴로워."

"모두 나한테 경고했었어. 가족도, 로스코도. 젠장, 심지어 에드거도 경고했지. 당신과 결혼하는 건 실수하는 거라고 말이야. 그 말을 들었어야 했는데."

그 말에 아무런 할 말이 없었다.

"사랑이야?" 타이가 계속 물었다. "이 여자를 사랑하는 거야? 아니면 더 나쁜 거야?"

"그게 무슨 말이지?"

"난 바보가 아니야, 딜런. 닮았더라고. 우리 집 건너편에서 살해당한 그 여자와 닮았어. 노스웨스턴대 기숙사 뒤에서 당신이 스토킹하던 여자와도 닮았고. 당신 도대체 어떤 남자야? 내가 누구랑 결혼한 거지?"

"당신이 전부 다 잘못 알고 있는 거야." 나는 주장했다.

"그래? 글쎄, 그건 두고 봐야 알겠지. 당신이 목요일에 돌아왔을 때 입고 있던 옷을 부싱 형사한테 줬으니까. 당신 DNA를 채취해서 검사해달라고 했어. 당신이 벳시 컨을 죽였다면 경찰이 찾아낼 거야."

"검사 결과가 어떻게 나오든 상관없어. 난 아무도 죽이지 않았으니까."

"그 얘기는 DNA가 일치할 거란 걸 당신은 이미 알고 있다는 거네."

"정말이야, 이건 보이는 것과는 다른 문제야."

그녀는 다시 짐을 싸기 시작했다. "나가줘, 딜런. 혼자 있고 싶으니까. 당신과 같은 아파트에 있고 싶지 않아."

"타이, 제발…."

"**나가라고!**" 그녀는 나에게 소리쳤다. "나가! 당신이 안 나가면 911에 전화해서 당신을 끌고 나가라고 할 테니까."

나는 항복의 의미로 두 손을 들었다. "알았어. 당신이 원하는 대로 해. 내가 나갈게."

나는 아파트에서 나왔다. 그녀가 화를 내는 모습을 더는 보고 싶지 않았다. 나라는 사람에 대해, 내가 한 일에 대해 그녀는 잘못 생각하고 있었다. 또 한편으로는 그녀 말이 틀린 것도 아니었다. 나는 살인자가 아니지만 DNA 검사 결과는 그렇게 나올 것이다. 외도를 한 건 아니지만 나는 칼리를 사랑했고 할 수만 있다면 그녀를 다시 품에 안고 싶었다. 이 세계에서 타이에게 몹쓸 짓을 했지만 내가 살던 세계에서 그녀에게 성자처럼 굴었던 것은 아니었다. 그녀를 끌어들였어도 나쁜 의도는 아니었기 때문에 죄가 없다고 믿었다. 하지만 결코 무죄는 아니었다.

아파트를 나온 후, 나는 계단을 올라가 에드거의 집으로 갔다. 할아버지와 나는 어떤 세계에서도 좋은 관계가 아니었지만 딱히 말할 사람이 없었다. 로스코도, 타이도 나를 쫓아냈다. 내 실수로 인해 점점 고립되는 느낌이었다.

문 너머로 TV에서 나오는 퀴즈쇼 소리가 들렸다. 마침 열쇠가 있어서 문을 열고 안으로 들어갔다. 에드거는 리클라이너 의자에 누워 잠들어 있었다. 코 고는 소리가 트럼펫 소리처럼 울려 퍼졌다. 홀로 있는 그의 모습을 보니 몸서리가 쳐졌다. 둘 사이에는 60년이 넘는 시간의 차이가 있지만, 가족 간의 닮은 모습은 항상 존재했다. 에드거와 나만 닮은 게 아니었다. 우리 두 사람의 얼굴에서는 아버지의 모습도 보였다. 아버지의 유령은 멀리 있는 게 아니었다.

내가 TV를 꺼버리자 갑작스러운 정적에 에드거가 잠에서 깼다. 그는 맞은편 소파에 앉아 있는 나를 보고 깜짝 놀라 눈을 깜빡였다.

"네가 여기 올라왔다고?" 그가 언짢은 목소리로 말했다. "내가 죽을병에라도 걸린 거냐?"

나는 처량한 미소를 지었다. "아니에요."

"그럼 무슨 일인데?"

"그냥 어떻게 지내시는지 보러 온 거예요."

에드거는 미지근하게 식어버린 버드와이저 캔을 집어 들었다.

"거짓말을 할 거면 제대로 해라."

"알겠어요. 음, 사실대로 말하면, 타이가 아래층에서 짐을 싸고 있어요. 내가 곁에 있는 걸 원치 않는다네요."

"널 떠나겠다고?"

"네."

"너 혹시 바람 핀 게냐?"

"말하자면 복잡해요. 무엇보다, 제가 그녀를 사랑하지 않는다는 사실을 알게 된 것 같아요."

에드거가 코웃음을 쳤다. "내 장담하는데, 그 애는 처음부터 알고 있었어."

나는 내가 대신 살고 있는 딜런의 삶과 타이와 함께하겠다고 한 그의 선택에 대해 생각했다. 여전히 이해가 되지 않았다. "할아버지가 타이에게 나랑 결혼하지 말라고 했다던데요."

"그건 맞는 말이다."

"다들 그녀에게 같은 말을 한 것 같네요."

"그랬을 거다. 그래서? 우리가 틀렸냐?"

"아뇨."

"이제 어떻게 할 작정이냐?" 에드거가 물었다.

"뭘 어쩌겠어요? 떠나겠다는데요."

"그래. 포기해야지. 참 너답구나."

"에드거, 전 타이를 사랑하지 않아요. 할아버지와 로스코 말대로 한 번도 사랑한 적이 없어요. 제가 할 수 있는 최선은 그녀를 진심으로 사랑해 줄 사람을 찾게 해주는 거예요."

에드거는 웃음을 터뜨리며 거의 맥주를 뿜을 뻔했다. "그게 최선이라고? 그게 너를 위해서냐, 아님 그 애를 위해서냐? 아무래도 뭔가 잊은 것 같은데, 그 애는 처음부터 너한테 푹 빠져 있었고 지금도 그럴 거다. 너는 문제가 있는 놈이라고, 모두 멀리 도망가라고 했지만 그 애는 그러지 않았지. 그건 상당한 용기가 필요한 일이야. 내가 말해주지. 무슨 일이 벌어질지 그 애가 몰랐던 게 아니라, 너한테서 무언가를 본 거다. 너 자신도 보지 못한 무언가를. 난 그 점을 높이 샀지. 솔직히 너도 좀 의외였다. 그 애를 내팽개칠 거라고 예상했는데 적어도 지금까지는 버텼으니까 말이다. 넌 그 애와 함께 살기 위해 열심히 노력했고, 그 노력에 결실을 거두고 있는 것처럼 보였지. 지난해에 넌 내가 본 것 중 가장 행복해 보였으니까."

살면서 자주 들어본 적이 없는 단어였다. "행복이요? 타이가 절 행복하게 해줬다고요?"

"내 눈에는 그렇게 보였다. 두 사람이 끝까지 함께할 거라고 생각했지. 그럼 우리 집안에서는 처음 있는 일이 되는 거였어. 내 결혼생활은 엉망이었고, 네 아버지는 뭐, 말 안 해도 알겠지. 하지만 너와 타이는 잘 맞는 것 같았어. 그래서 참 다행이라고 생각했고. 도대체 무슨 일이 있었길래 그 좋은 사이가 틀어졌는지 모르겠다. 네가 한 짓을 비난하는 건 아니야. 나도 착한 인간은 못되니까. 그래도 안타까워. 내가 할 말은 그게 다다. 안타깝다는 거야."

에드거의 훈계를 듣고 주먹으로 배를 한 대 맞은 느낌이 들었다.

이곳에 온 이후로, 나는 오로지 타이와 결혼한 딜런 모런이 그녀를 진정으로 사랑하지 않는다는 생각에만 집중했었다. 내가 칼리를 사랑했던 방식은 아니었다. 그것만 알면 충분했다. 내가 본 그 사람은 몸 외에는 나와 전혀 다른 남자였다. 그에게는 아무런 열의나 열

정도 없고, 영혼의 단짝이 되어주는 아내도 없었다. 그의 옷장 안에는 내가 싫어하는 옷과 나라면 절대 쓰지 않을 커프스단추와 향수가 있었다. 말 그대로 그가 자신의 삶에 만족하고 있다는 생각은 한 번도 들지 않았다. 아내가 골라준 향수를 뿌리고 다니고, 아내와 함께 있으면 행복해서 디즈니월드도 가고 하와이도 갔다. 그는 자신의 과거를 극복하고 성공적인 결혼 생활을 위해 노력했다.

그는 내가 아니었다. 둘의 관계도 나와는 상관없었다. 하지만 내가 그걸 빼앗았다. 내가 여기 오면서 그들의 삶이 망가졌다. 꿈이 산산조각 나고 믿음이 사라진 상태로 타이는 떠나려 했지만, 그 **이유**는 알 리가 없었다. 그녀는 자신에게 의문을 품고 다시는 믿을 수 없음을 알게 되었다. 타이가 사랑했던 남자는 그녀가 전혀 모르는 낯선 사람이라는 것이 밝혀졌기 때문이었다.

나 때문이었다. **내가 바로 그 이방인이었다.**

개자식 같으니라고. 내가 무슨 짓을 한 거지?

"가야겠어요." 나는 에드거에게 말했다.

이제 할 일을 알았다. 미친 짓이든 아니든, 그녀가 믿든 안 믿든, 나는 결국 타이에게 진실을 말해야 했다. 딜런이 변했다고 생각하도록 내버려 둘 수가 없었다. 그녀의 잘못이 아니었으니까. 모든 것을 낱낱이 밝히고 그녀의 인생이 단 며칠 만에 뒤집힌 이유를 설명해야 했다. 그리고 진짜 남편은 돌아오지 않을 거라는 냉혹한 사실도 알려줘야 했다.

나는 에드거의 집을 나왔다. 다시 계단을 내려가 우리 집으로 들어갔다.

"타이!" 나는 소리쳤다.

그녀는 답이 없었다.

"타이, 할 말이 있어!"

하지만 여전히 상처받은 침묵만이 흘렀다.

"제발, 내 말 좀 들어줘."

나는 창밖을 내다보았다. 그녀의 차가 도로변에 세워져 있는 걸 보면 아직 집에서 나가지 않은 게 분명했다. 침실로 들어가 보니, 짐을 반쯤 싸놓은 그녀의 분홍색 여행 가방이 아직도 침대 위에 놓여 있었다. 욕실 문은 반쯤 닫혀 있었고, 안쪽에는 불이 켜져 있었다. 나는 그쪽으로 가서 주먹으로 문을 두드렸다.

"타이? 미안해. 당신이 나가라고 한 건 알지만 꼭 설명해야 할 게 있어. 중요한 일이야."

여전히 그녀는 내 말을 무시했다.

나는 문 가까이 귀를 기울였다. 조용히 흐느끼는 소리가 들릴 것 같았지만 반대편에서는 물 흐르는 소리밖에 들리지 않았다. 발밑을 내려다보니 문 아래 틈새로 물이 흘러나와 침실 바닥에 퍼져나가고 있었다. 두려움에 심장이 뛰었다. 나는 문을 밀치고 안으로 들어갔다. 발 주변으로 물이 흥건했다. 왼쪽을 보니 욕조에 물이 넘치고 있었다. 마치 강물이 둑을 넘쳐흐르는 듯이, 차가운 물이 욕조의 유리 섬유 벽면을 타고 흘러내리고 있었다.

나는 두 걸음을 내디뎌 욕조를 들여다보았고, 믿을 수 없는 광경에 울부짖었다. 수정처럼 맑은 물 아래에서 타이가 나를 바라보고 있었다. 눈을 크게 뜨고 입을 쩍 벌린 채로. 몇 분 전까지도 입고 있던 노란 드레스 차림이었는데, 그 선명한 원단이 이제는 그녀의 피부에 달라붙어 있었다. 그녀가 죽었다는 걸 알았지만 나는 수도꼭지를 잠그고 그녀의 상반신을 잡고 내 쪽으로 끌어당겼다. 몸이 축 늘어져 좀처럼 움직이지 않았고, 이미 차갑게 식어버린 상태였다. 그녀의 얼굴은 변함이 없었다. 여전히 공포에 질린 눈으로 나를 계속 바라보고 있었다.

"타이." 나는 고개를 가로저으며 중얼거렸다. "이럴 수가, 타이."

나는 젖은 바닥에 무릎을 꿇고 그녀를 껴안았다. 주위로 물이 뚝뚝 떨어지고 튀었다. 나는 그녀를 흔들다가 이마에 키스했다. 그러고는 내 손으로 부드럽게 그녀의 입을 닫고 손가락으로 눈을 감겼다. 그녀의 모습은 평화로워 보였지만, 나는 폭풍에 휩싸였다. 머릿속으로 무슨 일이 일어난 건지 알아내려고 안간힘을 썼다. 그 순간, 나는 누군가가 그녀를 죽였다는 사실을 깨달았다.

누군가가 그녀를 붙들어 제압한 다음, 욕조에 물을 받고 물속에 집어넣어 숨을 쉬지 못하게 만든 것이다.

그 누군가는 나였다.

뒤에서 발걸음 소리가 들렸다. 타이의 몸이 내 팔에서 미끄러졌고, 나는 몸을 홱 돌렸다. 젖은 바닥에서 재빨리 일어나려 했지만 이미 늦었다.

그가 있었다. 나를 향해 다가오며. 내가 거기 있었다.

딜런 모런이 나를 내려다보고 있었다. 그의 입매는 잔뜩 찌푸려져 있었고, 그의 푸른 눈동자는 폭풍우 치는 바다처럼 무자비했다. 그가 입은 가죽 재킷은 젖어 있었다. 타이가 사력을 다해 저항하면서 그를 젖게 만들었던 것이다. 그의 손에는 뒷마당에서 가져온 빨간 벽돌이 들려있었다. 일어나서 그의 목을 움켜잡으려고 하기도 전에, 그는 내 옆머리에 벽돌을 휘둘렀다. 밀려오는 공기 소리가 들리며, 벽돌을 든 그의 손이 다가오는 게 보였다. 나는 몸을 숙여봤지만, 그의 속도를 감당하지는 못했다.

머릿속에서 통증이 폭죽처럼 뜨겁게 터져 나왔고, 그 후 나는 사라졌다.

24장

머리가 깨질듯한 두통과 입안의 비릿한 피 맛을 느끼면서 잠에서 깼다. 나는 두 눈이 번쩍 떠졌다. 처음에는 천장용 환풍기가 낮은 소리로 덜걱거리며 천천히 돌아가는 것만 보였다. 그러다 고개를 돌려보니 침대에 누워 있는 내 모습이 보였다. 움직이려고 했지만 불가능했다. 사지가 벌린 채로 손목과 발목이 실크 넥타이로 침대 프레임 모퉁이 네 곳에 단단히 묶여 있었다.

한밤중은 아니었는데도 방 주변은 어두웠다. 두꺼운 커튼이 쳐져 있었기 때문이었다. 짙은 어둠 속에서, 침실 구석으로 끌어다 놓은 식탁 의자 하나만 겨우 구별할 수 있었다. 누군가 그 의자에 앉아 있었다. 검은 형체가 나를 지켜보고 있었다. 그가 숨 쉬는 소리와 움직일 때 옷이 부스럭거리는 소리가 들렸다. 그는 내가 깨어난 것을 알고 있었다. 성냥을 긋는 소리와 함께 작은 불꽃이 일어나 남자의 손 피부를 비췄다. 그리고 매캐한 담배 연기가 나기 시작했다.

"안녕, 딜런." 내 도플갱어가 말했다.

의자에서 일어난 그는 침대 쪽으로 다가와 나를 내려다보았다. 나는 또 다른 내 모습을 바라보았다. 내 얼굴과 똑같은 그의 얼굴.

그는 아버지의 가죽 재킷 옷깃을 올려서 까마귀 날개처럼 목을 감쌌다. 재킷 속에는 옷깃이 없는 올리브색 셔츠의 단추를 다 풀어 헐렁하게 입고 있었다. 지저분하게 흐트러진 검은 머리에 며칠 동안 면도도 하지 못한 모습이었다. 얼굴 뼈는 만지면 베일 듯이 날카로운 각도로 튀어나와 있었다. 모든 신체적 특징이 나와 똑같았지만 우리는 서로 다른 사람이었다. 칼리는 내 입술을 보면 기분을 읽을 수 있다고 늘 말했다. 하지만 그의 입에는 표정이 없었다. 그가 저지른 짓을 생각하면 그의 파란 눈동자는 잔인함으로 이글거릴 것 같았지만, 나에게 고정된 시선에서 가학성은 느껴지지 않았다. 그 안의 폭발할 듯한 감정은 아주 깊숙한 곳에 숨겨져 있어 쉽게 드러나지 않는 것 같았다.

"타이를 죽일 필요는 없었어." 내가 말했다.

그는 바로 대답하지 않았다. 내가 그랬던 것처럼 그도 나를 강렬하게 바라봤다. 그는 두 손가락으로 입에서 담배를 떼어내고 턱을 젖히며 회색 연기를 내뿜었다. 그리고는 어깨를 으쓱하며 말했다. "난 내가 하고 싶은 대로 하거든."

다른 딜런은 나무 의자를 가져왔다. 의자를 침대 옆에 놓고 앉아서 다리를 구부린 다음 정장 구두의 검은 굽을 다른 쪽 무릎 위에 올려놓았다. 그는 담배를 들고 눈썹을 치켜세우며 나에게 한 모금을 권했다. 나는 고개를 저었다.

"드디어 이렇게 가까이서 보게 되어 기쁘군." 그가 말했다.

"왜지?"

그는 어깨를 으쓱했다. "딜런 모런들은 대부분 재미없고 시시해. 무감각하고 우울증에 걸린 패배자들이지. 이 친구를 봐. 켄 인형처럼 아내가 입혀주는 대로 옷도 입잖아. 이런 사람은 내가 존중해 주기가 힘들어. 하지만 넌 맞서 싸웠어. 날 쫓아왔지. 그래서 다른 딜런들보다 더 나를 닮았다는 생각이 들더군."

"난 너랑 전혀 달라."

그는 나를 보며 짧고 냉소적으로 웃었다. "아이, 왜 이래. 날 죽이고 싶잖아, 안 그래? 그래서 여기 온 거잖아. 그게 네 계획이었고. 내가 풀어주면, 넌 내 목을 움켜잡고 목을 졸라 죽일 거잖아. 인정해. 우린 그렇게 다르지 않다는 걸."

"난 네가 다른 사람을 죽이는 걸 막으려고 하는 거야. 그게 차이점이지."

"그래, 넌 영웅이고 난 악마다. 네 손에는 무고한 피가 묻어있지 않으니까." 그는 내 곁으로 와 담배 연기를 내뿜으며 귓가에 속삭였다. "그런데 네가 사는 세계에서 로스코는 왜 죽었지? **칼리는 왜 죽었을까?** 네가 죽였어. 내가 아니라."

나는 묶인 손발을 풀기 위해 몸부림쳤지만 풀 수 없었다. 살기를 품은 눈빛으로 그를 노려봤다. 그의 말대로, 나는 할 수만 있다면 그 자리에서 그의 목을 졸라 죽였을 것이다.

마치 자신의 주장을 분명히 전달했다는 듯이, 그는 씩 웃었다. 그런 다음 의자에서 일어나 옷장으로 가서 남자 옷을 꺼내기 시작했다. 그리고는 패션쇼를 하듯 침대 위에 한 벌씩 걸쳐놓기 시작했다. "편하게 있어. 그냥 널 괴롭히는 거니까. 난 나라는 존재에 대해 변명을 늘어놓지 않아. 다른 쌍둥이들과는 다르지. 난 그냥 받아들여. 그러니 너도 그래야 해."

"너 같은 사람이 되는 건, 네가 한 짓을 한다는 건 상상만 해도 끔찍해."

그는 어깨를 으쓱해 보였다. 마치 우리가 좋아하는 음식과 싫어하는 음식에 관해 얘기라도 하는 것처럼. 그는 옷장에서 꺼낸 옷들을 살펴보다가 침대에서 하와이안 셔츠를 들어 올리더니 눈을 희번덕거렸다. 그러고는 다시 의자에 앉았다.

"정말? 넌 평생 네 아버지처럼 될까 봐 두려워했지. 네 아버지와 비슷한 딜런 모런을 만나는 게 왜 그렇게 이상한 걸까?"

담배 한 개비를 다 피운 그는 천천히 다른 한 개비에 불을 붙였다. 모든 동작을 서두르지 않았다. 담배 몇 모금을 피운 후, 그는 나에게 가까이 다가와 호기심 가득한 목소리로 말했다.

"뭐 하나 물어보자. 그날로 돌아갈 수 있다면, 넌 뭘 할 거냐? 무슨 말인지 알잖아. 아버지가 총을 들고 쐈어. 어머니는 죽었고, 넌 구석에 앉아 있었지. 달리 뭘 했겠냐고?"

"난 어린아이였어." 이제는 진정으로 받아들이려고 애쓰며 말했다. "내가 할 수 있는 건 아무것도 없었다고."

"그건 사실이 아니야. 난 뭔가를 했거든."

이상하게도 난 그게 무엇인지 알아야겠다고 생각했다. "뭘 했는데?"

"아버지를 죽였어. 그를 향해 돌진해서 넘어뜨린 다음 총을 가져와서 그의 머리에 쐈어. 우리의 어머니를 위해 복수했지."

"네 말 못 믿겠어."

"어째서? 넌 겁쟁이인데 난 아니라서? 너도 내가 했던 일을 하고 싶어서?"

"그러고 싶지 않아."

"아니라고? 그럼 왜 여자친구를 학대하는 남자들을 지나치지 못하고 계속 싸우는데? 막상 일이 닥쳤을 때 너는 어머니를 위해 나서지 않았기 때문이야. 넌 아무것도 안 했어. 그 사실이 너를 괴롭히고 있는 거지."

숨이 가빠지는 게 느껴졌다. 부인하고 싶었지만 그의 말이 틀리지는 않았다. 그렇다, 나는 이 다른 딜런이 했던 일을 꿈꿔왔다. 나의 거울, 이 연쇄살인범은 나 자신보다 나를 더 잘 알고 있었다. 고개를 돌리자, 그의 얼굴에 승리의 미소가 살짝 스쳤다.

"알겠어?" 그가 의자에 편안히 앉아 담배를 피워대며 말했다. "난 최고의 딜런 모런이야. 너희들이 바라는 걸 다 해내고, 무슨 짓을 해도 처벌받지 않아. 아버지를 죽인 거? 경찰은 날 풀어줬어. 난 트라우마에 시달리는 아이일 뿐이었거든. 고등학교 시절 난 계속 애들을 때리고 다녔는데 그 애들은 나한테 아무 짓도 못 하더라. 불쌍한 녀석, 참으로 힘든 어린 시절을 보냈지. 학교에선 날 방과 후에 남게 하거나 상담사에게 보냈지만, 난 또 말썽을 일으켰지. 많이 들어본 얘기 아냐?"

나는 얼굴을 찌푸렸다. 그렇다, 익숙한 이야기였다.

"그래서 난 계속 판돈을 올렸지. 어디까지 갈 수 있는지 확인해보고 싶었거든. 하지만 난 내가 어딜 향하는지 이미 알고 있었어. 내가 넘고 싶은 선을 알고 있었지. 난 그렇게 생긴 놈이야. 너의 내면 어딘가에도 좋든 싫든 똑같은 유전자가 있을 거다." 그는 내 모든 비밀을 알고 있다는 표정을 지었다. "처음으로 같이 잔 여자가 누구였더라? 다이애나 게어리, 맞지?"

거짓말을 할 이유가 없었다. "맞아."

"그 여자를 어떻게 만났지?"

"우린 기차에서 만났어." 나는 순순히 털어놓았다. 똑같은 일이 그에게도 벌어졌을 게 분명했다. "난 열일곱 살이었어. 그녀는 스물두 살, 나보다 나이가 많았지. 우린 대화를 나누다가 그녀 집으로 갔어. 그녀가 자꾸 테킬라를 먹이는 바람에 취해서 결국 잠자리를 가졌어. 그녀가 남자친구에게 차여서 기분이 안 좋았는데 내가 위로해 준 거지."

"나도 기차에서 다이애나 게어리를 만났지." 다른 딜런이 답했다. "너랑 똑같아. 우리도 잤어."

그는 말을 멈췄다. 그는 내가 물어보길 기다렸고, 나는 참을 수 없었다.

"그런 다음엔?"

"일을 다 끝내고 베개로 질식시킨 다음 머리통을 잘랐지."

"이런, 제기랄." 나는 한 번 더 나를 묶고 있는 밧줄을 붙잡고 몸부림쳤지만 움직일 수 없었다.

"내가 그녀를 죽인 후에 무슨 일이 일어났는지 알아? 아무 일도 없었어. 아무도 몰랐지. 내가 그랬단 걸 아무도 몰랐다고. 그 사실을 알고 나서는 뭐든 할 수 있겠다는 생각에 다른 방법, 다른 제물을 찾아다녔어. 폭력 그 자체는 그다지 강렬하지 않았어. 빠져나올 수 있다는 걸 아는 게 스릴 넘쳤던 거야. 스물여섯 살이 되었을 때 난 열네 명을 죽였어. 경찰은 알 턱이 없었고."

"이 역겨운 개자식."

그는 나의 분노에도 아랑곳하지 않았다. 마치 도덕과 부도덕은 반대 개념일 뿐 크게 다르지 않다고 여기는 듯이.

"난 계속 그렇게 지낼 수 있었지만, 스물여섯 번째 생일에 모든 것이 바뀌었지. 그날 뭘 했는지 기억하나?"

실제로 나는 기억했다. 생일에 하기에는 잊지 못할 일이었다. "정신과 의사를 만났어."

"맞아. 법원 명령으로 받은 분노 조절 치료였어. 술집에서 싸우고 나서 말이야."

"그래."

"누굴 만났지?"

"그녀 이름은 바네사 커비였어."

딜런은 고개를 끄덕였다. "맞아, 나도 커비 선생님을 만나기로 했는데 그녀는 그날 몸이 아파서 오지 않았지. 그래서 다른 의사에게 진료를 봤어. 같은 층에 사무실이 있는 정신과 의사였지. 난 그냥 어떻게 되든 상관없다고 생각했어. 법원 서류에 있는 칸에 체크만 하면 되겠다 싶었으니까. 그래서 내가 누굴 만났게?"

나는 미간을 찌푸렸다. "누군데?"

"이브 브라이어."

나는 숨죽여 욕을 내뱉었다.

"그래, 인생이란 게 참 재밌게 흘러가지? 이브는 똑똑했어. 나를 정말 잘 이해했지. 내가 아버지를 죽이고도 벌을 받지 않은 것에 대해 죄책감을 느끼고 있는 거라고 하더라고. 벌을 받고 싶다는 강렬한 욕구를 느끼고 있다고 말이야. 그래서 나는 나쁜 사람이라는 걸 증명하는 상황에 계속 나 자신을 몰아넣는다고 말했어. 물론 그녀에게 내가 죽인 다른 사람들에 관해서는 얘기하지 않았지만, 그것만 봐도 이브의 말이 맞는 게 증명 되지."

딜런은 다시 의자에서 일어났다. 그는 몸에 달라붙는 짙은 보라색 체크무늬 드레스 셔츠를 집어 들고는 옷걸이에 걸어 보였다. "이 셔츠 어때? 내가 소화할 수 있을까?"

나는 그를 바라보았다. "뭐라고?"

"스타일리시한가? 단추 달린 조끼와 같이 입으면 되려나? 여기선 골라 입을 게 별로 없네."

"패션 조언을 해달라는 거야? 지금 장난해?"

그는 어깨를 으쓱하더니, 가죽 재킷을 벗고 올리브색 셔츠의 단추를 풀었다. 셔츠를 벗자 그의 맨가슴 전체에 면도날로 벤 듯한 흉터가 보였다. 자해로 생긴 상처가 분명했다. 이브가 이 딜런은 벌을 받고 싶어 하는 거라고 생각한 이유를 알 것 같았다. 그는 몇 년 동안 자기 증오를 자신의 몸에 풀고 있었던 것이다.

"아무튼, 그때 이브에게서 다중 세계인지 뭔지에 관해 얘기를 들었지." 그는 말을 이었다. "넌 그게 헛소리라고 생각했나?"

"그래."

"그래, 나도 마찬가지였어. 하지만 이브는 누군가에게 시도해 보기를 원했고, 나는 뭐 아무래도 상관없었으니까. 이브는 다른 세계를 경험하면 내가 저지른 잘못된 선택을 대처하는 데 도움이 될 거라고 했어. 그래서 그녀가 놔주는 약물을 맞았지. 꽤 짜릿하더라? 도착해 보니 미술관이었고 나와 똑같이 생긴 나의 다른 버전들로 둘러싸여 있었어. 이게 다 무슨 일인지 아는 사람은 나뿐이었어. 다른 사람들은 전혀 모르고 말이야. 무슨 일이 벌어지고 있는 건지 아니까 상황은 더 나빠졌어. 내 도플갱어들을 더 많이 볼수록 내가 미쳐가고 있는 것 같더라. 너도 그랬나?"

나는 대답하고 싶지 않았지만 입을 열었다. "그래, 나도 똑같이 느꼈어."

그는 내 대답을 듣고 기분이 좋다는 듯 고개를 끄덕이더니 더 이상 아무 말도 하지 않았다. 돌아서서 화장실로 들어간 뒤 나를 등지고 설 뿐이었다. 약장에서 면도기와 면도 크림을 찾아낸 그는 천천히, 신중한 손놀림으로 얼굴을 면도하기 시작했다. 익사한 타이의 시신은 여전히 욕조 안에 있었지만, 그는 아무 일도 아니라는 듯 면도를 계속했다. 우리는 거울을 통해 서로를 볼 수 있었다. 그가 살짝 미소를 지을 때 나는 묶인 손발을 풀려고 애썼지만 결박은 풀리지 않았다.

마침내 그는 면도를 끝내고 세수를 한 다음 매끈해진 피부를 수건으로 닦으면서 돌아왔다. 그는 자리에 앉아 이야기를 계속했다. "처음엔 아무 데도 갈 생각이 없었어. 그냥 주변 상황을 파악하고 있었지. 그러다가 당신도 아는 그 단어를 말했더니, 펑! 다시 이브 옆이더라고. 이브는 치료가 도움이 되었냐고 물었고 난 그렇다고 대답했어. 그건 사실이었지만, 그녀가 생각하는 방식은 아니었지. 난 다른 세계로 정말 들어갈 수 있을지 궁금해지기 시작했어. 그래서 몇 번 더 해보고 싶다고 말했어. 다음번에는 다른 딜런 한 명을 따라 문밖으로 나갔어. 무슨 일이 일어날지 전혀 몰랐는데, 빌어먹을. 난 완전히 정신을 잃었어. 깨어났을 땐 며칠이 지난 후였지. 난 샴버그에 있는 우드필드 몰 남자 화장실 바닥에 누워 있었어. 말도 안 되지? 그래도 몰로 나가자마자 내 복제본을 발견하고 그를 따라갔어. 내 정체를 들키지 않고 그의 모든 삶을 알게 되었지. 일주일 정도 그곳에 머물다가 비밀 코드를 말하고 마침내 거기서 빠져나오게 된 거야. 그랬더니 다시 똑같이 이브의 사무실이었어. 그녀가 있는 곳에선 30분 정도밖에 지나지 않았더라고. 난 계속하고 싶다고 말했지. 돌아가고 싶다고. 이번에 돌아가면 뭘 해야 할지 알았거든."

"살인." 나는 중얼거렸다.

"오, 맞아. 난 또 다른 딜런을 따라다니면서 지켜봤어. 그를 관찰하면서 일상을 파악했지. 그리고 실험을 했어. 그 딜런이 다른 곳에서 회의하고 있을 때, 그의 호텔 사무실로 들어간 거야. 아무도 모르더라고. 의심하는 사람이 아무도 없었다니까. 왜 의심을 하겠어? 그래서 난 그의 아내와 잤어. 그녀는 지금까지 했던 섹스 중 최고라고 하더라고. 나도 흡족했어. 그러다 그 딜런이 집에 혼자 있는 걸 알게 된 어느 날 밤, 나는 술집에서 여자 한 명을 꼬셔서 그녀의 집으로 갔지."

나는 눈을 질끈 감았다. 무슨 말을 할지 알고 있었다.

"그런 다음 그 여자 심장을 도려냈어."

나는 욕지거리를 내뱉었다. 몇 번이고 계속해서.

"다음 날 나는 공원에서 경찰이 다른 딜런 모런을 체포하는 모습을 지켜봤어. 경찰은 그가 술집에 있는 모습이 담긴 CCTV 영상을 입수했어. 바텐더한테 자기 이름도 알려줬더라고. 여자의 아파트에서는 그의 지문이 나왔지. 자긴 무죄라면서 소리치는 딜런을 경찰이 끌고 갔어. 그렇게 기분이 째졌던 적은 처음이었어. 살인하며 느끼는 전율은 내가 저지른 범죄로 딜런 모런이 고통받는 걸 지켜보는 희열에 비하면 아무것도 아니었어. 무엇보다, 나에 대해 이브가 한 말이 옳았다는 게 밝혀졌어. 나는 진심으로 처벌받고 싶었어. 딜런 모런은 영원히 감옥에서 썩어야 할, 사악하고 끔찍한 인간이란 걸 모두에게 알리고 싶었지. 하지만 제일 좋았던 건 이걸 계속 되풀이할 수 있고 멈출 필요가 없다는 거였어. 언제고 또 다른 세계로 가서 또 다른 딜런을 파괴할 수 있었으니까."

"완전 범죄네." 내가 말했다.

"완전 범죄." 그가 동의했다. "네 말이 맞아."

그는 앞서 골라둔 체크무늬 보라색 셔츠를 입고 옷장으로 돌아가 회색 베스트를 꺼냈다. 아랫도리도 청바지에서 아래로 좁아지는 검은색 정장 바지로 갈아입었다. 신발은 로퍼를 신었다. 그는 침대 옆 탁자 위에 놓인 향수병 하나를 집어 들고 뚜껑을 열어 냄새를 맡고는 움찔했지만 얼굴에 향수를 약간 뿌렸다. 머스크 향이 났다. 그는 다시 자리에 앉아 시계를 확인했다. 담배 한 대 더 피울 시간은 있겠다고 판단한 모양이었다. 이제 마음이 좀 풀렸는지, 천장용 환풍기 날개를 향해 담배 연기를 내뿜으며 즐거워하고 있었다.

"그리고 네가 있었지." 그가 말을 이었다. "난 이런 짓을 너무 자주 해서 이젠 상대방에 따라 적절한 처벌을 내리려고 해. 그리고 너는, 음. 너를 만나고 나서 어떻게 해야 할지 알았지. 네 아내와 똑같이 생긴 여자들을 죽이기 시작한 거야. 머지않아 부싱 형사가 모든 증거를 들고 올 예정이었어. 그럼 네 예쁜 아내는 자신이 살인자와 결혼했다는 사실에 충격을 받겠지. 하지만 칼리가 강에 빠져 죽고 나서 상황을 좀 더 흥미롭게 만들기로 결심했어. 너한테 날 **보여주기로.** 한 번도 해본 적 없는 일이었어. 네가 미쳐가며 무너지는 모습을 보고 싶었거든. 작지만 멋진 반전이었지. 하지만 네가 날 놀라게 했어. 무슨 일이 벌어지는 건지 깨달은 거야. 그리고 이브를 이용해서 날 쫓아왔지. 네가 내 뒤를 쫓는다는 걸 알고 난 즉흥적으로 행동하기 시작했어. 빨리 움직여야 했지. 이 세계에 딜런을 두 명이나 더 둘 순 없으니까 한 명은 강가에서 처리했지. 이제 우리 둘만 남았어."

"그럼 이제 어떻게 되는 거지?" 내가 물었다. "나도 죽일 건가?"

"살인이 문제가 아니야. 기억나? **처벌**이 중요하지."

그는 침실을 나갔고, 부엌에서 서랍을 여는 소리가 들렸다. 돌아왔을 때, 그의 손에는 톱니 모양의 칼 두 자루가 들려있었다. 하나는 자신의 주머니에 넣고 다른 하나는 내 손이 닿지 않는 침대 위에 놓았다.

"시간이 좀 걸릴 수도 있지만, 칼을 손에 넣고 스스로 도망갈 방법을 알아낼 수 있을 거다." 그가 말했다.

"그다음엔?"

"그럼 날 뒤쫓아와서 누가 이기는지 해보는 거지."

"아니면 그냥 여기서 기다렸다가 기회를 잡을 수도 있어." 내가 대답했다. "내가 침대에 묶인 상태로 경찰에 발견되면, 나한테 타이의 살인 혐의를 씌우기 힘들걸."

"넌 마냥 여기 있지 않을 거다." 내 도플갱어는 묘한 자신감으로 대답했다.

"아니라고?"

"그래." 그는 보라색 셔츠 소매를 침착하게 가다듬었다. "오늘 밤 칼리랑 데이트 있잖아. 기억하지?"

불현듯 나는 이해가 됐다.

갑자기 이놈이 하려는 짓의 무시무시한 속셈이 명확해졌다. 정장. 깔끔한 면도. 머스크 향수. 나는 온몸이 결박당한 채로 몸부림쳤고 침대 프레임 전체가 바닥에 덜컹거렸다. **"그녀에게서 떨어져! 가까이 가지 말라고! 이러지 마!"**

그는 주머니에서 칼을 꺼내 내 눈앞에 칼날을 들이밀었다.

"네가 살던 세계에서 넌 칼리를 구할 수 없었어." 딜런이 내게 말했다. "그러니 이번엔 꽤 흥미롭겠어. 이 세계에선 그녀를 구할 수 있을 것 같나?"

25장

칼리.

그녀를 다시 잃게 생겼다. 내 얼굴을 한 포식자가 그녀를 만나서 죽일 작정이었다.

그를 막아야 했지만 시간이 거의 없었다. 밤이 빠르게 내려앉고 있었고, 만남의 시간이 얼마 남지 않은 상황이었다. 그 사이, 나는 혼자 아파트에 갇혀 있었다. 욕실에서 나를 괴롭히고 있는 타이의 시신과 함께. 타이는 내가 구하지 못한 또 한 명의 여자였다.

나는 소리쳐 에드거를 불렀지만, 그는 TV 소리를 최대로 키워도 거의 듣지 못할 정도로 청력이 좋지 않았다. 목이 터져라 도와 달라고 외치며, 머리 위 나무 바닥에서 에드거가 움직이는 소리가 들리기를 바랐지만 아무 소리도 들리지 않았다. 에드거는 게임쇼를 틀어놓고 잠들어 있던 것이다.

나는 직접 이 문제를 해결해야 했다.

딜런은 부엌칼을 내 손이 닿지 않는 침대 머리판 위에 놓아두었다. 나는 몸을 똑바로 뻗어 칼이 내 쪽으로 오도록 흔들려 했다. 칼은 쭉 뻗은 내 손가락에 조금 더 가까워졌지만 위험할 정도로 침대 가장자리까지 미끄러지듯 움직였다. 지금 칼은 내 중지 끝으로 손잡이 아랫부분에 간신히 닿을 수 있는 위치에 있었다. 조금만 더 움직이면 내 손에 떨어뜨릴 수 있을 것 같았다.

다시 한번 나는 몸을 위로 밀어 올렸다. 침대 다리 네 개가 모두 덜컹거렸다. 그 진동으로 칼이 더 가까이 움직였지만, 칼날이 돌아가면서 검은 손잡이가 침대 가장자리로 넘어갔다. 나는 슬로우모션으로 칼이 떨어지는 것을 보았고, 두 손가락으로 날카로운 칼날 끝을 집었지만 그 와중에 칼에 베이는 바람에 놓치고 말았다. 칼은 바닥에 떨어졌다.

이제 도망칠 방법이 없었다.

몇 분 동안 나는 몸부림쳤지만 소용없었다. 그런데 침대가 흔들릴 때 침대 옆 탁자 위 램프도 따라 흔들리는 게 보였다. 램프 받침대는 묵직했고, 세로로 홈이 파인 유리 기둥 꼭대기엔 원뿔 모양 갓이 씌워져 있었다. 유리를 깨뜨리면 이 끈을 자를 수 있었다. 침대를 다시 흔들었더니 램프가 비틀거렸다. 램프가 떨어지면 어디로 튈지 예측하기 힘들었지만 위험을 감수해야 했다. 나는 다시 한번 몸을 위아래로 흔들며, 램프의 대리석 받침대가 탁자 가장자리로 밀리는 것을 보았다. 조금만 더 흔들면 램프가 넘어갈 것 같았다.

손가락은 잡을 준비가 되었다. 나는 왼쪽 몸통을 들어 올렸다. 램프가 흔들리더니 나무가 쓰러지듯 내 옆 매트리스 위로 떨어졌다. 그 즉시 돌 받침대 무게 때문에 바닥으로 곤두박질치기 시작했다. 여기서 방법은 손가락 끝으로 갓을 붙잡는 것뿐이었다. 놓치면 끝장이었다. 나는 숨을 멈추고 쥐덫이 닫힐 때처럼 손가락으로 갓을 탁 눌렀다. 램프가 내 쪽으로 튕겨 오르다 다시 아래로 떨어지기 시작했지만, 그사이 나는 가느다란 유리 기둥을 꽉 감싸 잡았다.

나는 손목을 빠르게 돌려 뒤쪽 철제 침대 머리판에 램프를 부딪쳤다. 유리가 깨지면서 톱니 모양으로 날카로운 가장자리가 생겼다. 깨지기 쉬운 유리였지만 날카로워서 그것을 사용해 머리판 모서리에 나를 묶어둔 천을 자르기 시작했다. 그 과정은 괴로울 정도로 더뎠지만 천이 찢어지며 실처럼 풀리기 시작했고, 작게 찢어진 부분을 세게 잡아 당기자 매듭이 찢어지는 소리가 들리며 오른팔이 풀리는 걸 느꼈다.

나는 몸을 돌려 왼팔을 풀기 위해 똑같은 과정을 반복했다. 왼팔을 묶고 있던 천이 찢어지자 몸을 일으켜 발목을 묶고 있던 매듭도 잘라냈다. 서둘러서 빠져나가려다 보니 손과 발목을 다쳤지만 마지막 매듭이 풀리자마자 침대에서 뛰어내렸다.

칼리.

우리는 노스웨스턴대에서 9시에 만나기로 했었다. 내가 묶여 있는 동안 창밖에는 어둠이 내려앉았다. 시계를 확인하니 9시 30분이었다. **그가 이미 그녀에게 접근했을 시간이었다.**

휴대전화로 노리스 센터의 연락처를 찾았다. 벨이 몇십 번은 울리고 나서야 누군가가 전화를 받았다. 토요일 밤이니 정신없이 바쁠 게 분명했다. 보안실로 연결해 달라고 요청했더니 이번에는 퉁명스러운 목소리가 바로 응답했다.

'뭐라고 해야 하지?'

"당신네 교수진 중에 칼리 챈스라는 사람이 2층 커피숍에서 어떤 남자와 만나고 있어요. 올라가서 그녀를 데려와야 합니다. 위험한 남자예요."

"위험하다고요? 그쪽이 그걸 어떻게 아시죠?"

"부탁합니다. 그녀에게 가서 그녀가 안전하지 않다고 말해주세요. 칼리 챈스. 누군지 아시나요?"

"아뇨, 모릅니다. 무슨 일인지 말씀해 주시죠."

"칼리 챈스. 영어과 교수예요. 어깨까지 내려오는 헝클어진 금발 머리, 밝은 피부에 파란 눈, 대략 서른 살 정도입니다. 딜런 모런이라는 남자와 함께 있어요. 남자는 덥수룩한 검은 머리에 마른 체격, 키는 그리 크지 않습니다. 체크무늬 보라색 셔츠에 회색 베스트를 입고 있어요. 서둘러야 합니다."

"지금 올라가고 있어요. 하지만 무슨 일인지 말씀해 주셔야 합니다."

남자가 믿을 만한 이야기가 필요했다. 무언가를, 아니 아무 얘기라도 말해야 했다.

"그러니까, 딜런은 제 룸메이트입니다. 칼리에게 집착하고 있죠. 그 여자 책을 읽더니 그녀 얘기를 멈추질 않아요. 얼마 전에는 캠퍼스 안 굿리치 건물 근처에서 그녀를 닮은 어떤 여학생을 스토킹하기도 했죠. 정신이 불안정하고 복용하는 약도 많습니다. 오늘 밤 나설 때 칼을 가져갔어요. 그의 몸을 수색하면 칼이 나올 겁니다."

"칼이요? 확실한가요?"

"확실합니다."

"알겠습니다. 잠깐만요."

전화기 소리가 점점 희미해졌다. 여러 사람이 웅성거리는 듯한 소음이 들렸다가, 다른 사람과 대화하는 남자의 목소리가 다시 들렸다. 무슨 말을 하는지 알아들을 수 없었다. 그 시간이 견딜 수 없이 길게 느껴진 나는 초조하게 전화기를 꽉 쥐었다.

드디어 남자가 다시 전화를 받았다.

"칼리 챈스, 영문과 교수요?"

"네, 맞아요."

"오늘 밤엔 여기 온 적이 없다는데요."

"분명 갔을 겁니다. 우리가, 아니 딜런이 9시에 거기서 그녀를 만날 거라고 했거든요."

"글쎄요, 나타나지 않았다네요. 커피숍 직원이 그 교수님을 아는데 본 적이 없답니다. 그 직원은 저녁 내내 여기 있었고요."

나는 눈을 질끈 감고 생각하려고 노력했다. "알겠습니다. 혹시 캠퍼스 전체에 보안 경보를 발령해 줄 수 있나요? 보안팀이 그녀를 찾도록 말이죠. 그녀는 굿리치 기숙사에 살아요. 누가 가서 그녀 아파트를 확인해야 합니다."

"먼저 **그쪽 이름을** 말해주시죠."

나는 멈칫했다. 누군가 내 이름을 물어봤다고 주저하면 안 될 일이었다.

"이게 다 무슨 일이죠?" 경비원이 계속 추궁했다. 그의 목소리에는 새로운 의심의 그림자가 드리워져 있었다. "당신 대체 누굽니까? 챈스 씨와 어떤 관계죠?"

"잔말 말고 찾아주시라고요! 제발요!"

나는 전화를 끊었다. 공포에 휩싸인 채로 침실을 서성거렸다. '둘은 어디에 있는 걸까?' 칼리가 데이트에 나오지 않은 걸 수도 있지만 내 자존심상 그건 아닐 것 같았다. 오늘 그렇게 둘이서 대화를 나누고 나를 바람맞히진 않을 것 같았다. 칼리 때문이 아니라면 **그놈** 짓이었다. 그가 우리가 만나기로 한 장소를 변경한 것이다. 내가 결박을 풀고 캠퍼스 경찰에 신고할 걸 예상하고 그녀에게 연락해 대학에서 멀리 떨어진 새로운 장소로 변경한 게 분명했다.

'둘은 어디로 간 걸까?'

그들은 시카고의 토요일 밤을 즐기러 나온 수많은 사람 사이에 섞여 있었다. 어디에 있을지 알 수 없었다.

칼리의 프로필에서 찾은 사무실 번호로 전화를 걸었다. 바로 음성 메시지로 연결되었다. 나는 그녀의 대학 이메일 계정으로 **당신 위험에 처했고 당장 딜런에게서 떨어지라**는 내용의 짧은 이메일을 보냈다. 하지만 메일이 칼리에게 전달될지는 알 수 없었다.

어디지?

어디서 만나기로 했을까?

그때 칼리와 나눴던 대화 일부가 떠올랐다. 우리는 인생에서 저지른 최악의 실수를 되돌릴 수 있고, 잘못된 것을 되돌리고 바꿀 기회가 있으면 좋겠다고 이야기했었다.

딜런과 칼리에겐 오늘 밤이 그런 기회가 될 수 있었을 텐데.

처참하게 끝났던 소개팅을 만회하는 기회.

딜런이 이 세계의 칼리에게 어디로 가고 싶냐고 물었다면, 장담컨대 그녀는 처음으로 돌아가고 싶다고 말했을 것이다. 첫 데이트를 다시 해보고 이번엔 제대로 할 수 있을지 두고 보자고 제안했을 것이다.

"우리. 클럽에 갔었죠? 어느 클럽이었는지도 기억 안 나네요."

"스파이바요."

∞

스파이바라는 지하 댄스 클럽 입구는 예술가들이 많이 찾는 리버노스 지역의 프랭클린가 옆 골목길에 있었다. 도착해 보니 검은색 커튼이 드리워진 입구 모퉁이에는 클럽에 들어가려는 사람들이 스무 명 남짓 줄지어 서 있었다. 나는 시카고 L[23] 선로의 녹슨 철제 빔 아래 섰고, 머리 위로 열차 한 대가 롤러코스터처럼 요란한 소리를 내며 지나갔다.

길 건너편에 서서 줄 서 있는 사람들을 관찰했다. 딜런과 칼리는 보이지 않았다. 둘은 이미 안에 들어갔다는 뜻이었다. 아니면 내가 완전히 잘못 생각해서 그들이 여기 있는 게 아닐 수도 있었다. 나는 클럽에 들어가서 확인해야 했다. 기다릴 시간이 없었다. 줄 맨 앞쪽에서 꽉 끼는 옷을 입고 있는 히스패닉계 소녀 두 명이 눈에 띄었다. 그들에게 각각 50달러를 쥐여 주고 입장료까지 내줬다. 5분 후 나는 계단을 내려가 클럽 안으로 들어갔다.

신디사이저 비트의 테크노 음악이 사이렌처럼 울렸다. 가슴 깊은 곳까지 울려대는 느낌이라 숨쉬기가 힘들었다. 클럽은 사람들로 꽉 차 있었다. 사람들은 어깨가 닿을 정도로 붙어서 팔과 엉덩이를 휘저으며 춤을 추고 있었다. 나는 연기 사이로 천천히 움직였다. 스트로브 조명[24]이 깜빡거리며, 흰색, 빨간색, 노란색, 초록색의 원뿔 모양으로 바닥을 비추었다.

---

[23] 시카고에서 운영하는 도시철도다. 고가 철도를 뜻하는 Elevated의 첫음절 El에서 유래했다.
[24] 섬광등의 일종으로, 디스코장 등에서 쓰이는 현란한 점멸 조명등이다.

289

검은색 브라에 시스루 상의, 분홍색 치마를 입은 소녀가 앞을 가로막더니 내 얼굴을 움켜쥐었다. 무언가에 취한 듯 몽환적인 검은 눈동자를 가진 소녀였다. "술 한 잔 사줄래요?" 그녀가 소리쳤다.

"미안해요."

"에이, 왜 이래요. 마티니 한 잔만요."

"안 돼요."

나는 그녀를 피해 지나가려고 했지만 소녀는 몸을 세게 밀착시키더니 자신의 이빨 사이로 혀를 내밀었다. "후회하지 않게 만들어 줄게요."

나는 변명거리를 만들어 냈다. "미안하지만 일행이 있어요."

"그래요? 같이 놀자고 하면 되죠. 여자친구를 봤어요. 정말 섹시하던데요."

마음이 혼란스러워 그녀의 말을 이해하는데 시간이 조금 걸렸다. 그러고 나서 나는 두 손으로 그녀의 어깨를 붙잡았다. "오늘 밤 나를 봤다고? 나랑 함께 있는 여자를 봤어?"

"그럼요. 금발에 고급스럽게 생긴."

"어디서 봤는데?"

"무슨 소릴 하는 거예요?"

"어디서 그녀를 봤냐고? 클럽 어디에서? 알려줘!"

그녀는 내 손아귀에서 꿈틀거렸다. "이거 놔, 이 괴물 같은 놈아!"

"어서 말해! 나랑 같이 있던 여자를 어디서 봤냐고!"

"저리 꺼져!"

그녀는 몸을 돌려 내 얼굴에 가운뎃손가락을 들이밀었다. 신경질적으로 머리카락을 휘날리더니, 하이힐 신은 다리를 휘적대며 바쪽으로 갔다. 다른 사람들이 나를 신기한 듯이 바라보았다. 경비원으로 보이는 두 남자가 내 쪽으로 다가왔다. 나는 사람들 사이로 스며들어 몸을 숨겼다. 칼리가 여기 있는 것을 알고 있는 상황에서 쫓겨날 수는 없는 노릇이었다.

끊이지 않는 음악 소리가 머릿속에서 울려 퍼졌다. 소용돌이치는 불빛에 현기증이 났다. 나는 범퍼카처럼 사람들과 부딪히며 클럽 안을 헤치며 나아갔다. 아무도 무슨 일이 일어나고 있는지 몰랐다. 아무도 내 공포를 이해하지 못했다. 사람들은 웃으며 비명을 질렀다. 술에 취한 소녀들은 술잔을 부딪치며 서로 입맞춤을 했다. 주위 사람들의 피부와 땀이 만화경 속 이미지처럼 보일 뿐이었다. 그 속의 얼굴들은 순식간에 나타났다 사라졌다.

눈을 깜빡하면 얼굴이 보였다. 다시 눈을 깜빡하면 얼굴은 사라지고 없었다.

수백 개의 얼굴들이 끊임없이 움직이고 계속 장소를 바꿔가며 내 주위를 맴돌았다. 나는 머릿속에서 한 명씩 구분하려고 애썼다. 남자들. 여자들. 모두 낯선 사람들이었다.

그때 그를 보았다.

깜빡, 깜빡, 깜빡. 형형색색의 불빛이 켜졌다.

스트로브 조명 아래에서 얼굴이 깜빡거리며 나타났다 사라졌지만, 분명 그였다. 나의 분신, 나의 도플갱어, 또 다른 나. 한 손에는 술을 들고, 마치 아드레날린에 취한 것처럼 느리지만 유연한 에너지로 춤을 추었다. 그의 머리는 뱀처럼 움직였고, 음악의 리듬은 나를 조롱했다. '그녀를 찾아. 그녀를 찾아. 그녀를 찾아.' 하지만 칼리는 그와 함께 있지 않았다. 주변을 둘러보아도 그녀는 보이지 않았다. 나는 사람들을 제치고 그가 있는 쪽으로 가서 그의 목을 움켜쥐려고 했지만 춤을 추는 사람들끼리 사슬처럼 얽혀있어서 뚫고 갈 수 없었다. 나는 그 자리에 갇혀버렸다. 비트는 점점 더 커졌고, 그것은 마치 권투선수가 내 가슴을 주먹으로 치는 듯했다.

그녀를 찾아!

그의 머리가 움직이지 않았다. 그의 뇌가 내 존재를 감지한 것이다. 그는 몸동작을 멈추더니 자욱한 연기 사이로 나를 바라보았다. 우리 둘은 무대의 열광적인 분위기를 가로질러 서로를 응시했다. 나는 그에게 소리쳤지만 음악에 묻혀 내 목소리는 들리지 않았다. 그는 건배하듯 자신의 술을 나에게 들어 보였다. 굳어있던 입술이 미소로 바뀌었고, 나는 그 끔찍한 미소가 무엇을 의미하는지 알았다.

내가 너무 늦었다.

나는 다시 한번 소리쳤다. 아무도 신경 쓰지 않았다. 아무도 내 말을 듣지 못했다.

불빛이 꺼졌다가 다시 켜졌다. 그 짧은 순간에 딜런이 사라졌다. 그 자리에서 사라져 다시는 볼 수 없었다. 하지만 칼리는 여전히 여기 어딘가에 있었다. 죽어가는 채로. 나는 알 수 있었다. 나는 사람들 사이를 헤치고 나갔다. 건물의 벽돌 벽에 다다르자, 클럽 뒤쪽으로 향했다. 그곳은 사람들이 소란과 소음을 피해 숨는 곳으로, 나는 어둠 속에서 애정행각을 나누는 커플들을 밀치며 지나갔다. 엎질러진 음료와 정체 모를 액체를 밟고 미끄러지기도 했다. 스트로브 조명이 깜빡였다. 깜빡, 깜빡, 깜빡. 나는 바닥에 있는 누군가를 발견했다. 여자였다. 그녀는 구석에 앉아 무릎을 가슴에 대고 팔로 감싸고 있었다.

"칼리!"

나는 그녀에게 서둘러 달려가 그녀 옆에 무릎을 꿇었다. 금발 머리카락이 그녀의 얼굴을 가리고 있었다. 머리카락을 걷어내자, 아무것도 보지 못하는 듯한 공허한 눈동자가 보였다. 그녀는 고개를 돌렸지만 나를 본 것 같지는 않았다. 입술을 움직이며 무언가를 말했지만 시끄러운 클럽 속에서 무슨 말인지 들을 수 없었다. 나는 그녀를 두 팔로 감싸 안았다. 그러자 내 손이 흥건한 피에 닿았다. 손을 떼자 손가락은 선홍색으로 뒤덮여 있었다. 불빛 아래 선홍색 피가 깜빡거렸다.

"도와주세요! 도움이 필요해요! 여기요!"

아무도 내 말을 듣지 못했다.

그녀의 귀에 입술을 대고 속삭였다. "칼리, 조금만 참아. 제발 버텨. 내 곁에 있어 줘."

전에도 수없이 그랬던 것처럼, 그녀는 내 어깨에 머리를 기댔다. 영화관에서, 차 안에서, 벽난로 앞에서, 침대 베개 위에서 그랬던 것처럼. 마치 영원히 계속될 것만 같은 따뜻하고 익숙한, 좋은 느낌이었다. 하지만 그녀는 다시 나를 떠나고 있었다. 내 손가락 사이로 흐르는 피의 강물에 떠밀려 나에게서 점점 멀어지고 있었다. 나는 손바닥을 그녀의 가슴에 대고 거칠게 떨리는 숨결이 들락날락하는 것을 느꼈다.

"칼리, 사랑해."

들숨.

날숨.

"당신은 내 아내야. 사랑해."

들숨.

날숨.

"내가 당신을 구해야 했는데 그러지 못해서 미안해. 정말 미안해."

들숨.

날숨.

그리곤 멈췄다.

"칼리."

숨이 끊어졌다. 그녀가 죽었다. 그녀를 찾아냈지만 나는 그녀를 또다시 잃었다.

"칼리."

할 수 있는 거라곤 그녀의 이름을 부르고 무력해진 몸을 꼭 껴안는 것뿐이었다.

얼마 떨어지지 않은 곳에선 사람들이 춤을 췄다. 전자 음악 리듬이 점점 더 크게 내 심장을 두드렸다. 바닥에 앉은 우리는 눈에 띄지 않았다. 그렇게 한참 동안, 클럽에서 파티를 즐기던 사람들은 우리를 의식하지 못했다. 구석에서 죽어있는 아름다운 여자와 그녀를 두 번이나 죽게 만든 한 남자를.

26장

마침내 누군가가 나를 보았다. 그녀를 보고, 피도 보았다. 날카로운 비명이 소음을 뚫고 터져 나왔고, 연쇄 반응처럼 여러 비명이 이어지며 아비규환이 시작되었다. 음악이 꺼지고, 충격적일 만큼 고요했던 순간은 이내 공황 상태로 바뀌었다. 사람들은 도움을 요청하면서 빠져나가려고 뛰어다녔다. 그중 절반은 휴대전화를 꺼냈는데, 911에 전화를 거는 사람들도 있었고 일부는 바닥에 칼리를 조심스럽게 눕히는 내 모습을 촬영하기도 했다. 경찰이 곧 도착하는 상황에서 더는 머물 수 없었다. 나는 일어나서 클럽 계단으로 향했다. 여기서 나가야 했다.

사람들은 마치 악명높은 유명인이 지나갈 때처럼 길을 내줬다. '저기 봐, OJ 심슨이 간다.' 한 남자가 나를 막아 세우고 영웅 행세를 하려고 했지만, 나는 발을 단단히 땅에 딛고 그의 턱에 훅을 날려 남자를 휘청이게 했다. 술집에서는 딜런 모런에게 덤비면 안 된다. 술집 싸움에 일가견이 있는 인간이니까. 뒤이어 다른 남자들이 다가왔지만 나는 계단으로 뛰쳐나가 서늘한 밤공기 속으로 도망쳤다.

얼마 지나지 않아 경찰차가 사이렌을 울리며 여러 방향에서 클럽을 향해 달려오고 있었다.

나는 도망쳤다. 클럽에 있던 다른 사람들도 골목으로 흩어졌다. 나는 L 선로 아래를 내달렸다. 머리 위로 어렴풋이 보이는 선로는 흡사 금속 지네 같았다. 네 블록을 전력 질주하다가 멈춰 서서 벽에 기대어 숨을 고르고 있었다. 내 쪽으로 달려오는 경찰차의 불빛을 발견하고 고개를 꺾어 재빨리 모퉁이를 돌아 텅 빈 골목으로 몸을 숨겼다.

경찰차가 지나가자 다시 거리로 나왔다. 경찰이 지역을 봉쇄하기 전에 이곳을 빠져나가야 했지만 차는 몇 블록 떨어진 곳에 주차되어 있었다. 하지만 움직이기가 힘들었다. 나는 쪼그리고 앉아 무릎에 팔꿈치를 대고 얼굴을 손으로 감쌌다. 새삼 밀려오는 슬픔의 파도에 휩싸였다.

이윽고 고개를 들자 그가 보였다.

대각선으로 길 건너편, 브라운 라인 L 전철역으로 향하는 계단 근처에서 딜런 모런이 나를 바라보고 있었다. 그는 가죽 재킷을 입고 입에는 담배를 문 채로 연석에 박힌 노란색 콘크리트 보호 기둥에 기대어 있었다. 미소가 사라지고 다시 무표정한 얼굴이었다. 칼리의 피가 나에게 묻은 것처럼 그에게도 묻어있었다. 그를 보자 지금껏 느껴보지 못한 엄청난 분노가 치밀어올랐다. 나는 자리에서 일어나 그를 향해 돌진했다. 그는 처음에는 움직이지도 않고 달려드는 나를 지켜보기만 했다. 그러더니 담배를 길바닥에 튕기고 전철역 계단을 느긋하게 걸어 올라갔다.

나는 순식간에 길을 건너갔다. 마치 한 마리 짐승처럼 그를 쫓아 계단을 올라갔다. 하지만 꼭대기에 도착했을 때 역 안은 텅 비어 있었다. 아무도 없었다. 나는 교통카드를 써서 회전식 개찰구를 통과했고, 플랫폼에 도착하자마자 양방향 선로를 따라 달렸다. 숨을 곳도 없었고 도망칠 방법도 없었디.

그래도 딜런은 사라졌다. 머릿속에서 한 단어가 울려 퍼지는 듯했다.

무한.

그는 이 세계에서 볼일을 다 본 것이다. 모든 책임은 나에게 떠넘긴 채로. 또 다른 완전 범죄였다.

∞

차로 돌아온 후, 나는 클럽에서 멀어질 때까지 정처 없이 시내 거리를 운전했다. 그러다 갓길에 차를 세웠다. 할 수 있는 일은 단 한 가지뿐이었다. 나는 로스코에게 전화를 걸었다. 어느 세계에서도, 그는 내가 필요로 할 때면 언제나 나를 구해주었다.

우리는 노스대로 해변의 모래사장 근처에서 만나기로 했다. 오래 걸리지 않아 그곳에 도착했다. 나는 눈물 자국이 마른 얼굴을 하고 피로 젖은 옷을 입은 채 차에 앉아 있었다. 앞에 펼쳐진 해변은 텅 비어 있었다. 차가운 강풍이 차 안으로 불어 들어왔고, 호수에서 날아온 물방울들이 앞 유리에 흩뿌려졌다. 창문을 내리고 파도가 규칙적으로 부딪히는 소리를 들었다. 들락날락하는 소리가 마치 내 아내의 마지막 숨소리처럼 들렸다.

영웅이 되려고 한 것의 비극적 대가였다.

이 세계에 살던 딜런은 죽었다. 타이도 죽었고, 벳시 컨이라는 여자도 죽었다.

칼리도 마찬가지였다.

나는 그들 모두를 파괴했고, 내가 쫓던 남자는 다시 살인을 하기 위해 움직이고 있었다.

차 안에 앉아 파도 소리를 들으면서 어떤 최면에 걸린 듯 몽롱해졌다. 시간이 흐르는 줄도 모르고 있었는데, 고개를 들어보니 사이드미러에 헤드라이트 불빛이 보였다. 차 한 대가 내 차 옆에 멈춰 섰고 로스코가 내렸다. 사제복 대신 하늘색 바람막이 점퍼와 평상복을 입고 있었다. 차 옆에 선 그는 주머니에 손을 넣고 조금 몸을 떨며 호수를 바라보았다. 아마도 자전거를 타고 이곳에 왔던 우리의 어린 시절을 떠올리고 있을 것이었다. 물가에서 놀았던 그 여름 오후를 말이다.

로스코는 내 옆 조수석에 앉았다. 그는 한눈에 내 상태를 알아챘다.

"다쳤어?"

"아니."

"그럼 네 피가 아닌 거겠구나."

"칼리의 피야."

그는 검은색 안경을 고쳐 쓰더니 조심스럽게 말했다. "유감이야, 딜런."

"그래."

"부탁한 깨끗한 옷을 가져왔어." 그가 덧붙였다.

나는 그저 고개만 끄덕였다.

"스파이바에서 살인 사건 났다면서. 온 라디오며 뉴스가 시끌시끌해. 용의자가 도주 중이라고 하던데. 너였어?"

298

"그래, 나였어. 하지만 그건 **내가 아니야.** 하지만 상관없겠지. 살인범은 내 얼굴을 하고 있으니 사람들이 어떤 말을 믿겠어? 하지만 내가 한 짓이 아니야, 로스코. 그동안 내가 한 말을 받아들이기 쉽지 않겠지만, 날 믿어줬으면 좋겠어. 내가 그런 게 아니야."

이쯤 되면 '이 세계에 있는 건 위험하다'고 말하지 않았냐며 화를 낼 법도 했지만 역시 그는 관대했다. 그의 깊은 목소리는 언제나 그랬던 것처럼 나를 달래주었다. "넌 내 가장 친한 친구야, 딜런. 언제든 도움이 필요하면 말하라고 했잖아. 그건 진심이었어. 그리고 너를 믿는다고 한 것은 말할 필요도 없고."

"그렇게 말해주니 고맙다."

"그럼 이제 어떻게 되는 거야? 앞으로 어쩔 건데?"

"모르겠어. 그 자식이 이겼어. 난 졌고. 그놈은 가버렸는데 난 여기 있네." 나는 차 문을 열었다. 신선한 공기가 필요했다. "해변으로 산책하러 갈래? 옛날처럼 말이야. 이제 다시는 같이 산책할 기회가 없을지도 몰라."

"그러자."

우리는 모래사장으로 건너가 파도가 굽이치는 물가로 갔다. 달과 별이 빛나는 맑은 밤이었고, 파도가 부서지며 물가에 하얀 리본을 만들었다.

우리는 말 없이 북쪽으로 걸어갔다. 주변에는 공원 경비원을 피해 담요 아래에서 웅크리고 있는 노숙자 몇 명이 보였다. 뒤돌아보니 도시의 스카이라인이 빛으로 물들어 있었다. 호수는 이미 우리가 걸어온 발자국을 깨끗하게 지우고 있었다.

여러 추억이 떠올라 나는 발걸음을 멈췄다.

"우리가 열여섯 살쯤 됐을 때, 어느 여름 오후에 이곳에 왔었어." 내가 말했다. "어린아이가 물속에서 허우적거리는 걸 봤지. 그 애 엄마는 막내가 울고 있어서 정신이 없었어. 그래서 우리 둘이 뛰어들어서 아이를 구했어. 그 일도 여기서 일어난 일이었지?"

"맞아, 그랬어."

"그 애 엄마가 우리 둘에게 새 자전거를 사줬지."

"기억나."

"난 항상 우리가 한 일이 뿌듯했어. 이상한 건, 우리가 그 애를 구하지 못한 세계도 있다는 걸 알게 된 거야. 우리가 구하지 못해서 그 아이는 죽었겠지."

로스코는 내 어깨에 손을 얹었다. "나는 아이가 익사하려던 바로 그 순간에 하느님이 우리를 그 해변으로 데려다 놓기 위해 얼마나 노력하셨는지 생각해. 여기 오는 버스를 놓칠 뻔했던 거 기억나? 우린 20분이나 더 기다려 다음 버스를 타야 한다고 불평했었지. 알고 보니 타려던 버스가 늦게 도착했던 거였어. 그래서 여기까지 올 수 있었지. 그런 일이 없었다면 우리는 이곳에 와서 그 아이를 구하지 못했을 거야."

"그렇지만 우리가 버스를 놓친 세계도 있어." 나는 반박했다. "그럼 무슨 소용이겠어? 아무 의미도 없는 거야. 정해진 건 아무것도 없어."

"전혀 그렇지 않아. 그건 다른 세계에는 다른 계획이 있다는 뜻이니까."

서글픈 미소가 내 얼굴에 번졌다. "로스코, 난 항상 네 강인한 신념이 부러웠어. 나도 그럴 수 있다면 좋을 텐데. 여기 와서 좋았던 한 가지는 널 다시 볼 수 있었다는 거야. 보고 싶을 거다."

"가야 한다는 말이니?"

"네 말이 줄곧 옳았어. 내가 있을 곳은 여기가 아니야."

"이 딜런을 다시 따라갈 건가? 이번엔 그를 막을 수 있을까?"

"아니, 이젠 내가 왔던 곳으로 돌아가서 두고 온 것을 마주해야 할 때야. 그게 내가 해야 할 일이라고 네가 말했잖아. 그 단어를 말하고 돌아가라고. 세상을 바꿀 수 있다고 생각한 건 바보 같은 짓이었어."

로스코는 모래 위에 쪼그리고 앉아 손가락 사이로 모래를 흘려보냈다. 그리고는 나에게 살며시 말했다. "실은 생각이 바뀌었어."

"그게 무슨 말이야?"

"넌 아직 집에 갈 준비가 안 된 것 같아, 딜런. 그건 너답지 않아. 네가 지금 하는 일을 믿는다면 여기서 최악은 포기하는 거야. 실패했다고 해서 그만둬야 한다는 뜻은 아니니까. 내가 평생 알아 온 친구는 절대 포기하지 않아."

"정말 내가 다시 한번 해봐야 한다고 생각해? 여기서 이 모든 일을 겪고도? 다음에 가게 될 곳에서 상황이 더 나빠지면 어떻게 하지?"

로스코는 어깨를 으쓱하더니 나를 올려다봤다. "더 나아질 수도 있지."

"로스코, 믿어주는 건 고맙지만 네 말이 맞더라도 이제는 의미 없는 일이야. 집으로 돌아가는 것 외에는 방법이 없어. 다른 데로 갈 방법이 전혀 없어. 쫓아가고 싶어도 쫓아갈 수가 없으니까."

"어째서?"

"이브 브라이어가 없으면 관문으로 돌아갈 방법이 없어."

로스코는 그 이름을 듣고 움찔했다. "이브 브라이어?"

"날 여기로 보낸 정신과 의사야. 다중 세계를 연결하는 건 그녀의 아이디어였지. 하지만 내가 아는 한, 이 세계에는 존재하지 않아. 그녀에 대한 기록이 전혀 없어."

로스코는 차가운 물에 손을 담그고 고개를 저었다. "하느님께선 정말 열심히 임하셔서 모든 것을 하나로 만드시는구나."

"무슨 뜻이야?"

"내가 아는 여자야." 그가 대답했다.

"뭐라고?"

"글쎄, 그녀가 네가 말하는 이브 브라이어인지는 모르겠어. 정신과 의사가 아닌 건 확실해. 하지만 이브 브라이어는 분명 내가 아는 사람이야. 온라인에 그녀에 대한 기록이 전혀 없다는 것도 놀랍지 않네. 마약중독자니까. 노숙 생활 한지도 몇 년 됐지. 가끔 우리가 먹을 걸 준비하고 있으면 본당에 오기도 해."

"중독자라고?"

"그래, 아주 똑똑한 사람이지만 오래전에 잘못된 길로 들어서서 다시는 돌아오지 못했어. 실은, 예전에 의대에 다닌 것 같아. 처방약을 훔치다 퇴학을 당했지. 그 이후로 상황이 더 나빠졌어. 약물 과다복용으로 여러 번 입원한 적도 있었고."

"그녀가 틀림없어." 나는 그에게 말했다. "어딜 가면 찾을 수 있지?"

"아직 살아있다면 성당 서쪽 전철 선로 아래에서 찾을 수 있을 거다. 거기가 주로 지내는 곳이니까. 하지만 그녀가 널 도와줄 것 같지

는 않아, 딜런. 이브는 우리가 사는 현실에 살지 않아. 대부분 자신
만의 세계에서 보내거든."

27장

철로 근처 가로등이 꺼져 있어서 앞쪽의 터널은 칠흑같이 어두웠다. 나는 잡초가 무성한 공터 울타리 근처에 주차했다. 휴대전화로 불빛을 비추며 도로 한가운데를 걸어갔다. 도로는 거미줄처럼 갈라져 있었고 발아래로 자잘한 돌들이 밟혔다. 아스팔트가 완전히 부서진 곳에서는 그 아래로 빨간색 돌길이 드러났다. 위로는 울창한 나무들이 철교 위로 기대고 있었다. 고가 철도 양쪽을 지탱하는 콘크리트 옹벽을 따라 담쟁이덩굴과 녹색 곰팡이가 피어 있었다.

터널 안의 낮은 천장에서 갈색 물이 떨어졌다. 수직으로 설치된 강철 빔이 아치 형태 구조와 연결되어 있었는데, 흰색 페인트가 대부분 벗겨져 나간 상태였다. 나는 혼자가 아니었다. 이곳엔 노숙자들이 있었다. 수십 명의 눈동자가 나를 지켜보고 있는 게 느껴졌다. 머리가 핑 돌 정도로 진한 대마초 냄새가 공기 중에 가득했다. 벽을 따라 낡은 담요, 침낭, 폴 텐트 등이 빼곡히 늘어서 있었다. 깨진 테킬라 병유리가 내 휴대전화 불빛에 반짝거렸다. 길고양이 한 마리가 먹을 것과 쥐를 찾아 쓰레기 더미 사이에서 킁킁거리고 있었다. 근처에 있던 어떤 이는 말도 안 되는 단어를 아무렇게나 늘어놓으

304

며 끊임없이 혼잣말을 했다. 누군가가 벽에 소변을 누는 소리도 들렸다.

나는 한구석에서 안절부절못하며 줄넘기를 하는 스무 살도 안 돼 보이는 청년 옆에 멈춰 섰다. 줄넘기 소리가 탁탁 터널에 울려 퍼졌다. 나는 그가 발을 헛디딜 때까지 기다렸다가 다가갔다. 유인책으로 지갑에서 10달러짜리 지폐 한 장을 꺼냈다.

"이브 브라이어라는 사람을 찾고 있는데. 근처에서 본 적 있니?"

담배를 씹는 그의 턱이 아래위로 움직였다. 그의 숨결에서는 담배 냄새가 났다. 마치 윌 로저스[25]가 밧줄을 휘두르듯이 줄넘기를 손에 잡고 돌렸다. "누가 찾는 건데요?"

"난 로스코 친구야. 로스코 테이트 신부님 말이야."

"네, 로스코 신부님은 모르는 사람이 없죠. 이브는 무슨 일로 찾는데요?"

"그녀와 할 이야기가 있어."

그는 코웃음을 쳤다. "이야기라고요? 이브와 이야기하길 원하는 사람은 널렸죠. 갈 때는 긴소매를 입는 게 좋을 겁니다."

"맹세해. 말만 할 거야. 이브가 어디 있는지 아니?"

"네, 그럼요. 몇 블록 올라가서 공동묘지 뒷골목에 있어요. 이브는 거기서 짧은 여행을 떠나죠."

"여행이라고?"

"그녀는 그렇게 부르더라고요. 꽤 강렬한 환각을 보는 것 같던데. 한번 여행을 가면 정신을 못 차릴 정도로요."

---

25 미국의 배우이자 카우보이다. 로프를 능숙하게 다루는 기술자로 잘 알려져 있다.

나는 그의 손에 10달러 지폐를 쥐어 주었다. 청년은 야구모자를 벗고 현금을 머리에 얹은 다음 모자를 다시 썼다. 그리고는 다시 줄넘기를 하기 시작했다.

육교 건너편에 있는 대부분의 집 창문에는 창살이 붙어 있었다. 나는 심야에 영업하는 술집 몇 곳과 빈 상점 앞을 지나쳤다. 두 블록을 내려가 공동묘지를 발견했는데, 도굴꾼으로부터 보호하기 위해 콘크리트 벽에는 철조망이 설치되어 있었다. 묘지 담벼락 옆으로 좁은 골목이 이어져 있었고, 나는 쓰레기를 걷어차며 어둠 속으로 걸어 들어갔다. 어느 건물 뒤편, 진흙과 잡초로 뒤덮인 작은 마당에서 담요를 덮은 채 쓰러져 있는 한 여자를 발견했다.

나는 그녀의 얼굴에 불빛을 비췄다.

이브 브라이어였다. 하지만 내가 알던 이브와는 매우 달랐다. 더러운 회색 스웨트셔츠에 바지는 입지 않고 해진 보라색 속옷만 입은 상태였다. 길쭉한 다리에는 군데군데 멍이 들어 있었다. 소매를 걷어 올린 한쪽 팔뚝에는 여러 번 주사를 맞은 자국이 보였다. 내 기억 속 그녀의 길고 우아했던 손톱은 물어 뜯겨있었고 손톱 주위는 온통 피투성이였다. 그녀는 몸을 담요로 감싸고 옆으로 누워 있었다. 아몬드 모양 눈은 감긴 상태였다. 잠이 든 건지, 아니면 기절한 건지 알 수 없었다. 나는 그녀 옆에 무릎을 꿇고 그녀의 얼굴에 붙은 긴 머리카락을 부드럽게 치웠다. 멋들어지게 부분 염색했던 머리는 온데간데없고, 진흙과 어울리는 갈색 머리를 하고 있었다.

"이브." 나는 조심스럽게 불러봤지만 아무런 반응이 없었다.

나는 손으로 그녀의 어깨를 흔들었다. "이브?"

그녀는 입을 다문 채 무언가에 저항하는 듯한 앓는 소리를 냈다.

그녀의 팔다리가 움찔거렸다. 깜빡이며 눈이 떠졌지만 주위를 인식하지 못하고 다시 감겼다. 나는 그녀의 뺨을 두드렸다.

"이브, 일어나봐요."

그녀가 이번에는 정신을 차렸다. 황금빛 눈을 번쩍 뜨더니 뒤로 나뒹굴었다. 내 얼굴에 초점을 맞춰 바라보던 그녀의 눈이 충격으로 휘둥그레졌다. 숨을 들이마시며 원초적인 비명을 지르다가 나에게서 멀어졌다. 나는 벌떡 일어나 따라갔지만, 그녀는 주먹으로 나를 때리며 말도 제대로 못 하고 울부짖었다. 뒤쪽 벽돌 벽에 부딪힌 그녀는 벌 떼를 뿌리치려는 것처럼 나를 향해 손을 휘둘렀다. 나는 팔로 꽉 감싸 안고 그녀를 제지해야 했다.

"이브, 괜찮아요. 안심해요."

그녀는 계속 비명을 질렀다. 근처 집에 사는 사람들이 경찰에 신고할까 봐 두려웠다. 나는 그녀의 입을 손으로 막고 소음을 잠재우려고 했지만, 내 손바닥을 세게 깨물어 피가 났다. 고통스러워 손을 뒤로 빼자 그녀는 다시 울부짖었다. 한 단어를.

"딜런!"

그녀는 내가 누군지 알고 있었다. 나를 본 적이 있는 것이었다.

"아프게 하지 마! 제발 날 해치지 말라고! 딜런!"

나는 그녀의 어깨를 붙잡고 벽에 밀어붙였다. 피가 손목을 타고 흐르고 있었다.

"이브." 나는 절박하게 속삭였다. "이브, 내 말 들어봐요."

"해치지 말아요, 제발요!"

"이브, 내 말 잘 들어요. 나는 딜런이지만, **그 사람이 아니에요.**"

"맞아, 그 사람 맞아! 저리 가, 날 내버려 둬!"

307

"날 봐요!" 나는 뒤로 물러나서 휴대전화 불빛으로 내 얼굴을 비췄다. "날 봐요, 이브. 날 알아볼 수 있죠? 우린 똑같이 생겼지만 다른 사람이에요. 난 그 사람이 아니라고요."

나는 두 손을 들어 올렸다. 도망치지 말아 달라는, 제발 나를 믿으라는 신뢰의 표시였다. 그녀는 용기 내어 나를 바라봤다. 나 역시도 그녀를 바라보고 있었다. 그녀가 무엇에 취해 있는지, 얼마나 심각한 상황인지는 알 수 없었다. 다만, 동물적인 저항 본능이 사라지자 내가 알던 이브 브라이어의 모습이 조금씩 드러나기 시작했다. 그리고 그녀 어딘가에 이 모든 걸 만든 지적 능력이 있었다.

그녀가 관문이었다.

"알겠어요?" 나는 조용히 말했다. "나는 그 사람이 아니에요."

마치 눈먼 여자가 나를 알아보려고 하는 것처럼, 그녀는 내 얼굴을 더듬거리며 만졌다. "당신 말이 맞네. 다른 사람이야."

"그래요, 다른 사람이에요."

"어떻게? 어떻게 여길 온 거죠?"

"당신을 통해서요." 내가 말했다.

그녀는 놀란 기색이 없었다. "다른 나 말하는 건가요? 다른 곳에서요?"

"맞아요."

이브는 안도의 한숨을 내쉬었다. "그러니까 당신도 그 세계들에 대해 알고 있군요. 그게 진짜라는 것도 알고 있고요."

"맞아요."

"사람들은 내 말을 믿지 않아요. 여행을 간다고 말하고 내가 본 걸 말하면 내가 미쳤다고 생각해요. 마약 때문에 그런 거라고요."

"당신이 미쳤다고 생각하지 않아요. 이브, 당신의 여행에 대해서 말해줘요. 어디로 가요? 뭘 보는 거죠?"

"모두가 만나는 곳이 있어요." 그녀는 머리 위 하늘을 바라보며 몽환적인 말투로 대답했다. "그곳에 가면 정말 많아요. **수많은 내가 있죠.** 모든 세계에서 내가 이런 꼴은 아니에요. 똑똑하고, 돈도 많고, 아름답죠."

"그래요, 알아요."

"가끔은 그들을 따라가기도 해요. 다른 이브들 말이에요. 그렇게 사는 건 어떤지 보려고요. 숨어서 지켜보지만 절대 머물지는 않죠. 그런 세계에선 살 수 없어요. 결국 지금의 나처럼 되어버릴 테니까요. 우리는 모두 언젠가 원래 있던 곳으로 돌아가게 돼요. **그 사람만** 빼고. 그는 어디든지 갈 수 있어요."

"그에 대해 말해줘요."

이브의 얼굴이 어두워졌다. "그 사람은 악마예요."

"여행을 다니며 본 적 있나요?"

"네."

"나도 봤어요. 그래서 당신 도움이 필요해요."

"내 꼴을 봐요. 뭘 할 수 있겠어요."

"그가 있는 곳으로 나를 보내줘요." 나는 그녀에게 말했다.

이브는 불안한 눈으로 어둠 속을 응시했다. 뒤편 거리에서는 자동차 전조등 불빛이 계속 나타났다 사라졌다. "내가 늘 이 꼴은 아니었어요. 대학 다닐 때? 평점이 4.0이었어요. 시카고 대학을 **수석으로** 졸업했고요. 그땐 완전히 멀쩡했죠. 술도 안 마시고, 마리화나도 안 하고, 나쁜 건 아무것도 안 했으니까. 의대에 가서 난 정말 잘했어요. 하지만 그 스트레스는 상상도 못 할 거예요. 항상 지쳐있었죠. 버티려면 무언가가 필요했는데, 연구실 동료가 소개해줬어요. 힘든 시기를 건뎌내려고 딱 한 번만 하려고 했지만 약에 빠져버린 거죠. 몇 번이나 끊으려고 해봤죠. 내 힘만으론 부족하더라고요."

"당신을 탓하는 게 아니에요, 이브."

"하지만 당신은 다른 나를 알고 있잖아요?" 그녀가 말했다. "더 나은 삶을 사는 나요."

"네."

"어떻게 아는 사이죠?"

"그녀는 다중 세계에 관한 책을 썼어요."

"그런데 왜 그것에 관심을 가지는 거죠?"

"다른 딜런 때문이죠." 내가 말했다. "그는 내 세계로 와서 내 삶을 망가뜨렸어요."

"그는 모든 걸 파괴하는 사람이에요."

"그 사람을 어떻게 알죠?"

"여행을 다니다가 본적이 있어요. 자주 가거든요. 여행 말이에요. 공원에서 내 도플갱어 한 명을 몰래 지켜보다가 둘이 대화하는 걸 봤죠. 그에게 뭔가 문제가 있다는 걸 알 수 있었어요. 뭔가 나쁜 느낌이요. 어떻게 알았는지는 모르겠지만 그랬어요. 그래서 둘이 헤어진 후에 난 그를 따라갔어요. 그날 밤 그가 공원에 들어가는 걸 봤어요. 그리고 어떤 여자를 만났는데, 오, 세상에."

그녀는 팔로 가슴을 꼭 감쌌다.

"그 이후로 다른 세계에서 그를 대여섯 번 더 봤어요. 그가 하는 짓을 봤죠. 항상 똑같아요. 그는 살인마예요."

"알아요."

"지난번엔 내가 그를 지켜보는 걸 알아챘어요. 날 **알아본** 거죠. 내가 그를 본 걸 알고 나를 쫓아왔어요. 난 도망치기 위해 비밀 코드를 말해야 했죠." 이브는 몸을 떨었다. 손가락도 경련을 일으켰다. "그 이후론 어딜 가든 그가 날 찾을까 봐 두려웠어요. 하지만 난 여행을 가야 해요. 여기 있을 수는 없어요. 이런 생활에서 벗어나야 한다고요. 너무 힘들어요. 이대로는 못 견디겠어요."

나는 그녀의 두 손을 잡았다. "이브, 난 이 딜런을 막아야 해요. 그가 다시는 다른 사람을 해치지 못하게 해야 해요. 그렇게 하려고 여기 왔지만 실패했어요. 그는 도망쳤죠. 이제 다시 그를 뒤쫓고 싶지만 당신의 도움이 필요해요. 나를 다중 세계로 다시 보내줘요."

그녀는 고개를 저었다. "약이 한번 맞을 것밖에 없어요. 언제 더 받을 수 있을지도 모르고, 여기 처박혀 있을 수도 없어요. 이렇게는 못 살아요. 미쳐버릴지도 모른다고요."

"이브, 당신 없이는 해낼 수 없어요."

"그를 쫓다가 또 실패하면 어쩌려고요?"

"실패하지 않을 겁니다."

"감당하지 못할 수도 있어요. 내가 구하는 약이 매번 순수한 상태인 건 아니라서요. 다른 물질과 섞인 약이면 가끔 여행할 때 이상한 일들이 벌어지죠. 기묘하고도 무서운 일들이요."

"그 위험은 감수할게요."

그녀의 표정이 부드러워졌다. 터서 거칠어진 손을 내 뺨에 대더니 몸을 앞으로 숙여 나에게 키스했다. 나는 깜짝 놀랐다. 그녀의 입술은 부드럽고 순종적이었으며, 어떤 인간적인 관계를 갈망하고 있

311

었다. 나는 그녀를 막지 않고 한동안 그녀가 키스하게 내버려 두었다. 그런 다음 그녀는 벽돌 벽에 다시 몸을 기댔다. 그녀는 스웨트셔츠를 들어 올려 납작한 배와 솟은 가슴의 경사면을 드러냈다. 뚜껑을 씌운 피하주사기가 피부에 테이프로 붙여져 있었다.

"가져가요."

나는 앞으로 다가가 테이프를 벗겨내고 주사기를 손에 쥐었다. 뚜껑을 빼고 주사기에 담긴 투명한 액체를 살펴보았다. 잘은 모르지만, 약물 과다복용으로 스스로를 죽일 수도 있었다.

"어디로 가요?" 그녀가 나에게 물었다.

"무슨 말이죠?"

"여행할 때요. 어디로 가냐고요. 출발점 말이에요."

그제야 이해가 갔다. "시카고 미술관, 「밤을 지새우는 사람들」 그림 앞이요."

"내가 말로 안내하면서 도와줄게요." 이브가 말했다. "하지만 무슨 일이 일어날진 나도 몰라요. 거기까지 안내는 해주겠지만 약이 품질이 안 좋은 거라면…."

"괜찮아요."

나는 주사기를 바라보다가 소매를 걷어 올렸다. 주사를 놓으려는 순간 나는 망설였다. 손가락 사이로 주사기를 이리저리 굴려봤지만 도저히 주삿바늘을 핏줄에 갖다 댈 수 없었다.

"내가 해줄까요?" 그녀가 물었다.

그녀의 눈빛에서 안정감이 느껴졌다. "네."

그녀는 놀라울 정도로 숙련되고 부드럽게 내 팔을 잡았다. 그때 나는 깨달았다. 한때 그녀는 의사가 되기 위한 길을 가고 있었다는 사실을. 그녀는 주사기 바늘 끝을 내 팔뚝 가운데에 꽂았다.

"정말 할 거예요? 한번 놓으면 끝이에요."

"확실해요."

나는 그녀가 주사를 놓는 동안 투명한 액체가 바늘을 통해 사라지는 것을 지켜보았다. 혼합액이 시원한 강물처럼 내 몸 안으로 흘러 들어갔고, 마지막으로 내가 들은 것은 이브가 내 귀에 속삭이는 소리였다.

"그를 죽여요."

∞

무언가 잘못되었다는 걸 나는 바로 알았다.

다른 딜런들이 오가는 게 보였다. 수백 명의 딜런이 내 앞에서 왔다 갔다 했지만, 그들은 창문으로 분리된 나와 다른 공간에 있었다. 자리에서 일어나려고 했지만 온몸이 마비되어 움직일 수 없었다. 내가 숨을 쉬고 있는지조차 느낄 수 없었다. 내려다보니 남색 양복 소매가 보였고, 눈 바로 위 이마까지 중절모 챙이 내려와 있었다. 어떤 카운터 같은 것에 팔을 기대고 앞으로 숙인 자세였지만, 나는 전혀 움직일 수 없었다. 팔다리가 전부 얼어붙은 느낌이었다.

"커피 더 드릴까요?"

또 다른 딜런이 보였다. 그는 흰색 유니폼을 입고 머리에 종이 모자를 쓰고 있었다. 그는 내가 꼼짝도 안 하고 앉아 있는 카운터 앞으로 몸을 기울였다.

"뭐라고요?"

"커피 더 드실 거냐고요, 손님."

내 앞에는 하얀 머그잔이 놓여 있었다. "네, 물론이죠. 좋아요."

그는 머그잔을 들고 벽 근처에 있는 대형 커피포트로 가서 잔을 채웠다. 그리고는 내 앞에 잔을 놓았다. "여자분은요?"

고개를 돌릴 수 없었지만, 시야 한구석에 빨간색 드레스를 입은 아름다운 여자가 옆자리에 앉아 있는 게 보였다. 그녀도 나처럼 뻣뻣하게 앉아서 말도 하지 않고 움직이지도 않았다. 마치 마네킹 같은 느낌이었다. 어디서 본 것 같은 얼굴이었다. 예쁜 얼굴에, 드레스와 어울리는 선명한 붉은 머리. 분명 그녀를 잘 알고 있었지만 이름이 뭔지는 전혀 알 수 없었다.

그때 깨달았다.

내가 「밤을 지새우는 사람들」 안에 있다는 것을.

그림 속에 갇힌 것이었다. 내가 오랫동안 선망해 온 남자, 빨간 드레스를 입은 여자 옆에 앉아 있는 남자, 그 사람이 바로 나였다. 다른 딜런들은 모두 그림 밖 미술관 갤러리에서 다음 목적지를 향해 이리저리 움직이고 있었다. 나는 갈 수가 없었다.

그 순간 웃음소리가 들렸다.

내 시선이 움직였다. 오른쪽으로 그림 속 다른 남자가 보였다. 언제나 관람객에게 등을 보이는 미스터리의 남자. 그는 또 다른 딜런, 바로 그였다. 원래라면 정장과 중절모를 쓰고 있어야 하지만, 그는 피로 얼룩진 아버지의 가죽 재킷을 입고 있었다. 너무나 적절하게도, 그의 푸른 눈은 한밤중에 먹이를 찾아 나선 매의 눈이었다. 그는 커피를 홀짝이며 킬킬거렸다.

"포기를 모르는 인간이구나?"

입 밖으로 말이 튀어나왔다. "내가 너 죽일 거다."

"그래? 그럼 두고 보자고."

그는 커피 한 잔을 다 마셨다. 나와는 달리 그는 아무 문제 없이 움직일 수 있었다. 그는 다중 세계 출발점에 와 본 경험이 많았고 나는 아직 초보였다. 의자에서 일어난 그는 카운터에 1달러 지폐를 내려놓고 식당 문을 향해 걸어갔다. 그림에는 문이 없고 긴 유리창과 도시의 거리만 있어서, 그림 끝에 다다랐을 때 그는 안개처럼 녹아 사라졌다. 잠시 후, 그는 미술관 안에서 모습을 드러냈다.

그를 쫓아가야 했지만 나는 여기 갇힌 신세였다. 캔버스에 물감으로 그려진 내 손과 팔을 바라보았다. 2차원이 아니라 다시 3차원으로 돌아가야 하는데, 어떻게 하면 움직일 수 있을까? 내 모습을 바꾸려면 어떻게 해야 하지? 그러다 모든 변화는 내 머릿속에 있다는 것을 깨달았다. 보고, 생각하고, 말할 수 있다면, 분명 다른 것도 할 수 있을 거라고 생각했다. **하지만 그것을 믿어야 했다.**

이 상황이 현실임을 받아들여야 했다. 이것이 진짜라면 나는 통제할 수 있었다. 인간의 뇌는 우리가 절대 벗어날 수 없는 감옥이면서도 우리를 자유롭게 해주는 존재이므로.

변화는 서서히 생겨났다. 한 번에 한 순간씩. 움직이겠다는 의지를 품으니 내 명령에 따라 정신이 굴복하는 게 느껴졌다. 손가락 하나가 구부러졌다. 뒤이어 다른 손가락도 움직였다. 신발이 카운터 난간을 툭툭 치고, 고개가 돌아갔다. 거의 다 되어가고 있었다. 근육에 힘을 주고 밀어냈더니 유리가 깨지는 것처럼 온몸이 결박에서 풀리는 느낌이 들었다.

나는 갤러리로 돌아왔다. 주위에는 수백 명의 다른 딜런 모런들이 있었다. 그림은 원래 있던 자리에 걸려 있었다. 이제 그림 속 인물들은 나를 닮지 않은, 모르는 사람들이었다.

자신감이 솟구쳤다. 다음 세계에서는 모든 것이 달라질 것이다. 나는 달리지 않았다. 어디로 가야 하는지, 무엇을 해야 할지 확실히 알고 있었기 때문에 차분히 걸어갔다. 이번에는 다른 딜런들이 내 앞을 비켜주었고, 나는 내 도플갱어를 찾아 길을 떠났다.

드디어 나는 준비가 되었다.

두 번째 기회를 잡을 시간이었다.

3부

28장

귓가에 경적이 울려 퍼졌다. 끼익하고 에어브레이크 소리가 났다. 고개를 들어보니 얼굴 코앞에서 세미트럭 한 대가 멈춰 서 있었다. 트럭이 너무 가까이에 있어서 그릴 사이에 껴있는 죽은 벌레들까지 다 보였다. 나도 그 벌레 중 하나가 될 뻔했다. 주위에 시카고를 오가는 차들이 양방향으로 교차로를 지나가고 있었다. 나는 신호를 무시하고 미시간대로 한복판을 건너고 있었다.

트럭 운전사가 창을 열고 나를 향해 소리쳤다. "젠장, 당신 **어디서 왔어?** 앞이 안 보여? 길에서 꺼지라고!"

그는 몇 가지 비속어를 덧붙여 말하며 자신의 불만을 강조했다.

나는 사과의 의미로 두 손을 들어 보이며, 차들 사이에 간격이 생기기를 기다렸다가 서둘러 반대편으로 건너갔다. 가로등에 몸을 기대고 심호흡을 몇 번 했다. 트럭에 치여 죽을 뻔했다니, 정말 아이러니가 아닐 수 없었다. 머릿속에서 시카고 미술관장 다니엘 캐튼 리치의 이야기를 들려주던 에드거의 쉰 목소리가 떠올랐다. 1941년 할아버지가 실수로 넘어뜨리지 않았다면 그도 이렇게 차에 치여 죽었을 것이다.

다시금 로스코의 말이 옳았다는 생각이 들었다. 운명은 우리의 세계를 이루는 여러 요소를 한데로 모으는 힘이 있었다. 내가 운명이라 부르는 것을 로스코는 신이라 불렀다.

나는 길모퉁이에 서서 주변을 파악했다. 내가 있는 곳은 힐튼 호텔 맞은편 공원 쪽 거리였다. 라살 플라자에서 남쪽으로 몇 블록 떨어진 곳이었다. 미술관을 나와서 왜 이곳으로 왔는지 전혀 감이 잡히지 않았지만, 잠시 후 누군가가 내 이름을 부르는 소리가 들렸다.

"딜런?"

호수 쪽을 바라보니, 그랜트 파크에서 내가 있는 쪽으로 걸어오는 타이가 보였다.

그녀를 보자, 나는 정신이 혼미해지며 오싹해졌다. 타이에 대한 악몽 같은 마지막 기억은 우리 아파트에서 물속에 잠긴 그녀의 얼굴을 본 것이었다. 하지만 그녀는 지금 무사히 살아 돌아왔다.

그녀는 다가와서 내 볼에 어색하게 키스를 했다. "딜런, 당신 맞네요. 이렇게 또 우연히 만났네요."

그녀는 날 만난 게 그렇게 반가운 놀람은 아니라는 듯이 말했다. 우리는 이 세계에서 분명 결혼한 사이가 아니었으니까.

"안녕, 타이."

"얼마나 됐죠? 아마 4년은 됐을 거예요."

나는 놀라움을 감추려고 애썼다. **4년이라고?** 어떻게 4년 동안이나 타이를 만나지 못한 걸까?

"오랜만이야." 나는 더듬거리며 대답을 이어갔다. "어떻게 지내?"

"잘 지내요. 정말 좋아요. 호텔 일도 잘 되고 있고요. 음, 물론 당신이 없으니까 예전 같지는 않죠."

"그래." 그녀 말이 무슨 뜻인지 전혀 알 수 없어서 그냥 이렇게 대답했다. "좋아 보이네."

"고마워요."

그녀는 정말 좋아 보였다. 긴 머리를 잘라내고 중성적인 느낌의 모던한 짧은 머리를 하고 있었다. 버건디색 맞춤 정장 차림이었는데, 무릎 위로 올라오는 치마는 그녀의 다리를 더 잘 보이게 했다. 그녀는 항상 예뻤지만 이제는 자신감마저 뿜어져 나왔다. 더 이상 어린 느낌이 없었다.

"당신도 좋아 보이네요." 뒤늦게 생각났다는 듯이, 그녀가 덧붙여 말했다.

"똑같지 뭐."

"아뇨, 확실히 달라졌어요. 그래도 맘에 드네요."

"그래, 일은 괜찮고?" 몇 년 전 내가 왜 호텔을 떠났을지 짐작해 보려고 물었다.

"괜찮아요. 그러니까, 난 정말 그런 식으로 일을 맡고 싶지 않았어요. 당신이 없으니까 무작정 수영장에 뛰어 들어가서 수영을 배우는 느낌이었죠. 몇 달 동안은 뭐가 뭔지 도통 모르겠더라고요."

"그럴 리가."

"아뇨, 사실이에요. 정말 그랬다니까요. 그래도 내 얘긴 여기까지 하죠. 당신은요? 잘 지내요? 괜찮아요?"

"그래."

"진짜로요? 잘 지내는 거예요?"

"난 잘 지내." 나는 그녀에게 말했다.

"잘됐네요. 다행이에요. 있잖아요, 정말 사과하고 싶어요. 자주 연

320

락했어야 했는데 말이죠. 내가 연락을 끊어버린 것 같아서 기분이
안 좋았어요. 신경을 안 쓴 게 아니었어요. 물론 약간 이상한 기분은
들었지만 그냥 너무 바빴거든요. 일손도 부족했고, 새로운 일을 배
우느라 정신이 없었죠. 그 후로는, 모르겠어요. 당신이 내 소식을 궁
금해할지도 알 수 없었고요."

"괜찮아, 타이. 그런 걱정 안 해도 돼."

"시내엔 무슨 일이에요?" 그녀가 나에게 물었다. "일자리 구하려
고요? 할 수만 있다면 돕고 싶어요. 진심으로요. 내가 직접 고용하
고 싶은데, 호텔 측에선 허락하지 않을 거예요. 원한다면 몇 군데 전
화를 걸어볼 수도 있지만 이 도시 호텔 매니저들은 이미 다 알고 있
을 거라서요."

"일자리를 찾고 있진 않아."

"그렇군요. 아무튼, 다시 만나서 정말 반가워요. 별로 얘기하고
싶지 않겠지만, 견디기 힘들었나요? 이런, 내가 무슨 말을 하는 거
지? 당연히 힘들었겠죠. 하지만 그게 모두에게 최선이었을지도 몰
라요."

"어쩌면 그랬을지도." 나는 모호하게 대답했다.

"멍청한 소리를 한 것 같네요." 그녀의 황금빛 피부가 붉어졌다.
"누가 감옥이 최선이라고 생각하겠어요."

"감옥이라." 나는 터져 나오는 말을 막을 수 없었다.

"그래도 잘 견뎌낸 거죠?"

"난 괜찮아." 나는 재차 말했다.

"다행이에요." 타이는 핑계를 대려고 손목시계를 확인했다. 되도
록 빨리 나에게서 벗어나고 싶은 듯 불편한 표정을 지었다. "아무튼

전 가봐야겠어요. 오늘 밤에 큰 행사가 있거든요. 검토해야 할 세부 사항이 엄청나게 많아요. 어떤 건지 알죠?"

"알지."

"모를 리가 없죠."

타이는 길을 건너려다 숨을 깊게 들이마신 후 나에게로 돌아섰다. 그녀는 내 손을 잡고 말했다. "딜런, 정말 미안하게 생각해요."

"당신 잘못이 아니야."

"알아요. 하지만 그때 당신에게 연락을 해야 했다는 생각이 계속 들었죠. 그럼 분노로 가득했던 당신 모습을 바꿀 수 있었을지도 모르니까. 이런 말 하면 안 되겠지만, 난 당신이 항상 좋았어요. 한 번도 말한 적은 없었는데, 아무래도 말해야 했나 봐요. 우리가 만났더라면, 당신이 더 나은 사람이 되는 데 도움이 됐을 거라는 생각이 항상 머릿속에 있었죠. 해놓고 보니 건방진 소리 같네요. 미안해요."

"괜찮아. 그런 생각을 해줬다니 고마워. 하지만 그런 식으론 안 돼, 타이. 당신이 날 바꿀 순 없었을 거야."

"그렇겠죠. 지금은 나아졌어요? 당신은 늘 세상을 너무 엄격한 기준으로 바라봤잖아요. 당신 자신한테는 더 그랬죠. 좀 부드러워지면 좋을 거 같아요. 마음의 평화도 찾고요."

"점점 나아지고 있어."

"다행이네요." 그녀는 잽싸지만 어색하게 나를 끌어안더니 부끄러운 듯 고개를 숙였다. "잘 지내요."

"타이도 잘 지내."

신호등이 바뀌었다. 그녀는 미시간대로를 건너 힐튼 호텔 쪽으로 발걸음을 옮겼다. 내 눈은 그녀를 따라갔다. 그러다 그녀 너머 반대편에 사람들로 북적이는 인도를 바라보았다.

그가 바로 거기 서 있었다.

내가 찾던 딜런. 가죽 재킷을 입은 딜런. 내가 죽이러 온 딜런.

그는 길모퉁이에 서서 결의에 찬 냉혹한 눈빛으로 나를 노려보았다. 타이도 그를 본 모양인지 길 한가운데 멈춰 섰다. 그녀는 어깨를 획 돌려 뒤를 돌아보았다. 타이는 헤어진 자리에 서 있는 나를 발견하고는, 눈앞의 상황이 가능한 일인지 확인하기 위해 다시 돌아보았다.

그 순간 시카고 관광버스 한 대가 멈춰 서며 시야를 가리는 바람에 힐튼 호텔이 보이지 않았다. 버스가 지나갔을 때는 다른 딜런이 이미 사라진 상태였다. 그는 지금 분명 걸어 다니는 사람들 속에 섞여 있겠지만, 타이는 자신이 순간적으로 사람을 잘못 본 거라고 생각했겠지. 그녀는 반대편 모퉁이로 계속 걸어갔다. 라살 플라자가 있는 남쪽으로 걸어가며 살짝 손을 흔들었다.

나는 굳이 내 도플갱어를 쫓아가지 않았다. 아직은 아니었다.

나는 알고 있었다. 때가 되면 그가 날 찾아올 거란 걸.

∞

분명 이 세계에 살았던 딜런 모런은 나보다 더 큰 실수를 저질렀을 것이다.

그가 누구인지, 무슨 일이 있었기에 감옥에 갔는지, 그리고 칼리가 그의 삶의 일부였는지 알고 싶었다. 언제나 나에게 답을 줄 수 있는 한 사람이 있었다. 로스코. 그를 나에게서 앗아간 교통사고가 이 세계에서 일어나지 않았다는 가정하에 말이다.

나는 로스코의 사우스 사이드 성당으로 향했다. 성당에 들어가 보니, 성당 종사자들의 사진이 담긴 포스터가 게시판에 붙어 있었다. 그중에 로스코의 이름이 없는 걸 보고 마음이 내려앉았다. 내가 살던 세계에서처럼 그가 세상을 떠난 건 아닌지 궁금했지만, 신부님 중 한 분에게 물어보니 로스코 테이트라는 사람은 성당과 관련이 없다는 말에 안심할 수 있었다.

그렇다면 그는 어디에 있는 걸까?

나는 로스코의 어머니가 진료하던 어빙 파크의 진료소로 다시 발걸음을 옮겼다. 다행히도 이곳은 변한 게 없었다. 건물 근처에 도착하자 정문에서 나오는 알리시아 테이트가 보였다. 인도에 서 있는 나를 발견하고 그녀는 함박웃음을 지었다.

"딜런, 이게 웬일이야."

타이와는 달리 알리시아는 나를 보고 진심으로 기뻐하는 것 같았다.

"나한테 할 얘기라도 있니?" 그녀는 덧붙였다. "회진하러 병원에 가던 길이었는데, 무슨 문제가 있는 거면 잠깐 시간 낼 수 있어."

"아뇨, 사실은, 제가 누굴 좀 찾으려고⋯."

나는 그의 이름을 말하지 않고 멈췄다. 혹시나 로스코가 죽은 거라면 상황도 모른 채 바보 같은 소리를 하는 걸 테니까. 하지만 알리시아의 짐작 능력은 정확했다.

"아, 로스코를 찾고 있구나. 당연하지. 그 애는 안에 있단다. 너도 알다시피, 그 애는 일을 너무 열심히 해."

"알리시아 아들이니까요." 내가 말했다.

알리시아는 다정하게 내 어깨를 꽉 쥐었다. "착하기도 하지. 어서 들어가 봐. 널 보면 기뻐할 거야."

나는 진료소 안으로 들어갔다. 로비에는 환자 여럿이 대기하고 있었다. 접수원에게 물어볼 새도 없이 안쪽 문이 열리더니 내 친구가 나타났다. 허리를 굽힌 채로 보행 보조기를 사용하는 나이 든 흑인 여자를 도와주고 있었다. 그는 사제였을 때보다 더 세련되고 값비싼 안경을 썼고, 얼굴이 깔끔하게 면도 되어있을 뿐 그 외에는 변한 게 없었다. 그의 어머니처럼 하얀 의사 가운을 입고 있는 로스코의 모습을 보고 나는 미소를 지었다. 이 세계에서 알리시아 테이트는 아들이 자신의 발자취를 따르게 함으로써 소원을 이룬 것 같았다.

로스코는 몸을 바로 세우고 나를 보았다. 어렸을 때부터 보아왔던 진지한 표정이었다. "딜런, 여긴 웬일이야? 무슨 일 있어?"

"별일 없어. 근데 잠깐 시간 좀 내줄 수 있을까?"

그는 붐비는 대기실을 둘러보고는 손목에 차고 있는 시계를 흘깃 쳐다보았다. "조금 바쁘긴 한데, 그래도 뭐. 안으로 들어와."

나는 그를 따라 안쪽 복도를 걸어갔다. 우리는 작은 사무실로 들어갔다. 로스코는 낡은 책상 뒤에 앉았고, 그 위쪽 벽에는 시카고대학교 프리츠커의과대학에서 받은 의학 학위증이 액자에 넣어 걸려 있었다. 알리시아도 같은 학교를 나왔다. 책상 위에는 그가 부모님과 함께 찍은 사진들이 있었고, 우리가 어릴 때 호너 파크에서 축구를 하는 모습을 찍은 작은 사진도 놓여 있었다.

그는 내 시선을 따라갔다. "오래전 일이지?"

"아주 오래전이지. 근데 이것 좀 봐. 저 꼬마가 의사가 됐다니."

"그래. 나도 아직 믿기지 않네."

"난 항상 네가 신부가 될 거라고 생각했어."

로스코는 웃음을 터뜨렸다. "그래. 쉽지 않은 결정이었지만 후회는 없어. 게다가 어머니와 함께 일할 수 있고. 대체적으로는 참 다행스럽지만 그렇지 않은 날엔…. 너도 우리 어머니 성격 알잖아."

나는 미소 지었다.

고등학교 시절, 로스코는 지금과 정반대의 길을 걸었다. 그는 성직자가 되면 의사보다 사람들에게 더 좋은 일을 할 수 있을 거라고 생각했다. 그들이 겪게 되는 상실과 좌절을 통해 삶의 의미를 찾도록 도와주기 위해서였다. 게다가 어머니와 같은 병원에서 일한다는 건 그에게 상상만 해도 끔찍한 일이었다.

"그래, 무슨 일인데?" 로스코가 물었다.

"할 얘기가 있어."

"뭔데?"

"설명하기 어려운 얘기야. 믿기는 더 힘들 거고."

"얘기해 봐."

나는 숨을 고르며 무슨 말을 해야 할지 생각했다. 지금 상황에 대해 사실대로 말하지 않고 그에게서 내 인생사를 캐낼까도 생각했지만, 로스코는 가장 친한 친구였고 서로에게 거짓말을 하지 않기로 약속한 사이였다. 한편으로는 의사가 성직자만큼 보이지 않는 세계를 선뜻 믿어줄지 확신할 수 없었다. 어떻게든 나에게 일어나고 있는 일이 진짜라는 것을 증명해야 했다.

"내가 지금 어디에 있겠어?"

"그게 무슨 말이야?"

"내가 이 병원에 너랑 함께 있는 게 아니라면, 나를 어디서 찾을 수 있겠냐고."

"글쎄. 아마 네 사무실에 있겠지."

나는 그의 책상에 기대어 전화기를 집어 든 다음 그에게 건네주었다. "나한테 전화해 봐."

"뭐라고?"

"내 사무실에 전화해서 나랑 통화하고 싶다고 해봐."

"왜 그러는데?"

"제발, 로스코. 그냥 시키는 대로 해줘."

그는 당황한 표정으로 스피커폰 버튼을 누른 다음 단축다이얼 번호를 눌렀다. 전화기 반대편에서 통화연결음이 몇 번 울리다가 한 젊은 여자가 전화를 받았다.

"시카고 하우징 솔루션입니다."

"다나. 로스코 테이트예요." 그는 어느 때보다 깊은 목소리로 말했다.

"아, 안녕하세요, 테이트 박사님. 딜런 씨를 찾으시나요?"

"네. 딜런 어디 있는지 아세요?"

"그럼요. 지금 다른 전화를 받고 있는데, 박사님이 기다리고 있다고 전해드릴까요?"

로스코는 한참 동안 아무 말도 하지 않았다. 책상 너머로 나를 바라보며, 풀리지 않는 문제를 맞닥뜨린 수학자처럼 미간을 찡그렸다. 그의 침묵이 너무 길어지자 전화기 너머에서 여자가 다시 말을 걸었다.

"테이트 박사님? 전화 끊으신 거 아니죠? 딜런 씨 바꿔드릴까요?"

그는 나에게서 눈을 떼지 않았다. "다나, 지금 딜런이 당신과 같은 사무실에 있다는 건가요? 확실해요?"

"지금 제 앞에 있어요." 그녀가 대답했다. "아, 방금 통화를 끝내셨네요. 바꿔드릴까요?"

"네, 부탁해요."

몇 초 동안 정적이 흘렀다. 그리고는 전화기 반대편에서 내 목소리가 들렸다. 내 목소리가 틀림없었다.

"어이, 로스코."

"딜런." 로스코는 웅얼거렸다. 입을 벌려 말을 하려 했지만, 무슨 말을 해야 할지 결정하지 못한 것 같았다.

"무슨 일이야, 의사 선생님? 도와줄 일이라도 있어?"

로스코는 책상 위에 팔을 올리고 그 위에 턱을 괴었다. 우리 둘 사이의 거리는 30센티미터 정도에 불과했다. 그의 표정을 보니 내가 장난을 치거나 만우절 농담을 하는 게 아니라고 생각하는 것 같았다. 나처럼 진지한 눈빛이었다. 그는 스피커폰에 대고 말하면서도 나를 뚫어지게 쳐다보았다.

로스코는 우리 둘 모두에게 말하고 있었다.

"있잖아, 갑자기 이상한 게 궁금해져서 말이지." 로스코가 말했다. "오늘 어떤 환자를 보고 떠올랐는데, 너는 기억할 것 같아서. 루츠 빵집에서 한동안 카운터에서 일하던 할머니 한 분 있었잖아. 사람들이 그녀 남편이 나치였단 걸 알아냈던 것 같아. 우린 빵을 먹으면서 그 할머니 이름을 가지고 놀리곤 했었고. 그 이름이 뭐였는지 기억나?"

수화기 너머 딜런은 노래를 부르듯이 곧바로 대답했다.

나도 책상 너머에서 반대편에 앉은 로스코를 향해 입 모양으로 똑같은 말을 따라 했다.

"프리데군데, 프리데군데, 얼굴이 개처럼 생겼네."

로스코는 믿기지 않는 듯 눈을 감았다. 우리 둘 다 테스트를 통과했다. 누구도 속일 수 없는 문제였다. "그래, 맞아. 이제 기억이 나네."

"그때 우린 참 철이 없었어, 그렇지?" 딜런이 웃으며 말했다.

"그래, 아홉 살이었으니까." 로스코가 눈을 뜨며 대답했다. 그리고는 마치 지구에 온 외계인을 바라보듯 나를 보았다. 어떤 면에선 그렇기도 했다.

"그런데 왜 프리데군데 씨가 궁금했던 거야?" 다른 딜런이 물었다.

나는 손가락을 입술에 갖다 대고 고개를 저었다.

"나중에 말해줄게, 친구." 로스코가 스피커폰을 통해 말했다. "지금은 가봐야 해서."

"그래, 나중에 보자." 딜런이 대답했다.

로스코는 전화기 버튼을 눌러 통화를 끝냈다.

"좋아." 그는 얼음장처럼 차가운 목소리로 나에게 말했다. "넌 도대체 누구냐?"

29장

로스코에게 이야기를 시작한 지 얼마 되지 않아 그는 내 말을 끊었다. 내가 처음으로 다중 세계를 언급하자마자 그는 더는 듣고 싶지 않다는 듯 손을 들어 올렸다. 그는 봐야 할 환자들이 있었고, 그 환자들이 우선이었다. 실제로는 그런 얘기를 머릿속에서 소화하는 데 시간이 필요하다는 뜻이었다. 로스코는 어떤 일도 섣불리 판단하지 않았다. 그는 사물이나 상황에 대해 깊게 생각한 다음 모든 요소를 평가하고 계획을 세우는 신중한 타입이었다. 다시 말해 나와는 정반대의 사람이었다.

로스코는 케네디 고속도로 바로 옆 몬트로즈대로에 있는 바에서 오후 6시에 만나자고 했다. 그가 고른 장소는 마치 또 다른 시험처럼 느껴졌다. 그곳은 내가 술에 취해 여자친구를 때리던 남자와 길거리 싸움을 벌인 바로 그 술집이었다. 로스코는 나를 데리러 경찰서에 왔었지만 끝내 살아서 집으로 돌아가지 못했다.

로스코가 살아있다는 것은 **분명** 이 세계에서 그날 저녁이 다르게 흘러갔다는 것을 의미했다. 그럼에도 불구하고 그가 약속 장소로 그 술집을 선택했다는 사실은 딜런 모런에게 그 장소가 여전히 특별한 의미가 있음을 말해주고 있었다.

바에 도착해 보니 바텐더는 모르는 사람이었다. 그건 다행스러운 일이었다. 만약 이곳에 나를 아는 누군가가 있다면, 술집 안으로 나를 들이지 않았을 수도 있었다. 나는 카운터 끝에 앉아 밀려오는 그날 밤의 기억을 억누르려 애썼다. 좌석 네 개가 떨어진 곳에 있던 그 남자와 대면한 나, 남 일에 참견하지 말라는 그의 여자친구, 내 얼굴에 술병을 던진 그 남자. 가라오케 바였는데, 싸움이 벌어질 때 누군가가 건즈 앤 로지즈의 '코마'를 형편없이 부르던 소리가 아직도 귀에 선했다.

"뭐 드려요?" 바텐더가 뚱한 목소리로 물었다. 체리색 머리를 한 아시아계 여자였다.

"보드카 온더락이요." 나는 대답했다. 그러다 술을 가지러 가는 그녀를 멈춰 세웠다. "잠시만요. 됐어요. 그냥 탄산수로 주세요."

그녀는 어깨를 으쓱했다. "그러든가요."

그녀가 음료를 가져다주었고, 나는 맑은 정신으로 앉아서 천천히 탄산수를 마신 다음 한 잔 더 주문했다. 나는 고급 보드카 '그레이 구스'를 주문하기라도 한 것처럼 그녀에게 팁을 넉넉히 주었다. 퇴근 후 사람들이 도착하면서 술집은 서서히 붐비기 시작했고, 이후로 두어 시간 동안 사람들이 들락날락했다. 6시 15분이 되었는데도 로스코는 나타나지 않았다. 나는 그가 나를 상상 속의 존재로 생각해 버리고 나타나지 않으려는 건 아닌지 궁금해졌다.

하지만 6시 30분이 되자 그는 내 옆자리로 와 슬쩍 앉았다. 내 앞에 탄산수가 놓인 걸 확인했지만, 그는 나의 금주 행동에 동참하려 하지 않았다. 로스코는 사제일 때도 항상 '서던 컴포트' 위스키를 좋아했는데, 지금도 마찬가지였다. 그는 얼음과 함께 주문했고 위스키 잔을 손에 들고 첫 모금을 마신 후까지 아무 말도 하지 않았다.

"네 사무실에 들렀다 왔어." 그가 말했다. "실제로 네 사무실은 아닌 것 같던데. 맞지?"

"그래, 아니야."

"딜런이 안에 있는 걸 봤어. 그리고는 바로 이곳으로 온 거야. 중간에 한 번도 멈추지 않고. 그랬더니 네가 있네. 내 눈으로 직접 봐야 했거든. 무슨 말인지 알지?"

"알아."

그는 고개를 저었다. "다중 세계, 다중 마음. 다 찾아봤어. 전부 미친 소리 같던데."

"나도 그렇게 느꼈지. 하지만 나한테 그런 일이 일어나고 있어."

"너는 다른 딜런이야. 그러니까, 넌 같은 사람이지만 다른 사람인 거지."

"맞아."

그는 술을 마시며 나를 바라봤다. "실제로 널 보고 있으면 믿기가 더 쉬워. 너에겐 뭔가 다른 느낌이 있거든. 그건 분명해. 네 얼굴, 눈빛, 전반적인 태도에서 그게 드러나."

"내가 아는 또 다른 로스코도 나에게 같은 말을 했었지."

"너는 내가 아는 딜런의 몇 년 전 모습과 닮았어. 그는 그 이후로 변했거든. 너는 어때? 그렇게 많이 변하진 않은 것 같네. 딜런이 그랬던 것처럼, 넌 아직 진짜 너를 찾지 못한 거야. 그래도 술을 마시지 않는 건 마음에 들어. 그렇게 시작하는 거지."

"너도 달라졌어." 나는 그에게 말했다.

"맞춰볼게. 너의 세계에서 나는 신부였겠군."

"그랬지."

그는 혼자 웃었다. "그 길을 선택했으면 내 인생이 어땠을지 가끔 궁금할 때가 있어. 누구나 다 그렇겠지만."

"정말이야. 나도 최근에 그런 생각에 사로잡혀 있으니까."

로스코는 술집을 둘러보며 고개를 끄덕였다. "내가 널 여기로 부른 데는 이유가 있어. **내가 아는** 딜런의 인생이 바로 이곳에서 바뀌었거든."

"내 인생도 그랬지."

"그럼 여기서 무슨 일이 있었는지 말해봐." 그가 말했다.

나는 탄산수 잔을 들어 얼음을 휘저었다. 얼음이 움직이며 유리 잔에 부딪히는 소리가 들렸다. "4년 전, 부모님 기일 저녁에 이곳에 왔어. 나는 술에 취했지. 그러다 여자친구한테 욕을 하는 남자와 시비가 붙었어. 경찰이 와서 날 체포했지. 경찰서에서 풀려날 때 너한테 전화했더니 네가 날 데리러 왔어."

로스코는 이야기가 많이 남았다는 것을 알고 있었다. "그래서? 다음엔 어떻게 됐는데?"

"교통사고가 났어. 넌 죽었고."

그는 눈을 껌뻑일 뿐이었다. 서던 컴포트를 한 모금 더 마셨다. "아."

"난 내 탓을 했어."

"물론 그랬겠지."

"아직 이야기가 남았어. 그날 밤 난 한 여자를 만났어. 우연이었지. 기묘한 운명의 장난이라고, 적어도 그때는 그렇게 생각했어. 하지만 지금은 모르겠어. 그녀가 날 구해주고 회복하게 도와줬어. 우린 결혼했지. 그리고 아주 최근에 그녀도 세상을 떠났어."

"정말 유감이다." 로스코는 술잔 너머로 나를 힐끗 쳐다보았다. "그녀 이름은 뭐였어?"

"칼리. 그녀 이름은 칼리였어."

"그녀를 사랑했니?"

"그래, 사랑했어. 그녀가 없는 내 삶은 상상할 수 없었어. 마침내 내가 원하던 모든 걸 가졌지만 전부 다 놓쳐버린 거야. 인생 전체가 엉망이 돼서 이제 다신 되돌릴 수 없다고."

나는 음료 잔을 카운터에 내려쳤다. 얼음과 탄산수가 잔 밖으로 넘쳤다. 나는 고개를 저으며 냅킨으로 엎질러진 얼음을 닦았다. 걱정스러운 표정으로 나를 바라보던 바텐더를 향해 괜찮다며 손을 흔들었다.

"그 성깔은 여전하구나." 로스코가 중얼거렸다.

나는 남은 탄산수를 들이켰다. "자, 이게 내 이야기야. 여기서 무슨 일이 있었어? 이 세계에서 말이야."

로스코는 한숨을 쉬었다. "4년 전, 네 부모님 기일, 그날 밤 네가 여기에 왔었어. 너는 술에 취했고, 여자친구를 모욕하는 어떤 남자와 싸움이 붙었지. 길거리에서 네가 그 남자를 엄청나게 팼어."

"그래서? 어떻게 됐는데?"

"그 남자가 길바닥에 머리를 부딪쳐서 죽었어."

"젠장."

"너는 과실치사에 대해 유죄를 인정했어. 변호사는 네 가족 배경에 문제가 있어서 생긴 일이라며 집행유예를 주장했지. 어머니에게 일어난 일 때문에 위험에 처한 여자를 보호하는 데 일종의 심리적 집착이 생긴 것 같다고, 그래서 남자의 죽음은 우발적이었다고 말했어. 하지만 판사는 동의하지 않았지. 전에도 싸움을 벌인 적이 있어서 어떤 위험 상황이 생길지 넌 알고 있었다고 판사는 말했어. 그는 2년에서 5년 사이의 형을 선고했어."

"그럴 만했나 보네."

"그래, 너도 그렇게 말했지. 심지어 판결에 항소조차 하지 않았어. 감옥에 가서 18개월을 복역하고 가석방을 받았지. 너한테는 힘든 시간이었어. 나도 알아. 하지만 솔직히 말해서, 넌 새사람이 되었어. 출소해서 인생이 바뀌었거든. 알코올 중독자 모임에 나가면서 술도 끊었어. 매달 상담도 받고 있고. 저소득층에 주택을 지원하는 비영리 단체에 취직했고, 1년 만에 그곳을 운영하게 되었지. 심지어 에드거와도 화해했어. 그동안 네가 에드거에게 한 짓에 대해 사과했지. 어렸을 때 널 받아준 것에 대해 감사하다고도 말하고. 에드거의 마지막 3개월 동안 매일 아침 식사를 함께했어."

"에드거가 죽었어?" 내가 물었다.

"그래. 자는 동안 심장마비로."

예상치 못한 슬픔이 나를 덮쳤다. 에드거. 나의 할아버지. 나의 마지막 가족. 그가 죽었다.

내가 살던 세계에서는 에드거가 아직 살아있지만, 다시 그 세계로 갈 수 있을지는 알 수 없었다. 처음으로, 할아버지가 그곳에 없을 수도 있다는 생각에 직면했다. 「밤을 지새우는 사람들」 앞에 서서, 에드거가 나타나 다니엘 캐튼 리치 이야기를 들려주길 바라는 내 모습을 상상했다. 로스코의 말이 맞았다. 기회가 있었을 때 에드거에게 할 말을 해야 했는데.

이 세계에 사는 딜런 모런을 직접 알지는 못해도, 그가 나보다 더 나은 삶을 살고 있다는 것을 깨달았다.

나는 그에 대해 더 알아야 했다.

"나 결혼했니?" 나는 조용히 물었다.

로스코는 바로 대답하지 않았다.

"그러니까, 이 세계에서는 사고가 일어나지 않았어. 넌 죽지 않았고. 칼리가 차 안에 있는 날 발견한 일도 없었어."

로스코는 술잔을 응시하며 무슨 말을 해야 할지 고민했다. "에드거가 죽고, 넌 위층 아파트에 세를 놓기 위해 리모델링을 하려고 건설업자를 불렀어. 둘은 친구가 되었지."

"스코티." 나는 짐작했다. "스코티 라이언."

"맞아. 스코티는 어느 부동산 중개인과 작업을 많이 했는데, 그 중개인이 너와 딱 맞을 것 같다고 생각했어. 그래서 두 사람의 소개팅을 주선했지. 넌 싫다고 했지만 내가 나가보라고 밀어붙였어. 둘은 스파이바에서 만나 춤을 췄고 첫눈에 반했어. 6개월 후 너희는 결혼했고."

나는 눈을 감았다. 숨을 쉬기가 힘들었다. 손가락 아래 내가 음료를 흘린 자리는 아직 젖어 있었다. 물기가 느껴지는 것만으로도 물에 빠져 죽을 것만 같은 느낌이었다. "그 여자 **이름**, 로스코. 그녀 이름이 뭐야?"

"칼리."

여전히 눈을 뜰 수가 없었다. 나 자신에게 너무 화가 났고, 내가 저지른 실수가 너무나 실망스러웠다. 이 세계의 딜런은 너무 늦기 전에 교훈을 얻었다. 그는 변했고, 나는 아니었다.

"나 행복하니?" 내가 물었다.

"그래, 넌 행복해. 내 기억으론, 평온한 네 모습은 처음이야. 게다가 너에겐…."

그는 말을 멈췄다.

"뭔데?"

"네가 알아야 할 건 다 얘기했어."

"할 얘기가 더 있잖아. 그게 뭔데?"

로스코는 고개를 저었다. "미안해. 딜런에게만 해당하는 거라서. 네가 아니라."

"내가 딜런이야."

"아니야. 여기선 아니지."

나는 지갑을 뒤져 카운터에 돈을 올려놓았다. "가야겠다."

"어디 가게?"

"집에." 내가 말했다.

나는 바 의자에서 내려오려고 했지만 로스코가 내 손목을 잡았다. 작은 체구에 비해 손 힘은 대단했다. "그의 세계에 간섭하면 **안 돼**. 그 친구는 지금껏 노력해서 많은 걸 이뤘는데 망치게 할 순 없어. 그가 그랬던 것처럼 너도 인생을 바꿀 기회가 있었어. 그 선택을 후회한다고 해도 그건 네 책임이야."

나는 로스코의 눈을 바라보았다. 그를 잃고 다시는 볼 수 없을 줄 알았던 선물 같은 눈빛이었다. 우리는 어린 시절부터 서로를 알았다. 함께 자랐고 내가 겪은 모든 어려움을 함께 겪었다. 의사이든 성직자이든, 그는 내가 아는 사람 중 가장 올곧은 사람이었다.

왠지 지금이 우리의 마지막 순간임을 알 수 있었다. 마지막으로 예기치 못한 작은 선물을 받았고, 이제 끝이었다. 살아남든지 아니면 죽든지, 어떤 식으로든 이 밤이 끝나기 전에 나는 이 세계에서 사라질 테니까. 다시는 그를 볼 수 없을 것이다.

적어도 이번에는 그를 안아주고 양 볼에 키스하며 제대로 작별 인사를 할 기회가 있었다.

"딜런의 인생이 간섭하지 않을게." 떠나기 전, 나는 나의 가장 친한 친구에게 약속했다. "난 그를 구하러 여기 온 거니까."

30장

어스름이 깔린 저녁, 나는 리버 파크의 나무들 사이에 서 있었다. 곧 어두워질 터였다. 내가 죽여야 할 딜런은 나와 그리 멀지 않은 곳에 있었다. 흐릿한 구름 너머에 있는 그를 느낄 수 있었다. 그가 내 생각을 읽을 수 있듯이, 나도 그의 생각을 읽기 시작했다. 지난번에는 그가 아파트 안에서 나를 기다리고 있었지만, 지금은 그가 그곳에 있음을 암시하는 게 아무것도 없었다. 그곳엔 실제로 여기 사는 딜런도 칼리도 없었다. 그 점이 걱정스러웠다.

그들이 돌아오면 둘 다 표적이 될 테니까.

내가 숨은 풀숲에서는 거리 전체가 훤히 보였다. 그곳에 서 있는데 회색 세단 한 대가 전조등을 켜고 천천히 내려오는 것이 보였다. 처음 보는 차는 아니었다. 차는 길모퉁이에 도착해 방향을 꺾었지만 다시 돌아올 것 같은 느낌이 들었다. 내 예감은 맞았다. 10분도 채 지나지 않아 그 차는 같은 길을 따라 내려왔다. 이번에는 내가 있는 곳 근처 공원 인도에 차를 세웠다.

키가 크고 여윈 체구의 남자가 차에서 내렸다. 그는 흰색 셔츠에 헐렁한 검은색 바지를 입고 주름진 황갈색 트렌치코트를 걸친 차림이었다. 구부정한 자세로 느긋하게 걸었지만 산책을 하러 온 것은 아니었다. 그는 곧장 나에게로 향했다.

하비 부싱 형사였다.

"실례합니다." 그는 경찰 배지를 꺼내 보이며 자신을 소개했다. "몇 가지 질문 좀 해도 될까요?"

"그러시죠."

"이 근처에 사십니까?"

나는 길 건너편 건물을 가리키며 고개를 끄덕였다. "네, 바로 저기 아파트에 삽니다."

"성함은요?"

"딜런 모런입니다."

"신분증 있으신가요, 모런 씨?"

무슨 일인데 그러냐고 말싸움을 하려다가 결국 운전면허증을 꺼내서 그에게 주었다. 그는 주의깊게 면허증을 살펴봤다. 면허증을 나에게 다시 돌려주며 그는 단조로운 목소리로 말했다. "그냥 궁금해서요, 모런 씨. 집이 바로 저기라면서 공원에서 뭐하고 계신 거죠?"

"저녁 공기를 즐기고 있어요." 나는 대답했다.

"글쎄요, 제가 이 길을 세 번이나 지나갔는데 꼼짝도 안 하고 계시길래요. 그냥 저 건물만 바라보고 있고요. 누구 기다리는 사람이 있나요?"

"아닙니다."

"음, 대체로 사람들은 산책을 하거나 벤치에 앉거나 아니면 담배를 피우거나 그런 식이거든요. 자기 집을 멍하니 바라보는 사람은

340

많지 않아요."

"그게 범죄인가요?"

"전혀 아니죠." 하지만 그는 분명 설명을 기다리는 눈치라서, 내가 대답을 더 끌수록 더 많은 질문을 퍼부을 게 뻔했다.

"저기요, 형사님. 전 이 동네에서 평생을 살았어요. 할아버지가 이 건물 소유주였고 아파트 위층에 사셨죠. 그러다 몇 년 전에 돌아가셨고요. 우린 그다지 사이가 좋진 않았죠. 그래서 가끔 여기 나와서 할아버지 생각을 하곤 합니다. 그건 괜찮나요?"

"물론이죠. 참 안타까운 일이군요."

"위로 고마워요."

부싱 형사는 트렌치코트 속으로 손을 집어넣어 사진 한 장을 꺼냈다. "이 동네를 잘 아시니, 저를 좀 도와주실 수 있을까요, 모런 씨? 근처에서 이 여자를 본 적이 있으신가요?"

날이 저물고 있어서 어둑어둑했지만 눈을 가늘게 뜨고 보지 않아도 누군지 알 수 있었다. 〈시카고 트리뷴〉의 1면에서 본 적 있는 사진이었는데 그건 다른 세계의 일이었다. 그녀는 벳시 컨이었다.

"아뇨, 처음 보는 사람입니다."

"확실한가요? 겨우 몇 블록 떨어진 곳에 사는 사람인데요."

"미안합니다. 정말 모르는 사람이에요."

"이 여자는 실종됐어요. 어젯밤에 공원으로 달리기를 하러 나갔다가 집에 돌아오지 않았다는군요. 가족들이 많이 걱정하고 있어요."

"저도 도와드리고 싶지만 그런 분을 본 적이 없군요."

"그럼 공원 주변에서 수상한 사람이 돌아다니는 걸 본 적이 있나요?"

"이 근처엔 항상 이상한 사람들이 있죠, 형사님. 하지만 최근이라면 특별히 생각나는 사람은 없네요."

"알겠습니다. 그럼 누구라도 보게 되면 연락 주십시오. 모런 씨."

"그렇게 하죠."

부싱 형사는 다시 자신의 차로 돌아갔다. 차 안에 앉았지만 바로 차를 몰고 떠나지 않았고 내가 무엇을 할지 지켜보고 있는 것 같았다. 더 이상 밖에서 기다릴 수 없어진 나는 길을 건너 아파트 건물로 향했다. 문 앞에 도착해서 열쇠를 꽂아보니 다행히 잘 열렸다. 내가 안으로 들어가 문을 닫자, 도로에서 부싱 형사의 회색 세단이 건물을 지나쳐 사라졌다.

불은 켜지 않았다. 어두컴컴한 복도에 서서 이제 서서히 어둠에 잠겨가고 있는 공원을 바라봤다. 마침내 나는 아래층 아파트로 들어갔다. 그곳에선 특유의 냄새가 났다. 내가 살던 집과도, 다른 딜런과 타이과 살던 아파트와도 다른 냄새였다. 그 향이 정확히 무엇인지는 알 수 없었다. 머릿속에서 떠오르는 유일한 단어는 부드럽고 따뜻한 느낌의 '크림'이었는데, 그건 냄새를 설명하기엔 적절한 표현이 아니었다. 어린 시절 부모님과 함께 살던 우리 집의 냄새가 떠올랐다.

건물은 쥐 죽은 듯이 조용했다. 도플갱어의 존재나 그를 따라다니는 위협적인 기운도 느껴지지 않았다. 이곳에서 느껴지는 유일한 감각은 그 묘한 크림 같은 느낌이었는데, 왜 그런지 도통 이해가 되지 않았다. 그럼에도 나는 여기 오래 머무를 여유가 없었다. 아파트가 비어 있는지 확인한 다음 다른 딜런과 칼리가 집에 오기 전에 떠나야 했다. 그들의 삶에 어떤 발자국도 남기고 싶지 않았다. 로스코에게도 그러지 않겠다고 약속했었다.

하지만 너무 늦었다.

복도를 따라 막 걸어가려고 할 때, 뒤쪽 현관문이 덜컥거렸다. 나는 그 자리에 얼어붙었고 몸을 숨길 시간도 없었다. 거실 불이 환하게 켜지자, 눈이 부셔 앞이 잘 보이지 않았다.

다시 앞을 바라보니 그녀가 있었다. 칼리.

나는 그 순간을 머릿속에 사진처럼 찍어서 담았다. 그 순간이 오래가지 않을 것 같았기 때문이었다. 그녀는 줄무늬 티셔츠에 늘씬한 몸매를 감싸는 파란색 카프리 팬츠를 입고 있었다. 굽이 높은 가죽 부츠를 신어서 나보다 키가 컸다. 내가 아는 칼리보다 더 길고 밝은 금발 머리에, 가슴도 내가 기억하는 칼리보다 풍만해 보였다. 하지만 얼굴은 똑같았다. 푸른 눈망울은 자석처럼 내 눈길을 끌어당겼다. 그녀는 입을 벌려 활짝 웃고 있었다. 그 가슴 아픈 미소 속에는 내가 잃어버린 모든 것이 담겨 있었다.

그녀는 내 아내였다. 나를 사랑했던 아내.

"어머, 여보." 그녀의 목소리에는 행복한 놀람이 묻어있었다. "오늘 밤엔 야근하는 줄 알았는데."

무슨 말을 하려고 했지만 할 수가 없었다. 나는 그저 넋을 잃은 채 그녀를 바라볼 뿐이었다. 달려가 그녀를 품에 안고 싶었다. 우리는 잠깐의 시간 동안 서로를 바라보았다. 그런 다음 그녀는 현관문을 닫지 않고 발로 문을 열어두고 무언가를 안으로 들였다.

유모차였다.

칼리는 문을 닫은 다음, 허리를 굽혀 조심스럽게 아기를 들어 올렸다. 마치 무지개 끝에 숨겨져 있는 보물을 찾은 것처럼 아기를 품에 안았다. "이것 봐, 엘리." 그녀는 아이에게 속삭였다. "아빠가 일찍 집에 왔어. 너무 좋지?"

엘리. 엘리너. 내 어머니의 이름이었다.

내 아이. 내 딸. **우리의 딸.** 그게 바로 이곳을 가득 채운 크림 같은 느낌의 정체였다. 아기의 냄새, 삶의 냄새, 순수함의 냄새, 신선함과 시작의 냄새였다. 두 사람을 바라보고 있자니 가슴이 조여왔다. 세상에 나를 숨 쉬게 할 산소가 부족한 느낌이었다. 더는 사랑할 수 없을 정도로 이 여자를 사랑한다고 생각했는데 갑자기 더 사랑하게 되었다. 그녀와 나 사이에 아이가 생기면 어떤 느낌일지 한 번도 꿈꿔본 적 없었다. 하지만 그 순간, 아이가 없는 내 삶은 공허한 삶이라는 걸 알았다.

"당신 괜찮아?" 칼리가 이마를 찡그린 채 나를 살펴보며 물었다.

나는 더듬거리며 말했다. "괜찮아. 당신 예쁘다. 두 사람 다 예뻐."

"음, 당신도 나쁘지 않네." 그녀는 우리 사이의 공간을 가로질러 와서 우리의 작은 딸을 자연스럽게 내 품에 안겼다. "여기, 잠깐 안아줄래? 젖을 먹여야 하는데 먼저 옷을 갈아입고 싶어서."

그녀는 내 뺨에 키스를 하고 침실로 향했다. 살면서 아기를 안아본 적은 거의 없었지만 엘리를 안는 것은 완전히 자연스러웠다. 아이가 몇 살인지 궁금했지만, 아이는 이 세상에 온 지 얼마 되지 않은 것 같은 모습이었다. 얼굴, 머리카락, 눈, 그 모든 것이 나였다. 그리고 칼리였고 에드거였다. 심지어 내 어머니와 아버지까지 닮았다. 내 가족 모두가 그 아이 안에 살고 있었다. 아무런 나쁜 것도, 선하지 않고 완벽하지 않은 것도 없이. 나는 내 인생의 모든 것이 그때 그 자리에서 멈추길 바랐다. 그 순간이 영원히 계속되길 원했다.

그때 엘리가 울기 시작했다. 엄마가 사라지고 낯선 사람이 자신을 안고 있다는 사실을 깨달은 엘리의 작은 얼굴이 일그러졌다. 뺨이 발갛게 상기된 채 칼리를 찾으며 울어댔고 내 품에서 벗어나려고 몸부림쳤다. 그 순간 이 상황의 실체를 진정으로 깨달았다.

엘리는 내 아이가 아니다.

엘리는 다른 사람의 아이다.

이 세계 그 어떤 것도 내 것이 아니다.

잠시 후 칼리는 헐렁한 컵스 저지 셔츠와 운동복 바지를 입고 돌아왔다. "무슨 일이야, 엘리?" 그녀는 중얼거리며 아기를 받아 안고 벽난로 근처 거실에 자리를 잡았다. 그녀가 셔츠를 들어 올려 가슴을 내밀자 엘리는 곧바로 안정을 취하며 부드럽게 젖을 먹는 소리를 냈다. "여보, 불 좀 어둡게 해줄래? 엘리는 너무 밝지 않은 걸 좋아하거든."

나는 그렇게 했다.

"음악도 좀 틀어줄래?" 그녀가 물었다. "잔잔한 음악으로."

"그래."

피아노 연주곡이 흘러나올 때 나는 그녀 맞은편 의자에 앉았다. 진짜 딜런이 언제든 집으로 돌아올 수 있으므로 가야 했지만 나로서는 그곳을 떠나기가 불가능했다. 칼리를 보며, 엘리를 보며, 나는 또 다른 내가 만들어 낸 놀라운 인생에 경외감을 느꼈다. 솔직히 질투가 났다. 내 안에서 부러움이 솟구쳤다. 누가 되었든 이 남자는 나처럼 나쁜 선택을 했었다. 참아온 분노로 누군가를 **죽였는데도** 이렇게 아름다운 아내와 아이와 함께 살고 있었다. 그는 몹시 힘든 시간을 보냈지만 그것을 극복하고 행복한 현재를 만들어 낸 것이다.

견디기 힘들 정도였다. 이곳의 모든 것이 너무나도 좋고, 자연스럽고, 옳다고 느껴졌다. 하지만 그 어느 것도 내 것은 아니었다.

"오늘 점심에 수잔나를 만났어." 칼리가 그녀 어머니의 이름을 말하며 나에게 말했다.

"잘 지내셔?"

"내가 수잔나가 운영하는 부동산 사업에서 빠져나와도 손녀를 안겨드린 거니까 나쁘지 않은 거래일 것 같아."

"다시 돌아오라고 하지 않으셨어?" 내가 물었다. 어느 세계에서도 수잔나는 어떤 사람일지 알고 있었기 때문이었다.

"음, 별로 진심은 아니었어. 한번 물어보고 말았으니까. 당신은 비영리 단체에서 일하고 나는 전업주부라서 우리에겐 사실상 돈이 없는 거라고 강조하긴 했지."

"그래서 뭐라고 했어?"

"딜런은 회사까지 걸어서 10분밖에 안 걸리고, 난 '햄버거 헬퍼[26]'만 먹고 살아도 괜찮다고 했지."

칼리의 시선은 엘리에게로 향했고, 나는 그녀의 얼굴이 사랑으로 빛나는 모습을 지켜봤다.

"이렇게 지내는 거 정말 괜찮아?" 나는 그녀에게 물었다.

엘리를 바라보던 그녀는 고개를 들었다. 내가 본 것 중 가장 진지한 눈빛이었다. "인생은 선택의 연속이야, 딜런. 이건 내 선택이었고. 전혀 후회하지 않아."

---

26 미국에서 인기 있는 저렴한 가격의 편의 식품 중 하나다.

나도 그렇게 말하고 싶었다. 그 순간, 나는 오로지 후회로 가득 차 있었다. 나는 다시 스스로에게 말했다. **넌 가야 해.** 이 집을 떠나서 원래 이곳에 있어야 할 사람들에게 돌려줘야 했다.

하지만 그럴 수 없었다.

"나 오늘 또 다른 시를 쓰고 있어." 칼리가 계속 말했다.

"그거 잘됐네."

그녀는 눈을 굴리며 말했다. "왜일까. 우린 이미 충분히 가난한데, 왜 나는 쓸모없는 대학원 학위를 따서 시를 쓰려고 하는 거지? 아직 아빠한테는 보여주지 않았어. 계속 보여달라고 졸라대시는데 난 아직 준비가 안 됐거든. 시들이 꽤 암울해. 왜 그런지는 모르겠어. 내 인생은 너무 행복하지만 글을 쓰기 시작하면 모든 게 악몽처럼 표현돼."

"당신 내면의 깊은 감정과 생각을 나타내는 걸 거야."

"그래, 맞아." 그녀는 대답했다. 하지만 내 말을 듣고 기분이 좋았다는 듯 눈을 반짝였다.

"글 쓴 것 좀 볼 수 있어?"

"그럼. 이따가 침대에 누웠을 때 들려줄게."

나는 실망감을 감추려고 애썼다. 왜냐하면 그때까지 여기에 있지 않을 테니까. "알았어."

"여보, 차 한잔 만 가져다 줄래?"

"알았어."

나는 의자에서 일어났다. 정말이지, 어둑어둑한 불빛 속에서 음악을 들으며 이렇게 함께 저녁을 보내고 싶었다. 그런 다음 딸을 침대에 재우고 아내와 함께 잠자리에 드는 것이다. 이 삶에 머물고 싶은 욕망이 나를 휘저었지만 좋은 일도 끝이 있어야 했다. 다리 난간에서 뛰어내리려는 사람처럼, 나는 용기를 내서 뛰어들었지만 떨어지자마자 그 결정을 후회했다.

"나 잠깐 밖에 나가서 걷다 올게." 나는 그녀에게 말했다. "머리를 좀 식혀야겠어."

"당신 괜찮아?"

"괜찮아. 바람 좀 쐬고 싶어서 그러는데 괜찮겠어? 집에 혼자 있을 수 있지?"

"그럼. 하지만 공원 근처에는 가지 마. 실종된 여자 얘기 들었어? 당신이 밤에 그쪽으로 걸어서 집으로 오는 게 걱정돼. 공원으로 오면 더 빨리 오는 거 알지만 그냥 포스터대로로 왔으면 좋겠어."

"알겠어. 당신이 원한다면 그렇게 할게."

나는 칼리에게 차를 만들어 주기 위해 부엌으로 갔다. 칼리가 좋아하는 차는 계피 향이 살짝 나는 만다린 오렌지 차라는 것을 알고 있었다. 나에게는 너무 달았지만 칼리는 그 차를 좋아했다. 그녀에게 마지막으로 이 한 가지를 해주고 나는 가야만 했다. 머그잔에 담긴 물이 전자레인지 안에서 끓는 동안 나는 준비를 마쳤다. 뒷문 근처 옷걸이에 걸린 가벼운 재킷 하나를 꺼내 입었다.

그런 다음, 부엌 카운터의 나무 칼집에서 길고 날카로운 칼을 한 자루 꺼내 재킷 주머니에 집어넣었다.

31장

칼리의 경고에도 불구하고, 나는 곧장 공원으로 향했다. 그곳의 어둠이 나를 끌어당겼다. 주위에는 아무도 없었고, 텅 빈 보도와 군데군데 가로등 불빛이 닿지 않는 곳에는 어두운 그림자만 있을 뿐이었다. 밤은 나를 숨겨주었지만, 그도 보이지 않게 감췄다. 나는 젖은 풀밭을 가로질러 강둑을 따라 늘어선 울창한 나무들 사이로 걸어갔다. 그곳은 수풀이 뒤엉켜 벽을 이루고 있어서 그사이를 볼 수는 없었다. 가까이 다가갈수록 축축한 시궁창 같은 냄새가 점점 강렬해졌다. 마치 시체꽃이 필 때 나는 냄새와 비슷했다. 바람이 전혀 불지 않아 그 냄새는 공중에 떠돌고 있었다.

그를 소리쳐 부를까도 생각했다. 그가 내 목소리를 들을 수 있을 거라고 확신했다. **이제 너와 나, 끝장을 내자.** 하지만 그는 아직 모습을 나타내지 않을 것 같았다. 마치 바이러스처럼 희생양을 조용히 따라다니다가 약해진 순간에 본색을 드러내는 놈이었다.

고요한 가운데, 마치 스파이가 숨어서 경고를 보내는 것처럼 귀뚜라미가 홀로 우는 소리가 들렸다. 나는 귓가에서 윙윙거리는 모기 한 마리를 손으로 쫓았다. 강둑을 계속 주시하며 산책로로 돌아와 북쪽으로 향했다. 걸으면서 주머니에 든 칼의 손잡이를 손가락으로 꽉 감았다. 몇 걸음 걸을 때마다 뒤를 돌아보며 나무 사이에 사람처럼 보이는 실루엣은 없는지 찾으려 했다.

아무도 없었다.

나는 이 세계에 사는 딜런을 계속 찾았다. 퇴근하고 집으로 돌아오는 그를. 딜런을 만나면 어떤 감정을 느낄지 짐작 가지 않았다. 얼굴도 똑같고, 몸도 똑같고, 걸음걸이도 똑같지만, 그에게는 나에게 없는 것이 너무 많았다. 칼리와 엘리가 그를 기다리고 있었다. 그가 우리 집으로 돌아오면 딸에게 뽀뽀를 하고 아내 옆에서 잠이 들 것이다. 내 세계에는 나를 기다리는 사람이 아무도 없었다. 그들은 모두 사라졌다.

내가 할 수 있는 일은 딜런 모런이 가족에게 무사히 돌아갈 수 있도록 하는 것뿐이었다.

적어도 스스로에게는 그렇게 말했다. 그것이 내가 여기 있어야할 이유라고.

눈앞에 두 갈래 길이 보였다. 한쪽 길은 포스터대로로 이어졌고, 다른 길은 물가 옆 터널 쪽으로 나 있었다. 나는 터널길을 선택했다. 터널 조명이 녹슨 자국과 소용돌이치는 그라피티, 우글거리는 벌레 떼를 비추고 있었다. 지난번 이 터널을 지날 때는 쥐에게 먹히고 있는 딜런 모런의 시체를 발견했었다. 그 기억을 떠올리니 이미 너무 늦은 건 아닌가 하는 생각이 들었다. 어쩌면 이 세계의 딜런은 일을 마치고 영영 집으로 돌아가지 못할 수도 있었다. 어쩌면 내 도플갱어의 육신은 강가에 버려졌고, 그 썩어가는 시체 냄새가 내 코끝까지 풍겨온 것일 수도 있었다. 하지만 나는 그렇게 생각하지 말자고 마음을 다잡았다. 나는 계속 나아가야만 했다.

터널 반대편으로 나온 나는 젖은 풀밭을 따라 올라가며 포스터대로 북쪽으로 갔다. 자동차 몇 대가 지나가며 나를 향해 헤드라이트를 비췄다. 나는 몇 블록을 걸어 노스파크대학교 근처까지 갔다. 내어머니 엘레노어가 그 대학을 다녔었다. 케지대로까지 걸어가니 대학 캠퍼스 입구 맞은편에 있는 1층짜리 사무실 건물이 보였다. 높은 창문에 흰색 글자가 새겨져 있는 것이 보였다.

시카고 하우징 솔루션.

이곳은 딜런 모런이 운영하는 비영리 단체였다.

안에는 불이 켜져 있었다. 직원 몇 명이 보였지만 얼굴을 자세히 볼 수는 없었다. 내가 할 수 있는 일은 딜런이 집에 갈 때까지 기다렸다가 그를 따라가는 것뿐이었다. 마침 근처에 맥도날드가 있었고 배가 고프기도 해서 잠시 그곳에 들러 감자튀김을 주문했다. 주문한 감자튀김을 가지고 나온 나는 케지대로를 따라 이어진 낮은 울타리 위에 걸터앉아 하나씩 천천히 먹었다.

20분 정도 앉아 있는데 뒤에서 목소리가 들려왔다. "모런 씨?"

여기서 누가 날 알아볼 거라고는 상상도 하지 못했다. 어떻게 설명해야 할지 고민하며 뒤를 돌아보았다. 맥도날드 주차장에 세워진 오래된 캠리 문 옆에 다소 살집이 있는 60대 흑인 여자가 갈색 포장 봉투를 손에 들고 서 있었다. 그녀의 손을 잡은 소년은 열 살도 안 되어 보였다. 내 얼굴을 보고 그녀는 활짝 이를 드러내며 미소를 지었다.

"아, 모런 선생님, 선생님일 줄 알았어요. 저녁 식사하러 나오셨나 봐요?"

"네, 맞아요."

그녀는 함께 있던 소년을 내려다보았다. "윌리엄, 가서 저분과 악수하렴. 알겠지? 지금 당장 말이야. 아주 특별한 분이시거든."

소년은 조금 긴장한 표정으로 울타리 쪽으로 다가왔는데, 손을 뻗어 내 손을 꽉 잡고 흔드는 손아귀는 힘이 넘쳤다. "제 이름은 빌이에요." 소년이 말했다.

"만나서 반갑다, 빌. 난 딜런이야."

여자도 울타리 쪽으로 다가왔다. "저 기억 안 나시죠?"

나는 기억을 못 해서 미안하다고 사과하려 했지만 그녀는 손사래를 쳤다.

"아뇨, 아뇨, 걱정하지 마세요. 매일 그렇게 많은 사람을 만나시는데 기억하지 못하는 게 당연하죠. 저는 코라-리 호바트예요. 작년에 제 아들 라이오넬을 도와주셨죠. 저와 여기 제 손자를 포함해서 저희 식구 모두의 목숨을 구해주셨다고 해도 과언이 아니에요. 라이오넬이 몇 달 동안 일을 못 하는 바람에 집세가 밀렸었죠. 그 와중에 저는 심장마비가 와서 돌봐줄 사람이 필요했고요. 하지만 집주인이 그런 사정을 신경이나 쓰겠어요? 그는 우리를 길거리로 내쫓으려고 했답니다. 하지만 선생님께선 그런 일이 벌어지지 않게 막아주셨죠. 여기저기 전화를 돌리고 편지를 쓰셨죠. 또 변호사와 시 관계자들을 저희 편으로 세워주셨고요. 결국 집주인은 바로 물러났어요. 라이오넬이 다시 일터로 돌아가면 밀린 집세를 낼 수 있게 해주시기도 했고요. 선생님이 아니었다면 저흰 지금 어딘가에서 방황하고 있을지도 몰라요. 정말 복 받으실 거예요, 모런 선생님."

나는 그녀에게 미소를 지었지만 이내 부러운 마음이 들었다.

나에게는 저렇게 고마워하는 목소리로 말해준 사람이 한 명도 없어서 부러웠고, 나는 이런 식으로 누군가의 인생을 변화시킨 적이 없어서 부러웠다.

"모두 잘 지내고 있는 것 같아 기쁘네요." 나는 그녀에게 말했다.

"정말 그래요." 코라-리는 주차장을 둘러보며 목소리를 낮췄다. "모런 선생님, 알고 계시는지 모르지만, 이 동네 사람들은 선생님 얘기를 다 알고 있답니다. 선생님께선 실수를 저지르셨죠. 분명 그 일에 대해 후회하실 거고요. 그에 대한 대가를 치르셨다는 것도 알고 있어요. 말씀드릴 수 있는 건, 선생님의 실수에 대해 전 하나님께 감사드린다는 거예요. 그 실수로 선생님이 저희에게 오신 거니까요. 이건 우연이 아니에요. 그건 확실하죠. 이유가 있어서 여기 계신 거랍니다."

나는 신기하다는 듯이 고개를 저었다. "그렇게 말씀해 주셔서 감사합니다."

"사실인데요, 뭐."

여자의 손자가 다시 악수를 청했다. 두 사람은 캠리에 올라탔고, 코라-리는 주차장을 빠져나가며 나에게 손을 흔들어 주었다. 그들은 포스터대로를 따라 강 쪽으로 차를 몰고 갔고 나는 다시 혼자가 되었다. 그들이 떠난 후, 나는 길을 건너 시카고 하우징 솔루션 사무실 앞에 섰다. 어둠에 가려 창문 너머에서 내 모습이 보이지 않길 바랐다. 나는 이 딜런 모런을 가까이서 보고 싶었다. 얼굴뿐 아니라 그의 진짜 내면까지도.

많은 예산으로 운영되는 곳은 아닌 듯했다. 가구는 전부 중고품처럼 보였다. 노란색 페인트가 지저분하게 칠해진 벽에는 '주거는 인권이다.'라고 적힌 포스터가 마스킹 테이프로 삐뚤삐뚤하게 붙어 있었다. 회색 산업용 카펫은 닳고 얼룩진 모습이었다. 늦은 시간이 었지만 열 명이 넘는 사람들이 대낮인 것처럼 전화 통화를 하고 컴퓨터 앞에서 일했다. 몇몇은 비즈니스 복장을 했지만, 대부분은 자원봉사자임을 알 수 있는 CHS 로고가 새겨진 파란색 티셔츠를 입은 차림이었다. 책상 위에는 루 말나티 피자 상자 두 개와 마운틴듀 페트병이 몇 개 놓여 있었다. 그리고 낡은 커피메이커 옆에는 커다란 빨간색 폴저스 인스턴트커피 가루 통이 보였다.

나는 얼굴에서 얼굴로 시선을 옮겨가며 사람들을 관찰했다. 그러다 그를 보았다.

딜런 모런은 책상에 발을 올린 모습이었다. 턱과 어깨 사이에 전화기를 낀 채 통화하며 종이컵에 담긴 폴저스 커피를 마셨다.

그는 나와 똑같이 생겼다. 머리를 짧게 자르지도, 면도를 하지도 않았다. 옷차림도 비슷했는데, 짙은 색 슬림핏 버튼다운 셔츠[27]와 카키색 바지를 입고 전쟁을 치른 듯한 낡은 가죽 신발을 신고 있었다. 전화 통화하는 그의 얼굴에서 거울이나 사진에서 자주 보던 다양한 내 표정이 보였다. 우리는 미소 지을 때도, 찡그릴 때도 똑같았다. 파란 눈동자엔 똑같은 열정을 품고 있었다. 우리 둘을 나란히 세우면 누가 누군지 구분할 수 없는 쌍둥이처럼 보일 것 같았다. 심지어 칼리조차 나를 그 사람으로 생각할 정도였다. 우리는 같은 사람이 었다.

하지만 내 눈에는 그는 완전히 다른 사람이었다. 표면적인 것만

---

27 단추로 잠그는 셔츠를 의미한다.

닮았을 뿐, 그 아래 모든 것의 밑바탕은 생판 다른 남이었다. 이 딜런 모런 보다 아버지의 가죽 재킷을 입은 그 살인마가 나와 더 닮은 것 같았다. 무슨 이유로 그가 이렇게 낯설게 느껴지는지 알 수 없었다. 나는 그의 얼굴에 숨겨진 수수께끼를 풀어보려 노력했지만 도통 해독할 수 없었다.

내가 지켜보는 동안 그는 전화를 끊었다. 긴장되고 힘든 통화였다는 것을 알 수 있었다. 나도 마감일을 어기는 업체나 행사에 대해 계속 마음을 바꾸는 고객과 대화할 때 그런 통화를 해본 경험이 있다. 그런 전화 때문에 밤을 지새우곤 했다. 하지만 이 딜런이 전화를 끊자마자, 그의 얼굴에는 여유로운 미소가 돌아왔다. 자원봉사자 두 명에게 알 수 없는 무슨 말을 외쳤고, 그중 한 명이 그에게 스펀지로 만든 축구공을 던졌다. 그들은 거의 1분 동안 공을 주고받았다. 그런 다음 그는 의자에서 일어나 마치 코치처럼 손뼉을 치며 책상마다 돌아다녔다. 자원봉사자 한 명 한 명에게 다가가서 농담을 하고 대화를 했다. 노인 한 명이 컴퓨터 화면에서 무언가를 그에게 보여줬는데, 그는 행복해하며 그 노인 머리 위에 키스를 했다. 커피를 다 마신 딜런은 주전자에서 조금 더 부어 마셨다. 그는 분홍색 상자에 남은 도넛 조각을 찾아 한입씩 베어 먹으며, 책상 가장자리에 걸터앉아 휴대전화로 메시지를 확인했다.

그 어떤 것도 특별하거나 특이한 것은 없었다. 모든 것이 너무나 평범해 보였다. 너무나 자연스러웠다. 이 벽 안에서 일하는 남자에게도 오늘, 이 저녁은 여느 날과 다를 게 없었을 것이다. 그제야 나는 깨달았다. 그가 나와 무엇이 그리도 달랐는지.

이 딜런 모런은 도망치지 않았다.

나는 평생 초조해하며 어딘가를 향해 달려갔다. 그곳이 어디인지, 무엇을 위해 가는지도 모른 채. 하지만 이 딜런은 이미 그곳에 도착해 있었다. 그는 자신의 현재 상황에 만족하며 평온해 보였다. 오늘 밤 가족의 품으로 돌아가 내일 아침에 일어나도 그의 삶은 전혀 변하지 않을 것이다. 그게 바로 그가 원하는 방식이었다.

마음속에 다시 악한 감정이 판을 치기 다시 시작했다.

우물처럼 깊숙한 곳에 자리 잡고 있던 시기심이었다.

딜런은 시계를 확인하고서야 몇 시인지 깨달았다. 원래 퇴근하는 시간보다 늦은 시각이었다. 그는 깜짝 놀라 고개를 들어 창문 너머 거리를 바라보았다. 그러다 창문에 비친 나를 보았다. 그는 자신의 눈을 의심하며 한 번 더 쳐다보았고, 책상을 밀며 자리에서 일어났다. 딜런이 둘이라는 사실을 그가 정말로 이해하고 받아들이기 전에, 나는 창문에서 돌아서서 어둠 속으로 뒷걸음쳤다. 나는 재빨리 길을 건넌 다음, 눈에 띄지 않게 노스파크대학교 표지판 뒤에 숨었다. 몇 초 후 건물 문이 열리더니 딜런이 밖으로 나왔다. 그는 거리 양쪽을 한참 주의깊게 살피다가, 인도가 텅 비어 있는 것을 확인하고는 고개를 절레절레 흔들며 다시 사무실로 들어갔다.

그는 사무실에서 오래 머물지 않았다.

몇 분 후, 안에 있는 사람들에게 인사를 하며 다시 밖으로 나왔다. 두리번거리며 거리를 다시 확인하지 않는 걸 보니 창문 사건은 잊은 게 분명했다. 대신 그는 왼편으로 방향을 틀어 강 쪽으로 발걸음을 옮겼다.

집으로 향하고 있었다.

나는 반대편 길에서 그를 따라갔다. 잠시 차들의 행렬이 끊겨 도로가 비었을 때 길을 건너가서 그의 뒤를 따랐다. 우리는 반 블록 정도 떨어져 같은 방향으로 걸었지만, 그는 한 번도 뒤를 돌아보지 않았다. 나는 직감적으로 알 수 있었다. 안전하지 않다는 칼리의 경고에도 불구하고, 그가 공원을 통해 집으로 가는 지름길을 택할 거라는 것을. 강 옆 터널을 지나 칠흑같이 어두운 풀숲을 가로질러 집으로 갈 거라는 것을.

우리 셋은 맞닥뜨릴 것이다. 딜런, 나, 그리고 우리 둘을 기다리고 있을 그 살인자.

나는 내 임무를 알고 있었다. 그 살인자를 영원히 막아야 했다. 그의 살인 여정은 여기서 끝나야 했다. 이것이 내가 이 세계에 온 이유였다. 그것 외에 내 마음속에 다른 동기는 없다고 나 자신에게 맹세했다.

하지만 그건 거짓말이었다.

질투와 욕망의 우물에서 솟구치는 사악한 생각을 억누를 수가 없었다. 나는 이 남자가 가진 모든 것을 원했다. 그의 아내, 그의 아이, 그의 직업. 원하던 완벽한 삶이 바로 눈앞에 있었고, 내가 해야 할 일은 그걸 빼앗는 것뿐이었다. 이 남자가 사라져도 아무도 모를 것이다. 아무도 그를 그리워하지 않을 것이다. 내가 그 사람이 될 테니까. 집으로 돌아가 칼리를 품에 안으면 세상은 예전처럼 계속 돌아갈 것이다. 단 하나의 죗값만 치르면 될 뿐이었다.

목숨에는 목숨으로.

이 모든 것이 시작될 때 이브 브라이어는 나에게 속삭였다. **머물고 싶어질지도 몰라요.**

머무는 것뿐만이 아니었다. 이브는 이렇게 될 줄 알았던 것이다.

머지않아 뱀이 내 앞에 사과를 매달아 놓고 한 입 먹으라고 부추길 것을 알고 있었다. **다른 버전의 자신을 죽이고 싶은 유혹에 빠질지도 몰라요.**

그렇다. 나는 유혹에 빠졌다. 사실 다른 생각은 할 수 없을 정도였다.

앞서가던 딜런은 강 위 다리에 도착했다. 몇 걸음 뒤에 내가 있는지도 모른 채 동쪽으로 건너갔다. 만약 그가 계속 직진한다면 밝게 불이 켜진 도시의 거리를 따라가겠지만 바로 아래에는 고독과 어둠이 손짓하는 공원이 있었다.

나는 그가 공원으로 갈 거라는 걸 알고 있었다. 나라도 그곳으로 갔을 테니까.

그리고 그는 공원에 들어섰다.

그는 풀밭의 경사면을 미끄러지듯 내려갔다. 텅 빈 터널은 강 옆으로 이어져 있었다. 잠시 그의 시야가 언덕에 가린 사이, 나는 그 순간을 이용해 우리 사이의 거리를 좁혔다. 터널에 도착해 보니 딜런의 그림자가 나보다 몇 발자국 앞서 빛을 향해 움직이고 있었다.

터널이 어둡다는 것을 바로 알아차려야 했다. 전에 이 길로 왔을 때는 불이 켜져 있었지만 지금은 꺼져 있었다. 앞사람을 따라잡는 데 너무 집중해 있어서 그것이 무슨 뜻인지 미처 깨닫지 못했다. 나는 거의 강 옆을 달리는 것처럼 빠르게 앞으로 뛰어나갔고, 내 발소리에 마침내 그가 나를 알아챘다.

그는 멈춰 섰다. 내가 누구인지 보려고 천천히 뒤를 돌아보았다. 나도 걸음을 멈췄다.

우리는 서로를 마주했다. 그는 터널 끝에 서 있었고, 가로등과 그

위 거리의 불빛이 그를 비추고 있었다. 나는 아직 어둠 속에 있어서 내 얼굴은 보이지 않았다. 우리 사이의 거리는 멀지 않았다. 만약 내가 돌진한다면 바로 그에게 달려들 수 있었다. 그는 도망갈 곳이 없었다.

딜런은 손가락을 활짝 벌린 채 두 팔을 들어 올렸다. 그는 내가 위협임을 알았지만 지금은 그를 협박하는 시카고 강도에 불과했다. "난 무장하지 않았어요." 그가 외쳤다. "저항할 생각 없어요. 뭘 원하죠? 돈? 많지는 않지만 지갑에 있는 건 뭐든 가져가요."

나는 터널 안에서 그에게 말했다. "돈은 필요 없어."

"그럼 원하는 게 뭐죠?"

말을 하려고 했지만 죄책감에 망설여져 목이 막혔다. 주변에는 아무도 없고 우리 둘뿐이었다. 완벽한 순간이었다. 내가 원하던 모든 것이 바로 눈앞에 펼쳐져 있었다. 해야 할 일은 원하는 그것을 **가져오는** 일뿐이었다.

"말해봐요." 딜런이 말을 이었다. "무슨 문제가 있나요? 혹시 도움이 필요해요? 원하는 게 뭔지 말해봐요."

나는 참을 수 없었다. 그가 내 얼굴을 보지 못하고 내가 누군지 모르는 상황에서 내 말은 딜런에게 아무 의미가 없었다. 그런데도 나는 그에게 말했다.

"난 당신 **인생**을 원해. 그게 내가 원하는 거다."

두려움에 그의 눈이 커졌다. 그는 움찔하며 뒤로 한 발짝 물러서며 도망치려는 자세를 취했다. 나는 궁금했다. 그는 아까 창문 너머 반대편 유리에 비친 자신과 똑같은 모습을 보았던 그 순간을 떠올리고 있을까? 그가 나였다는 걸 깨달았을까? 내 목소리에서 자신의 목소리를 들을 수 있을까?

"도망치지 마." 나는 주머니에서 칼을 꺼내 들며 날카로운 목소리로 경고했다. 어둠 속에서 칼은 윤곽만 보였다. "도망갈 생각 하지 마. 멀리 가지 못할 테니까."

"내 말 들어봐요. 나한텐 딸이 있어요. 어린 아기요."

"알고 있어."

"알고 있다고요? 내가 누군지 알아요?"

"난 당신에 대한 모든 걸 알아…. 딜런 모런."

"그럼 나한테 뭘 원하는 거죠?"

"말했잖아. 당신은 내가 가져야 할 인생을 살고 있다고. 난 그걸 되찾으려는 거야."

"그게 무슨 소리냐고요." 그는 눈을 가늘게 뜨며 어둠 속에서 나를 보려고 했다. "당신 **대체** 누구야?"

나는 밝은 빛으로 걸어나가서 그에게 대답할 뻔했다. **나는 너라고.** 만약 내가 다가갔다면 그는 자신의 세계를 빼앗아 가는 사람이 누구인지 알게 될 것이다. 그는 죽기 전에 내 눈을 바라보며 진실을 깨닫게 될 것이다. 땀에 젖은 손아귀에서 칼이 미끄러지는 게 느껴져서 칼 손잡이를 더 꽉 쥐었다. 이 남자가 가진 것에 대한 욕망으로 입이 마르고 있었다. 다리에 힘이 들어가며 나는 움직일 준비를 마쳤다.

하지만 그렇게 할 수 없었다. 이건 내가 아니었다.

나는 다른 사람의 것을 가지려고 했다. 나는 칼리를 잃었지만 그는 칼리를 지켰다. 나는 아이를 갖는 건 생각해 보자고 했지만 그는 승낙했다. 칼리와 아이, 모두 내 것으로 만들 수 있었지만 결국에는 여전히 **내 것이 아니었다.** 나는 얻지 못한 것을 이 남자는 얻었다. 그 모든 것들을 낯선 이에게 **뺏기지** 않고 지킬 자격이 있는 남자였다. 그의 인생을 훔칠 수는 없었다.

나는 내 모습이 보이는 터널 밖으로 나가지 않았다. 우리 사이의 침묵이 길어졌다.

"내가 누구인지는 중요하지 않아." 나는 마침내 그에게 말했다. "집으로 가. 여기서 나가서 칼리가 있는 집으로 가. 딸이 기다리고 있는 집으로 가라고."

그는 이것이 속임수인지 아닌지 혼란스러워하며 뒤로 물러났다. 나는 움직이지 않고 어둠 속에 머물렀다. 내가 행복해질 유일한 기회가 나를 뒤로하고 떠나가는 것을 지켜보았다. 딜런은 경사면 꼭대기에 도착해서야 나에게 등을 돌렸다. 나는 그가 곧장 공원 속으로 뛰어 들어가 사라질 것을 알았다.

"**딜런.**" 나는 그의 이름을 매섭게 외쳤다.

그는 발걸음을 멈췄다. 나는 더 이상 위협이 되지 않을 만큼 충분히 멀리 떨어져 있었다. "뭐죠?"

"그쪽이 아니야."

"그게 무슨 소립니까?"

"공원을 통해 가지 말고 큰길로 가란 소리다. 또다시 날 만나고 싶지 않다면 밤에 공원 근처는 얼씬도 하지 말라고."

내 목소리에는 그를 설득하는 무언가가 있었다. 그는 다른 길로 갔다. 산책로에서 떨어진 풀밭을 기어 올라갔고, 시야에서 멀어진 후 그는 달렸다. 내 머리 위로 신호등과 자동차, 사람들 사이에 끼어든 그의 발소리가 울려 퍼졌다.

그는 안전했다. 이제 무사히 집에 도착할 것이다.

입안에는 씁쓸한 슬픔의 여운이 남았다. 나는 속이 텅 빈 것만 같았다. 먼 길을 왔지만 결국 출발했던 곳으로 돌아왔고, 그 여정에는 아무것도 남지 않았다. 죄책감, 상실감, 수치심으로 정신이 혼미했다. 내가 어디에 있는지, 전에 왔을 때는 터널에 불이 켜져 있었는데 왜 지금은 어두운지, 그건 미처 생각하지 못했다. 내가 왜 이 세계에 왔는지도 잊고 있었다.

뒤를 돌아보니 내 그림자가 보였다.

그가 내 배에 칼을 꽂았다.

32장

    칼날이 내 근육을 가르고 창자를 찔렀다. 전기 충격에 맞먹는 고통과 더불어 이상하리만치 따뜻한 느낌이 온몸을 타고 흘렀다. 내 도플갱어가 바로 앞에, 얼굴이 맞닿을 정도로 가까이에 있었다. 그는 도살자처럼 숙련된 솜씨로 내 배를 갈랐다. 순식간에 일을 끝낸 후, 다른 손으로 내 가슴팍을 밀쳐냈다. 나는 뒤로 비틀거렸고, 칼이 내 몸에서 빠져나왔다. 배를 움켜쥐자 손가락 사이로 피가 흘러나오는 게 느껴졌다. 나는 비틀거리며 터널을 빠져나와 밝은 곳으로 걸어 나갔다. 셔츠에는 붉은 피가 흥건히 묻어있었다. 옆으로는 강물이 강둑을 따라 흐르고 있었다. 그 소리가 마치 머리 안에서 울려 퍼지는 것처럼 크게 느껴졌다.

    나는 충격에 사로잡혔다. 손가락 감각이 마비된 상태에서 갖고 있던 칼은 쓸모없이 바닥에 나뒹굴었다. 지혈을 시도했으나 쉽지 않았다. 몸에서 피가 뿜어져 나왔다.

    딜런은 나를 따라 터널 밖으로 나오며 가죽 재킷에 피 묻은 칼을 닦았다.

    "너는 다를 줄 알았다." 그가 비웃었다. "그 칼을 꺼낼 때 난 네가 그놈을 죽일 배짱이 있을 거라고 생각했어. 그런데 아니더군. 기회가 있었는데 넌 그걸 날려 버렸어."

쓰러질 듯 머릿속이 어질어질했음에도 그에게 돌진했다. 그는 내가 달려드는 걸 보고서 자연스럽게 왼발에 체중을 실었다. 그러고는 옆으로 돌아선 다음 강하게 오른발을 날렸다. 발로 내 배의 상처를 피스톤처럼 강하게 찼고, 나는 머리가 뒤집힌 것 같은 극도의 고통을 느꼈다. 비틀거리며 신음하다가 손과 무릎으로 땅을 짚고서 쓰러졌다. 입에서는 피가 섞인 구토물이 쏟아졌다. 내 배에서 흘러나온 선홍빛 피가 별자리 모양으로 길 위에 흩어졌다.

지금 느껴지는 공포, 두려움, 고통을 잊으려고 노력했다. 조금 더 버텨야 했다. 땅에 흩어진 피가 일종의 로르샤흐 검사[28]라고 생각하며 집중하려고 했다. 피를 바라보다가 다리 옹벽에 자리 잡은 잡초와 균열로 시선을 옮겼다. 그다음에는 머리 위 가로등이 드리우는 그림자를, 마지막으로는 내 칼의 긴 강철 날을 바라봤다. 칼은 여전히 내가 떨어뜨렸던 자리에 놓여 있었다. 겨우 10센티미터 남짓 앞에 검은 손잡이가 보였다. 칼은 몸으로 가려서 날 내려다보며 서 있는 딜런이 발견하지 못하게 했다. 딜런이 자신이 쓰러뜨린 상대를 향해 환호하는 권투선수처럼 서 있는 게 느껴졌다.

거미가 다리를 움직이듯 손가락을 천천히 칼 가까이 움직였다. 단번에 칼을 움켜쥔 다음, 무릎을 땅에 딛고 몸을 일으켰다. 나는 그를 향해 칼을 휘둘렀다. 칼날은 그의 허벅지 10센티미터 깊이까지

---

28 스위스의 정신의학자 헤르만 로르샤흐가 고안한 인격진단검사다. 카드에 나타나 있는 좌우 대칭의 잉크 얼룩을 보여주면서 피험자의 반응 속도, 반응의 내용, 그리고 피험자가 주목한 특정 등을 종합적으로 기록하여 정신적 상태와 인격을 진단하는 기법이다.

박히며 살을 찢었다.

그는 고통에 울부짖으며 몸을 비틀어 내가 쥐고 있던 칼 손잡이를 빼앗았다. 그리고는 구겨진 얼굴로 다리에서 칼을 뽑아 부메랑 던지듯 강으로 던졌다. 첨벙 하고 물 튀는 소리가 들렸다. 그는 자신의 칼을 머리 위로 높이 들어 올렸다. 눈에는 분노가 이글거렸다. 나는 이제 그가 내 목에 칼을 꽂아, 끊어진 동맥에서 피가 분수처럼 터져 나올 장면을 머릿속으로 그렸다.

그러나 그는 천천히 팔을 도로 내려놓았다. 나는 인도에 무릎을 꿇고 있었고, 그는 절뚝거리며 나에게 다가오더니 칼날의 날카로운 부분을 내 턱밑에 밀어 넣었다. 따끔한 느낌을 느낄 정도로 칼을 세게 눌렀다. 그런 다음 칼을 내려 내가 입고 있던 셔츠 안으로 찔러 넣고 한쪽 소매를 찢어냈다. 그는 뒤로 물러나며 그 천을 다리에 단단히 묶었다. 순식간에 천이 진홍빛으로 변했다.

천으로 상처를 감은 채 그는 나를 번쩍 일으켜 세웠다. 또 한 번 고통이 온몸에 파도처럼 휘몰아쳤다. 제대로 서 있기가 힘들었다. 그는 강변 난간에 나를 밀어붙이고 심장이 격렬하게 뛰고 있는 갈비뼈 부근에 칼끝을 들이밀었다. 발아래 흐르는 강물에선 질척한 갈색 진흙 냄새가 났다.

"내가 끝내줄까?" 그가 물었다.

"원하는 대로 해."

"미안하지만 빨리 끝내진 않을 거다. 넌 여기 앉아서 공원 반대편에서 내가 뭘 하는지 보면서 천천히 죽을 거야. 잘 들어봐. 칼리의 비명이 들릴지도 모르니까."

분노로 입술이 말려 들어가며 이가 갈렸다. 나는 동물의 발톱처럼 손톱을 세워 그의 허벅지에 난 상처를 후벼팠다. 고통스러워하는 그의 모습을 보니 기분이 좋았지만 승리는 잠깐뿐이었다. 그는 칼을 휘둘러 내 가슴에 선명한 붉은 선을 그었고, 나를 바닥에 내동댕이 쳤다. 신발 앞코로 내 배를 세차게 차는 순간 나는 옆으로 고꾸라졌 다. 머릿속에서 불꽃이 터진 듯했다. 극도로 뜨겁고 앞이 보이지 않 을 정도로 강력한 불꽃놀이. 나는 거의 의식을 잃을 지경이었다.

그는 내 옆에 무릎을 꿇고, 고통을 즐기는 듯한 목소리로 내 귓가 에 속삭였다.

"모조리 죽여버릴 거야, 딜런. 지켜보고 싶어? 미안하지만 넌 그 때까지 견딜 수 없을 거다. 하지만 내 눈을 통해 보게 될 거야. 우린 연결되어 있잖아. 너랑 나. 내가 뭘 하는지 알게 될 거야. 하나하나 지켜보게 되겠지. 딜런, 칼리, 그리고 어린아이도. 그 애를 빼먹지 않을게."

"그러지 마."

목구멍에서 내뱉을 수 있는 유일한 말이었다. 그는 나를 보고 비 웃었다.

"너무 늦었어. 기회가 있었는데 말이지. 일을 끝내면 난 미술관으 로 돌아가서 다시 시작할 거야. 나에겐 정복할 세계가 아직 많이 남 아 있어. 하지만 넌 나를 쫓아올 수 없을 거다. 딜런, 넌 또 실패했 어. 난 너보다 강해. 인정해라. 언제나 너보다 강했다는 걸."

그는 몸을 일으켜 절뚝거리며 떠났다.

정신을 잃지 않으려고 애썼지만, 눈앞이 빙글빙글 돌다가 캄캄해 졌다. 나는 의식을 잃었다. 다시 눈을 떴을 때 그는 더 이상 보이지 않았다. 머릿속은 마치 만화경을 바라보듯 혼란스러웠으나, 그 가운데 선명하게 보이는 것이 하나 있었다. 아버지였다. 나는 침실 구석에 웅크리고 있는 소년이었고, 어머니의 총은 서랍장 위에 놓여 있었다. 팔을 쭉 편 아버지는 장전된 총을 들고 있다가 끝내 방아쇠를 당겼다.

내가 막을 수 있어야 했다.

평생을 그 순간을 떠올리며 왜 그런 일이 벌어지게 내버려 두었는지 곱씹었다. **내가 막을 수 있어야 했는데!**

좀 더 빨리 대응했더라면, 아버지가 총을 향해 가는 것을 봤더라면, 내가 비명을 질러 어머니에게 경고했어야 했는데. 박차고 일어나 아버지에게 달려갔더라면, 아버지와 어머니 사이에 끼어들었더라면, 뭐라도 할 수 있었을 텐데. 하지만 그저 가만히 앉아서 아버지가 총을 들고 어머니의 머리에 총을 쏘는 모습을 지켜보기만 했다. 나는 아무것도 하지 않았다.

어머니가 죽게 내버려 뒀다.

로스코가 죽게 내버려 뒀다.

칼리가 죽게 내버려 뒀다.

그들을 잃은 건 모두 내 잘못이었다. 실패를 반복했다.

또다시 그럴 수는 없었다. 머릿속 어딘가에서 나를 깨우려고 외치는 소리가 들렸다. **다시는 안돼!** 다른 누구에게도 그런 일이 일어나게 내버려 두지 않을 것이다. 나는 나 자신을 자유롭게 하려고 이곳에 왔다. 그것이 내가 해야 할 일이었다.

흐릿했던 기억이 사라졌다. 어떻게든 나는 다시 살아났고 아직 공원이었다. 기절했던 것 같은데 얼마나 오래 그 상태였는지는 알 수 없었다. 다른 딜런은 자취를 감췄다. 피가 흥건한 바닥에 홀로 버려졌지만 아직 살아있었으니 한 번의 기회가 더 있다는 뜻이었다.
나는 강둑의 난간을 잡고 몸을 일으켰다. 서 있는 동안 고통을 참으
려고 안간힘을 썼다. 출혈을 막기 위해 배에 손을 대고 비틀거리면
서 길을 따라 올라갔다.

그는 어디로 간 걸까?

그가 보이지 않았다.

길은 나무 옆 언덕으로 이어졌다. 한 걸음 한 걸음 내디딜 때마다
무거운 숨을 힘겹게 들이마시고 내뱉었다. 벌레들이 주위를 맴돌며
몰려왔다. 내가 곧 쓰러질 것 같다는 냄새를 맡은 듯했다. 아니, 벌레
들이 원하는 건 내 피였다. 그것들이 내 손가락에 내려앉아 끈적한
날개를 퍼덕이며 내 상처에서 난 피로 배를 채우는 게 느껴졌다. 나
는 벌레를 쫓아낼 기력도 없어서 그냥 피를 빨아먹게 내버려 뒀다.

더 빨리. 나는 속으로 생각했다. **더 빨리 가야 해.**

거의 달리는 속도로 다리를 움직여 어두운 오솔길을 내려갔다.
이것은 나와 내 도플갱어가 벌이는 다툼일 뿐 아니라, 내 정신과 육
체가 벌이는 싸움이기도 했다. 먼저 포기하는 쪽이 지는 싸움.

그는 어디에 있는 걸까?

저기, 내 눈앞에 그가 보였다. 그는 절뚝거리며 가로등 불빛 사이
를 드나들었다. 나처럼 피를 계속 흘리고 있다 보니 그도 걷는 속도
가 느렸다. 나는 마지막 힘을 쥐어짰다. 고통, 숨, 피, 기억을 밀어내
고 마라톤 선수처럼 한 블록 끝에 보이는 결승선을 향해 나아갔다.

거의 다 왔다. 손에 잡힐 듯이 그에게 가까워졌다.

그때 공원 한가운데서 내 영혼을 전율케 하는 소리가 들려왔다.

"딜런?"

어둠 속에서 내 이름을 부르는 목소리였다. 너무나 잘 아는 목소리. 칼리였다.

아냐, 아냐, 아냐, 그녀일 리 없었다. 지금 여기서 이러는 것은 말도 안 됐다. 하지만 내가 쫓던 딜런 역시 그녀의 목소리를 듣고 길에서 멈춰 섰다. 혼동할 수 없는 아름다운 내 아내의 실루엣이 나무들 사이에서 걸어 나와 딜런 곁에 섰다. 아내는 딜런을 끌어안고 입맞춤을 했다. 어두워서 앞이 거의 보이지 않았지만 아내는 무서워하는 모습이 아니었다.

무서울 이유가 없었다. 그는 그녀의 남편이었으니까.

그녀의 목소리에서 안도감이 묻어나왔다. "딜런, 어디 있었어? 집에 안 들어와서 너무 걱정했어. 엘리를 이웃한테 맡기고 당신 찾으러 나온 거야. 자기야, 공원으로 가지 말랬잖아."

딜런이 미소 짓는 모습이 보였다. 사악함만이 가득한 미소였다. 그는 말했다. "미안해. 내 사랑."

그 순간 그가 가죽 재킷 속으로 손을 집어넣어 칼을 잡으려고 했다. 손을 뻗어 총을 집으려던 아버지와 똑같은 모습이었다.

'내가 막을 수 있어야 했어!'

나는 몸에 남은 모든 에너지를 끌어모았다. 마지막 몇 걸음을 달려 공중으로 날아오른 다음, 그의 등 뒤로 뛰어들어 그를 바닥에 쓰러뜨렸다. 뱃속에서 통증이 폭발하는 듯했다. 찢어진 상처에서 피가 한 움큼 쏟아졌다. 나는 딜런의 머리를 양손으로 잡고 그의 머리를 콘크리트 바닥에 세차게 내려쳤다. 머리뼈가 으스러지는 소리가 들릴 때까지 몇 번이고 반복했다. 마침내 딜런의 눈이 감겼을 때, 나는 그의 목을 두 손으로 꽉 쥐고 엄지손가락으로 숨통을 눌렀다. 호흡을 완전히 차단해 그를 살려두지 않을 작정이었다.

내 머리 위에서는 칼리가 비명을 질렀다.

물론 그럴 만했다. 내 얼굴을 볼 수 없었으니까. 나는 그녀의 남편을 공격하는 낯선 사람일 뿐이었다. 그녀는 내 어깨를 잡고 끌어내리려 했고, 내가 놓지 않고 버티자 나를 발로 차고 손톱으로 긁었다. 바닥에 엎드려 내 팔뚝을 이빨로 꽉 깨물었다. 나는 더 이상 참을 수 없어서 잡고 있던 손을 놓았다. 그녀는 나를 뒤로 잡아당기더니 풀밭에 넘어뜨렸다.

우리는 여전히 어둠 속에 있어서 칼리는 내 얼굴이 보이지 않았다.

"칼리, 그만해!" 내가 소리쳤다.

하지만 그녀는 원초적 본능에 지배당한 상태였다. 그녀는 주먹으로 내 몸을 내리치며 피투성이가 된 복부에 무릎을 날렸다. 극심한 고통이 밀려와 숨쉬기가 힘들었다. 나는 팔을 들어 그녀를 막고 다시 소리쳤다.

"칼리, 나야!"

익숙한 내 목소리, 내 말이 그녀의 마음속에 천천히 스며들었다. 그녀는 여기서 불가능한 일이 벌어지고 있다는 것을 인식하기 시작했지만 때는 이미 늦었다.

공원의 조명 아래, 그녀 위로 유령처럼 내 도플갱어가 모습을 드러냈다. 다시 일어선 그의 손에는 칼이 들려있었다. 골절된 머리뼈에서 흘러나온 피가 그의 얼굴을 따라 얇고 기다란 줄기를 그리며 흘렀다. 그는 내 아내를 향해 뛰어들었다. 나는 순간 솟구치는 아드레날린으로 칼리를 밀어냈지만 딜런은 계속해서 다가왔다. 그는 내 위로 달려들었고, 우리는 서로 칼을 장악하려고 몸부림치면서 함께 뒹굴었다. 나는 힘이 빠졌고 그도 마찬가지였다. 둘 다 필사적이었지만 어지러워 몸을 가누지 못하고 탈진할 지경이었다. 우리 머릿속에서는 공원이 빙빙 도는 자이로스코프[29]처럼 보였고, 이내 우리 둘이 하나로 합쳐지는 느낌을 받았다. 내 눈을 통해 그의 얼굴과 내 얼굴을 보았다. 서로 몸이 얽혀 몸부림치면서 우리는 한 사람이 되어가고 있었다. 우리는 줄곧 한 사람이었다. 끝없는 세계 속에 갇힌 한 명의 사람.

그를 막을 방법은 단 하나뿐이었다. 나 자신을 희생하는 것. 나는 칼을 놓고 다시 그의 목을 움켜쥐며 숨을 못 쉬게 했다. 두 손이 자유로워진 그는 칼을 내 등에 꽂았다 뺐다. 그리고 다시 꽂았다. 나는 번개처럼 번쩍이는 고통에도 끝까지 버텨냈다. 나의 고통, 나약함, 흘린 피, 이 모든 것을 무시한 채 손가락으로 끝까지 그의 목덜미를 감싸 잡았다. 내 아래에 있는 그의 얼굴이 보랏빛으로 변했다. 눈은 튀어나오고 혀는 입 밖으로 부풀어 올랐다. 그는 연신 나를 찔렀지만, 내 등을 타고 퍼져가는 충격은 다른 사람의 것이었을 뿐 내 것이 아니었다. 내 마음은 이 모든 고통을 제쳐두었다. 나에게는 상처도, 감각도, 심지어 육신도 없었다. 나에게는 살인자의 목을 감싸고 있는 두 손만 있었을 뿐이었다.

그는 몸을 뒤로 빼며 나를 한 번 더 찌르려고 했다.

이번에는 타격이 오지 않았다. 그의 팔이 공중에서 굳었다. 칼이

---

29 팽이의 축을 삼중의 고리에 연결해 팽이의 회전이 어떠한 방향으로도 일어날 수 있도록 한 장치다. 방향을 알아내고 유지하는 데 쓰인다.

그의 손에서 미끄러져 풀밭에 떨어졌다. 시선은 멍하게 굳고 흰자 위는 혈관이 터져 붉게 변했다. 무력해진 그의 몸이 고꾸라졌다.

끝났다.

딜런 모런은 죽었다.

주먹을 풀고 그의 목에서 손가락을 떼어내는 데는 시간이 걸렸다. 마침내 나는 그에게서 떨어지며 나뒹굴었다. 우리는 공원에 나란히 누웠다. 쌍둥이처럼. 하나는 죽어있고, 다른 하나는 죽어가고 있었다. 고개를 돌려 그를 바라보았다. 그를 죽인 것이 아직도 믿기지 않았다. 나는 지친 나머지 잠시 눈을 감았다. 다시 눈을 떴을 때 그는 사라졌다. 그의 몸이 처음부터 그곳에 없었던 것처럼 땅은 텅 비어 있었다. 그는 이 세계에 속하지 않는 침입자였다.

그건 나도 마찬가지였다.

나도 떠나야 했다.

숨을 쉴 때마다 고문이었다. 힘겹게 숨을 들이마시고 내쉴 때마다 피 맛이 났다. 생명이 얼마 남지 않았다. 그런데도 나는 자유를 느꼈다.

칼리가 내 옆에 무릎을 꿇었다. 그녀의 푸른 눈은 혼란과 두려움으로 가득 차 있었다. "딜런. 세상에, 딜런. 무슨 일이야? **그 남자는 분명 당신이었어. 당신 얼굴을 하고 있었다고.** 그 사람은 어디 있어? 어디로 갔는데?"

희미해지는 의식을 붙잡고 그녀에게 속삭였다. "집으로 가. 칼리."

"안돼. 당신은 도움이 필요해. 구급차를 불러야겠어."

그녀는 휴대전화를 손에 쥐었다. 나에겐 그녀의 손목을 잡아 끌어내릴 정도의 힘은 남아 있었다. "하지 마."

그녀는 내 뺨에 부드럽게 손을 얹었다. "당신을 잃을 수 없어. 엘리도 당신이 필요해."

"나를 잃지 않을 거야. 집으로 가. 난 거기 있을 테니까."

"무슨 말을 하는 거야?"

"나는 당신이 아는 딜런이 아니야. 난 그가 아니라고. 당신의 남편은 안전해. 내가 약속할게."

"그게 무슨 말이야!"

죽음의 먹구름이 몰려오는 것이 느껴졌다. 내 마지막 모습을 그녀에게 보여주고 싶지 않았다. "제발, 칼리, 어서 가."

"나더러 어떻게 가라는 거야. 어떻게 그런 말을 할 수 있어?"

그녀가 몸을 숙이자 머리카락이 내 얼굴을 스쳤다. 그녀의 입술이 내 입술을 찾았다. 거의 느껴지지 않는 감각이었지만, 그 미세한 부드러움만으로도 고통을 조금은 덜어낼 수 있었다. 그녀는 나를 붙들었고 우리의 얼굴은 맞닿았다. 그녀에게서 향수 냄새가 났지만, 내 오감은 이미 꺼져가고 있었고 오직 여섯 번째 감각만이 남았다.

"날 사랑해?" 나는 그녀에게 물었다.

"사랑하는 거 알잖아."

"그럼 날 믿고 집으로 가."

그녀는 손을 짚고 몸을 일으켰다. 그녀의 얼굴이 내 얼굴 위, 불과 몇 센티미터 떨어지지 않은 곳에 있었다. "당신이 정말 거기 있다고?"

"그래."

"어떻게 그걸 믿을 수 있는데?"

"내가 당신을 절대 놓아주지 않을 테니까."

그녀는 내 얼굴에서 답을 찾으려는 듯 나를 내려다보았다. 마치 요정의 손길처럼 그녀는 나에게 다시 키스했다. 천천히 그리고 부드럽게. 그녀는 일어나 나를 내려다보았다. 내가 그녀를 기억했던 것처럼 내 모습을 기억하려고.

"날 찾으러 와, 딜런." 그녀가 속삭였다.

나는 말을 하려고 했지만 할 수 없었다.

"날 찾으러 와." 그녀가 다시 말했다. "나 아직 여기 있으니까."

그리고 그녀는 뒤도 돌아보지 않고 걸어갔다. 공원의 어둠이 그녀를 감쌀 때까지 눈으로 그녀를 따라갔다. 칼리는 남편과 아이가 있는 그녀의 세계에 살고 있었다. 나는 다시 혼자가 되었다.

나는 등을 대고 누워 하늘을 바라봤다. 무수히 많은 별이 하늘을 가로지르고 있었다. 이제 고통은 전혀 없었다. 바닥에 피가 흥건했지만 머지않아 사라질 것이다.

가슴이 부풀리며 마지막 숨을 들이마셨다.

마지막 말을 내뱉을 힘이 생겼다.

"무한."

33장

"돌아온 걸 환영해요." 이브 브라이어가 나에게 말했다.

나는 여전히 등을 대고 누운 자세였다. 하지만 눈을 떠보니 머리 위로 쏟아질 듯 별이 펼쳐진 하늘 대신 사무실 천장의 흰색 폼타일이 보였다. 아래로는 리버 파크의 축축한 잔디가 가죽 소파로 바뀌어 있었다. 본능적으로 배로 손이 갔다. 열린 상처에서 피가 솟구쳐 나올 거라고 생각했지만 그런 상처는 없었다. 나는 다친 곳 하나 없이 멀쩡했다.

나는 벌떡 몸을 일으켜 주변을 두리번거렸다. 속이 약간 메스꺼웠고 머리가 깨질 듯이 아팠다. "여기가 어디죠?"

"핸콕 센터예요." 이브가 대답했다. "제 사무실이요."

그녀는 바닥부터 천장까지 길게 이어지는 창문 근처에서 바퀴 달린 사무용 의자에 앉아 나를 마주 보고 있었다. 그녀 뒤로는 미시간 호수의 광활한 경치가 보였는데, 건물의 거대한 대각선 크로스 빔 하나가 그 경치를 가리고 있었다. 수평선 위로는 푸른 물빛과 하늘빛이 맞닿아 있었다.

이브는 뼈가 도드라져 보이는 어깨 위로 고개를 살짝 기울였다.

그녀의 얼굴에는 수수께끼 같은 미소가 번졌다. 아몬드 모양 눈은 여전히 외계인의 눈 같았다. 그녀는 이상하게도 무언가를 암시하는 방식으로 손에 든 펜을 쓰다듬고 있었다. 금발과 갈색이 섞인 풍성한 머리카락이 그녀의 어깨를 무질서하게 가리고 있었다. 그녀는 의자를 소파 가까이 끌어당기면서 몸을 앞으로 숙였다. 그러고는 강렬하고 호기심 가득한 표정으로 나를 바라보았다.

"그곳에 갔나요?"

그녀의 말이 무슨 뜻인지 알았다. "다중 세계요? 네, 갔죠."

"상상한 대로였나요?"

나는 어떻게 대답해야 할지 몰랐다. 소파에서 일어났지만 다리가 후들거려서 어딘가에 몸을 지탱해야 했다. 창문 쪽으로 걸어가 창밖 경치를 바라봤다. 시카고는 변한 게 없어 보였다. "왜 네이비 피어에 있지 않은 거죠? 여기는 어떻게 온 건가요?"

"네이비 피어요? 무슨 말인지 모르겠네요."

나는 창문을 바라보던 고개를 돌렸다. "거기서 당신한테 주사를 맞았어요."

이브는 고개를 저었다. "아뇨, 우린 계속 제 사무실에 있었어요."

"저는 당신 사무실에 와본 적이 없는데요."

"사실 당신은 이곳에 여섯 번쯤 왔어요. 우린 칼리를 잃은 슬픔을 함께 나누고 있었으니까요. 하지만 오늘은 제가 새로 개발한 치료법을 처음 시도했죠."

나는 다시 자리에 앉아 무슨 일이 일어나고 있는지 이해하려고 애썼다. 비밀 코드를 말하면 나는 내 세계로 돌아와야 했다. **현실 세계로.** 하지만 돌아와 보니 주변 환경이 완전히 낯설게 느껴졌다.

"얼마나 오래 걸렸나요?" 내가 물었다.

"무슨 말이죠?"

"제가 얼마나 여기 있었냐고요."

"오늘요? 다섯 시간 정도요. 환자들 대부분이 세션에서 경험하는 시간보다 훨씬 길었어요. 좀 걱정되기 시작했죠. 더 길어지면 당신을 어떻게 데려와야 하나 고민하고 있었거든요. 그래도 결국 당신이 비밀 코드를 말한 것 같네요."

"그랬죠." 잠시의 침묵 후에 내가 말했다.

그녀는 내 망설임을 감지했다. "딜런, 기분이 이상할 순 있지만, 당신은 당신이 있어야 할 곳으로 돌아온 거예요."

정말 그랬을까?

그렇다면 왜 모든 게 다르게 느껴지지?

"아무것도 기억나지 않아요." 나는 그녀에게 말했다. "당신 사무실, 제가 받았다는 치료들. 지난 몇 주 동안의 기억이 전혀 없어요. 다중 세계에 있었다는 것 말고는요."

"놀랄 일은 아니에요. 단기 기억 상실은 치료하면서 흔히 겪는 부작용이죠."

"향정신성 약물 때문인가요?" 내가 물었다.

"향정신성 약물이요?" 그녀는 놀란 표정으로 대답했다. "어쩌다 그런 생각을 한 거죠? 제가 놓은 주사는 당신 마음을 수용적인 상태로 만들어 주는 단순한 근육 이완제였어요. 나머지는 최면 암시였고, 그 이후는… 음, 당신 뇌가 담당하는 일이죠. 하지만 경험의 강도가 세면 환자들이 극도로 혼란스러워질 수는 있어요. 보통 시간이 지나면 기억은 돌아와요. 몇 시간이 걸릴 수도 있고 며칠이 걸릴 수도 있죠. 당신이 얼마나 오래 그 상태로 있었는지를 생각하면 정확히 뭐라고 말해주기 어렵네요."

눈을 꼭 감고 최근의 일을 기억해 보려고 했지만 가장 선명했던 경험은 다른 세계에서 겪었던 일뿐이었다. 그곳에서 보았던 폭력과 죽음은 아직도 생생했다. **실제로 느껴졌다.** 딜런의 목을 졸랐던 내 손, 내 입술에 닿았던 칼리의 입술.

"저한테 건 최면 암시 말이에요." 내가 말했다. "그건 어떻게 효과가 나는 거죠?"

"시작하기 전에 당신은 '관문'으로 사용하고 싶은 장소를 골랐죠. 당신의 다양한 버전이 서로 만나는 곳 말이에요."

"그럼 거기가…?"

"시카고 미술관이요." 이브는 또 한 번 호기심 어린 미소를 지으며 대답했다. 내가 자신을 시험하는 것을 알고 있다는 듯이. "그래서 당신에게 그곳으로 가라고 했죠."

나는 불안한 마음에 다시 소파에서 일어났다. 그녀가 한 모든 말이 이해가 되었는데도 최면 상태에서 겪었던 일들 때문에 현실감각을 되찾기가 어려웠다. "이상한 질문처럼 들리겠지만 혹시 경찰이 절 찾고 있나요?"

그녀의 얼굴에 놀라움이 일었다. "경찰이요? 뭐 때문에요?"

"살인 혐의로요. 네 명의 여자가 칼에 찔려 죽었어요. 모두 제가 일하는 호텔에서 열린 행사에 참석했었고요."

"**살인이라고요?** 세상에, 아뇨. 그런 일은 없었어요. 정말 유감이에요. 최면 상태에 있는 동안 끔찍한 일을 겪었나 보군요. 매우 드문 일이죠. 환자들 대부분은 그렇게 폭력적인 경험을 하지 않거든요.

사실 관문을 벗어나지 못하는 사람이 대부분이에요. 하지만 당신은 관문을 빠져나온 것 같군요."

"네."

"정말 다른 세계를 다녀온 건가요?"

"여러 세계를 갔는데, 처음엔…."

"처음에는요?"

"처음엔 진짜 세계처럼 느껴지더군요. 그게 제 기억이에요. 미술관을 통해 그곳에 도착한 건 기억나지 않아요. 심지어 그 세계에서 당신이 시킨 대로 비밀 코드를 말했지만 아무것도 변하지 않았죠. 여기로 돌아오지 않았다고요. 어떻게 그럴 수 있는지 이해가 안 가요."

"비밀 코드는 자신에게 무슨 일이 일어나고 있는지 알 때만 효과가 있죠." 이브가 대답했다. "당신 뇌는 아직 그 경험을 처리할 준비가 되지 않은 걸지도 몰라요."

나는 그 세계와 내가 겪은 모든 것에 대해 생각했다. 그 광기, 그 폭력, 내 삶에 침입한 또 다른 나. 물론, 그 중 어느 것도 진짜는 아니었다. 그 경험들 모두 이브의 치료법 중 일부였을 뿐이다.

그렇다면 왜 여기 있는 게 잘못된 것 같이 느껴지는 걸까?

"이 치료가 당신에게 큰 충격이었다면 매우 안타까운 일이네요." 이브가 계속 말했다. "치료의 목적은 결코 그런 게 아니었어요."

이브는 내가 혼란스러워하는 것을 느끼고 미소 지으며 나를 안심시키려 했다.

"딜런 씨, 우린 당신이 겪은 모든 것에 관해 이야기할 필요가 있어요." 그녀가 말을 이었다. "하지만 지금 당장은 아니고요. 시간을 갖고 생각을 해보시는 게 좋겠어요. 며칠 후로 다시 약속을 잡고, 그때 겪은 일에 대해 저에게 말씀해 주시면 됩니다. 아마 그사이에 단기 기억도 서서히 돌아올 거예요."

나는 고개를 끄덕였다. "알겠습니다."

"집까지 직접 운전하지 않으시는 게 나을 것 같네요."

"아뇨, 괜찮습니다. 기분이 나아지기 시작했어요. 그런데 몇 가지 질문이 있어요. 기억이 안 나서 그런데, 저라는 사람이 누구인지 좀 더 알아야겠어요. 뭐가 진짜고 뭐가 아닌지 좀 헷갈려서요."

"물론이죠. 뭐든 물어보세요."

나는 이브의 사무실 안을 왔다 갔다 하며 생각을 정리하려고 했다. 반대편 벽 쪽에 있는 그녀의 책상으로 가 참나무 표면을 손으로 훑었다. 거기에는 그녀의 책 '**다중 세계, 다중 마음**' 한 권이 놓여 있었다. 내가 아직 현실 세계에 있다고 생각했을 때 호텔 연회장에서 샀던 책과 똑같았다. 책을 집어 들고 넘겨보다 이브의 행사 포스터에서 봤던 것과 똑같은 사진을 발견했다.

"딜런?" 이브가 물었다. "괜찮아요?"

책상 위에 책을 다시 내려놓았다. "그런 것 같아요. 절 딜런이라고 부른 걸 보니 그게 제 이름인가 보네요? 딜런 모런."

그녀가 미소 지었다. "맞아요."

"오늘이 무슨 요일이죠?"

"수요일이요."

"제가 일하는 데는 어디죠?"

"당신이 말해봐요." 그녀가 대답했다, "뇌의 도움을 받으면 기억을 되찾기가 더 쉽죠. 직장이 어디라고 생각하나요?"

"라살 플라자 호텔에서 이벤트 매니저로 일해요."

"맞아요."

"리버 파크 건너편 아파트에 살고 있죠. 할아버지 에드거가 위층에 사시고요."

"그래요."

나는 다른 세계에서 바뀐 다른 모든 것들을 떠올렸다. "제가 세션 중에 타이 라가사라는 여자를 언급한 적 있나요?"

"당신을 짝사랑하는 동료요? 네."

"하지만 그녀는 동료일 뿐인가요? 우린 아무 관계도 아니고요?"

"아니에요."

"가장 친한 친구 로스코 테이트. 그는, 그는 죽었어요."

"그래요. 몇 년 전 자동차 사고로 로스코를 잃었죠. 당신에겐 큰 충격이었어요. 로스코는 당신 부모님이 돌아가시고 당신에게 유일하게 안정감을 주던 사람이었는데 말이죠."

"그날 밤은…." 나는 말을 꺼냈지만 계속 이어 나갈 수가 없었다.

이브는 내 말이 끝나기를 기다렸다가 내가 망설이는 모습을 보고 직접 말을 이었다. "칼리를 만난 날이기도 했죠."

"이브, 제가 왜 당신을 찾아온 거죠?"

"그 질문에 대한 답은 알고 있어요, 딜런. 당신이 말해봐요."

"칼리." 내가 말했다. "홍수로 그녀를 잃었어요."

"거봐요. 당신은 기억한다니까요."

"하지만 **당신**한테 온 기억은 없어요. 하나도 기억나지 않는다고요."

이브는 어깨를 으쓱했다. "3주 전에 당신이 일하는 호텔에서 행사가 있었어요. '다중 세계 다중 마음' 이론에 대해 강연을 했죠. 강연을 끝나고 당신이 절 찾아왔어요. 그날은 사고가 나고 며칠 후였죠. 당신은 큰 충격을 받고 여전히 깊은 슬픔에 빠져 있었어요. 평소에는 정신과 의사와 상담할 시간이 별로 없는데 주위에서 다들 상담을 받아보라고 권유했다고 하더군요. 제 이론이 흥미로웠나 봐요. 사고 이후로 당신이 했던 잘못된 선택에 지나치게 걱정하며 집착하고 있다고 말했어요. 당신이라는 사람 때문에, 당신 인생에서 범한 실수 때문에 칼리가 죽었다고 생각했어요. 더 나은 선택을 한 딜런이 어디에 있을지 궁금해했고 그런 세계는 어떤 모습일지 알고 싶어했죠. 그렇게 시작된 겁니다."

"그런 것 같군요."

"그래도 아직 아무것도 기억나지 않는 거죠?"

"네."

이브는 의자에서 일어났다. "너무 걱정하지 마세요. 시간이 걸릴 거라고 했잖아요. 지금 당장은 집에 가서 쉬는 게 좋겠어요."

나는 방을 가로질러 그녀에게 다가가 악수를 청했다. "고맙다는 말을 해야 할 것 같네요."

"당신이 어떤 깨달음이나 통찰력을 얻었다면 제가 그런 말을 들을 수 있겠죠. 다중 세계 치료의 요점은 대안을 제시해서 당신이 처한 세계를 이해하게 도와주는 거니까요. 자신에 대해 배운 게 있나요?"

"그런 것 같아요."

"그게 뭐죠?"

"제 안에 제거해야 할 부분이 있었어요. 그래서 그렇게 했죠."

그녀는 얼굴을 찡그렸다. "말 그대로요?"

"네."

"음, 꽤 극단적이네요. 그런 이야기는 처음 들어요. 그렇게 하면 당신이 다른 사람처럼 느껴지나요?"

"사실, 그렇게 느껴져요. 진작에 깨달았더라면 좋았을 텐데 하는 아쉬움이 남아요. 저한테 가장 소중한 것들을 잃어버렸어요. 이제 인생을 바꾸기엔 너무 늦었는데 말이죠."

그녀는 나를 안심시키는 미소를 지었다. "아직 늦지 않았어요. 숨을 쉬고 있는 한 시간은 있어요. 조만간 다시 만나요, 딜런. 이제 모든 게 좋아지기 시작할 거예요. 두고 봐요."

"그랬으면 좋겠네요."

나는 문 쪽으로 걸어가 문을 열려고 손을 뻗다가 멈춰 섰다. 다시 한번 사무실을 둘러보았지만 너무나도 낯설었다. 그럼에도 불구하고 나는 이곳의 모든 것이 확실하다고 스스로 되뇌었다. 정상이고 실제라고. 이브 브라이어도 마찬가지라고.

과연.

"딜런? 괜찮은 거예요?"

"모르겠어요. **아직도 뭔가가 이상해요.** 정확히 꼬집어 말할 순 없지만요."

"치료 후유증이에요. 금방 사라질 겁니다. 날 믿어요, 딜런. 당신은 이제 돌아왔어요."

그녀의 말을 의심할 이유는 없었지만, 분명 내 표정에서는 의심의 기색이 역력히 드러났을 것이다.

"아직도 여기가 당신이 원래 있던 세계가 아니라고 생각하는 거죠?" 이브가 물었다.

"잘 모르겠어요. 솔직히 말해서 **전 여기가 진짜 세계이길 바라지 않는 것 같아요.**"

"그건 왜죠?"

나는 잠시 머뭇거리며 나 자신을 이해하려고 노력했다. 리버 파크에 누워 죽어가던 마지막 순간이 아직도 생생하게 느껴졌다. "돌아오기 직전에 어떤 일이 있었어요."

"다른 당신을 죽여야 했던 그때 말인가요?"

"맞아요."

"그런 폭력을 진짜라고 생각하지 말아요. 그건 현실이 아니었으니까요. 당신은 줄곧 내 사무실에 있었어요."

"네, 저도 알아요. 당신이 그렇게 말했으니까요. 하지만 이건 그것보다 더 복잡한 문제예요. 그 세계에서 칼리를 봤거든요. 그녀도 거기 있었어요."

이브가 얼굴을 찡그렸다. "아. 정말 감동적인 순간이었겠네요."

"그랬죠."

"가끔은 그런 경험을 통해서 무언가를 내려놓는 방법을 배울 수 있죠." 그녀가 나에게 말했다. "그렇게 슬픔을 극복할 수 있어요."

"그럴지도 모르죠. 하지만 그녀가 제게 한 말이 계속 생각나요."

"뭐라고 했는데요?"

칼리의 목소리가 들렸다. 바로 내 위에 서서 말하는 것처럼 또렷하게. 나를 내려다보며 마지막 말을 속삭이는 것처럼. 그 말이 작별 인사 같지는 않았다. 헤어지며 영영 다시 보지 못할 때 그녀가 할 말처럼 느껴지지는 않았다.

그것은 어떤 메시지 같았다.

내가 어디를 가든 마음에 품고 다닐 무언가.

"그녀는 자신을 찾으러 오라고 했어요. 아직 여기 있다면서요."

34장

이브의 사무실을 나와 핸콕 센터 로비에 있는 '루센트' 조형물 앞을 지나쳤다. 검은 물웅덩이에 반사된 수천 개의 불빛이 내가 겪었던 일들의 반영처럼 반짝이며 나를 조롱하는 듯했다. 깜빡이는 불빛 하나하나가 내 머릿속에서 끊임없이 증식하는 또 다른 세계, 또 다른 삶이었다. 그런 세계를 몇 군데 찾아다녔던 나는 이제 다시 나의 세계로 돌아왔다.

하지만 이브의 말대로라면 나는 실제로 떠난 적이 없다. 그동안 29층에 있는 그녀 사무실 소파에 누워 있었다는 것이다.

미시간대로로 들어서자 주변은 하나도 낯설게 느껴지지 않았다. 도시의 모습도, 냄새도 똑같았다. 급수탑도 원래 있던 자리에 있었다. 상점, 사람들, 지나가는 차들도 변한 게 없었다. 지갑을 확인해보니 체스트넛가에 있는 주차장의 주차권이 들어있었다. 이브가 말한 대로 그날 아침 일찍 발행된 것이었다. 주머니에 있던 자동차 열쇠를 사용해 주차장에 있는 중고 포드를 찾아냈고, 글로브박스 안의 서류를 뒤져보니 3주 전에 이 차를 구매한 사실을 알 수 있었다. 아마 사고 직후에 산 것 같았다.

모든 것이 일치했다. 그런데 왜 그때부터 지금까지 아무것도 기억나지 않을까?

왜 내가 여기 속하지 않는 느낌이 들까?

주차장에서 차를 빼 시내로 차를 몰고 나갔다. 이브는 집에 가서 휴식을 취하라고 했지만, 아직 그럴 준비가 되지 않았다. 내 감각이 나에게 하는 말들을 믿을 수 있을지 계속 고민스러웠다. 이 세계도 다른 세계와 마찬가지로 환영일 뿐이라는 약점, 단서, 숨길 수 없는 징후 같은 것들을 찾아 헤맸다. 신호등이 바뀔 때마다 차 안에 있는 사람들, 건널목을 건너는 사람들 얼굴을 일일이 확인하며 또 다른 딜런 모런을 찾았다. 내 도플갱어 한 명만 발견하면 내 뇌가 거짓말을 하고 있다는 뜻이 될 테니까. 하지만 이 세상에 딜런은 나 하나뿐인 것 같았다.

처음으로 들른 곳은 로스코가 죽은 호너 파크 근처였다. 그 모퉁이에 있는 물푸레나무의 자국을 봐야 했다. 내 친구를 죽음으로 내몬 사고의 흔적, 그 상처는 여전히 그 자리에 있었다. 달라진 것은 아무것도 없었다. 그 후, 그곳에서 두 블록을 걸어가 챈스 프로퍼티에서 매물로 내놓은 집을 발견했다. 스코티 라이언의 트럭이 밖에 세워져 있었다. 그는 멀쩡히 살아서 보수공사를 하고 있었다. 칼리와의 불륜 문제로 그와 싸웠는지는 기억나지 않지만, 나의 어떠한 버전도 그 집에 가서 그를 칼로 찌르지 않은 게 분명했다.

내가 기억하는 지난 몇 주는 진짜가 아니었다.

내가 기억하지 못하는 것, **그것이 진짜였다.** 그 사실은 여전히 받아들이기 힘들었다.

다음 목적지는 알리시아 테이트의 진료소였다. 나는 수년간 알고 지낸 사람, 결코 거짓말을 하지 않을 사람을 만나야 했다. 마지막으로 이 진료소에 왔을 때가 불과 몇 시간 전인 것 같은데, 그때 살아있는 로스코를 보았다. 불가능하다는 것을 알면서도 그가 진료소 문을 열고 들어오길 기대했다.

알리시아는 나를 보자마자 안아주었다. 그녀는 여느 때와 다름없는 평범한 모습이었다. 그녀가 나를 사무실로 데려갔다. 어떻게 지냈냐는 그녀의 안부 인사에 나는 어떻게 지냈는지 모르겠다고 솔직히 대답했다.

"알리시아, 이상한 질문이긴 한데, 마지막으로 절 본 게 언제죠?"

그녀는 의아한 눈빛으로 나를 쳐다보았다. "뭐라고?"

"단기 기억력에 문제가 좀 있어서요. 우리가 마지막으로 얘기한 게 언제죠?"

"칼리 장례식이 끝나고 며칠 후에 진료 약속이 있어서 왔었지."

"저한테 무슨 문제라도 있었나요?"

"예상했던 문제들이었어. 우울증, 불안, 불면증, 스트레스 때문에 혈당이 높았고 심박수도 빨라졌지. 슬픔을 겪고 있는 상태에선 신체뿐만 아니라 감정적, 심리적으로도 피해가 생기는 법이니까. 이제 기억에 무슨 문제가 있는 건지 말해봐."

"그럴게요, 하지만 먼저 알아야 할 게 있어요. 상담을 받으면서 뭐가… 보인다고 제가 말하던가요?"

"뭘 본다고? 어떤 거 말이니?"

"일란성 쌍둥이 같은 거요. 도플갱어. 저랑 똑같이 생긴 사람이요."

놀랐다는 듯 그녀의 이마에 주름이 졌다. "아니, 그런 말 한 적은 없는데. 왜, 환영이라도 본 거야?"

나는 그녀의 질문을 무시했다. "이브 브라이어라는 정신과 의사를 언급한 적은요?"

알리시아는 얼굴을 찡그렸다. "그래, 호텔에서 열린 그녀의 강연을 들었고 그녀의 책도 읽었다고 했어. 그녀를 만나서 치료를 받을 계획이라고 했지. 난 그게 좋은 생각은 아닌 것 같다고 말했고. 치료 자체를 반대하는 게 아니라, 다른 사람과 상담이나 대화를 해보라고 강력히 권했어. 브라이어 박사에 대해 알아봤는데, 그녀가 한다는 치료법은 상당히 우려스러운 부분이 있더구나. 보아하니 넌 결국 그녀를 만났네."

"그런 것 같아요."

"그런 것 같다고?" 알리시아가 물었다. "그게 무슨 뜻이니?"

나는 답답한 마음에 머리를 쓸어넘겼다. 그리고는 알리시아에게 모든 것을 털어놓았다. 내가 기억하는 것부터 기억하지 못하는 것까지, 모든 이야기를. 내가 다른 세계에서 경험했던 일들을. 내가 이브의 사무실에서 깨어났을 때 그녀가 나에게 했던 말들을. 알리시아는 그 모든 이야기를 듣고 한동안 아무 말도 하지 않았다.

"로스코를 봤니?" 마침내 그녀가 물었다.

"네. 어떤 세계에서는 신부였는데 다른 세계에서는 의사였어요. 여기서 어머니와 같이 진료를 보고 있더라고요."

알리시아는 아들의 사진을 흘끗 바라봤다. "음, 브라이어 박사가 환자들에게 제안하는 치료가 얼마나 매력적인지 알겠구나. 그 세계를 뒤로하고 돌아오기 망설여지는 마음도 이해할 수 있겠어. 로스코, 칼리와 다시 함께할 수 있다면 말이야."

"그게 문제예요. 제가 그들을 거기에 **두고 온 건 아닌지** 모르겠어요."

"그게 무슨 말이야?"

"그 세계들이 이 세계만큼이나 현실처럼 느껴졌어요. 지금 이 모든 것도 환영의 일부가 아니라고 어떻게 장담할 수 있겠어요. 알리시아, 제 눈에 보이는 걸 믿을 수 없어요. 둘러보면 제 인생의 모든 게 제대로 된 것처럼 보이고 느껴져요. 하지만 다시 생각해 보면 그렇지 않죠."

"딜런, 난 네가 살아온 인생 전체를 기억한단다. 나에게 묻는 거라면 여기가 진짜 세계야. 하지만 그게 도움이 될지 모르겠다. 다른 세계에서도 난 아마 똑같이 말했을 테니까, 그렇지?"

"아니에요, 도움이 되죠. 고마워요. 이브는 치료 과정이 혼란스러울 수 있다고 말했는데 아마 지금 저한테 그런 일이 일어나고 있는 것 같아요. 어떻게든 그 경험을 잊고 이 세계로 다시 돌아와야죠."

알리시아가 의자에서 일어났다. 그녀는 돌아서서 책상 앞에 걸터앉았다. "만약 그 세계들이 네가 말한 것처럼 생생했다면 돌아오는 데 시간이 좀 걸릴 거다."

"알아요. **어떻게 제 인생의 3주가 사라졌는지** 이해가 안 될 뿐이에요. 이브 말이 맞다면, 전 내내 아침에 일어나 출근해 일하면서 제 삶을 살았어요. 오늘 아침 그녀의 사무실에 가기 전까지 말이죠. 지난 몇 주 동안의 기억은 사라지고 대신 그 자리에 이브가 절 내보낸 그 세계들에서 겪었던 일들로 대체된 것 같아요. 어떻게 이런 일이 일어날 수 있죠?"

"그녀의 치료법을 잘 모르는 상황이라 뭐라 할 말이 없구나. 하지만 내 생각에는 이브 브라이어만의 문제는 아닌 것 같아."

"그게 무슨 뜻이죠?"

"트라우마를 겪으면 기억에도 영향을 미칠 수 있어, 딜런. 넌 유난히 충격적인 사건을 겪었잖니."

"칼리."

"맞아." 알리시아는 내 어깨에 손을 얹었다. "하나만 물어보자. 오늘 일은 잊어버려. 지난 몇 주도 잊고. 네가 마지막으로 **확실히** 기억하는 건 뭐니?"

나는 눈을 감고 머릿속의 시계를 되감았다. 그러다 어느 순간 시간이 다시 흐르기 시작했다.

"강물에 빠졌던 게 생각나요." 나는 그녀에게 말했다. "전 물속에 있었어요. 바로 그때 모든 게 멈췄죠."

∞

마침내 나는 집으로 갔다.

아파트 건물 현관에 들어서자 위층에 사는 에드거가 즐겨보는 TV 게임쇼 소리가 들렸다. 그를 보러 갈까 생각했지만 자고 있을 확률이 높았다. 내일은 목요일이고, 미술관에서 그를 만날 수 있을 것이다.

아파트 안에는 아내를 잃은 남자의 집에서 흔히 볼법한 물건들이 놓여 있었다. 장식된 꽃들은 시들고 있었다. 테이블 위로 조문 카드 수십 장이 보였는데, 개봉된 것도 있었고 아직 열어보지 않은 것들도 있었다. 빨랫감들은 바구니에, 설거짓거리는 싱크대에 산더미처

럼 쌓여 있었다. 흡사 알래스카에 갇혀 그 자리에 얼어붙은 채 꼼짝
도 못 한 사람의 아파트였다. 이 모든 광경을 보면서 새로운 기억도
떠올랐다. 지난 3주 동안의 기억은 돌아오지 않았지만, 칼리와 주말
여행을 떠나기 전에 일어났던 일들이 아직 이 아파트에 남아 나를
기다리고 있었다.

그날 밤 우리는 거실에서 말다툼을 했다. 그녀는 불륜에 대한 죄
책감으로 자신의 머리카락을 잡아당기다 귀걸이 하나를 잃어버렸
다. 그때 떨어진 다이아몬드 귀걸이 한쪽이 저기 벽난로 근처 바닥
에서 반짝이는 게 보였다.

나는 아무렇게나 여행 짐을 싸다가 옷장 위쪽 선반에 쌓아놓은
겨울 스웨터 더미를 무너뜨렸다. 그러고는 화를 내며 그것들을 걷
어찼다. 옷들은 전부 그때 그 상태 그대로 널브러져 있었다. 보아하
니 그 후로 옷들을 애써 주울 생각도 하지 않은 것 같았다.

내가 그날 밤늦게 집에 도착하기 전까지, 칼리는 엘리 굴딩의 노
래를 듣고 있었다. 나를 보고는 중간에 음악을 껐다. 칼리가 듣고 있
던 곡이 'Figure 8'이었다는 것이 기억났다. 다시 음악을 틀었더니
아내가 CD를 멈췄던 바로 그 지점에서 같은 노래가 흘러나왔다.

진실을 피할 방법은 없었다.

이곳은 내가 살던 아파트, 내가 살던 세계였다. 이곳에 사는 다른
딜런 모런은 없었다. 나뿐이었다.

부엌으로 가서 술을 한 잔 따랐다. 로우볼 잔을 가득 채운 보드카
속에서 다이아몬드처럼 서로 부딪히는 얼음을 바라보다가 이내 싱
크대에 모두 따라버렸다. 병에 남은 보드카도 전부 버렸다. 진열장
에 보관하고 있던 새 앱솔루트 보드카도 같은 방법으로 처리했다.

집에 있던 술이 모두 없어질 때까지 똑같은 일을 계속했다.

딜런 모런은 술을 끊었다.

주방에 있는데 현관 초인종이 울리는 소리가 들렸다. 누가 나를 만나러 온 건지 전혀 예상할 수 없었지만 실내를 가로질러가 문을 열었다. 하비 부싱 형사가 문 앞에 서 있었다. 다른 세계에서도 그랬던 것처럼 그는 수척한 모습이었지만 눈빛은 여전히 교활한 지능으로 빛났다. 진짜 내 생활로 돌아온 나는 그를 전혀 기억하지 못했다.

그런데도 그는 나를 알고 있었다.

"모런 씨? 하비 부싱 형사입니다. 몇 주 전에 만난 적이 있죠. 강둑 근처에서 젊은 여자의 시체를 발견하고 911에 전화하셨을 때요."

"도와드릴 일이라도 있나요, 형사님?" 나는 대답하긴 했지만, 2주 전 일은 안갯속처럼 기억나지 않았다. 시체를 발견하거나 911에 신고한 기억이 전혀 없었다.

"벳시 컨을 살해한 범인을 체포했다는 소식을 직접 전해드리고 싶어서요. 범인은 한동안 그녀를 스토킹했던 전 남자친구였습니다. 그가 자백했죠."

"다행이군요."

"사과드리고 싶어요. 공원에서 모런 씨를 처음 조사할 때 제가 좀 무례했던 것 같습니다. 사실 이런 범죄를 신고한 사람이 실제 가해자인 경우가 드물지 않거든요."

"형사님은 할 일을 하신 것뿐인데요."

"이해해 주셔서 감사합니다. 아무튼 사건은 종결됐습니다. 소식 궁금해하실 것 같아서 말씀드립니다."

"감사합니다, 형사님."

"그럼 안녕히 계십쇼, 모런 씨."

"안녕히 가세요."

형사가 인도를 따라 걸어가며 어둠 속으로 멀어지는 모습을 지켜봤다. 그는 회색 세단을 몰고 사라졌다. 길 건너편에는 리버 파크의 나무들이 보였다. 다른 세계에 있을 때 그곳에선 많은 일이 일어났다. 강 너머 수평선 하늘 멀리서 번개가 번쩍이고 땅이 울릴 정도로 천둥이 길게 쳤다. 서쪽에서 폭풍이 몰려오고 있었다.

나는 문을 닫았다.

온통 공허해진 기분으로 벽난로 옆 의자에 앉았다. 허리를 굽혀 칼리의 다이아몬드 귀걸이를 주운 뒤 손끝으로 매만졌다.

묘한 일이었다. 부싱 형사의 방문으로 마침내 내가 어디에 있는지 확신이 들었다. 마지막까지 풀리지 않던 수수께끼 하나가 풀린 기분이었다. 내가 실종된 몇 주 동안 우연히 벳시 컨의 시신을 발견했고, 그 일이 내 여행에도 영향을 미쳤다.

이제 다 끝났다. 그 많은 세계는 이제 과거일 뿐이었다.

이게 바로 현실이었다. 이브 브라이어가 말했던 것처럼.

그런 생각이 떠오르자 나는 그 의미를 깨달았다. 다시는 칼리를 볼 수 없다는 것. 칼리는 정말 죽고 없다. 나 자신에 대해 무엇을 배웠든, 과거를 바꾸기에는 너무 늦었다. 누군가를 한 번 잃으면 영원히 잃는 것이었다.

나는 의자에 앉아 두 손으로 얼굴을 감싸고 흐느꼈다. 밤새도록. 아내를 그리워하며.

35장

아침이 되자 비가 내렸다.

다시 삶을 살아갈 수밖에 없었던 나는 폭풍우를 뚫고 시내에 있는 라살 플라자 호텔로 차를 몰았다. 검은 구름이 도시를 뒤덮고 꼼짝도 하지 않았다. 앞 유리에 폭우가 쏟아져 앞이 거의 보이지 않을 정도였다. 타이어 아래 도로는 물바다가 되었고, 도로변과 인도를 따라 물줄기가 흐르며 시카고의 쓰레기를 실어 나르고 있었다.

나는 평소처럼 누구보다 먼저 사무실에 도착했다. 아직 밝은 동이 트지 않고 어둠만 가득했다. 책상은 언제나 그렇듯 깔끔하게 정리되어 있었다. 내 서명이 적힌 새 계약서, 모니터에 붙여진 메모지, 지난주에 주문한 케이터링 주문서, 답신 전화를 할 고객 이름이 적힌 전화 메시지들이 보였다. 기억나는 게 하나도 없는데도 이곳에서 며칠은 일한 것 같았다. 어제, 이브의 사무실에서 보낸 하루가 유일하게 결근한 날인 듯했다.

할 일이 산더미처럼 쌓인 평범한 아침 모습이었다. 이것이 내 일이었고 내 삶이었다. 계속 일을 하려고 노력했지만 오전 시간이 지나도록 어느 하나에도 집중할 수 없다는 것을 깨달았다. 전화기를 들었다가 다시 내려놓았다. 컴퓨터를 켰다가 다시 껐다. 밤잠을 설치게 하고 늦게까지 손에서 일을 놓지 못하게 했던 그 책임감이 이제는 하찮게 느껴졌다.

나에게 있어 무언가가 변했다. 아니, **모든 것이 바뀌었다.** 여기서 수년 동안 일해온 그 딜런 모런이 내가 아니라는 사실을 직시해야 했다. 수많은 세계가 그를 죽였다. 더 이상 그는 없고 다시 돌아오지 않을 것이다. 나는 새로운 사람이 되어야 했지만 어떻게 해야 할지 여전히 알 수 없었다.

밖에서는 비가 계속 쏟아지고 있었다. 책상 앞에서 일어나 창틀에 기댄 채로 유리창에 떨어지는 빗방울을 바라보았다. 도시와 호수는 회색 커튼 뒤에 가려져 보이지 않았다. 폭풍우가 몰아치는데도, 다른 생각 때문에 마음이 불안했다. 마음속에 자리 잡은 강박 내지는 집착이 이곳에서 나가라고 나를 떠밀고 있었다. 빗속을 뚫고서라도 나가야만 했다. 잃어버린 무언가를 찾아야 한다는 생각이 들었다. 내가 있어야 할 곳은 다른 곳이었다.

하지만 어디로 가야 하지?"

"홍수가 났어요."

뒤에서 들려온 목소리에 나는 뒤를 돌아보았다. 타이가 홀딱 젖은 차림으로 내 사무실 문 앞에 서 있었다. 그녀의 말에 난 몸서리를 쳤다. "뭐라고?"

"시내 거리 반 정도가 물에 잠겼어요. 그래서 늦었어요."

"괜찮아. 문제없어."

"그나저나, 안녕하세요."

"그래, 안녕."

"어제는 어땠어요? 이브 브라이어의 새로운 치료법을 시도해 본다고 했잖아요. 어떻게 됐어요?"

타이는 거리낌 없이 나에게 사적인 비밀을 터놓으라고 요구했다. 예전 같았으면 그랬을지도 모르지만 더는 아니었다.

"잘 됐어."

"그게 다예요? 그냥 잘됐다고요?"

"그게 다야, 타이."

"아, 알겠어요."

그녀가 머뭇거리는 모습을 지켜봤다. 내가 왜 이렇게 냉담하게 구는지 이해하려고 애쓰는 것 같았다. 그녀는 가까이 다가갈지 말지 고민하는 듯하다가 사무실로 한 발짝 더 들어왔다. 내가 그녀에게 얘기해달라고, 어깨를 다독여 달라고, 필요한 게 있으면 그녀에게 기대겠다고 말해달라는 듯했다. 외로워지면 오늘 밤 술 한잔하러, 아니면 다른 무언가를 위해 찾아가겠다고 말해달라는 듯했다.

하지만 그녀는 내 얼굴에서 숨길 수 없이 자신을 거부하는 표정을 보았다. 지금 타이를 보고 있자니, 그녀와 함께하며 저지른 실수가 모두 생생하게 떠올랐다. 그녀와 잠자리를 하며 한 침대를 쓰는 게 어떤 것인지 알고 있었다. 우리가 부부로 지내는 세계는 또 하나의 잘못된 선택이었다. 그녀에게는 현실이 아니었지만 나에게는 현실이었기 때문에 넘어서지 못했다.

"시튼 씨 결혼식에 관해 얘기해야 할 것 같아요." 그녀가 냉랭해진 목소리로 말했다.

"나중에 하자, 괜찮지? 잠시 나갔다 와야 할 것 같아서."

"그래요. 편할 대로 하세요."

나는 창문 쪽으로 몸을 돌리며 대화를 중단했다. 뒤에서 잠시 우물쭈물하더니 그녀가 사무실을 나가는 발걸음 소리가 들렸다.

그녀가 나설 때 문 앞에서 어떤 목소리가 들렸다.

"날 찾으러 와. 나 아직 여기 있어."

나는 급히 몸을 돌렸다. "방금 뭐라고 했어?"

타이는 문밖으로 반쯤 나갔다가 멈칫했다. "돌아오면 절 찾아오라고 했어요. 여기 있을 테니까요."

"그래. 그렇게 할게."

그녀는 나에게 뭐가 뭔지 모르겠다는 표정을 지어 보이며 방을 나갔다.

그녀가 나간 후 나는 지체하지 않고 떠날 준비를 했다. 빨리 벗어나고 싶었다. 불을 끄고 사무실 문을 닫았다. 주차해 두었던 차에 외투와 우산이 있었지만 굳이 가져올 생각은 하지 않았다. 나에게 말을 걸려는 사람들을 외면하며 로비로 걸어갔다. 나는 밖으로 나가야 했다. 공간과 산소, 그리고 빛이 필요했다. 마치 물속에 갇힌 것처럼 숨이 막힐 듯했다. 짐승 한 마리가 내 가슴 위에 앉아 나를 짓누르는 기분이었다.

타이의 말대로 거리는 물에 잠겨 있었다. 미시간대로에 쏟아진 빗물이 족히 15센티미터는 되는 듯했다. 버스와 자동차들은 파도를 일으키며 물속을 헤쳐 나갔다. 옷은 흠뻑 젖어 피부에 달라붙고 머리카락도 축 처졌다. 폭풍우처럼 거세게 불어대는 바람 때문에 가늘게 눈을 뜨고 있어야 했다. 여름비였지만 얼음장처럼 차갑게 느껴졌다. 다른 사람들은 모두 실내로 대피한 상황이라 사실상 나 혼자 공원으로 향했다.

내가 여기서 뭘 하는 걸까?

어디로 가고 있었지? 머릿속이 하얘졌다.

이브 브라이어를 만났던 분수대 근처 벤치로 갔다. 그렇지만 여기서 이브를 만난 적은 없다. 이 세계에서, 실제로 만난 적은 없었다. 나는 앉아서 생각했다. '**그 단어를 말해요.**' 우리가 만났을 때 그녀가 나에게 해준 말이었다. '**그 단어를 말해요.**' 나는 폭풍우를 향해 그 단어를 큰 소리로 외쳤다. 나는 아직도 내 머릿속에 갇혀 있는 듯했다. 마치 인형 속의 인형, 또 그 인형 속의 인형이 된 듯한.

"무한."

내 세계가 달라질 것을 **기대하며** 숨을 죽이고 기다렸다. 하지만 비 내리는 시카고의 하루는 전과 다름없이 계속되었다. 나에게 일어난 모든 일은 완전히 끝났다. 왜 나는 이것이 끝이라는 사실을 받아들이지 못할까?

왜 계속 무언가를 더 찾으려고 할까?

아무도 없는 도시를 홀로 바라보며 공원에 앉아 있었다. 내가 사는 도시였다. 그러다 시계를 확인했고, 그제야 에드거와의 약속이 떠올랐다. '젠장, 날 기다리고 계실 텐데.' 폭풍이 몰아쳐도, 눈보라나 토네이도가 몰려와도 목요일이면 미술관으로 향하는 그를 막을 수는 없었다. 나는 벤치에서 일어나 버킹엄 분수를 지나갔다. 분수는 하늘에서 쏟아지는 빗줄기에도 불구하고 공중으로 물을 뿜어대고 있었다. 조약돌 길을 따라 물을 튀기며 걸었다. 낮게 깔린 구름 사이로 도시의 고층 빌딩이 들쑥날쑥하게 보였다. 주변의 꽃과 트렐리스[30], 나무를 다듬어 만든 장식물들 모두 폭풍우로 엉망이 되었다.

미술관에 도착하자마자 사자 석상을 지나 서둘러 계단을 올라갔다. 비를 피해 들어온 관광객들이 로비를 가득 메우고 있었다. 비에 젖은 사람들에게서 풍기는 냄새가 강물의 썩은 악취처럼 코를 찔렀다. 중앙 계단을 따라 위층으로 올라가 사람들로 북적이는 갤러리 사이를 비집고 들어갔다. 「그랑자트섬의 일요일 오후」를 지나, 나는 어느새 가죽 재킷을 입은 딜런 모런을 찾고 있었다. 강인하고 냉정한 파란 눈으로 나를 바라보는 그의 얼굴, 아니 내 얼굴이 나타날 것만 같았다. 다시 관문 안으로 돌아간 것처럼, 주위 모든 사람의 얼굴이 내 얼굴이 되기를 기다렸다.

하지만 여느 때와 다름 없는 미술관에서의 하루가 흘러가고 있었다.

늘 있는 전시관 자리에서 에드거를 발견했다. 수십 년은 족히 되었을 우비와 중절모를 쓰고 있었다. 뒷모습만 봐서는 「밤을 지새우는 사람들」 속 얼굴을 알 수 없는 미스터리한 남자와 비슷했다. 사람들을 헤치고 옆으로 다가가자, 그는 조급한 눈빛으로 나를 쳐다보았다.

"늦었구나." 담배 냄새가 진동하는 숨을 내뿜으며 그가 말했다.

"그러게요."

"시내를 반쯤 가로질러 여기 오느라 죽는 줄 알았다. 너는 뭐, 한 네 블록 거리밖에 안 되잖지 않냐? 버스는 꽉 막히고 거리는 물바

---

30 덩굴 식물을 지탱하거나 머리 위에 수직으로 비치는 햇빛을 가리기 위하여 목재와 금속으로 만든 격자 모양의 구조물. 주로 정원에 설치한다.

다였지. 신발까지 다 젖었다."

"죄송해요, 에드거. 오늘 좀 힘든 날이네요."

"그럼, 어디 한번 아흔네 살이 되어봐라. 어떤 날이 힘든지 말해다오."

나는 에드거와 논쟁하고 싶지 않았다. 수년 동안 갈등이 있었지만 나는 그에게 빚진 게 많았다. 할아버지는 자신의 삶을 열어 나를 받아주었고, 식탁에 먹을 것을 차려줬으며, 불만 가득한 청소년 시절의 나를 내쫓지 않고 참아주었다. 내가 더 이상 듣기 싫다고 진저리를 칠 때까지 자신의 불리한 조건에 대해 불평하긴 했어도, 그는 주어진 상황을 받아들이고 최선을 다했다. 나는 그를 여전히 사랑했다. 그 말을 충분히 하지 못했지만.

"그 이야기 좀 들려주실래요?" 나는 뼈만 남은 그의 어깨에 손을 얹으며 말했다. "그럼 기분이 좀 나아질 거예요."

"무슨 이야기 말이냐?"

"할아버지와 「밤을 지새우는 사람들」 이야기요."

에드거는 언짢다는 표정을 지어 보였다. "딜런, 무슨 소릴 하는 거냐?"

"할아버지가 어렸을 때 스테이트가에서 구해준 사람 말이에요."

할아버지는 짜증스럽게 혀를 끌끌 찼다. "구했다고? 난 어릴 적 어떤 남자가 차에 치여 길에 쓰러진 걸 봤을 뿐이야."

"네?"

"내 눈앞에서 죽었지. 아직도 그 악몽을 꾼다."

나는 에드거를 향했던 시선을 돌렸다. 그리고 그제야 처음으로, 갤러리 벽을 바라보았다.

그 순간 우리 앞에 「밤을 지새우는 사람들」이 걸려 있지 않다는 것을 깨달았다.

나는 잘못 찾아온 줄 알고 놀라서 몇 걸음 물러섰지만, 전시관 나머지 구역을 둘러봐도 우리는 평소 있던 자리에 있었다. 다른 그림은 전부 원래의 위치에 그대로 있었다. 하지만 「밤을 지새우는 사람들」만 없었다.

"어디 있어요?" 에드거보다는 나 자신에게 묻는 말이었다.

"뭐가 어디 있냐는 말이냐?"

"「밤을 지새우는 사람들」이요."

"어?"

"사라졌어요. 「밤을 지새우는 사람들」이 사라졌다고요." 내가 가리킨 벽에는 아치볼드 모틀리가 뉴욕 할렘의 재즈 음악계를 그린 그림이 걸려 있었다.

"내가 기억하는 한, 저 자리에는 같은 그림이 계속 걸려 있었다." 에드거는 어깨를 으쓱하며 나에게 말했다.

나는 고개를 저었다. "아뇨, 뭔가 잘못됐어요."

갤러리 주변을 둘러보다가 저쪽 벽 근처에 있는 미술관 도슨트를 발견했다. 나는 그녀에게 다가가 물었다. "「밤을 지새우는 사람들」은 어디 있죠?"

그녀는 공손한 미소를 지으며 대답했다. "「밤을 지새우는 사람들」이요? 에드워드 호퍼의 그림 말씀하시는 건가요?"

"네, 어디 있나요?"

"글쎄요, 선생님. 아마 뉴욕의 휘트니 미술관이나 현대 미술관에 있지 않을까요?"

"전시 투어 중인가요?"

"정확히는 모르겠어요."

"그 그림은 **여기** 있어야 해요." 나는 주장을 굽히지 않았다. "바로 저 벽에 말이에요."

"여기 시카고 미술관에요?" 그녀는 놀란 표정으로 말했다. "아뇨. 죄송합니다만 뭔가 착각하신 것 같아요. 다른 그림을 생각하신 게 아닐까요? 이곳에 「밤을 지새우는 사람들」을 전시한 적은 없거든요."

"무슨 말씀을 하는 건가요? 1942년에 다니엘 리치가 호퍼에게서 직접 그 그림을 사 왔어요. 그 이후로 계속 이곳에 있었고요."

"다니엘 캐튼 리치요? 전 미술관장님 말씀하시는 건가요? 리치 씨는 1941년에 돌아가셨어요. 여기 시카고에서 교통사고로 사망하셨죠."

도슨트에게서 몸을 돌린 나는 주변 사람들과 부딪히며 걸었다. 얼굴이 축축해서 만져보니 비가 아니라 땀이 흘러내리고 있었다. 마치 유령의 손가락이 스치는 것처럼 온몸에 전율이 오르내렸다. 다시 에드거 옆으로 와서 모틀리의 그림을 바라봤지만 머릿속에는 「밤을 지새우는 사람들」만 떠올랐다. 식당에 모인 외로운 사람들, 텅 빈 도시의 거리. 그림의 붓 터치 하나하나가 다 기억났다.

전부 다 잘못되었다.

세상이 이런 식으로 돌아가면 안 되는 거였다.

"에드거, 저 가봐야겠어요. 혼자 집에 가실 수 있죠?"

"핫도그와 맥주 사 먹게 20달러 주면 갈 수 있지."

나는 지갑을 뒤져 20달러짜리 지폐를 찾아 그의 손에 쥐여 주었다. 그리고는 돌아서서 북적이는 미술관 관람객 사이로 되돌아 나갔다. 그들의 중첩된 목소리는 마치 폭포수가 쏟아지는 것 같은 먹먹한 소리가 되어 내 머릿속을 가득 채웠다. 비틀거리며 중앙 계단을 내려가 출입구를 열고 미술관 밖으로 나갔다. 하늘에서는 더욱 거세게 비가 내리고 있었고, 그 충격은 우박을 맞을 때만큼 아팠다. 시커먼 하늘 때문에 밤이 된 것이나 다름없었다. 전조등을 켠 차들이 경적을 울리고 물을 튀기며 미시간대로 위를 오고 갔다. 사람들은 건물 처마 밑에 모여있다가 쏟아지는 비를 뚫고 달려 나갔다.

이브 브라이어를 찾아야 했다.

그때, 이미 나를 찾아낸 이브와 마주했다.

이브는 미술관 계단 밑에서 기다리고 있었다. 장례식에 온 조문객처럼 온통 검은색으로 차려입었다. 검은색 긴 소매 상의에 검은색 바지, 검은색 하이힐까지. 머리 위로 검은색 우산을 쓰고, 손에는 검은색 레이스 장갑을 끼고 있었다. 나를 조롱하는 듯한 미소를 띠고서, 반짝이는 눈동자로 나를 강렬히 응시하고 있었다. 마치 우리 둘이 투명 인간이 된 것처럼 행인들은 우리를 전혀 개의치 않고 지나갔다. 어찌 된 영문인지 어둠 속에서 이브는 더 밝고 선명해졌고, 나머지는 전부 흐릿해져 회색 그림자처럼 보였다.

나는 계단을 뛰어 내려와 그녀 앞에 섰다. 몸과 마음이 기진맥진해 산산이 흩어지는 기분이었다. 머리 위에서 비가 맹렬히 쏟아졌지만 이브는 비 한 방울도 맞지 않은 완벽하게 마른 상태였다.

"이 세계는 진짜가 아니군요." 내가 말했다.

"그래요, 딜런. 진짜가 아니에요."

"아무것도, 내 눈으로 본건 아무것도 진짜가 아니었네요."

"맞아요."

"난 어디 있는 거죠?"

"당신이 말해봐요. 어디 있나요?"

"난 모르죠! 내가 아는 거라고는 난 여기 있어선 안 된다는 것뿐이에요. 다른 곳에 있어야 한다고요."

"어디요?"

"몰라요! 말해줘요! 사실을 말하라고요! 당신은 거짓말을 했어요. 다 끝났다고 했잖아요."

"당신이 직접 진실을 알아내야 하니까 거짓말을 한 거예요."

"당신은 날 지옥으로 몰아넣었어!" 나는 이브에게 소리쳤다. "사람들이 죽는 걸 지켜봤어요. 내가 사랑하는 사람들을 잃어야 했죠. 계속해서 말이에요. 그런데 뭐를 위해서 이러는 거죠? 나랑 게임을 하려고? 날 다른 세계로 보내려고? 이제 그만하겠어요. 그만둔다고요."

그녀는 눈 한 번 깜빡이지 않았다. "그만둔다고요? 이렇게 가까이 왔는데요?"

"뭐에 가깝다는 거죠?"

"당신이 그 무엇보다 원하는 것에요."

"그런 수수께끼 같은 말 그만 해요! 이게 다 무슨 짓인지 말하라고요!"

"그건 내가 말해주지 않아도 당신은 이미 알고 있어요."

"난 몰라요! 이제 뭐가 진짜인지도 모르겠다고요!"

"딜런, 당신의 세계는 어디서 갈라졌나요? 이 모든 게 어디서 시작됐죠?"

"여기." 나는 대답했다. "바로 이 미술관에서 시작됐어요. 가죽 재킷을 입은 다른 딜런을 봤죠. 그래서 그날 밤 호텔에서 열린 당신 행사에 갔던 거고요. 그래서 당신을 알게 되었죠."

이브는 고개를 저었다. "아니요, 날 찾아왔을 때 당신은 이미 여정을 진행 중이었어요. 당신은 다중 세계를 찾아다닐 필요가 없었죠. 그 세계들이 이미 당신을 찾았으니까요."

기억을 되살려 보려고 노력했다. 관자놀이를 누르며 생각하려고 했지만 뇌에 산소가 부족해서 생각 자체가 불가능했다. 그러다 그녀 말이 맞다는 것을 깨달았다. 시작점으로 돌아가려면 더 먼 과거로 거슬러 올라가야 했다. 내 마음이 가고 싶지 않은 한 장소로 돌아가야 했다.

"잠깐만요. 아니, 난 물속에 있었어요. 수면 위로 올라왔을 때 강둑에서 그를 봤어요. 나 말이에요. 그때가 처음이었죠."

"그리고 어떻게 됐죠?"

"칼리를 구하려고 물속으로 뛰어들었지만 그녀에게 닿을 수 없었죠."

"어떻게 물에서 나왔죠?"

"뭐라고요?"

"딜런, 물에서 어떻게 나왔냐고요."

"몰라요, 모르겠어요. 경찰이 물어봤지만 기억이 안 나요."

"왜 당신은 여기 있고 칼리는 없죠?"

"기억나지 않는다고요!"

"그럼 기억하는 건 뭐죠?"

"아무것도, 전혀 기억이 없다고요! 칼리에게 가려고 했는데 찾을 수가 없었어요. 그때, 바로 그때 모든 게 멈췄죠."

"그래요."

"그때부터 모든 게 시작됐어요."

"맞아요."

나는 이브에게서 물러났다. 온몸에 전기가 관통한 듯한 기분이었다. 하늘을 올려다보니 머리 위로 폭우가 쏟아져 내리고 있었다. 또다시 가슴이 답답해지면서 숨을 쉴 수 없었다. 눈앞이 캄캄해졌다. 무언가 짭조름하고 눅눅한 냄새가 내 감각을 채웠다.

"이럴 수가."

"아시겠어요? 당신은 알고 있다니까요."

정말이었다. 커튼이 걷히며 모든 환영이 훤히 보였다. 마술사 이브가 부리는 속임수를 마침내 내가 알아챈 것이다. 내 마음이 이 세계 저 세계를 넘나드는 동안, 나는 어디에 있었는지 알 수 있었다. 나는 내 이야기가 시작된 곳으로 돌아가기 위해 원을 그리며 여행한 것이다.

"딜런, 당신이 원하는 게 뭔가요?" 이브가 나에게 물었다. "당신 인생에서 무엇보다 간절히 원하는 게 뭐죠?"

대답은 오직 하나뿐인 질문이었다. "두 번째 기회요."

"뭘 하기 위해서죠?"

"칼리를 구하기 위해서요."

이브는 요란하게 우산을 돌렸다. "그럼 서둘러야 해요."

나는 달렸다. 그렇다, 나는 달렸다. 마치 미친 사람처럼 시카고 거리를 내달렸다. 마침내 어디로 가야 할지 알았기 때문이었다. 내 삶이 어디 있는지, 내가 있어야 할 곳이 어디인지 알았기 때문이었다.

나를 부르는 칼리의 목소리가 들렸다. 이 모든 게 시작되었을 때부터 그녀는 줄곧 나를 불렀지만 나는 듣지 못했다. 그녀의 목소리는 물을 뚫고 들려오는 소리였기 때문에 희미했다. 칼리는 거기 있었다.

강물 속에.

"날 찾으러 와줘. 나 아직 여기 있어."

36장

    돌아가는 길을 안내할 지도는 없었지만 나는 어디로 가야 할지 잘 알고 있었다. 강은 마치 강력한 자석처럼 나를 끌어당겼다. 이 마지막 세계가 탈출하려는 나를 놓아주지 않으려는 듯, 자동차가 조금씩 전진할 때마다 폭풍은 더욱 거세졌다. 폭풍우로 인해 가는 길은 대혼란이었다. 성난 번개가 하늘을 쪼개고, 천둥은 낮은 목소리로 나에게 돌아가라고 으르렁거렸다.

    내 뒤 안개 속으로, 시카고는 꿈처럼 사라졌다. 교외도 마찬가지로 모습을 감췄다. 이윽고 미지의 영역에 도착한 나는 광활한 들판과 버려진 마을을 지나갔다. 마치 내가 유일하게 살아남은 사람이 된 기분이었다. 한낮에 출발했지만 시간이 흐르고 밤이 되었다. 나는 조명 불빛 하나 없이 한 치 앞도 보이지 않는 외딴곳으로 향할 수밖에 없었다. 구름 사이로 삼지창을 내려찍듯 강렬하게 떨어지는 번개만이 어둠 속 유일한 구원이었다. 주황색 번개가 칠 때마다 황량한 주변 환경이 시야에 들어왔다. 들판에 자라난 옥수수 줄기의 윤곽, 전기가 끊긴 적막한 농가 몇 채, 참나무와 단풍나무 꼭대기를 뒤덮은 잎사귀들, 암회색 하늘에 잔물결 치는 구름층까지.

나는 차를 몰고 또 몰았다. 지평선까지 평평하고 길게 이어지는 길을 따라. 마치 거품 속에 갇힌 사람이 된 것 같았다. 자동차 위에 규칙적으로 떨어지는 빗줄기 소리만 들리고, 헤드라이트 불빛 아래에서 은색 한줄기로 반짝이는 젖은 도로만 보일 뿐이었다. 시간과 거리 감각이 사라졌지만, 가슴이 무거워지면서 강이 가까워졌다는 것을 알 수 있었다. 나는 속도를 늦추고 앞쪽 도로를 주시했다. 적과 마주하는 군인의 심정이었다.

바로 저기였다.

나는 다시 시작점으로 돌아왔다.

옥수수밭과 나무들 사이로, 거대하고 파괴적인 물길이 마치 풀려난 용처럼 솟아올라 휘몰아치며 다가왔다. 나는 길 한가운데 차를 세우고 폭풍의 중심부로 뛰어들었다. 바로 앞에서 도로가 끊겼고, 다리가 있어야 할 곳에서는 거친 강물이 흐르기 시작했다. 진흙과 뒤섞인 물이 일종의 용암 같은 형태와 위력으로 들판과 도로의 잔해들을 휩쓸었다. 고속도로 표지판이 원형 톱처럼 강렬하게 회전하며 날아갔고, 전봇대에는 끊어진 전선이 매달려 있었다. 통째로 물에 빠진 나무는 해골의 구부러진 손가락 같은 가지를 수면 밖으로 뻗치고 있었다.

나는 길에서 벗어나 물가로 달려간 다음, 그 길을 따라 물에 잠긴 밭으로 들어갔다. 신발과 셔츠를 벗고 벨트를 풀어 속도를 늦출 수 있는 물건은 죄다 벗어 던졌다. 굉음과 함께 요란하게 불어오는 바람에 하마터면 넘어질 뻔했다. 비는 눈을 찌를 듯이 내렸고, 다시 또 거대한 벼락이 떨어지며 주위가 잠시 환해졌다. 1초도 지나지 않아 천둥이 폭탄처럼 터졌다. 폭풍은 이제 바로 내 위에서 움직이지 않고 모든 무기를 동원해 나를 공격하고 있었다. 나는 얼굴을 닦으며 어디로 가야 할지 생각했다.

차는 어디 있지?

칼리는 어디 있을까?

여기서 멀지 않을 테지만, 깊은 급류를 형성한 강물이 격렬하게 넘쳐흐르며 양쪽 땅을 다 뒤덮은 상태였다. 흡사 회전목마에 있던 동물들이 모두 풀려난 것처럼, 파편들이 물결 위에서 위아래로 요동치며 흘러갔다. 수면 위로 떠오르는 것은 죄다 확인하며 그녀를 찾을 단서가 있는지 살폈다. 타이어와 펜더가 하나씩 떠올랐다. 분명 차는 근처에 있었다. 내 아내와 함께 물속에 갇힌 채로. 하지만 그녀의 위치를 알려주는 것은 아무것도 없었다.

나는 우두커니 선 채로 도움의 손길을 간절히 원했다. **제발!**

그 순간, 다중 세계가 나를⋯ 나 자신을 보냈다.

바로 내 눈앞에서 딜런 모런이 강에서 튀어나왔다. 우리 사이의 거리는 3미터 정도밖에 되지 않았다. 진흙과 점액질로 뒤덮인 바다 생물처럼 물 위로 솟아올라 물을 내뱉으며 숨을 헐떡였다. 데자뷔가 역전된 순간이었다. 나는 그였고, 그는 나였다. 모든 것이 시작된 순간이었지만 지금은 서로의 위치가 바뀌었다.

그는 물속에 있었고, 내가 강둑에 있던 사람이었다.

번개가 다시 번쩍이자 딜런은 급류 너머로 나를 발견했다. 그는 자신이 뭘 보고 있는 것인지 파악하는 데 잠시 시간이 걸렸다. 나는 이미 겪어본 일이라 그게 어떤 느낌인지 알 수 있었다. 내 얼굴이 그랬던 것처럼, 혼란스러움에 그의 얼굴이 뒤틀렸다. 강둑에 있는 남자가 진짜일 리 없기 때문이었다. 하지만 나는 진짜였다.

"도와주세요!" 그가 소리쳤다. 내가 한 말이었다.

번개 빛이 사라지고 어두워지자 그는 다시 외쳤다. "아내가 물에 빠졌어요! 아내를 찾게 도와주세요!"

그리고는 물속으로 뛰어들며 자취를 감췄다. 한 번의 점프로 딜런은 사라졌지만, 나는 그가 칼리를 찾지 못할 것을 알고 있었다. 나도 똑같이 했지만 실패했으니까. 찾고 또 찾아도 아무것도 찾을 수 없을 것이다. 그는 아무것도 없는 곳으로 헤엄쳐 갈 것이다. 다른 세계로 헤엄쳐 나갈 것이다.

이제 그녀를 구하는 것은 내 몫이었다.

강물 속으로 들어갔지만 물살이 거칠어 옆으로 휘청거리며 미끄러운 바닥에 발을 헛디디고 말았다. 등을 세게 부딪히며 넘어졌고, 숨을 한번 들이마시기도 전에 강물의 소용돌이 속으로 빨려 들어갔다. 순식간에 급류에 휘말린 나는 미친 듯이 빙글빙글 돌며 하류로 내려갔다. 물을 오르락내리락하며 숨이 막힐 지경이었다가, 마침내 수면 위로 올라와 물을 토해내고 필사적으로 숨을 들이마셨다. 마치 고속으로 달리는 트럭처럼 강물이 밀려왔지만 나는 손과 발을 격렬히 움직이며 물살에 맞서 싸워 제자리를 지켰다.

바로 근처 물속에 차가 잠겨 있어야 했는데 보이지 않았다. 물 아래로 내려가면 앞이 거의 보이지 않는 상태로 헤엄쳐야 했다. 시간은 점점 줄어들었다. 나에게는 마지막 한 번의 기회만이 남아있었다.

나는 몇 차례 깊게 숨을 들이마셨다. 들이쉬고, 내쉬고, 들이쉬고, 내쉬고. 천천히 숨을 들이쉬면서 잠수할 준비를 했다. 마지막에는 가슴에 공기를 가득 채우고 숨을 참았다. 잠깐의 시간 동안 폭풍의 소용돌이 속에서 수면 위를 꿈틀거리다가 물속 깊숙이 내려갔고,

이내 어둠과 정적에 휩싸였다.

강은 나의 적이었다. 드넓은 들판에서 쓸려온 눈에 띄지 않는 잔해들이 좁아진 물살을 타고 몰려와 나를 공격했다. 나뭇가지들이 내 배를 가격하며 폐에 찬 공기를 몰아내려고 했다. 날카로운 물체들에 부딪혀 피부가 벗겨졌다. 눈을 부릅떴지만 아무것도 보이지 않았다. 스카이다이버처럼 두 팔을 활짝 벌려 그 자세로 물살에 휩쓸렸다. 이상하고 매끈한 속도감이 느껴졌다. 나는 저항하지 않았다. 홍수가 차를 데리고 간 그곳으로 나도 가고 싶었다. 금방이라도 강 속에 있는 차와, 그러니까 내 앞길을 가로막는 이 거대한 장애물과 충돌할 것만 같았다. 그건 벽돌로 만들어진 벽에 전속력으로 돌진하는 것이나 다름없었다.

차는 너무 순식간에 나타나서 바로 옆을 그냥 지나칠 뻔했다.

진흙과 강둑에 심어진 울퉁불퉁한 나무뿌리에 부딪히는 느낌이 들었다. 처음엔 아무것도 느껴지지 않았다. 잠시 후 차갑고 미끈한 금속이 손가락 아래를 스쳐 지나갔다. 차는 강둑에 그대로 박혀 있었지만, 강물이 차에서 나를 멀어지게 하는 것만 같았다. 차에서 멀어지지 않으려고 손에 걸리는 것은 닥치는 대로 붙잡았다. 강철과 유리를 긁고 손톱으로 강둑의 흙을 파헤쳤다.

그때 무언가가 손바닥에 부딪혔다. 본능적으로 그것을 두 손가락으로 움켜잡았다. 강물은 나를 밀어내려고 했지만 몸이 갑자기 멈춰 섰다. 물살에 손가락 관절이 뒤로 꺾이며 잡은 물건에서 손가락이 떨어질 것만 같았다. 나는 다른 손을 내밀어 나를 구해준 무언가를 붙잡았다. 두 손으로 확실하게 잡자 금속이 느껴졌고, 그것이 무엇인지 알 수 있었다. 사이드미러였다.

나도 거기, 그 차 안에 있었다. 나는 강풍에 나부끼는 깃발처럼 물살에 휩쓸려 옆으로 끌려가면서도 사이드미러를 꽉 붙잡고 다른 한 손으로 차 앞 유리를 쿵쿵 두드렸다. 그녀에게 알리기 위해, 그녀에게 희망을 주고 내가 여기 있다는 것을 말해주기 위해. 짙고 검은 물속에서 내 심장을 뛰게 하는 소리가 들려왔다.

칼리가 유리창 반대편에서 두드리는 소리였다.

나는 다시 앞 유리를 두드렸다. '**기다려!**'라고 소리치며 절박하게 차 문 쪽으로 손을 더듬었다. 유리는 깨지지 않았다. 내가 탈출할 때 사용했던 반대편 창문은 진흙에 파묻혀 있었다. 유일한 희망은 차 문을 여는 것이었다. 강한 물살에 맞서 싸우며 손을 뻗어 문손잡이를 찾아 꽉 잡았다.

나는 있는 힘껏 당겼다. 문은 10센티미터 정도 열리다가 무언가에 부딪혀 더는 움직이지 않았다. 칼리가 빠져나올 공간이 되지는 않았다. 몇 번이나 잡아당겨서 문을 열려고 했지만, 차는 강둑에 박힌 상태로 흙과 돌로 쌓인 벽에 막혀 더 이상 열리지 않았다.

강물이 몰아치면서 차체가 시소처럼 좌우로 흔들렸다. 한 번 더 강한 충격을 받으면 둑에서 차가 빠질 것 같았다. 나는 둑의 측면에 한쪽 발을 딛고 차를 밀었다. 다시, 또다시, 그리고 또다시. 차는 취한 것처럼 흔들거렸지만 제자리였다. 나는 두 발로 받치고 세게 밀었다. 한 번씩 밀 때마다 숨 못 쉬는 고통에 폐가 터질듯했다. 가슴이 불에 타는 듯했고, 시간이 얼마 남지 않았다. 공기가 거의 바닥났다. 숨을 들이마시거나 죽거나, 선택지는 두 가지뿐이었다.

온몸이 팽팽한 스프링처럼 조여들었다. 두 무릎을 굽히고 발을 진흙에 밀어 넣은 채, 내가 가진 모든 근육의 힘과 모든 에너지를 모아 마지막으로 강하게 차올렸다. 차가 물속에서 흔들리며 위로 솟아올랐다. 무언가가 세게 움직이더니 차 전체가 둥둥 떠올랐다. 그러다 순식간에 물살에 휩쓸려 차가 하류로 쓸려 내려가기 시작했다. 장애물이 사라지자 닫혔던 문이 활짝 열리면서 잡고 있던 손을 놓을 뻔했다. 마치 말에서 떨어진 기수처럼, 내 몸은 크게 빙 돌아 차에 끌려가는 느낌이 들었다. 바퀴가 강바닥에 닿았다. 곧바로 차체가 전도되면서 금속이 구부러지며 찢어질 듯한 소리가 들렸다. 나는 차 내부로 손을 뻗었다.

칼리가 나에게로 손을 내밀었다.

우리가 잠깐이나마 함께한 순간이었다. 단 한 순간.

우리는 손을 잡았다. 그녀의 손가락이 내 손가락과 맞닿았고, 나는 그녀 피부의 촉감을 느꼈다. 잡은 손을 힘껏 당기자 그녀의 몸이 차 밖으로 튀어나왔고, 그런 다음 나는 그녀를 놓아주었다. 마치 로켓처럼 그녀는 수면을 향해 빠르게 올라갔다. 내 머리 위 어딘가에서 그녀가 밤공기 속으로 나가는 것을 느꼈다. 얼굴에 비를 맞으며 폐를 가득 채우는 달콤한 산소를 마시고 있는 것을 느꼈다.

나도 손을 놓았다. 시간이 없었다.

그녀를 따라가려고 있는 힘껏 발차기를 했지만 팔이 수면 위로 나오려는 순간 갑자기 몸이 제자리에 멈추며 다시 아래로 끌려갔다. 위로 올라가려고 애를 썼다. 벗어나려고, 물에 뜨려고, 헤엄치려고 노력했지만 무겁게 내 다리를 붙잡고 있는 것이 날 놓아주지 않았다. 힘껏 당겨보아도 어딘가에 걸려서 빠지지 않았다.

안전띠였다.

발목이 안전띠에 감긴 것이었다. 거대한 짐승처럼 느껴지는 차가 나를 끌고 강을 따라 내려갔다. 몸을 구부려 발을 풀어보려고 했지만 물살에 휩쓸리면서 끈이 다리에 더 꼬였다. 나는 필사적으로 끈을 당겼지만 차도, 강도 내 노력을 비웃는 것만 같았다.

폐에 남아있던 공기가 물속으로 스며들기 시작했다. 코와 입에서 거품이 계속 빠져나왔다. 의식에는 검은 구름이 내려앉았고, 심장은 불규칙한 리듬으로 미친 듯이 뛰기 시작했다. 더 이상 숨을 참을 수 없게 되었다. 나는 급하게 숨을 내쉬었다. 마지막 산소가 빠져나가는 것이 느껴졌다.

이제 숨을 들이마셔야 했다. 나 자신을 멈출 수가 없었다.

마실 산소가 없다는 것을 알면서도 숨을 들이마셨다. 입을 벌리고 입술을 움직여 소리 없이 마지막 말을 내뱉었다.

"칼리…."

그러자 강물이 내 폐 속으로 굶주린 듯 헤엄쳐 들어왔다.

37장

"딜런?"

"딜런?"

"딜런, 거기 있어? 말해봐."

"딜런, 돌아와. 나 아직 여기 있어."

내가 아는 목소리였다.

어디서 들려오는지는 알 수 없었지만, 어둠 속에서도 그 목소리에 어울리는 얼굴을 떠올릴 수 있었다. 마치 길고 긴 터널 끝에서 빛나는 한 줄기 빛과 같았다. 그곳에 가면 나를 기다리고 있는 여자를 만날 수 있었다. 그녀를 찾을 수만 있다면, 나가는 길을 찾을 수만 있다면.

"딜런, 내가 당신 손잡고 있어. 내 손 느껴져?"

분명 느껴졌다. 따뜻한 무언가가 내 손가락을 꽉 쥐고 있었고, 그 촉감은 익숙하고 좋았다. 꿈처럼 머릿속을 떠돌던 기억이 떠올랐다. 한밤중에 침대에 누웠을 때, 내 손을 잡은 그 손의 감촉만이 느껴지던 때가 있었다. 그 손을 놓지 않는 한, 삶은 살만한 가치가 있었다. 그 손이 있었기에 나는 혼자가 아니었다.

"딜런?"

"딜런, 눈 떠봐."

"딜런, 제발, 눈 좀 떠봐."

"딜런, 돌아와. 나 여기 있어."

그녀의 말대로 하고 싶었다. 그녀를 위해서라면 무엇이든 할 수 있었다. 눈을 뜨려면 어둠을 벗어나야 했지만 어떻게 해야 할지 몰랐다. 어둠은 오랫동안 나를 품어왔기 때문에 작별 인사를 하고 놓아주기가 어려웠다. 공허함 속에는 묘한 위안이 이었다. 하지만 동시에 아픔과 갈망도 느껴졌다. 내 손을 잡고 나에게 말을 거는, 터널 끝에서 나를 기다리는 여자의 얼굴을 보고 싶다는 욕구도 솟아났다. 나는 영겁의 시간 동안 그녀를 찾아 헤맸던 것만 같았다.

그녀의 이름을 알고 있었다. 칼리였다.

그녀가 시키는 대로 하려고 애썼다. 지금 있는 곳을 벗어나 그녀가 있는 곳으로 돌아가려고 노력했다. 나는 내 몸을 의식하기 시작했다. 감각이 서서히 되살아나며 따뜻함을 느끼게 되었다. 숨을 쉬면 아프다는 것을 알게 되었다. 어떻게 움직여야 할지 생각하려고 애쓰자 근육을 움직이고 조절할 수 있었다. 칼리가 내 손을 꽉 쥐면 나도 그녀의 손을 맞잡았다.

소리를 듣고, 냄새를 맡고, 감촉을 느낄 수 있었다. 나는 이제 깨어났다. 눈꺼풀이 파르르 떨렸다.

머리 위에서 누군가가 헉하고 갑작스럽게 숨을 들이마시는 소리가 들려왔다.

나는 눈을 떴다. 감았다. 다시 떴다. 희미한 빛에도 눈이 부셔 똑바로 바라보지 못하고 눈을 찡그리며 주변을 파악하려 했다.

처음에는 빛의 후광만 보였다. 하지만 이내 어떤 이의 얼굴을 알아보고 그간의 번민이 사라졌다. 칼리가 나를 내려다보고 있었다. 믿을 수 없는 광경을 보고 있다는 듯, 칼리는 손가락을 바들바들 떨며 두 손을 자신의 뺨에 댔다. 그녀의 입술은 움직였지만 아무 소리도 나지 않았다. 내가 그녀를 바라보는 순간 그녀의 얼굴에서는 주체할 수 없는 눈물이 흘러내렸다. 흐느껴 울던 그녀는 무릎을 꿇고 두 팔로 나를 감싸 안았다. 이 세상 그 누구보다 나를 더 꽉 안아주었다.

"딜런."

∞

3주가 지났다고, 칼리는 나에게 말했다.

그녀는 내가 다시 정신을 찾을 때까지 몇 시간을 기다렸다. 그때쯤엔 내가 병실에 있다는 사실을 깨달았다.

3주나 걸렸다고, 그녀는 말했다.

3주 동안 나는 혼수상태에 빠져 있었다.

인위적 혼수상태였는데, 물속에서 산소 부족으로 인해 손상된 뇌와 폐가 회복할 기회를 주기 위해 진정제를 투여했다고 했다. 내가 깨어날 수 있을지는 아무도 알 수 없었다.

"처음 며칠간은 폐렴에 걸렸었어." 그녀는 내 옆에 앉아 내 손을 놓지 않고 말했다. "거의 숨을 쉴 수 없었어. 사람들은 당신이 죽을 거라고 생각했지. 세상에, 난 정말 무서웠어."

"가슴이 아파." 나는 거친 목소리로 말했다.

"말하지 마. 폐가 회복하려면 시간이 좀 더 걸릴 거야. 말은 내가 할게."

"알겠어."

"의사들은 당신 뇌 기능이 온전한 상태로 회복될지 확신하지 못했어. 나쁜 결과가 나올 수 있으니 대비해야 한다고 했지. 하지만 알리시아는 스캔 결과 당신 뇌 활동이 계속 왕성하게 이뤄지고 있다고 말했어. 사실, 정신적으로 일종의 광적인 경험을 겪고 있다고 할 정도로 당신 뇌 활동이 매우 강렬하다고 했지. 그녀는 당신이 괜찮아질 거라고 확신했어. 로스코가 어딘가에서 당신을 지켜주고 있을 거니까 괜찮아질 거라고 말이야."

나는 아무 말 없이 미소 지었다. 한편으로는 고마웠다. 살아남은 것에, 칼리가 내 곁에 있어 준 것에, 물에 빠져 죽을 뻔했지만 의식과 운동 능력은 손상되지 않은 채로 이겨낸 것에 감사했다. 또 한편으로는 로스코가 나를 지켜보고 있었을 거라는 생각도 들었다.

그를 다시 만난 것은 나에게 선물이었다. 겪었던 모든 일이 선물이었다.

간호사들은 기적이라고 했다. 가볍게 그냥 하는 말이 아니었다. 거의 4분 동안 산소를 공급받지 못했는데, 그건 되돌릴 수 없을 정도로 뇌 손상을 유발할 수 있는 시간이었다. 내가 깨어나자마자, 주간 근무 간호사가 들어와서 여러 질문을 하고 인지능력을 테스트했다. 이름은 뭔지, 지금이 몇 년도인지, 어느 도시에 살고 있는지. 보아하니 나는 테스트를 통과한 것 같았다.

그러다 내가 던진 한 가지 질문에 간호사는 의아해했다.

"「밤을 지새우는 사람들」은 어디에 있죠?"

같은 질문을 거듭했더니 간호사는 칼리에게 도움을 요청했다. 아내는 날 이상하게 쳐다봤지만 질문에 대답했다. "언제나 그랬듯이 시카고 미술관에 있지. 물론 에드거 덕분이고. 에드거가 당신을 보려고 여러 번 찾아왔었어. 올 때마다 당신에게 그 이야기를 다시 들려주셨지."

내가 듣고 싶었던 말이었다. 내 세계에서는 모든 게 괜찮았다. 그제야 잠을 잘 수 있었다.

꼬박 하루를 더 회복한 후에야 칼리는 물었다. "강에서 무슨 일이 있었는지 기억해?"

나는 고개를 저었다. 내가 기억하는 건 믿을 수 없었다.

"내가 그 얘기를 해줬으면 좋겠어? 꼭 지금 할 필요는 없어. 당신이 좀 더 기력을 찾을 때까지 기다려도 되고."

"부탁해." 나는 중얼거렸다.

"알겠어. 그러니까, 우린 주말여행을 마치고 집으로 돌아오던 중이었어. 고속도로에 강물이 넘쳐흘렀고, 우리 차가 강으로 곧장 딸려 들어갔지."

"미안해."

칼리는 내 뺨에 손을 대고 깊은 후회를 담은 눈빛으로 나를 쳐다보았다. "그런 말 하지 마. 그건 내가 해야 할 말이니까. 딜런, 당신한테 하고 싶은 말이 너무 많지만 이것부터 해결하는 게 좋겠어."

"계속해."

"차가 물속에 잠기는 바람에 우리 둘 다 갇혔지. 그렇게 무서웠던 적은 처음이었어. 차 창문으로 나무가 뚫고 들어와서 우리 머리가 날아갈 뻔했어. 당신은 가까스로 빠져나올 수 있었는데, 나를 끌어

당기는 와중에 차가 강물에 떠내려가 버린 거야. 그렇게 우린 헤어
졌어."

마치 다른 사람에게 일어난 일을 말하는 것처럼 단조로운 톤으로
경험을 설명했다. 그것만이 그녀가 그 일에 대해 말할 수 있는 유일
한 방법이었던 것 같았다.

"당신은 사라지고 난 혼자였어. 앞 유리 쪽에 모여있던 공기가 점
점 바닥나고 있었지. 차 문을 열려고 해봤지만 막혀서 열리지 않았
어. 이제 죽겠구나 싶었어. 그 사실을 받아들이고 마음을 가라앉히
려고 했지. 그런데도 왜 그랬는진 모르지만 당신은 날 떠나지 않을
걸 알았어. 당신이 돌아와서 날 찾아내 구해줄 것 같았거든. 그냥 그
런 느낌이 들었어. 시간이 얼마나 지났는진 모르겠어. 아마 몇 초밖
에 안 됐을 텐데도 영원처럼 느껴졌어. 그때 당신이 차 앞 유리를
쿵쿵 두드리면서 당신이 거기 있다는 걸 알려줬어. 당신은 어떻게
든 차를 밀어내고 문을 열었고, 나는 밖으로 나올 수 있었지. 수면
위로 헤엄쳐서 강둑에 도착했어. 당신이 바로 내 뒤에 있는 줄 알았
어. 하지만 당신은 올라오지 않았다는 걸 깨달았지. 당신은 여전히
물속에 있었어. 다행히도 누군가가 거기 있었어. 근처 농장에서 일
하는 남자가 사고를 목격하고 이미 911에 신고한 상태였어. 사이
렌 소리가 들렸어. 나는 그 남자에게 당신이 아직 물밑에 있다고, 갇
혀 있을 거라고 소리쳤어. 그 사람은 당신을 찾으러 들어갔지. 발목
에 안전띠가 감긴 당신을 차 옆에서 발견했어. 그 사람이 마침 칼을
가지고 있어서 띠를 끊어낼 수 있었지만, 빼내 왔을 때 이미 당신은
숨을 쉬지 않고 있었지. 구급차가 도착해 있었지만, 구급대원들의
표정에서 알 수 있었어. 그들도 당신이 살아나지 못할 거라고 생각

한다는 걸."

나는 그녀의 손을 내 입술에 가져다 대고 입을 맞췄다. "안전띠를 끊어준 농부 말이야. 누구 닮았어?

"닮았냐고?"

"그 사람, 나랑 닮았어?"

그녀의 얼굴에 호기심 어린 미소가 번졌다. 이상한 질문이었다. "약간 닮은 것 같기도 하고. 곧 만나게 될 거야. 당신 기운 차리면 함께 차 타고 가서 감사 인사를 전하자. 그 사람 이름은 하비 부싱이야."

나는 웃다가 기침이 나왔다.

"뭐가 재밌어?" 칼리가 나에게 물었다.

"인생. 운명. 신."

그녀는 여전히 내 손을 잡고 있었다. 조용히 앉은 우리 둘 사이에 공포의 여운이 파문을 일으켰다가 서서히 사라졌다. 칼리가 무언가를 더 말하려다가 입을 다무는 것을 지켜보았다. 그녀의 눈에는 눈물이 가득했다. 마치 댐이 무너져 죄책감과 수치심, 후회가 쏟아져 나오는 듯했다. 칼리가 어떤 기분인지 알 것 같았다. 나도 똑같은 감정을 느꼈기 때문이었다.

"딜런. 전에 있었던 일, 내가 한 일은…."

나는 그녀의 손을 꽉 쥐었다. "그만해."

"정말 미안해. 부탁할게. 제발, 날 용서해 준다고 말해줘. 내가 그런 멍청한 짓만 하지 않았어도…."

"말하지 마." 나는 다시 말했다.

"사랑해. 당신을 정말 많이 사랑해. 당신이 내 세계야. 내가 저지른 일, 당신을 배신한 일, 내가 그런 짓을 했다는 게 믿기지 않아."

"칼리."

그녀는 입을 굳게 다물고 얼굴을 닦았다. 헝클어진 금발 머리가 볼을 따라 흘러내렸다.

"당신 때문이 아니야." 나는 힘겹게 말을 이었다.

"말하지 마. 말하면 안 돼."

"해야만 해. 내 말 들어봐. 이건 내 잘못이야. 내가 내 과거를 놓지 못해서 당신을 잃을 뻔한 거야. 우리가 처음 만난 날 당신은 내 안의 무언가를 봤지만 난 그 기대에 부응하지 못했지. 온 세상을 향해 화내고, 실망하고, 불만만 품으면서 살았어. 세상이 내게 준 것을 소중히 여기지 않았지. 당신 말이야. 다른 딜런은 죽었어. 내가 죽였지. 우리 둘 사이가 너무 늦지 않았길 바랄 뿐이야."

칼리가 다시 흐느끼기 시작했다. "아니야. 정말이지. 당신 잘못이 아니야."

"당신은 딜런 모런과 결혼했지. 하지만 맹세컨대 난 더 이상 예전의 딜런 모런이 아니야. 난 그가 아니고 다른 사람이거든."

∞

그날 늦게 칼리는 샤워를 하러 집에 갔고 나는 병원 침대에서 잤다. 원했던 대로 꿈도 꾸지 않고 푹 잤다. 잠에서 깨어난 나는 움찔했다. 하얀 의사 가운을 입은 여자가 나를 내려다보고 있었다. 하얀 가운 아래로는 검은색 옷을 입고 있었다.

한순간에 다시 토끼 굴로 뛰어든 것 같은 기분이었다.

"모런 씨? 전 이브 브라이어 박사입니다."

그녀였다. 전혀 변하지 않은 모습이었다. 그녀는 너무나도 익숙한 그 신비로운 미소를 나에게 지어 보였다. 매혹적인 눈빛도 그대로였다. 그 모습은 내가 기억하는….

어디에서 말인가?

꿈에서?

아니면 다른 세계에서?

"당신이 누군지 알아요." 내가 말했다.

내 말에 그녀는 잠시 머뭇거렸다. "절 아세요? 글쎄요, 아마 아내분께서 말씀하셨겠죠. 딜런 씨가 혼수상태일 때 내내 지켜본 의사가 저라고요. 저희 모두 걱정 많이 했어요. 이렇게 잘 회복하시는 모습을 보니 정말 마음이 놓이네요."

"고맙습니다."

나는 계속해서 그녀의 얼굴을 살폈다. **나에게 일어났던 일들을 그녀가 알고 있다는 어떤 인식의 징후를 찾으려고.** 그녀는 여전히 나에게 주술을 거는 사람, 나의 마술사라는 사실을 인정하는 모습을 보고 싶었다.

하지만 그녀는 내 바이탈을 확인하는 게 다였다.

"모런 씨, 당분간은 좀 더 자세히 관찰해야겠지만 지금으로서는 모든 게 매우 긍정적으로 보이네요."

"다행입니다."

"기억력 감퇴가 올 수도 있어요." 그녀는 덧붙였다. 무수한 불빛을 품은 '루센트' 조형물이 있던 핸콕 센터 29층, 그녀의 사무실 소파에 누워 있을 때처럼.

"아직까진 괜찮아요." 나는 대답했다. 그러고는 강조하듯이 덧붙였다. **"전부 다 기억나거든요."**

"그건 다행이네요. 하지만 산소 부족으로 인한 부작용이 발생할 수 있습니다. 인지 장애가 발생하면 재학습과 재활이 필요할 수도 있어요. 퇴원 후에 상담을 받는 것도 한번 생각해 보세요. 딜런 씨가 겪은 일은 물리적으로도 심각한 문제지만, 정서적, 심리적으로도 영향이 있을 수 있거든요. 혼자서 그런 문제들을 감당해야 한다고 생각하지 마시고요."

"칼리가 곁에 있으면 전 괜찮을 겁니다."

"이해해요. 하지만 전문적인 상담도 고려해 보시기를 바랍니다."

나는 아무 말도 하지 않았다. 브라이어 박사는 내 태도에 당황한 듯 보였다. 그녀는 이미 확인한 내 맥박을 다시 확인했다. 손가락의 촉감은 따뜻했다. 긴 손톱으로 내 피부를 살짝 눌렀다. 그런 다음 몸을 숙여 청진기로 내 폐를 확인하면서 최대한 깊게 숨을 쉬어보라고 했다. 가까이 다가왔을 때, 나는 그녀에게서 옅은 장미 향이 나는 향수 냄새를 맡았다. 그 냄새로 버킹엄 분수 근처에서 그녀가 나를 포옹했던 기억이 떠올랐다.

"폐 소리는 깨끗하네요." 그녀가 말했다. "훌륭합니다."

"다행이네요."

"혹시 통증이 있나요? 진통제 같은 걸 드릴까요?"

"아무것도 필요 없습니다."

브라이어 박사는 자리에서 일어나 귀에서 청진기를 뺐다. 그녀는 침대에 누워 있는 나를 바라보며 가늘게 눈을 떴다. "모런 씨, 인위적 혼수상태에 빠졌던 환자들은 종종 불안한 경험을 하곤 하죠."

"그런가요?"

"네. 매우 생생한 악몽을 꾸는 것도 흔한 일이에요. 일부 환자들은 그걸 환각이나 환청이라고 표현하기도 하죠. 공포와 편집증을 겪기도 합니다. 현실 세계의 요소들이 왜곡된 형태로 꿈에 스며들 수도 있죠. 그 감각은 아주 현실적으로 느껴지고, 의식을 되찾은 후에도 한동안 지속될 가능성이 있어요. 그런 일을 겪은 적이 있나요?"

"아직 무슨 일을 겪은 건지 이해하려고 노력 중이라서요." 나는 대답했다.

"그러시겠죠. 그럼, 쉬세요."

그녀는 또다시 그 이상하고도 친밀한 미소를 지었고 나는 속으로 생각했다. '당신은 알고 있지?'

그녀가 문 앞에 섰을 때, 나는 그녀를 불렀다. "브라이어 박사님?"

"네?"

"그 말 해보세요."

그녀는 침대 가까이 다가왔다. "뭐라고요?"

"그 단어를 말해보시라고요."

우리는 서로를 뚫어져라 바라봤다. 의사와 환자. 마술사와 바보. 꼭두각시 주인과 꼭두각시. 나는 그녀가 진실을 말해주길 기대했다. 손가락을 올려 조용히 하라고 한 다음, 소리 내지 않고 입술의 움직임만으로 무슨 말을 하는지 알아내도록 하길.

그 단어를 말하고 찡긋 윙크해 주기를.

무한.

하지만 아니었다. 그녀는 끝까지 의사 역할을 했다. "죄송해요. 무슨 말씀을 하는 건지 모르겠군요, 모런 씨."

"괜찮아요." 나는 대답했다. "전부 다 감사드려요. 진심으로요."

"천만에요."

"당신은 제 인생을 바꿔주셨어요. 늘 고맙게 생각할 겁니다. 이브."

"별말씀을요. 딜런."

그런 다음 그녀는 사라졌다.

그리고 나는 어떻게 됐냐고? 나는 집에 돌아왔다.

에필로그

"엘리 아직 괜찮나?" 나는 아내를 놀리며 말했다. "마지막으로 확인한 지 20분은 지났잖아."

칼리는 휴대전화를 도로 가방에 집어넣으며 부끄러움에 얼굴을 붉혔다. 이미 그녀의 부모님께 네 번이나 전화를 걸어 우리 딸이 괜찮은지 확인한 후였다. 물론 엘리는 잘 있었다. 하지만 엘리가 태어난 이후로 우리끼리 외출한 것은 처음이었기 때문에 칼리가 신경 쓰는 것도 이해할 수 있었다.

"그래, 아무 문제 없대. 당신이 예상했던 것처럼 말이야. 믿을지 모르겠지만, 아빠 말로는 엄마가 엘리를 재밌게 해주려고 무릎을 꿇고 오리 소리를 내고 있다네."

"수잔나가? 제발 아버님이 동영상으로 찍었다고 말해줘."

"찍으셨대. 지금 내 전화로 보내주신다고. 부모님을 할머니, 할아버지로 만들어 드려서 내가 부동산 일을 그만둘 수 있는 자유 이용권이 생긴 걸지도 모른다는 생각이 들어."

나는 갑작스러운 기시감에 미소 지었다. "그 일을 하던 때가 그리워?"

"아니, 당신은?"

"호텔 일? 전혀. 난 비영리 단체가 더 좋아. 음, 월급 받을 때만 빼고."

"우린 잘하고 있어." 칼리가 말했다.

우리는 호숫가에 서 있었다. 그녀는 내 손에 자신의 손을 끼웠다. 7월의 어느 청명한 저녁, 푸르렀던 한낮의 하늘이 어둑어둑해지고 있었다. 몇 개의 별만이 도시의 불빛보다 밝게 빛나고 있었다. 호숫가를 따라 주위에는 사람들이 가득했다. 손을 잡고 걷는 커플들, 신이 나서 소리 지르는 아이들, 물가 인도를 따라 달리기를 하는 사람들도 있었다. 뒤에서는 그랜트 파크의 야외음악당에서 들려오는 록 음악의 선율이 울려 퍼졌다. 폴란드 음식, 멕시코 음식, 그리스 음식, 바비큐 등 수백 가지 다양한 민족의 음식 냄새가 공기 속에 섞여 있었다. '테이스트 오브 시카고[31]' 축제가 진행 중이어서, 토요일 밤엔 수천 명이 시내로 몰려들었다. 우리도 같이 파티를 즐기기 위해 이곳에 왔다.

그리고 기념일을 챙기기 위해.

"2년이 지났네." 우리가 같은 생각을 하고 있다는 것을 알고 칼리가 말했다. "2년 전 오늘 밤, 우린 그 강에서 죽을 뻔했잖아."

따뜻한 밤공기에도 불구하고 그녀는 물속에 있었던 기억이 떠올라 몸서리쳤다. 나는 그녀의 턱을 들어 올려 그녀의 부드러운 입술에 키스했다. "하지만 우린 죽지 않았어."

"안 죽었지."

---

31 매년 시카고에서 열리는 세계 최대 규모 야외 음식 축제다.

"진짜 내 속마음을 얘기해줄까? 난 할 수 있다고 해도 일어난 일을 바꾸지 않을 거야. 그날 밤이 있어서 모든 게 더 좋아졌으니까."

"정말 그랬어."

"지금의 나를 봐." 나는 미소 지으며 덧붙였다. "난 리버 파크의 대표 시인과 결혼한 남자라고."

칼리는 눈을 흘겼다. "시집 한 권 낸 것뿐인데 뭘. 500달러라도 벌면 다행이야."

"그건 중요하지 않아. 난 당신이 정말 자랑스러워."

장난스럽게 나를 밀쳐냈지만 나는 그녀가 기뻐한다는 것을 알 수 있었다. 칼리가 임신 중일 때, 그리고 엘리가 태어난 후, 우리에게는 잠 못 드는 밤이 많았다. 그 시기에 칼리는 이따금 벽난로 옆에 앉아 휴대전화 녹음기에 대고 시를 중얼거리곤 했다. 그녀는 그 단어들이 어디서 왔는지 모르겠다고 했다. 마치 다른 사람의 마음에서 그녀의 머릿속으로 옮겨온 것 같다고. 놀랍게도 그녀는 아버지에게 시를 보여줬고, 그는 시들이 훌륭하다고 말했다. 그는 그녀의 작품을 자신이 아는 출판사에 보냈는데 출판사의 반응도 좋았다.

나는 전혀 놀랍지 않았다.

칼리는 공원 특유의 공기를 깊게 들이마셨다. 그녀에게는 아직도 억눌린 에너지가 있었다. 우리는 벌써 몇 시간 동안 이곳에서 걷고, 키스하고, 이야기하고, 음식을 맛보며 시간을 보냈다. 하지만 칼리는 하룻밤의 자유를 최대한 활용하기를 원했다. 칼리의 부모님이 아침까지 엘리를 돌봐줄 예정이었으므로, 그동안 우리는 다시 연인이 될 수 있었다.

주변 사람들을 몰래 관찰하던 그녀의 얼굴이 빛났다. 그것은 항상 다른 사람들의 행복에 기뻐하는 그녀의 재능 중 하나였다. 벤치에 앉아 남편의 어깨에 머리를 기대고 있는 노부인, 잔디밭에서 축구공을 주고받으며 차는 열 살짜리 어린이 둘, 팁을 받기 위해 볼링핀으로 저글링 하는 거리 공연자, 무선이어폰으로 듣고 있던 음악에 취해 우리 쪽으로 달려오는 보라색 스포츠브라를 입은 여자.

각기 다른 사람들의 행복한 삶이었다.

나의 행복은 빛이 나는 아내 얼굴을 보는 것이었다. 그녀가 우리 딸을 안고 있을 때, 내 침대 옆에 누워 있을 때도 그 빛이 보였다. 거울을 볼 때마다 내 눈에서도 같은 빛이 보였다. 나에게는 새로운 경험이었다.

평화로움 같은 것 말이다.

"춤추러 갈래?" 칼리가 제안했다.

"당신과 함께 하는 거라면 뭐든지. 어디로 갈까?"

칼리는 공원에서 오가는 사람들을 계속 지켜보며 이리저리 시선을 옮겼다. "스파이바는 어때? 아직 젊고 트렌디한 척할 수 있잖아."

"스파이바." 나는 어두운 목소리로 중얼거렸다.

반사된 불빛으로 반짝이는 호수를 바라보며 한순간 찾아온 불안감을 삼키려고 애썼다. 칼리는 춤추러 갈 생각에 너무 몰두해 있어서 내 망설임을 눈치채지 못했다. 혼수상태일 때 꾸었던 꿈에 대해 더 이상 생각하지 않았지만, 스파이바라는 말만 들어도 나는 그날 밤으로 돌아갔다. 귓가에 음악이 울려 퍼지고, 아름다운, 너무나 아름다운 아내가 내 품에서 피를 흘리며 죽어가고 있던 그날 밤으로.

어떤 순간들은 떨쳐버릴 수가 없었다. 그 순간은 영원히 함께해야 했다. 정말 생생한 순간이었지만 실제로는 일어나지 않았다는 사실을 스스로 상기시켜야 했다. 병원 침대에 누워 있는 동안 내 머릿속에서 펼쳐졌던 환상일 뿐이었다고.

"물론이지." 나는 대답했다. "스파이바. 어서 가자."

칼리는 대답하지 않았다. 그녀의 시선은 우리 옆을 지나쳐 간 금발의 러너를 따라가고 있었다. 여자는 그랜트 파크의 밝은 경기장 조명을 향해 꾸준한 속도로 달리다가 사라졌다. 그림자 속을 들락날락하며 달리는 여자의 뒷모습만 보였다.

"칼리? 괜찮아?"

아내는 무아지경에서 깨어나 눈부신 미소를 지었습니다. "난 괜찮아."

"뭐 잘못됐어?"

"아니, 그런 거 없어. 그냥 좀 이상해서."

"뭐가?"

칼리는 어깨를 으쓱하더니 다시 고개를 돌렸다. 그녀는 멀리 보라색 스포츠브라를 입고 달려가는 여자를 바라보았다. 시카고의 밤을 달리는 수백 명의 러너 중 한 명이 되어 이제는 거의 시야에서 사라진 후였다.

"저기 저 여자." 칼리가 말했다. "방금 지나간 금발 여자 말이야. 정말 이상한 일이었어. 그 여자가 지나가는 모습이 너무 선명히 보였는데, 농담이 아니고, 나랑 똑같이 생긴 거 있지."

감사의 글

지금까지 스무 권이 넘는 스릴러 소설을 출간했지만, 〈인피니트〉는 제가 이야기한 것 중 가장 독특한 이야기입니다. 딜런 모런의 놀라운 여정을 만끽하셨기를 바랍니다.

1970년대, 10대였던 제가 가장 좋아하던 소설 중 하나가 영국 작가 존 파울스의 〈마법사The Magus〉였습니다. 이 소설은 한 교사가 그리스 섬에 있는 수수께끼 같은 마법사 소유의 저택에서 초현실적인 에로틱 미스터리에 얽히게 되는 이야기입니다. 그 책을 읽은 이후로, 파울스가 그의 소설에서 그랬던 것처럼 현실의 경계를 넘나드는 스릴러를 쓰고 싶다는 생각이 머릿속에 자리 잡았습니다. 그리고 〈인피니트〉가 바로 그 결과물입니다. 파울스는 2005년에 세상을 떠났지만, 작가를 꿈꾸는 소년이었던 저에게 영감을 준 그분께 여전히 감사하고 있습니다.

오랜 독자들은 제 아내 마르시아가 소설이 완성될 때마다 가장 먼저 읽는다는 것을 알고 계실 겁니다. 그녀는 제 편집자이자, 조언자이며, 심리 전문가이자 교정자입니다. 그녀의 통찰력과 피드백 덕분에 제가 원고를 제출하기 훨씬 전부터 책이 더 좋아집니다. 또 다른 사전 독자인 앤 설리번에게도 감사드립니다. 마르시아와 더불어 앤은 제 머릿속 생각이 책 페이지에 잘 담기도록 확인하고 격려해 주는 훌륭한 파트너들입니다.

물론, 15년이 넘는 시간 동안 이 여정을 함께 해주신 모든 독자 여러분께도 큰 감사를 드립니다. 의견이 있으시다면 brian@bfreemanbooks.com으로 보내 주시기 바랍니다. 또한, 페이스북의 공식 팬 페이지 facebook.com/bfreemanfans를 방문하시거나, 트위터 또는 인스타그램에서 bfreemanbooks로 저를 팔로우하실 수 있습니다. 저자의 재미있는 일상을 보고 싶으시다면, 마르시아의 페이스북 페이지 facebook.com/theauthorswife를 찾아와주셔도 됩니다.

〈인피니트〉를 즐겁게 읽으셨다면, 저의 다른 스릴러 소설들도 꼭 확인해 보시기 바랍니다. bfreemanbooks.com을 방문하여 뉴스레터 메일링 리스트에 가입하고, 독서 모임을 위한 토론 질문을 얻고, 저와 제 책들에 대해 더 많이 알아 보시기 바랍니다.

마지막으로, 아마존, 굿리즈, 오디블 등 독서 애호가들을 위한 사이트에 여러분의 리뷰를 게시해 주시고, 친구들에게도 소문내 주시기를 바랍니다. 출판업은 여전히 독자와 독자 사이의 입소문이 중요한 사업이니까요! 감사합니다!

INFINITE

인피니트

초판인쇄 2024년 10월 31일
초판발행 2024년 10월 31일

글쓴이 브라이언 프리먼
옮긴이 최지숙
발행인 채종준

출판총괄 박능원
국제업무 채보라
책임편집 조지원
디자인 홍은표
마케팅 안영은
전자책 정담자리

브랜드 그늘
주소 경기도 파주시 회동길 230 (문발동)
투고문의 ksibook13@kstudy.com

발행처 한국학술정보(주)
출판신고 2003년 9월 25일 제406-2003-000012호
인쇄 북토리

ISBN 979-11-7217-495-8 03840

그늘은 한국학술정보(주)의 소설 출판 전문브랜드입니다.
더운 여름날 그늘 밑에서 편하게 읽을 수 있는 책이라는 의미를 담았습니다.
세상에 없던 이야기를 발굴하고, 우리가 닿지 못한 세계의 그림자를 찾아봅니다.
스토리 속 일상의 즐거움을 발견할 수 있도록 이야기의 쉼터가 되겠습니다.

@geuneul_book